Johanna Rosen

Liberty Bell

Das Mädchen aus den Wäldern

Johanna Rosen

ist das Pseudonym einer renommierten deutschen Schriftstellerin, die 1969 geboren wurde und seit 1993 mit großem Erfolg Bücher veröffentlicht, von denen zahlreiche auch ins Ausland übersetzt wurden. Mit »Liberty Bell. Das Mädchen aus den Wäldern« wechselt sie das Genre und schreibt das erste Mal für eine Leserschaft von Jugendlichen und Erwachsenen. Die Autorin lebt zurückgezogen mit ihrer Familie in der Nähe von Frankfurt am Main.

Johanna Rosen

Liberty Bell

Das Mädchen aus den Wäldern

Arena

Papier aus verantwortungsvollen Quellen
FSC® C110508

1. Auflage als Sonderausgabe 2014

Covergestaltung: Juliane Hergt unter Verwendung von
Fotomaterial von © plainpicture und gettyimages
Gesamtherstellung: Westermann Druck Zwickau GmbH
ISSN 0518-4002
ISBN 978-3-401-50498-8

www.arena-verlag.de
Mitreden unter forum.arena-verlag.de

Oregon 1991

Das Leben war wunderschön. So wie es sein sollte. Flimmernd fielen die Sonnenstrahlen des Frühsommerabends durch die Blätter der Eichen, als er die Enge der kleinen Stadt hinter sich ließ. Den Alltag abschüttelte. Dafür hatte er ein bestimmtes Ritual entwickelt. Laufen, tief atmen, den Krawattenknoten lockern – im vergangenen Jahr hatte er geheiratet, an einem verregneten Septembertag, jetzt war Juni, strahlender Juni –, weiterlaufen, immer weiter, der Tag verdämmerte in rotgoldenem Abendlicht, Zeit zum Träumen, zum gefühlten Davonfliegen, die Krawatte schließlich ganz abschütteln und lose um den Hals hängen, dann die Schuhe, unbedingt auch die Schuhe, als Nächstes die Socken, teure Burlington-Socken zumeist, Schuhe und Socken sorgfältig ins immer gleiche Gestrüpp schieben, mit den Armen schwingen und noch tiefer atmen, während die befreiten Füße Waldboden spüren durften, und dann abtauchen in eine andere Welt.

Die Stämme der Kiefern leuchteten im letzten Sonnenlicht, die Schatten wurden länger.

Atmen und träumen und frei sein.

Zu Hause wartete seine junge Ehefrau auf ihn, aber daran wollte er jetzt nicht denken. Auf keinen Fall jetzt. Nicht in seiner Davonfliegzeit. Dabei mochte er seine Frau. Sie sah hübsch aus und er hatte ihre Stimme gern. Und die Art, wie sie manch-

mal lachte. Auch morgens, wenn sie noch schlief, hatte er sie gern. Dann war sie weich und warm und es rührte ihn, wie sie so vertrauensvoll neben ihm lag, mit geschlossenen Augenlidern, in denen ganz zart ein paar hauchdünne Adern zu erkennen waren, wenn man genau hinsah. Und er sah genau hin.

Aber tagsüber mochte er sie nicht ganz so gern. Sie konnte laut werden, hektisch gestikulieren, wenn sie sich ärgerte, und sie las drei Tageszeitungen, die sie alle abonniert hatte, und wenn sie sie umblätterte, tat sie es laut und irgendwie herrisch. Außerdem sah sie gerne Liebesfilme am Abend und statt Wein, wie er es vielleicht erwartet hätte, trank sie lieber ein Bier dazu. Und ihre Finger, die waren das größte Problem für ihn, wenn er es sich eingestand, ihre Finger waren fest und beinahe etwas knotig und passten gar nicht zum Rest ihrer Erscheinung.

Warum hatte er sie geheiratet? Und warum sie ihn?

Nein, nein, nicht weiterdenken.

Das Leben spielte eben, wie es wollte. Es narrte einen und bot manchmal keinen Ausweg. Das war das Dilemma.

Nur hier draußen, hier war es anders. Die Stadt lag irgendwo hinter seinem Rücken, der sich jetzt herrlich entspannte. Er war weit weg. Aufseufzend schlenderte er durch das Kiefernwäldchen und fühlte sich wie befreit.

Der Boden war rostrot und bestand nur aus herabgefallenen Nadeln. Jeder Schritt, den man machte, federte lautlos nach und man ging wie verzaubert.

Zuerst war es gut gewesen nach seiner Hochzeit.

Aber dann …

Dann war sie *gekommen. War in sein Leben gestolpert, im wahrsten Sinne des Wortes. Ihre Haare waren aschblond, nicht gefärbt blond wie die Haare seiner Frau, und eigentlich hätte sie ihm gar nicht unbedingt auffallen müssen. Zuerst. Aber weil sie immer wieder kam, fiel sie ihm doch auf. Sie hatte eigentümliche Augen. Das war im Grunde das Erste, was er wirklich an ihr wahrnahm. Diese hellgrauen, geisterhaft blassen Augen. Und nach und nach nahm er mehr wahr: ihre feingliedrigen, schmalen Finger, ihre langen Beine, die so zart aussahen. Zart und fast zerbrechlich. Sie hatte eine vollkommene Figur. Seit er sie ansah und ansah und ansah, glaubte er fast wieder an die Schöpfung.*

Sie liebte dieses Waldstück genau wie er. Und manchmal, wenn die Sonne in einem bestimmten Winkel über den kleinen, klaren See fiel, verwandelte sich die Farbe ihrer grauen Augen in ein fast schmerzliches Blautürkis.

Sie war Anmut. Schönheit. Sehnsucht. Und sie kam oft her. Das hatte er nach und nach herausgefunden, als er angefangen hatte, ihr behutsam zu folgen.

Seine Frau verblasste neben ihr.

Er mochte die Art, wie sie durch das hohe Gras lief, ohne ihn zu sehen, wie sie das Leben liebte, wie sie von Energie durchströmt zu sein schien.

Nichts war mehr wie früher seitdem.

Nichts.

Wenn er an sie dachte, hätte er weinen können. Und er musste praktisch immerzu an sie denken. Beim Aufwachen wie beim Einschlafen. Beim Arbeiten, beim Essen, beim Autofahren.

Er liebte ihren weichen Gang, ihre Unbekümmertheit und die Kraft, die sie ausstrahlte.

»Was ist bloß los mit dir?«, fragte seine Frau immer mal wieder und riss ihn aus seinen Tagträumen. »Du hast dich verändert, weißt du das?«

Liebe, hätte er gerne geantwortet, aber das konnte er natürlich nicht gut sagen.

Was war nur passiert mit ihm? Früher hatte er eine Menge Spaß im Leben gehabt. Auch und gerade mit seiner Freundin, die jetzt seine Frau war.

Aber seit ihm diese wahnsinnige Liebe in den Weg gekommen war, war nichts wie vorher. Alles in ihm war in Aufruhr.

Was sollte er nur tun? Seine Frau verlassen? Sich scheiden lassen? Noch mal von vorne beginnen? Mit ihr? *Würde er denn eine Chance – den Anflug einer Chance bei ihr haben?*

Würde er sie verzaubern können, wie sie ihn verzaubert hatte?

Er wollte sie beschützen, Tag und Nacht bei ihr sein, sie in seine Liebe einhüllen, ihre grauen Geisteraugen jeden Tag ansehen können. Würde ihm das jemals gelingen?

Am Himmel waren, ohne dass er es gemerkt hatte, geballte, schwerfällige Wolken aufgezogen und plötzlich fror er, seine Zähne schlugen laut aufeinander.

Sie war heute nicht aufgetaucht.

Hoffentlich war ihr nichts zugestoßen.

Sie war doch erst zehn.

Er stand noch eine Weile da und spürte, wie die Abendkühle ihn durchdrang. Schließlich schaffte er es, sich loszureißen. Sich loszureißen und die Schultern zu straffen. Er würde einen Weg finden. Ganz sicher. Und dann würde er diesem Begehren, dieser Erregung, die ihn Tag und Nacht quälte, Herr werden.

Sie war ja nur eine von vielen. Sie würde froh sein, wenn er kam und sie nahm.

Kalifornien 1991

Es war ganz still. Eine stille Welt. Eine stille grüne Welt. Warum grün? Sie wusste es nicht. Aber es war auch egal, im Grunde.

Sie lächelte mit geschlossenen Augen. Auch in ihrem Kopf, hinter ihren schweren Lidern blieb die Welt grün. Waldgrün, Meergrün, Flaschengrün, Waldmeistergrün, Moosgrün, Kleeblattgrün, Glücksgrün, Frühlingsgrün, Grasgrün, Olivgrün, Smaragdgrün, Schilfgrün, Maigrün, Tannengrün, Farngrün, Minzgrün.

Dass es so viel Grün gab. Sie konnte es schmecken und riechen. Und irgendwie sogar hineinkriechen. Es fühlte sich weich an, weich und warm und geborgen. Sie seufzte wohlig und rollte sich wie ein Embryo zusammen, schlang die Arme um sich selbst und war so geborgen wie schon lange nicht mehr.

Green's the colour of the sparklin' corn/In the morning, when we rise/In the morning, when we rise/That's the time, that's the time/I love the best.

Wer sang das noch? Ein wunderschöner Song, und so wahr.

Sie summte leise die Melodie, bis sie ein Teil davon wurde, ein Teil der Melodie dieser weichen, heilen, guten Welt.

Wieso hatte sie bisher nicht gewusst, dass die Welt gut war? Gut und vollkommen. Nie mehr wollte sie hadern, nie mehr klagen, nie mehr weinen.

Sie war eine Prinzessin, eine Königin, eine Unsterbliche, eine Priesterin.

Aber was war das? Nein, das gehörte nicht hierher. Nicht in ihre neue Welt, die Frieden hieß. Weinen… Rudernde Arme, kleine Hände, die nach ihr griffen… Was, um Himmels willen, wollten sie von ihr? – Und immer wieder dieses keuchende Atmen. Wie warme Wolken vor ihrem müden Gesicht…

Unwillig drehte sie sich weg, unwillig und behutsam, um das Gute, das Warme, Grüne, Tröstliche nicht zu verlieren. Unterdessen wurde das Weinen an ihrer Seite drängender, lauter, dann – endlich – nach schier einer Ewigkeit, leiser und leiser.

Sie atmete auf.

Dass neben ihr ein kleines Kind starb, bekam sie überhaupt nicht mit.

1

Eine frühsommerliche Hitze lag über der Stadt.

»Wir werden natürlich alle draufgehen«, prophezeite Ronan grinsend, als sie sich eine zweite Portion warme Asia-Nudeln bei *Clark & Sons* um die Ecke geholt hatten. »He, Dalí, sabbere gefälligst nicht in mein Essen, hörst du?«

Er schob Salvadors hinkenden, immer hungrigen Hund beiseite und setzte sich zu den anderen. Für heute war die Schule vorbei und wie üblich waren sie noch in die Stadt hinuntergegangen, um etwas zu essen. *Clark & Sons* war ein schäbiges, in die Jahre gekommenes Ladengeschäft, geführt von Mr Clark Senior, der ebenfalls etwas schäbig und in die Jahre gekommen war und der jeden Morgen eine Menge uralte, wackelige Bistrotische mit dazugehörenden Wackelstühlen wahllos vor seinem Laden und auch noch um die Straßenecke herum aufstellte. Um die Straßenecke herum darum, weil die Schüler der Highschool, die seine Haupteinnahmequelle bildeten, ihm zu laut und nervenaufreibend waren, um sie immerzu unmittelbar vor Augen zu haben. Verzichten konnte er auf sie aber auch nicht, dann hätte er seinen Laden schließen können, darum hatten Mr Clark und die Schüler das Um-die-Ecke-Abkommen getroffen, schon vor vielen Jahren.

»Dieser Kram liegt den ganzen Tag unter diesen Wärmelampen und modert vor sich hin.« Ronan begann zu essen. »Das hier sind also praktisch Bakterien pur. Wir schmecken es nur nicht wegen der vielen Geschmacksverstärker…«

»Quatsch, das Zeug ist doch voller Konservierungsmittel«, erwiderte Ernesto und wickelte zufrieden kurze, mittellange und lange Nudeln in Sojasauce um seine Plastikgabel. »Das kann gar nicht schlecht werden.«

»Okay. Dann gehen wir eben an einer Überdosis Konservierungsmitteln ein. Die sollen ja bekanntlich sogar noch giftiger als Bakterien sein. Ist mir auch recht.«

»He, Ronan – Klappe!«, stöhnte Jaden, ließ für einen Moment seinen gelben Plastikteller sinken und verzog das Gesicht. »Da kann einem echt der Appetit vergehen.«

Dara, der sich in dem klapprigen Bistrostuhl gefährlich weit zurückgebeugt hatte, lachte. »Also, ich sage nur: Hauptsache kein Schwein. *No pork for my fork!* Alles andere ist mir schnuppe, echt!« Er kratzte seinen Teller aus, während Mose Meyerowitz zu seiner Rechten beifällig zu den Worten seines Freundes nickte.

»Euch beide Hübschen sollte man mal in den Nachrichten zeigen.« Ronan schüttelte grinsend den Kopf und deutete mit seiner Gabel auf Dara und Mose. »Eine Reportage über euch zwei und der Israel-Palästina-Konflikt wäre Vergangenheit!« Er hob theatralisch beide Arme und gab eine imaginäre Bühne frei. »Tadam! Hier sehen Sie Darayavahush Ali Ben-Achour, einen waschechten, gläubigen Moslem! Und dort, meine Herrschaften, Mose Elias Meyerowitz, einen braven Juden, der jede Woche koscheren Sabbat feiert! Und was sind diese beiden Knalltüten? Unzertrennlich! Na also! – Dann ein Tusch! Knall! Peng! Religionskonflikte begraben!«

Ernesto musste lachen und beförderte seine Nudelreste in

den Mülleimer, beziehungsweise in Dalís offenes Maul, denn Salvadors Hund ging in Erwartung leckerer Essensreste von einem zum anderen.

Ronan Horace. Salva Coleman. Jaden Franklin, Dara Ben-Achour und Mose Meyerowitz. Und er, Ernesto Merrill. Sie alle waren beste Freunde, schon schrecklich lange. Dara war der Einzige von ihnen, der erst später dazugekommen war, vor drei Jahren aus Silver Spring in Maryland. Mit den anderen war Ernesto schon in die Grundschule gegangen.

»Ureinwohner, eben«, pflegte Mose manchmal zu sagen. »Sozusagen die Säulen dieser kleinen, öden Stadt. Mann, warum hat es uns nicht nach LA oder New York verschlagen? Warum musste es ausgerechnet Gähn-Old Town in Gähn-Oregon sein?«

Ernesto kraulte Dalí, der sich jetzt, da vorerst kein weiteres Futter in Sicht war, in den Schatten unter den klapprigen Tisch gelegt hatte, wo ihm nach und nach die Augen zufielen und er in so etwas wie eine tiefe Meditation sank.

Ernesto verspürte keine Lust, nach Hause zu gehen, in die Villa seiner Eltern am West End Hill. Wer würde da sein, wenn er ankäme? Seine Mutter? Fehlanzeige. Sein Dad? Zweite Fehlanzeige. Geschwister? Hatte er keine. Es würde ein Tag werden wie jeder andere auch. Außer ihm und Haushälterin Natasha kein Aas da. Höchstens Chazza Blume, wenn er sich erbarmte und vorbeischaute. Wobei *vorbeischauen* war nicht das, was Chazza tat, wenn er kam.

Ronan Horace wohnte ebenfalls am West End Hill, wie er. Er war nun mal auch ein *reicher Pinkel,* wie Salvador sie ab und zu spaßhalber nannte.

»So, genug abgehangen, Brüder im Geiste«, unterbrach Ronan die nachmittägliche Trägheit. »Was machen wir heute noch? Nix mehr? Oder geht noch was? Eine kleine Revolution, ein feines, geheimes Besäufnis? He, Männer! Ich warte auf Vorschläge!«

Zum Schluss lief es, wie fast immer, auf das *Oreo-Brownie-Orakel,* kurz und liebevoll *OBO* genannt, hinaus.

»Los, Zettel raus, Vorschläge drauf«, kommandierte Ronan ungeduldig und kritzelte *Shisha rauchen! Kopf zudröhnen! Yay!* auf seinen Papierfetzen, den er aus seinem Matheheft gerissen hatte.

Alle schrieben dies und das, Ernesto achtete nicht weiter darauf und schrieb selbst *Hier sitzen bleiben, Konservierungsstoffe verdauen und nix tun!* ausgerechnet auf die Rückseite einer Visitenkarte seines Dads, die er rätselhafterweise in den Tiefen seines Rucksacks entdeckt hatte.

Doktor Stanley J. Merrill stand darauf, die einzelnen Buchstaben sehr filigran und doch tatsächlich goldfarben. *Private Schönheitsklinik.*

Ernesto runzelte genervt die Stirn. Oft beneidete er Salvador, der mit seinem Vater in einem reinen Männerhaushalt in Cedar's End, auf der anderen Seite dieses Hügels lebte, zusammen mit seinem behinderten Hund, der auf dreieinhalb Beinen durchs Leben ging.

Die Jungen trafen sich gerne, wenn nicht sogar am liebsten, bei Salvador.

»Seid ihr fertig?«, fragte Ronan, sammelte die Zettel ein und mischte seinen eigenen dazu.

Dalí war schon aufgesprungen und schnüffelte aufgeregt an Savaldors Rucksack. Er wusste genau, was jetzt kam. Mose packte ihn am Halsband und Salvador fischte eine Tüte *Oreo-Brownies* zwischen seinen Klamotten hervor und zerkrümelte einen der Kekse über den Zetteln, die sie auf den Boden vor ihrem Tisch gelegt hatten. Dalí, das Orakel, setzte sich erwartungsvoll auf seine Hinterpfoten.

»Da, schon sabbert er wieder«, sagte Darayavahush kopfschüttelnd. »Was für eine Speichelproduktionsanlage!«

Salvador grinste und dann folgte das Ritual. Die Jungen verbeugten sich vor dem aufgeregt hechelnden Hund und Ronan verkündete: »Dalí, heiliges Orakel von Old Town, walte deines Amtes und verkünde uns dein Urteil.«

Damit ließ Mose Dalís Halsband los und der Hund preschte los, als stünde er kurz vor dem Hungertod. Wie ein haariger Staubsauger machte er sich über die braunen Kekskrümel her und die Jungen beugten sich vor, um zu sehen, welchen Zettel sein geheiligtes Maul als Erstes berühren würde. Denn auf diese Weise verkündete sich das Orakel.

»Da! Meins!«, rief Dara triumphierend, als Dalí seinen Zettel durchweichte.

»Schiebung, Hush«, knurrte Mose und stieß Darayavahush in die Seite. »Das Vieh nimmt in letzter Zeit so gut wie immer deinen Zettel! Wie machst du das? Hast du ihn hypnotisiert, oder so was?«

Dara sprang auf und rang Mose zu Boden. »Willst du etwa das heilige Orakel von Oregon infrage stellen, Ungläubiger?«, rief er und riss dramatisch seine großen schwarzen Augen auf. »Und nenn mich nicht immer *Hush*, zum Teufel!«

»Was hast du da geschrieben?«, erkundigte sich Ronan und versuchte vergeblich, das Geschreibsel auf Daras speicheldurchtränktem Zettel zu entziffern.

»Abgründe gestehen«, erklärte Dara achselzuckend und fuhr sich im nächsten Moment mit dem Arm übers Gesicht, um den Geruch seiner Achselhöhlen zu überprüfen. Darayavahush war ein ausgesprochener Schweißverächter und arbeitete praktisch jede Stunde mit seinem Männer-Deo an seinem Körpergeruch.

»Abgründe gestehen?«, wiederholte Jaden. »Was soll das denn bedeuten?«

Dara wühlte in seiner Schultasche nach seinem Deo. »Ist doch witzig, oder?«, verteidigte er sich dabei. »Wir erzählen, was wir schon besonders Idiotisches gemacht haben. Unterwäsche von heißen Miezen aus der Sportumkleide gezockt und so. – Einer meiner Brüder schläft zum Beispiel seit einer Woche mit dem Stringtanga von Liza Rodriguez, dem Busenwunder aus der Altgriechischklasse, im Bett. Wie er drangekommen ist, weiß ich nicht. Aber er ist verrückt nach dem Teil. – So Sachen, meine ich. Abgründe, eben.«

Abgründe also. Am Abend trafen sie sich in dem kleinen, verwilderten Garten hinter Salvadors Haus. Der heiße Tag war in eine dieser seltenen schwülwarmen Nächte übergegangen.

»Mistwetter«, beschwerte sich Jaden und fächerte sich mit seiner Baseballkappe Luft zu. »Was soll das? Wir haben hier Massen von Bäumen, die uns mit Massen von guter Luft versorgen sollten. Wozu ist dieser verwaldete Staat sonst gut? Zu nichts. Und jetzt lässt er uns sogar wettertechnisch im Stich. Das macht doch keinen Sinn. Ich meine, Hitze könnte ich auch in Las Vegas haben. Aber da wär wenigstens was los …«

»Lenk nicht ab«, knurrte Darayavahush und legte sich träge im hohen Gras zurück. Sie hatten den Kühlschrank geplündert. Chips, Salsa, ein leicht verbranntes Brathähnchen und Pommes waren aufgegessen und sie alle hatten schon ein paar Bier intus. »Du bist dran.«

Jaden druckste eine Weile herum, aber dann gab er sich einen Ruck. »Meine Eltern zwingen mich jeden Sonntag in die neuapostolische Kirche in Wood Green«, sagte er. »Sie sind gläubig bis zum Abwinken. Aber das wisst ihr ja.«

»Und?«, hakte Dara nach.

»Was meinst du mit *und?*« Jaden trank einen Schluck Bier.

»Die Pointe. Du hast die Pointe vergessen. Deinen höchstpersönlichen Abgrund, Jaden!«, erinnerte Mose ihn.

»Ach so. Klar. Also, ich gehe ohne Unterwäsche. Sie wissen es natürlich nicht. Aber *wenn* sie es wüssten, würde sie der Schlag treffen. Das gefällt mir.«

Die anderen lachten.

»Akzeptiert, das ist ein kleiner, feiner Abgrund«, sagte Ronan und verschränkte die Hände hinter dem Kopf.

Salvador hatte die Hände ebenfalls hinter den Kopf gelegt. Er lächelte seinen Freunden zu. Wahnsinnig viele Abende hatten sie schon so zugebracht in diesem verwilderten, nichtssagenden Garten. Verrückt, wenn man in Betracht zog, dass sie sich jederzeit auch bei Ernesto oder Ronan hätten treffen können, in Gärten, ausgestattet mit Pools und allen Schikanen. Aber seine Freunde zogen diesen Garten vor. »Ist eben ein nettes, lauschiges Plätzchen«, sagte Ronan oft.

»Ja, mit einem netten Blick auf unsere windschiefe Bruchbude«, war Salvas regelmäßige Erwiderung zu dieser Feststellung.

Aber das sahen seine Freunde anders. Dabei war das kleine Holzhaus in Cedar's End diese Art von Haus, in dem ständig etwas kaputt war. Die Griffe fielen von diversen Schränken ab, es zog durch sämtliche Fenster und die Rohre in den Wänden gurgelten derartig, als würden sie immerzu kotzen.

»Prima zum Abhängen, Musikhören, Kiffen, Leben…«, fanden die anderen.

Salvador lächelte in sich hinein, kraulte Dalís Ohren und konzentrierte sich wieder auf das Thema des Abends, ihre geheimsten Abgründe.

Mose hatte den Anfang gemacht. Er hatte zugegeben, seine Mom früher manchmal beim Duschen durch einen Spalt in der Badezimmertür beobachtet zu haben. Der beste Teil war gewesen, hatte er gesagt, wenn sie sich die Brüste mit Duschlotion eingeschäumt hatte.

Mose lebte, praktisch als Pendant zu Salvador, mit seiner Mom alleine in einem schönen, alten Haus ganz in der Nähe des West End Hill.

»The most sexiest women alive«, sagte Jaden immer, wenn er ihr mal wieder über den Weg gelaufen war. »Ein Wahnsinn, diese Frau! Unglaublich eigentlich, dass sie keinen Bodyguard braucht! Und dass so ein Normalo wie du von ihr abstammt, Mose!«

»Selber Normalo, Jaden«, konterte Mose dann jedes Mal grinsend. Und irgendwie traf er damit den Nagel auf den Kopf, fand Salva.

Jaden hatte eine Mutter, einen Vater, beide so normal wie Eier aus dem Supermarkt. Wenn man mal davon absah, dass sein Dad sich gerne heimlichen, gut verborgenen Alkoholexzessen hingab und seine Mom die gute Seele der Grundschule von Old Town war. Ansprechlehrerin bei Sorgen und so. Aber sonst? Ein normales Haus in einer normalen Straße. Bruder, Schwester. Klappe zu, Affe tot.

Er selbst dagegen war allein mit seinem Dad, seit seine Mom sich verdünnisiert hatte, als er noch ein kompletter Hosenscheißer war. Ernesto: reich, unbeachtet und unter Stress. Ronan: dito. Darayavahush, der in einem mit gläubigen Moslems vollgestopften Haus wohnte, das aus allen Nähten platzte. Mose: Vater in Israel. Dort neu verheiratet. Mose vergessen.

»Du bist dran, Hush.« Ronan zerdrückte seine leere Bierdose und warf sie auf den Haufen.

»Oder du«, gab Dara zurück. »Und nennt mich nicht *Hush!* Hush ist ein Kleinkindkosename, zum Teufel noch mal!«

»Okay, okay. Fang du an, Mr Ben-Achour! Besser? – Ich mach den Abschluss. Ich hab was speziell Schräges!«

Salvador wusste nicht, ob er Lust auf noch mehr *speziell Schräges* hatte. Ernesto hatte nach Mose das Wort übernommen und das, was er erzählt hatte, ging Salvador nicht mehr aus dem Kopf.

»Okay, wie du willst.« Dara zuckte jetzt mit den Achseln. »Schwanz kopiert«, sagte er dann.

Einen Moment herrschte Verwirrung. »Du hast *einem Hund den Schwanz kupiert?«*, ächzte Salvador schließlich. Wie widerlich war das denn?

Darayavahush lachte schallend. »Schwachkopf«, sagte er. »Ich habe keinen Hundeschwanz abgeschnippelt, ich habe *meinen* Johnny *kopiert,* verstehst du? Auf dem Schulkopierer. Vor ein paar Wochen. Als ich für Mrs Tawny diese Geschichtsunterlagen kopieren musste. Im Schulbüro.« Er lächelte seelenruhig in die Runde. »Miss Piggy war gerade mal rausgegangen.«

Miss Piggy wurde die blonde, rosige, dickliche Schulsekretärin genannt.

»Und da hab ich die Hose runtergelassen und ihn abgelichtet.«

Die anderen brachen in Gelächter aus, das sich noch steigerte, als Darayavahush gestand, das fertige Bild in Miss Piggys Ablagefach geschoben zu haben. »Ihr werden die Augen aus dem Kopf fallen, wenn sie drauf stößt«, sagte er zufrieden. »Und dann wird sie sich natürlich fragen, wer dieser Kerl mit dem Wahnsinnsschwanz ist…«

Während Jaden darauf hinwies, dass es natürlich möglich sei, dass Miss Piggy Mr Stedmeister, den Schulleiter, verdächtigen könnte, da der ein Riesenkerl von fast zwei Metern war und ihm somit so ein großes Geschlechtsteil durchaus zuzutrauen wäre, und Mose erwiderte, die Körpergröße habe mal gar nichts mit der Länge des dazugehörigen Penis zu tun, zog Ronan schweigend sein iPhone aus der Hosentasche.

»Okay, Leute«, sagte er leise und schaltete es ein. »Ich hab euch für den Abschluss was speziell Schräges versprochen. Seht euch das an.«

»Was – zum – Teufel – war – das?«, sagte Jaden hinterher, als jeder sich Ronans Filmaufnahme angesehen hatte.

»Ja, wer ist die Braut?«, fragte Dara.

Salvador musterte Ronan. Seine Miene war unergründlich.

»Okay, raus damit«, drängte auch Ernesto. »Wer ist die Nackte? Woher hast du das? Aus YouTube kopiert?«

Ronan holte tief Luft. »Scheiß auf YouTube«, sagte er. »Das ist *mein* Film. *Meine* Story. Die Braut ist echt.«

Jaden verzog das Gesicht. *»Das* ist deine Story des Abends?«, sagte er skeptisch. »Wenn man genauer drüber nachdenkt, nicht so sehr spektakulär. Ein Mädchen läuft nackt im Wald rum und geht schwimmen. *So what?«*

»Hey, Jungs…«

Salvador blickte hoch und sah, wie sein Vater in der Tür

stand, eine Augenbraue hochgezogen. Sein Dad, der als Leiter des Sozialamts oft zu den unmöglichsten Zeiten unterwegs war, hatte sich offenbar auf Bier und Brathähnchen gefreut, die nun nicht mehr wirklich zur Verfügung standen, da sie sich in leere, zerknautschte Dosen und einen Haufen abgenagte Knochen verwandelt hatten.

»Er ist sauer«, seufzte Salvador und scheuchte seine Freunde mit entsagender Miene aus dem Garten. »Wir reden dann morgen weiter.«

Sie standen alle noch einen Moment auf der Straße herum. Ronan und Ernesto hatten jeder ein eigenes Auto. Die anderen waren mit Mountainbikes unterwegs. Als alle weg waren, schlenderte Salvador zurück in den Garten und von dort ins Haus und in sein kleines, stickiges Dachzimmer.

Wieder musste er an Ernestos Geschichte denken, der behauptet hatte, seine aufgebrezelte Reichen-Mutter habe bisweilen Sex mit einem Blinden im Hauswirtschaftsraum – das musste man sich mal vorstellen! –, während Ernestos Dad sich ein paar Zimmer weiter seiner Leidenschaft, klassischer Musik via Luxusmusikanlage, hingab. – Obwohl, wahrscheinlich war die Story nur ein Fake. Salvador wusste, wer dieser Blinde war. Chazza, ein verrückter Kerl, den er und die anderen Jungen schon immer *Den Ewig Summenden* nannten, einen blinden Musiker, dessen besondere Kennzeichen waren, mit wirren Haaren herumzulaufen, merkwürdige Grungeklamotten zu tragen und immer mal wieder überraschend in Old Town aufzutauchen. Und genauso schnell wieder zu verschwinden. *Der* und Mrs Merrill? Eher unwahrscheinlich. Obwohl er in der Tat ab und zu bei Ernestos Familie zu Besuch war. Und dort auf dem Flügel im pompösen Salon herumklimperte. Und er machte seine Sache nicht schlecht, das musste Salvador zugeben. Klavier spielen konnte er, bis man eine Gänsehaut davon bekam.

Er ließ sich auf sein Bett fallen. Ein nacktes Mädchen im Wald, also. Na ja.

2

Los jetzt. Das wird ein Spaß.«

»Wie weit draußen ist es?«

»Ist doch egal. So hundertzwanzig Meilen, ungefähr. Das letzte Mal war ich, wie gesagt, mit Ozzy Osbourne da draußen. Da hab ich natürlich nicht jede Minute auf den Tacho geschaut.«

Ozzy Osbourne nannte Ronan sein Mountainbike, warum auch immer. Er fuhr oft weite Strecken auf seinem Rad.

»Hat dein Dad eigentlich erlaubt, dass wir seine Edelkarre nehmen?«, erkundigte sich Salvador, während er Dalí in den Kofferraum hievte.

Ronan zuckte mit den Schultern. »Pfeif auf meinen Alten«, knurrte er, was nicht Ja und nicht Nein hieß, und startete den Motor. Der große, brandneue Chevy war einfach der Wagen, in dem sie alle zusammen am meisten Platz hatten.

»Muss der Stinkklops unbedingt mit?«, stöhnte Jaden etwas ungehalten.

»Selber Stinkklops«, war Salvadors einzige Antwort.

Sie folgten dem Chinook Drive mit offenen Fenstern. Teils wegen Dalís etwas eigentümlichem Mundgeruch (»Irgendwie fischig«, sinnierte Mose schnuppernd. »Kabeljauig, würde ich sagen.«) und teils weil das Wetter großartig war.

»Auf in die Pampa!«, rief Darayavahush und winkte übermütig dem alten Flavio zu, der gerade auf seinem täglichen Weg zu *Clark & Sons* war. Flavio winkte leutselig zurück. Jeder von ihnen mochte den Alten gern. Er war einer der beiden Fahrer, die für Mr Clark Lebensmittel in die umliegende Region ausfuhren. Salvador ließ Dalí sogar vormittags bei ihm, während er in der Schule war. Flavio hatte ebenfalls ein kurzes Bein – eine Erinnerung an seine Zeit in Vietnam – und einen Narren an dem dreibeinigen Hund gefressen.

»Also ich bleibe dabei: Die Tussi hat sich natürlich längst wieder vom Acker gemacht«, sagte Jaden, als sie sich bei *Kentucky Fried Chicken* mit Proviant eingedeckt hatten. »Was sollte sie auch alleine da draußen anfangen? Die ganze Tour ist eine Schnapsidee, wenn ihr mich fragt.«

»Deswegen fragen wir dich ja nicht, Mister Destruktivus«, erklärte Mose und zog sein Portemonnaie aus der Tasche. Ronan hielt den Wagen vor *Tenenbaum's Famous,* einem kleinen, koscheren Imbissgeschäft, zum zweiten Mal an. Nachdem sich auch Mose mit ausreichend Fressalien für die bevorstehende Fahrt eingedeckt hatte, ging es los.

»Wir brauchen ungefähr zwei Stunden, schätze ich«, erklärte Ronan. »Das letzte Stück müssen wir allerdings laufen. Hoffentlich finde ich die Stelle wieder. War echt mittendrin in der Pampa.«

»Aber du hast gesagt, da war eine Hütte«, erinnerte ihn Ernesto.

Ronan grinste. »Eher eine Bruchbude.«

»Kann der Hund nicht mal den Mund schließen? Wenigstens für eine Weile?« Jaden beugte sich vor. »Er hechelt ja geradezu Fischdämpfe.«

»Nimm's locker, Alter«, knurrte Dara und betrachtete auf seinem Smartphone Bilder von nackten Mädchen. »Russinnen«, erklärte er an niemanden Bestimmten gewandt. »Sie sind meiner bescheidenen Meinung nach die schärfsten Bräute weltweit.«

Ernesto verdrehte die Augen. »Manchmal frage ich mich, wie du ihn aushältst«, sagte er an Mose gewandt.

Mose grinste. »Er tut nur so. In echt ist Hush lammfromm. Er hat auch noch nie ...«

»Überleg dir genau, was du sagen willst, Mo Meyerowitz, denn es könnte sein, dass du schneller ein toter Mann bist, als dir lieb ist!«, unterbrach ihn Darayavahush streng, packte Moses Kopf mit beiden Händen und beutelte ihn leicht hin und her.

Alle lachten.

»Wo wir gerade beim Thema Sex sind«, sagte Salvador und tätschelte mit verdrehtem Oberkörper seinem Hund im Kombibereich des Wagens den Rücken. »Ich hatte letzte Nacht ein paar heiße Sekunden lang echt abgefahrenen Sex mit Ernestos rothaariger Haushälterin.«

»Mit meiner guten, alten Natasha?« Ernesto, der vorne neben Ronan saß, drehte sich um. Salvador nickte und schnalzte zufrieden mit der Zunge.

»Nicht schlecht. Aber wieso nur *Sekunden?«*, erkundigte sich Darayavahush neugierig. »Kam's dir so schnell? Der volle Pflaumensturz, oder was?« Er lachte schallend über seinen eigenen Scherz.

Salvador lachte ebenfalls. »Hast du noch nie von der REM-Phase gehört, du Trottel?«, fragte er dann.

»REM – was?«

Darayavahush machte ein verwirrtes Gesicht.

»*Traumphase,* Hush«, erklärte Salvador. »Träume sind immer nur ein paar Sekunden lang, auch wenn du das subjektive Gefühl hast, dass sie Stunden gehen. In Wahrheit sind es eben nur Sekunden. Danach bist du, zack, schon wieder in einer Tiefschlafphase. Und die sind komplett traumlos.«

Im Laufe der nächsten zwei Stunden redeten sie: über die Schule, über Liza Rodriguez, das Busenwunder aus der Altgriechischklasse, über das traurige Leben der amerikanischen Truthähne, deren Leben zu kurz, zu genmanipuliert und zu trostlos war (»Sie werden gentechnisch zum Fettsein gezwungen«, erklärte Salvador empört). Außerdem über Dalís mannigfaltige Körperdünste, angesagte Colleges, gute und schlechte Musik, Geld und Geldmangel – und das Mädchen aus dem Wald.

»Eine Touristin«, sagte Jaden. »Todsicher.«

»Sah aber irgendwie nicht danach aus«, sagte Ronan.

»Auf deinem Spannerfilmchen schon«, beharrte Jaden.

»He, Leute, es ist so weit! Wir sind gleich da«, rief Mose, der mit Navigationsgerät und einer guten, alten Landkarte herumhantierte. Auf Letzterer hatte Ronan mit einem dicken Filzstift ein Kreuz gemacht. »Da irgendwo war es«, hatte er kryptisch dazu gesagt.

»Wald, Wald, Wald.« Darayavahush sah aus dem Fenster. »Man stelle sich vor, dass meine Vorfahren sich alle in Teheran tummeln durften, einer *Weltstadt,* und ich gezwungen bin, mich stattdessen mit Feld, Wald und Wiesen zu begnügen. Ich sag's ja immer: Allahs Wege sind verschlungen und rätselhaft …«

Sie stellten Mr Horace' Wagen an einen bewaldeten Wegrand und machten sich auf den Weg. Dalí, froh, nicht mehr im Kofferraum eingesperrt zu sein, humpelte erleichtert seiner Wege.

»Da, jetzt kackt er«, stöhnte Jaden. »Salva, im Ernst: Warum bist du so ein Hundenarr? Diese Viecher tun nichts als fressen, kacken, stinken und Haare verlieren. Was ist der Hipe an ihnen?«

»Klappe«, antwortete Salvador streng. »Ich liebe Dalí. Hör auf, immerzu auf ihm rumzuhacken. So was macht man nicht. Vergiss nicht, dass er außerdem behindert ist.«

»Ich denke, wir schlagen uns hier ins Unterholz«, rief Ronan, der schon ein Stück vorausgelaufen war.

»... und nehmen uns vor Bären, Kojoten und anderen Raubtieren in Acht«, grinste Darayavahush.

Eine Weile liefen sie schweigend durch den immer dichter werdenden Wald.

»Und hier fährst du Rad?«, stöhnte Ernesto irgendwann. »Hier ist doch kaum ein Durchkommen.«

»Ich komme überall durch«, war Ronans sportliche Antwort.

»Ronan Horace, der neue Ironman«, spottete Mose.

»Wär nicht das Schlechteste.« Ronan verschwand hinter einem riesigen Baum. »Pinkelpause.«

»Bäume, Bäume, Bäume ...«, stöhnte Darayavahush eine halbe Stunde später.

»Ja, wir wissen Bescheid«, unterbrach ihn Mose und schlug ihm auf die Schulter. »Deine Vorfahren in Teheran hatten es so viel besser ...«

Dara nickte. »Ich sag's ja, ich sag's ja«, rief er und schlug ein paar Äste aus dem Weg, der keiner war. »Jedenfalls blockiert gleich mein Gehirn und ich falle in ein Lethargiekoma! Mann, Leute, ich brauche Action! Drama! Alkohol! Dieses Im-Wald-Herumlatschen ist nichts für mich. He, Ronan, wo ist denn jetzt deine Nackte?«

»Es muss ein Stück weiter in dieser Richtung sein«, grübelte Ronan.

»Das sagst du jetzt schon zum eine Millionsten Mal«, regte sich Jaden auf. »Und in der Zwischenzeit saugen uns die Moskitos komplett aus. – Da! Schon wieder eine!« Er schlug sich fluchend aufs Bein.

»Wir gehen übrigens nach Nordwesten«, murmelte Ernesto mit einem Blick auf seinen Smartphone-Kompass. Zusätzlich kennzeichnete er Bäume für ihren Rückweg.

»Und das hilft uns so was von weiter!«, knurrte Jaden und kratzte sich seinen aktuellsten Stich.

»Also, noch mal: Wir suchen nach einer einsturzgefährdeten Bruchbude, einem Waldsee und so einem krummen Baum, der ungefähr mittig zwischen Hütte und See positioniert ist?«, fasste Salvador zusammen.

Ronan nickte, blieb stehen und sah sich nachdenklich um.

»Ich glaube, wir sollten allmählich zurückgehen«, schlug Jaden vor. »Hat doch alles keinen Sinn. – Was meint ihr?«

Die Jungen sahen sich an.

»Also, keine Nackte«, seufzte Darayavahush ergeben und betrachtete Dalí, der schnüffelnd um ein paar Bäume herumlief. »Na, wenigstens hatte der Behinderte unter uns seinen Spaß.«

»Okay, Minipause mit Megajoint. Und dann Rückzug. Alle einverstanden?«, sagte Mose und setzte sich auf den Waldboden.

Die anderen nickten und machten es ihm nach. Reden, rauchen, herumfläzen, die Seele baumeln lassen.

»Natürlich kein Netz in dieser Einöde«, murmelte Jaden nach einem prüfenden Blick auf sein stummes Mobiltelefon.

»Was hast du gedacht? Dass hier alle paar Meilen eine Sendeantenne im Wald steht? – Wir sind hier im totalen Nirwana, Bleichgesicht!«, spottete Mose.

Ernesto versuchte, die Stimmen der anderen, so gut es ging, auszublenden, und sah schweigend in den Wald hinein. Er lauschte dem Wind, der in den Bäumen rauschte, und sah zu, wie über ihnen die Wolken dahinzogen. Seine Gedanken wanderten. Sie wanderten zu seiner Mom, die er nicht verstand, und seinem Dad, den er noch viel weniger verstand. Sein Vater lebte praktisch für und in seiner Klinik, in der er reichen Leuten Busen, Bäuche, Nasen und dergleichen *verschönerte,* wenn man so wollte. Ein schwachsinniger Job, wenn man Ernesto fragte. Nur fragte ihn keiner. Und seine Mutter? Sie war wie Ebbe und Flut, kam und ging, lachte und weinte. Auf und ab, auf und ab, auf und ab. Ernesto hatte es längst aufgegeben, sich in ihre verkorkste Gefühlswelt hineinzuversetzen. Sie kam ihm vor wie ein Hochgeschwindigkeitszug, der pausenlos auf dem falschen Gleis war. Er dachte an Chazza Blume, der sich lange nicht mehr hatte sehen lassen. Lieber, verrückter, blinder Chazza. Er erinnerte sich mit einem unwohlen Gefühl im Bauch an das, was er letzte Woche seinen Kumpels anvertraut hatte: die Sache zwischen Chazza und seiner Mom. Mist, er hätte das nicht erzählen sollen. Aber es war so aus ihm herausgerutscht. Es beschäftigte ihn einfach schon zu lange. Wie lange eigentlich? Wann hatte er zum ersten Mal mitbekommen, dass da etwas war zwischen seiner Mutter und dem blinden Musiker? Drei, vier Jahre war das her, bestimmt. Er war auf der Suche nach seinem Vater gewesen, weil er ihn etwas fragen wollte. Und auf dieser Suche war er an Natashas Hauswirtschaftsraum vorbeigekommen, dem unspektakulärsten Raum des ganzen prächtigen Hauses.

Eigentlich eher ein Verschlag, ein Kabuff. Er besaß, anders als alle anderen Zimmer des Rampenhauses, nur ein einziges Fenster. In ihm wurden Bügelbrett, Putzmittel, mehrere Staubsauger und die Poliermaschine für Marmorböden aufbewahrt. Und anderer Schrott.

Merkwürdige Geräusche waren aus dem Raum gedrungen an diesem Nachmittag. Ernesto sah nach, um welche Art Geräusche es sich genau handelte. Und Tatsache war gewesen, dass es Beischlafgeräusche waren. Es waren Geräusche, die aus seiner Mutter kamen, während sie mit dem Ewig Summenden Sex hatte.

Verdammt. Verdammt. Verdammt.

Aber trotz dieser Misere hatte Ernesto nicht aufgehört, Chazza zu mögen. Warum auch immer nicht.

»Ernesto, bist du vielleicht tot oder so was?«, fragte Darayavahush und wedelte Ernesto mit der Hand vor dem Gesicht herum. »Hast du's nicht mitgekriegt? Unser Spürhund hat seine Spur wieder.«

»Was?«

Ernesto schüttelte den Kopf, um die bleierne Benommenheit, in die er versehentlich gerutscht war, abzuschütteln.

»Ja, du hast richtig gehört, Bruder Bigfoot«, drängte Darayavahush. »Los, los. Beweg deine müden Knochen.«

»Hey, genau! – Leute, hier sind Ozzy Osbourne und ich das letzte Mal todsicher vorbeigekommen«, rief Ronan, der ein paar Meter weiter auf einer Anhöhe stand.

»Hatten wir das nicht schon ein paarmal, Mr Horace?«, murmelte Jaden von unten skeptisch. »Letzter Versuch, klar?«

Noch einmal setzten sie sich in Bewegung.

»Wahnsinn, Wahnsinn, Wahnsinn...«, murmelte Darayavahush ein paar Minuten später.

Die Jungen standen, wie vom Donner gerührt, da. Die Nachmittagssonne, die vielen, hohen Bäume mit den riesigen Baumkronen: Das, was sie sahen, war zu allem Überfluss in ein grünes, unwirkliches Licht gehüllt.

»Was macht... sie da?«

»Habe ich es euch nicht gesagt?«

»Runter auf den Boden!«

»Psst!«

Ernesto kniff die Augen zusammen, während sie sich alle hinhockten. Was ging hier vor?

Das Mädchen, das sie sahen, war eindeutig nackt. Oder war sie eher eine Frau, eine junge Frau? Sie hatte einen kleinen, festen, spitzen Busen.

Ernesto starrte wie hypnotisiert auf die schmächtige, hin und her eilende Gestalt und den anderen schien es nicht anders zu gehen. Ernesto hörte Jaden neben sich atmen. Was tat dieses Mädchen hier? Inmitten dieser Einöde? Ging hier so etwas ab wie ein Dschungelcamp? Aber so was machte man doch nicht alleine. Oder war sie gar nicht alleine?

Salvador hielt seinen Hund fest, und da kein Hecheln mehr zu hören war, hielt er ihm, wie es schien, zusätzlich das Maul zu.

Ein bisschen vorgebeugt lief das nackte Mädchen durch etwas, das fast wie ein angelegtes Beet aussah, den Blick auf die etwa kniehohen Pflanzen gerichtet. Ab und zu bückte es sich, um etwas abzupflücken.

Dazu –

»Heult sie?«, flüsterte Ernesto verwirrt.

Keiner gab eine Antwort.

»Das ... das ist keine Touristin. Todsicher nicht«, flüsterte Mose irgendwann.

»Aber ...was ist sie dann?«

Wieder gab niemand eine Antwort.

»Und was macht sie jetzt?«

Sechs Augenpaare, oder wenn man Dalís dazurechnete, waren es sieben, folgten dem nackten Mädchen, das sich jetzt vom Beet abwandte und etwas, das fast wie ein gewundener Weg, ein Trampelpfad, aussah, folgte.

Und da war die Hütte, die Ronan richtig als einen heruntergekommenen Schuppen beschrieben hatte. Eine Bruchbude aus dunklem, in die Jahre gekommenem Holz.

Bestimmt ein altes, vergessenes, längst verlassenes *Homestead,* schoss es Ernesto durch den Kopf. Darüber hatten sie mal, vor gar nicht allzu langer Zeit, etwas im Geschichtsunterricht gelesen. Der *Homestead Act,* ein 1863 in Kraft getretenes US-Gesetz zum Landerwerb. Oregon war ein gutes Pflaster dafür gewesen. Massenhaft Einöde. Massenhaft Möglichkeiten, sesshaft zu werden.

Fast unmittelbar neben der Hütte war ein kleiner, bewachsener Hügel oder vielmehr eine Erhebung im Boden. Dorthin lief das Mädchen nun und verteilte sorgfältig die blühenden Kräuter, die sie in beiden Händen hielt, über der ganzen Fläche. Fast sah es so aus, als lege sie die Blumen nach einem bestimmten Muster ab, aber vielleicht war das auch nur ein Trugschluss, überlegte Ernesto.

... ach wie nichtig/ach wie .../sind der Menschen Schätze!/Es kann Glut und ... entstehen,/dadurch, eh wir uns versehen,/alles muss zu Trümmern gehen.

»Oh, du heilige Scheiße, was geht hier bloß ab?«, flüsterte Darayavahush den anderen zu. »Verdammt, vielleicht ist das eine Sekte oder so was.«

»Quatsch, sie singt eben nur. Sei leise, Mann«, flüsterte Ernesto zurück, ohne den Blick abzuwenden.

»Singt? Das ist doch kein Singen, das ist eher ein... Winseln, wenn du mich fragst. Und sie flennt dabei. Das ist ja wohl nicht zu übersehen, Mister Superschlau. Ihr ganzes Gesicht ist voll – Rotz.«

Darayavahush, auf dem Bauch, zwischen Ernesto und Salvador, stützte das Kinn in die Hände. »Wenn ihr mich fragt, die Braut ist ziemlich durch den Wind. Verrückt oder so. Kein sehr schöner Anblick. Bis auf ihre kleinen, süßen Titten. Die sind okay.«

...ach wie flüchtig, ach wie.../ist der Menschen Leben!/Wie ein Nebel... entstehet/und auch wieder bald vergehet/so ist unser Leben, sehet...

Von wegen *Winseln*. Das Mädchen hatte eine schöne, aber eigenartig gepresste Stimme. Darum war auch nicht alles, was sie da sang, eindeutig zu verstehen. Ernesto wollte gerade sagen, dass er nicht glaube, dass sie verrückt sei, als –.

»Scheiße, was macht sie denn jetzt?«, stotterte Jaden da und alle spürten die Spannung, die auf einmal in der Luft lag.

Wie auf Kommando hielten sie den Atem an und betrachteten stumm, was sich vor ihren Augen abspielte. Das nackte Mädchen hatte angefangen, sich sanft hin und her zu wiegen, ihr gepresstes Singen war dabei in ein leises Summen übergegangen, das leichter auszuhalten war.

Fast wie Chazza Blume, schoss es Ernesto durch den Kopf.

Aber das war noch nicht alles. Das Mädchen saß im Schneidersitz, hatte beide Arme um sich geschlungen und begann, sich sacht selbst zu streicheln. Ihre Hände fuhren sanft über ihren Rücken, ihre Taille entlang, über ihren Bauch, ihre kleine Brust und wieder zurück. Den Kopf hatte sie in den Nacken gelegt. Ihr Weinen wurde weniger. Irgendwann lächelte sie.

»Eine Irre«, flüsterte Jaden heiser. »Los, Leute, machen wir uns besser allmählich vom Acker, bevor sie noch kommt – und uns alle killt oder so...«

»Mist, *das* hätten wir mal filmen sollen«, murmelte Darayavahush. »Das hätte Millionen Klicks gebracht.«

»Redet doch nicht so einen Mist!«, fuhr Ernesto die beiden an, als sie es geschafft hatten, sich loszureißen. Sie hatten ihr Versteck verlassen und gingen nun einen weitläufigen Bogen um die alte Homestead-Hütte. »Es war... irgendwie traurig. Nicht zum Filmen. Und wie eine – Killerin sieht sie nicht aus.«

»Ja, Mann, aber was machen wir jetzt?«, überlegte Salvador. Er hielt Dalí immer noch am Halsband fest. Sicher war sicher.

Ronan, der schon wieder ein paar Schritte voraus war, gab auf einmal ein Geräusch von sich, dass alle die Köpfe hoben.

»Was ist? Noch mehr nackte Mädchen in Sicht?«, flüsterte Darayavahush und lachte nervös.

Ronan schüttelte den Kopf, während er auf irgendetwas deutete, das die anderen aber noch nicht sehen konnten.

»Heilige Hühnerkacke!«, flüsterte Darayavahush, der als Erster zur Stelle war. Sie betraten eine Art Senke, die einer kleinen Lichtung Platz bot, aber eng von hohen Tannen eingegrenzt war. Auch hier konnte man Trampelpfade im Waldboden erkennen. Auch hier war das Licht grünlich.

»Was sind das denn für Viecher? Und wer hat sie in diese Dinger da reingezwängt?«, murmelte Darayavahush.

Irgendwie kam es Ernesto so vor, als ahnten sie alle die Antwort auf wenigstens die zweite Frage, aber keiner sprach sie aus.

Ronan ging vorsichtig näher, um sich die eigenartigen Holzverschläge, in denen sich ganz eindeutig eingesperrte Tiere befanden, genauer zu betrachten. »Das sind richtige Käfige!«, rief er gedämpft. »Alte Holzkisten, Äste, Zweige, Kordel und Draht zusammengebunden. Gar nicht mal schlecht konstruiert.«

»Und die Viecher da drin?«, erkundigte sich Mose.

Ronan warf einen weiteren Blick in die engen, dicht gedrängt stehenden Verschläge. Darin raschelte es vernehmlich. Dalí winselte unruhig.

»Biber? Oder so was in der Art?«, fragte Ronan. »Kommt doch her.«

Aber dazu kam es nicht mehr, denn wie aus dem Nichts tauchte das nackte Mädchen am anderen Ende des Pfades auf, der auf direktem Weg zur Hütte jenseits der Senke führen musste. Nur dass sie jetzt nicht mehr nackt war. Sie hatte sich ein braunes Fellstück um die Hüfte gebunden.

»Modell Neandertaler«, flüsterte Mose, während Ronan sich Schritt für Schritt und so leise wie möglich hinter einen stacheligen Strauch zurückzog.

»Was hat sie vor?«, brummte Jaden. Und als die Jungen sahen, wie sie drei lange Messer aus einem Holzkästchen nahm, das sie unter dem vordersten Käfigverschlag hervorgezogen hatte, fügte er hinzu: »Wie war das mit *Sie sieht nicht wie eine Killerin aus*?«

Ernesto bekam auf einmal Kopfschmerzen und bemerkte, wie Darayavahush sein Smartphone aus der Hosentasche zog und alles, was nun geschah, dokumentierte.

Das Murmeln des Mädchens, während sie die Messer mit ihren Fingern prüfte, sich für eines entschied und es an einem Stein wetzte: *Ehre sei Dir, Herr, um Deiner Güte willen. Hilf uns, mit Nahrung zu versorgen, die nichts zu essen haben. Bewahre uns in Frieden und lass unsere Herzen dir allezeit lobsingen…*, den Moment, als sie eines der rötlich braunen Tiere aus einem der Ställe zog, es liebevoll küsste und streichelte –

»…kotz, sind das Ratten? Das sind doch Ratten! Riesenratten!«, flüsterte Jaden mit bebender Stimme.

– und dem Tier das Messer plötzlich in einer einzigen, blitzschnellen Bewegung in den dicken, gedrungenen Hals stach.

»In Ewigkeit, Amen«, sagte sie dazu.

Ein gurgelnder Laut entstand. Dann erschlaffte das Tier und lag schwer und blutig auf den dünnen Knien des Mädchens. Die Luft roch nach Blut, was kein Wunder war. Ernesto musste für den Bruchteil einer Sekunde an die Worte Lady Macbeths denken, nachdem sie ihren tyrannischen Ehemann erstochen hatte: »Wer hätte gedacht, dass der alte Mann noch so viel Blut in sich hatte?« Dass ein einziger Biber, oder was auch immer das für ein Tier war, so viel Blut in sich haben könnte, hätte er auch nicht vermutet.

Das Mädchen schien sich daran allerdings nicht zu stören. Sie lächelte nur und streichelte das Tier ein letztes Mal, ehe sie nach einem anderen Messer griff und mit ein paar gekonnten Schnitten die pelzige Haut von seinem Körper abzog. Es ratschte vernehmlich.

»Igitt«, flüsterte Jaden.

Ernestos Blick wanderte von dem nassen, blutigen Fellappen in den Händen des Mädchens zu ihrem eigenartigen, rötlich braunen Lendenschurz, den sie um die Hüften trug. – Was ging hier vor?

In diesem Moment drehte sich das Mädchen um. Die Jungen hielten den Atem an. Hatte sie endlich mitbekommen, dass sie beobachtet wurde?

»Eve?«, rief sie da und ihr Blick wanderte über die ganze Lichtung. »Eve?«

Es war schon fast Abend, als sie wieder in dem Chevy saßen und auf dem Rückweg waren.

»Reden wir nicht mehr davon«, knurrte Darayavahush. »Mir ist jetzt noch schlecht. Hey, dieser dicke, gehäutete Fleischkloß auf ihren nackten Knien… *Was* hat sie vor mit diesem – Ding? Will sie es etwa *essen?* So was isst man doch nicht. – Wenn ihr mich fragt, war die ganze Tour ein Flop. Da draußen wohnen einfach ein paar nackte Freaks, die sich von Rattenfleisch ernähren und ansonsten wahrscheinlich massenhaft Drogen konsumieren…«

»Das sehe ich genauso«, sagte Jaden und machte Ernesto ein Zeichen, die Musikanlage des Wagens einzuschalten. »Was sollte außerdem dieses religiöse Gelaber? Von wegen *In Ewigkeit, amen* und so?«

»Ist doch fucking egal«, sagte Darayavahush. »Freaks, Sektierer, religiöse Fanatiker, Nudisten. Irgend so ein Völkchen, halt. Was soll's? Uns kann's egal sein.«

»Okay, Leute. Vergessen wir die Sache eben. Hundertzwanzig Meilen retour! Zurück in die Zivilisation!«

Der Rückweg ähnelte der Hinfahrt. Sie redeten wieder über die Schule, über Liza Rodriguez, das Busenwunder, über Truthähne an Thanksgiving, über Dalís Körperausdünstungen, angesagte Colleges, Musik und Geldmangel. Nur über das Mädchen aus dem Wald verloren sie kein Wort mehr.

3

Warum gehen wir nicht mal ins *Milk and Honey?«*, beschwerte sich Darayavahush an diesem Nachmittag, während sie auf *Ed's Corner* zusteuerten, eine uralte Bar, die schmuddelig und verlebt war, aber ein gewisses Ambiente hatte, das sie alle mochten.

»Bestimmt haben die Pilgrim Fathers schon hier drin gehockt und ihre Bierchen gezischt«, hatte Dara vor einigen Wochen mal gesagt und sich wohlig in dem alten, staubigen Schankraum umgesehen.

»Hey, Hush, Geschichtsbanause! Die Pilgrim Fathers kamen sechzehnhundertirgendwas nach Amerika«, warf Ronan korrigierend ein.

»Eben«, hatte Dara gesagt und lachend den alten Ed zum Bestellen herbeigewinkt.

»Was willst *du* denn ausgerechnet im *Milk and Honey?«*, wunderte sich Mose.

»Ja, genau. Du bist doch der, der immer behauptet, das *Milk and Honey wäre* ein Weibertreffpunkt und ausschließlich für Weiber-Klatsch-und-Tratsch gut«, fügte Jaden hinzu.

Darayavahush nickte beifällig. »Eben, eben. Ich habe herausgefunden, dass der Schuppen zurzeit zum Beispiel bei Bräuten wie Liza Rodriguez angesagt ist.« Er grinste vielsagend.

»Was hast du denn in letzter Zeit dauernd mit dieser Liza

Rodriguez?« Salvador verzog das Gesicht. »Sie ist nicht besonders helle, das wissen wir doch wohl alle, oder?«

»Sie braucht ja auch nicht helle zu sein«, protestierte Darayavahush und ging mit einem Fuß auf dem Gehweg und mit dem anderen im Rinnstein. »Nicht für das, was ich von ihr will!«

»Akuter Fall von Hormonstau, das ist es«, erklärte Mose den anderen und verdrehte die Augen.

Darayavahush nickte. »Was ist dabei? Stellt euch vor, ich falle hier und jetzt tot um, dann bin ich gestorben und habe in meinem ganzen Leben keinen Sex gehabt! Wäre das zu fassen?«

»Sie waren in Ägypten, mein Herr, und haben die Pyramiden nicht gesehen?«, zitierte Ernesto spöttisch. »Aber mal im Ernst, Darayavahush, warum bist du so wahnsinnig sexversessen?«

Sie hatten das *Ed's* erreicht und sich einen Tisch ausgesucht. Mose bestellte eine Runde *Monster Energy* für alle. Dalí, draußen vor der Tür, winselte Mitleid heischend, aber im *Ed's* waren Hunde – auch behinderte – nicht erlaubt.

»Mann, in unserem Alter *ist* man eben sexbesessen«, regte Darayavahush sich unterdessen auf. »Und wer es nicht ist, sollte mal zum Arzt gehen und sich untersuchen lassen, weil dann etwas mit seinen Hoden nicht in Ordnung ist!«

»Oder mit seiner Hirnanhangdrüse«, fügte Salvador lachend hinzu.

»Hä? Was hat diese komische Hirndingsdadrüse denn mit meiner Libido und meinen wundervollen Hoden zu tun?«

Darayavahush wühlte schon wieder in seinem Rucksack nach seinem Deospray, während Salvador abwinkte. »Egal. Google es mal beizeiten, Mr Sexbesessen.«

»Wo steckt das blöde Ding bloß schon wieder? Wenn ich

mich nicht irre, habe ich sogar zwei davon eingesteckt.« Darayavahush ging nicht auf Salvadors Kommentar ein. »Ich miefe wie ein verdammter Pilgrim Father, der seit sechzehnhundertirgendwas nicht geduscht hat!« Er kippte genervt den Inhalt seines Rucksacks auf den Tisch. »Aah, da sind sie ja!«

Zufrieden nebelte Darayavahush seine Achselhöhlen mit dem männlich herben Inhalt einer der beiden Deosprayflaschen ein.

»Na also, schon besser«, sagte er aufatmend, lehnte sich auf seinem Stuhl zurück und nippte an seiner Sprite.

Ernestos Blick war an Darayavahushs Smartphone hängen geblieben, das zusammen mit einem zerfledderten *Playboy,* einem alten, abgewetzten, aber noch funktionstüchtigen Gameboy, einer Schachtel Chesterfields, einer angebrochenen Tüte M & M's und diversem krümeligem Kleinkram nun ebenfalls auf dem Tisch lag.

»Hast du's noch drauf?«, fragte er leise und deutete auf das Mobiltelefon.

Darayavahush hob den Kopf. »Du meinst, die... Tussi?«

Ernesto nickte. Da nickte Darayavahush ebenfalls.

»Warum... warum haben wir sie eigentlich nicht einfach – angesprochen, letzte Woche?«, fragte Ernesto langsam.

»Angesprochen?«, wiederholte Mose und setzte seine Sprite ab.

Ernesto nickte wieder.

»Du meinst, einfach so mit: »Hey Kleine, was machst du denn hier und warum hast du gar nichts an und schlachtest eklige Ratten?« Mose machte ein skeptisches Gesicht.

»Keine normalen Ratten, übrigens. Ich hab mal im Netz recherchiert«, mischte sich Salvador ein, verdrehte sich auf seinem Stuhl und warf ein Hundeleckerli durch die offen stehende Bartür. Aber der braune Drop verfehlte die Tür und prallte stattdessen gegen den Türrahmen, von wo aus er zurück in den Windfang flog. Dalí strangulierte sich beinahe in seinem Bemühen, ihn doch noch zu erreichen.

»Sie heißen Nutriaratten«, sagte Salvador, stand auf, holte den Hundevitamindrop, brachte ihn nach draußen, versenkte ihn in Dalís gierigem Schlund und kam zurück an den Tisch. »Manche sagen auch Biberratten dazu«, fuhr er fort. »Dalí, wir kommen ja bald! Dreh nicht durch solange!«

»Ja, stell dir einfach vor, Salva hätte dich damals in Maine am Straßenrand übersehen, dann wärst du längst tot und verwest«, rief Jaden nach draußen. »Also, genieß das pralle, dreibeinige Leben und reg dich ab!«

»Man kann sie essen«, sagte Salvador. »Diese Biberratten. Sie sollen sogar nicht schlecht schmecken.«

»Ah, okay«, murmelte Darayavahush.

»Aber – *warum* lebt sie da draußen und isst sie? Wenn sie sie denn tatsächlich isst«, überlegte Mose.

»Und dann das Singen und Heulen.« Das kam wieder von Darayavahush. »Und nackt und diese – Felle, und das alles …«

»Das meine ich ja«, sagte Ernesto und versuchte, sich an die leise, gepresste Stimme des Mädchens zu erinnern, während sie gesungen hatte, was kaum gelang, solange im Hintergrund *Madonnas* »American Pie« ertönte.

Einen Moment herrschte zwischen ihnen Stille, in die Madonna, der Straßenlärm draußen und das Gerede der anderen Gäste tönten.

»Okay«, sagte Salvador dann und blickte in die Runde.

»Was?« Jaden machte ein fragendes Gesicht.

»Fahren wir – noch mal hin?«

Salvador war es, der die Frage stellte.

Die anderen, bis auf Jaden, nickten.

»Was, noch mal diese ganze Megatour?«, sagte er und verzog das Gesicht. »Nur um diese verrückte Nackte beim Abschlachten von Ratten zu bespannen? Ohne mich.«

Salvador und Ernesto warfen sich einen Blick zu.

»*Was* macht sie da draußen? Warum ist sie dort?«, fragte Ernesto.

»Sie ist aber nicht völlig alleine, oder?«, sagte Mose. »Sie hat doch nach einer *Eve* oder so gerufen.«

Ernesto streckte die Hand nach Darayavahushs Telefon aus. »Kann ich's noch mal sehen?«, fragte er leise. Na toll, jetzt war ausgerechnet er der Spanner.

Darayavahush nickte. »Klar. Ich hab's mir bestimmt schon ein Dutzend Mal angeguckt. Ist und bleibt eklig. Wie man es auch dreht und wendet.«

Ernesto tippte gegen den schon recht zerkratzten Touchscreen.

»Vorletzte Aufnahme«, erklärte Darayavahush hilfsbereit über den Tisch hinweg.

Was hatte er da eben gesagt? *Es ist und bleibt eklig?* Ernesto kniff die Augen zusammen. Für ihn war und blieb die wackelige Aufnahme schlicht und einfach … traurig. Und rätselhaft.

Er gab das Smartphone zurück und sie rafften sich auf, um nach Hause zu gehen. Als sie in den Windfang traten, kam gerade der alte Flavio Fabiani hinein, der einen der Kyriacou-Brüder im Schlepptau hatte. Jeder in Old Town kannte die Familie Kyriacou. Sie lebte ein bisschen außerhalb der Stadt und hatte eine Menge Probleme. In fast jeder Beziehung. Salvadors Vater betreute sie seit Jahren als zuständiger Sozialarbeiter.

»Hi Jungs«, knurrte Flavio. »Alles klar bei euch?«

»Klar, alles klar«, antwortete Salvador für sie alle und winkte seinem Hundesitter zu, bevor sie auf den Parkplatz gingen.

Früher war Flavio Fabiani ein stadtbekannter Säufer gewesen, dem der Vietnamkrieg nicht aus dem Kopf und der Seele ging, aber irgendwie hatte er es eines Tages doch geschafft. Heute nannten ihn die Leute gerne *Den guten Mensch von Old Town.*

»Er ist nicht der Hellste, aber er ist schwer in Ordnung«, hatte Salvadors Dad mal gesagt und damit den Nagel auf den Kopf getroffen.

Sie fuhren also wieder hin. Natürlich taten sie das. Ernesto war das schon an dem Tag im *Ed's* klar gewesen. Mit dem einzigen Unterschied, dass diesmal Jaden und Dalí nicht dabei waren. Wie bei ihrem ersten Besuch stapften sie eine lange Zeit schweigend durch das dichte Unterholz. Diesmal schien die Sonne nicht, stattdessen war es kühl und sah nach Regen aus und zwischen den mächtigen Baumriesen stieg ab und zu so etwas wie Dunst oder dünner Nebel auf.

»Über diese dicke, frei liegende Baumwurzel bin ich beim letzten Mal auch gestolpert«, sagte Darayavahush und fluchte. »Wir sind also richtig.«

»Hier ganz in der Nähe fließt ein Nebenarm des Salmon River«, rief Ronan, der wieder voranging. »Darum der Nebel.«

Zu Hause, beziehungsweise bei Salvador zu Hause, hatten sie vorher ein OBO mit Dalí als Orakel abgehalten.

»Wer wird sie ansprechen?« Diese Frage war dem OBO vorausgegangen.

»Ihr meint: Wer wird sie ansprechen *und sich gegebenenfalls abstechen lassen?«*, verbesserte Jaden zynisch und blätterte in einem herumliegenden *Men's health.*

»Jeder, der mitkommt, gibt eine heilige Insignie ab«, hatte Salvador vorgeschlagen, ohne Jadens Kommentar zu beachten, und die anderen hatten genickt. Jaden hatte mit den Schultern gezuckt und sich abgewandt.

Ernestos Wahl fiel auf seine Ethnokette, die ihm Chazza vor vielen Jahren von einer seiner zahlreichen Reisen mitgebracht hatte und die er seitdem immer trug. Sie stammte noch aus der *Davorzeit.* So nannte Ernesto in Gedanken die Zeit, ehe besagte Geräusche aus dem Hauswirtschaftsraum seiner Elternhausvilla in sein Ohr und sein Bewusstsein gedrungen waren.

Ronan streifte seine Lacoste-Armbanduhr ab und legte sie auf Salvadors Dielenboden neben Chazza Blumes Kette.

Salvador entschied sich für Ernest Hemingways *Der alte Mann und das Meer,* das er gerade zum ungefähr eine Millionsten Mal las.

Darayavahush schwankte zwischen einem seiner Deos, seinem heiligen Immer-und-allzeit-bereit-Kondom, das er schon über zwei Jahre in seinem Portemonnaie mit sich herumtrug, und seinem iPhone. Zum Schluss entschied er sich seufzend für sein Handy und legte es neben Hemingway zu Boden.

Mose übergab seinen Lieblingsgürtel dem OBO-Schicksal. Es folgten die heiligen, ausgestreuten Oreobrowniekrümel und dann schritt das Orakel zur Tat, beziehungsweise stürzte sich Dalí schwanzwedelnd und sabbernd wie eh und je über die ausgebreiteten Insignien.

Diesmal traf es Ernesto, jedenfalls verkündete das Dara und schnappte sich erleichtert sein Telefon vom Boden, um es von Krümeln, Spucke und Hundehaaren zu befreien. Ronan runzelte die Stirn, er war der Ansicht, dass das Orakel sowohl Kette als auch iPhone gleichzeitig besabbert hätte, aber während sie noch darüber diskutierten (»He, wie sollte das denn funktionieren? Dalí hat doch kein Halbesmetermaul…« Das kam von Mose.), hatte Ernesto schon abgewinkt.

Er wusste nicht, woran es lag, aber aus irgendeinem Grund hatte er sich insgeheim sogar gewünscht, dass es diesmal ihn treffen würde.

Da ist sie. Bei ihr ist eines der merkwürdigen Tiere. Nur dass dieses nicht rötlich braun ist, wie das, das sie – beim letzten Mal geschlachtet hat. Dieses hier ist fast… blond, bernsteinfarben, obwohl sich das falsch anhört, denn es ist genauso hässlich und gedrungen und struppig wie das andere. Nur eben in hell. Es hat Ähnlichkeit mit einem gigantischen Meerschweinchen. Es kauert zu den Füßen des Mädchens, das wieder nackt ist. Im Gras sitzt. An einen Baumstamm gelehnt. Die Augen geschlossen. Eine Hand im Fell der Biberratte, wenn Ernesto sich richtig erinnert an Salvadors Bezeichnung für diese dicken, schwerfälligen Tiere.

In den Käfigen, die Ernesto schon vom letzten Mal kennt, rumoren die Artgenossen. Wie viele es wohl sind? Dem Gescharre nach zu urteilen, eine Menge.

Warum friert sie nicht? Es ist wirklich ein kühler Tag. Über den angegrauten Himmel toben Krähen, wirbeln und kreischen, machen einen unheimlichen Radau. Hitchcock-Grusellärm. Ab und zu lassen sie sich wie auf Kommando in drei hohe Bäume am Rand der Lichtung nieder und verpassen den Baumwipfeln eine schwarze, laute Gruselsilhouette.

Ernesto schaut sich nach den anderen um. Und jetzt? Noch

hat sie ihn nicht im Schatten der Büsche entdeckt. Ihre Haare sind wirr und reichen ihr über die Schultern bis zur Mitte ihres dünnen Rückens. Sie sehen verfilzt und stumpf aus, aber nicht hässlich. Sie ist blond. Ernestos Blicke fliegen über ihren Körper. Brust, Rippenbogen, Taille, die Beine wieder im Schneidersitz, wahnsinnig schmutzige Füße.

Ihre kleinen Brustwarzen sind aufgerichtet, klar bei der Kälte. Ernesto schaut schnell wieder weg. Er ist schließlich nicht Darayavahush, er ist kein Spanner. Hier geht es um etwas anderes. Nur – worum?

Ernesto sieht, dass Darayavahush ihm ungeduldige Zeichen macht. Ronan, Salva und Mose dagegen sind nur vage Schatten im Hintergrund. Aber Darayavahush hat auf einmal ein kleines Fernglas in der Hand. Ernesto schüttelt unwillig den Kopf.

Das Tier schnaubt und das Mädchen lächelt es an und legt seinen Kopf auf seinen klumpigen Leib. Wieder schließt sie die Augen.

Ernesto gibt sich einen Ruck. Jetzt oder nie. Es hat schließlich keinen Sinn, ewig im Verborgenen herumzuliegen. Dazu hätten sie nicht herkommen müssen. Leise kriecht er näher. Ist sie eingeschlafen? Sie scheint keine Angst zu kennen, wenigstens kommt ihm das so vor, denn ihr Vorsichtigkeitsradar ist nicht sehr ausgeprägt. Was macht sie hier? Zum tausendsten Mal dieselbe Frage. Und wie lange lebt sie schon an diesem Ort?

Ernesto kauert sich nieder, um sie besser sehen zu können. Wieder lässt Hitchcock aus dem Jenseits am verhangenen Himmel die Krähen aufflattern und dazu kreischen, als gälte es ihr Leben. Der Himmel wird beinahe schwarz dabei, eine schwarze, flatternde Wolke. Und wieder sinkt sie nur Sekunden später erneut in die Baumwipfel hinab, aufgebracht und wild. Blätter rieseln von dort oben herab.

Da sieht Ernesto, dass sie die Augen geöffnet hat.

Sie blickt ihn an.

Er schluckt.

»Hi«, sagt er versuchsweise leise und hat auf einmal eine belegte Stimme und fühlt sich wie ein mieser Eindringling in eine ... ja, in was? In eine andere Welt, schießt es ihm durch den Kopf. Er spürt, dass er innerlich irgendwie zittert. Nein, nicht nur innerlich. Seine Finger beben. Wie die manikürten Finger seiner Mutter, die schon beben, solange er zurückdenken kann.

»Nein ...«, flüstert sie leise zurück.

Okay, das ist eindeutig keine Begrüßung, ganz sicher nicht. Wer ein Hi mit einem Nein beantwortet, lechzt nicht gerade nach Kontakt. Ernesto wünscht plötzlich, seine Freunde wären nicht mitgekommen, würden nicht irgendwo hinter seinem Rücken stehen und ihn beobachten.

»Ich ... ich wollte dich nicht erschrecken. Ich – ich bin Ernesto Merrill. Ich bin – ganz zufällig vorbeigekommen«, sagt er schließlich.

Wer's glaubt. Aber sie sieht sowieso nicht so aus, als wäre sie ganz da.

»Nein«, sagt sie wieder. Das struppige Tier ist schnaufend aufgestanden, genau wie ihr fehlt auch ihm ein ausgeprägter Vorsichtigkeitsradar. Aber es trottet ein paar Schritte weiter, dann doch.

Das Mädchen rührt sich nicht, steht noch immer mit dem Rücken am Baum. Ernesto ist sich seiner Jeans, seines schwarzen Longshirts, seiner Turnschuhe noch nie so bewusst gewesen wie in diesem Moment. Er fühlt sich wahnsinnig angezogen *und gibt sich Mühe, ihre Nacktheit so gut es geht zu übersehen. Noch nie hat er ein Mädchen mit Haaren unter den Armen gesehen. Und Haaren an den Beinen, hellen, flauschigen Haaren. Sie hat auch – helle Schamhaare.*

Jetzt weicht sie doch zurück. Zur Seite. Windet sich am Baumstamm entlang, schabt sich mit Sicherheit den Rücken auf dabei. Und murmelt etwas.

»Was?«, fragt Ernesto und verbessert sich: »Wie bitte?«

»... uns ... zufrieden ... lassen. Schattenmenschen ... uns ... zufrieden ... lassen. Bitte ... Jesus ... Christus ...«

Schattenmenschen? Hat er das richtig verstanden? Und Jesus Christus? *Vielleicht gehört sie doch zu einer Sekte. Oregon zieht Sekten ja an wie verrückt, weil es so abgeschieden, so entrückt, so anders ist.*

»Ich ... ich tue dir nichts«, erklärt Ernesto langsam und behutsam, als spräche er mit einem ganz kleinen Kind, aber es nützt nichts, das sieht er. Er sieht praktisch, wie sich die Angst um ihren Körper schlingt, die Angst vor ihm, und es gibt nichts, was er dagegen tun kann. Nicht hier. Nicht jetzt. Niemals, vielleicht. Oder doch?

Das Mädchen hat blumenblaue Augen. Oder, weniger irre ausgedrückt, sehr *blaue Augen, schwirrt es Ernesto durch den Kopf. Sie ist schmächtig und ihr Körper weist eine Menge Blessuren auf. Narben und Kratzer und vernarbte Stiche oder etwas in der Art. Ja, schmächtig. Und dünn, aber nicht mager, nicht verhungert. Sie hat auch Sommersprossen im Gesicht und eine schmale Nase und ihr Mund erinnert ihn an jemanden. Ohne darüber weiter nachzugrübeln, weiß er plötzlich, an wen: an Julia Roberts – wie verrückt ist das denn? –, die Hollywoodschauspielerin. Dabei ist das egal, wahnsinnig nebensächlich,* aber trotzdem fällt ihm das auf. Dieser etwas breite, geschwungene Mund, der bestimmt schön aussieht, wenn er lächelt. Nur, das tut er eben nicht.

»Wer bist du?«, fragt er.

Erste, dünne Regentropfen fallen.

Schweigen.

»Wohnst du hier? Ist – jemand bei dir?«

Schweigen, Schweigen, Schweigen.

Und jetzt? Einfach gehen? Ciao sagen, aufstehen, umdrehen, weggehen, nach Hause fahren? Vielleicht vorher noch mal leutselig winken? Verdammt, verdammt, verdammt.

Bleiben? Ihr Hilfe anbieten? Oder einfach mal einen Blick in die Bruchbude dahinten werfen? Sehen, was darin ist?

Nichts davon tut Ernesto. Stattdessen redet er wirres Zeug, das aus seinem Mund will, warum auch immer.

Das Mädchen hat die Beine angewinkelt und so zur Seite gedreht, dass er von ihrem Intimbereich nichts sehen kann. Ernesto registriert es und atmet auf. Doch eine Art Vorsichtsradar?

»Ich bin siebzehn, werde bald achtzehn. Wohne in Old Town. Das ist die nächste Stadt, die man von hier aus erreichen kann. Obwohl, Stadt. Es ist eher ein totales Kaff. Meine Eltern haben dort eine Klinik. In der Nähe unseres Hauses. Plastische Chirurgie, aber das sagt dir wahrscheinlich nichts. Mein Vater ist Arzt, Chirurg, genauer gesagt. Er operiert bekloppte Leute, die nicht mit sich zufrieden sind. Nasen und so. Ach, ist ja auch egal. Er macht damit wahnsinnig viel Kohle, ich meine Geld. Aber er kann auch anders. Manchmal zeigt er so was wie ein Herz. Aber eben nicht oft. Einmal hat er gratis zwei Kleinkinder operiert, siamesische Zwillinge aus China. Sie waren im

Gesicht aneinandergewachsen, hatten zusammen nur eine Nase und überhaupt keinen richtigen Mund und so. Na ja, er hat sie getrennt und ihnen richtig passable Gesichter verpasst. Das war irre. Und ein anderes Mal hat er einer Frau das Gesicht geflickt, das ihr ein paar durchgedrehte Hunde völlig zerfleischt hatten. Die Frau hatte auch kein Geld, sie kam aus New Mexico und mein Dad hat monatelang an ihr herumgeschnippelt, bis sie wieder okay war. Keinen Cent hat er dafür genommen...«

Ernesto hält inne. Was tut er hier bloß? Warum fällt ihm das alles ein? Es ist doch völlig nebensächlich.

Das Mädchen hat sich nicht gerührt. Immer noch starrt sie ihn an.

Der Regen ist nur ein Nieselregen, aber dennoch spürt Ernesto die Nässe, langsam aber stetig bahnt sie sich ihren Weg.

Wie soll es weitergehen? Wenn er nicht hier wäre, hätte sich das Mädchen längst in die Hütte geflüchtet, um nicht sinnlos nass zu werden. In die Hütte, in der sie zu wohnen scheint. Ist – Eve, nach der sie beim letzten Mal gerufen hat, ebenfalls dort? Ist Eve ihre Mutter? Und wenn ja, warum lässt sie sich niemals blicken? Vielleicht... ist sie ja krank. Vielleicht braucht sie Hilfe. Ja, vielleicht ist es das.

»Deine Mutter. Äh, wo ist deine Mutter?«, nimmt Ernesto einen neuen Anlauf und Hoffnung entzündet sich in ihm, als das nackte Mädchen das Unglaubliche tut: Sie lächelt. Es ist wie ein Hauch, der schnell wieder vergeht, aber Ernesto hat ihn gesehen.

»Deine Mutter?«, wiederholt er, aber verdammt noch mal, verdammt noch mal, verdammt noch mal, genau in diesem Moment taucht Darayavahush auf. Warum denn das, um alles in der Welt?

»Sorry, wir wollten nur mal nachfragen… weil, wir stehen uns echt schon ewig die Beine in den…«, sagt er und Ernesto hört, dass Darayavahush sich Mühe gibt: Er bleibt in angemessenem Abstand stehen, bestimmt zwanzig Meter liegen zwischen ihm und der Stelle, an der er selbst und das Mädchen in einer idiotischen Position kauern, und er spricht mit Darayavahushs untypisch gedämpfter Stimme, aber es ist dennoch der Todesstoß.

»Nein! Oh, nein! Weg!«, schreit das Mädchen los, springt auf, ruft wieder dieses Wort: »Schattenmenschen!«, stolpert nach vorne, fällt praktisch auf Ernesto, der sich duckt und gleichzeitig versucht, sie zu stützen, aber sie braucht keine Hilfe. Sie ist wie ein Raubtier, ihre Fingernägel bohren sich in totaler Abwehr in sein Gesicht wie Messer, für einen Moment nur, aber der Moment reicht, ein heißer, jäher Schmerz durchzuckt Ernesto, dann ist sie weg.

»Scheiße«, sagt Ernesto leise und hat das Gesicht voller Blut.

»Das kannst du laut sagen«, stimmt Darayavahush zu.

4

The revolution is not an apple that falls when it is ripe – you have to make it fall.

Der gerahmte Che-Guevara-Druck hing schon so lange an der Wand dieses Raums, wie Ernesto zurückdenken konnte. Ein altes Plakat seiner Mutter. Ihrer Verehrung für Che Guevara verdankte er seinen Vornamen, Ernesto.

»Dass ausgerechnet deine schicke Mom mal auf den alten Revoluzzer abgefahren ist, werde ich nie begreifen«, sagte Ronan kopfschüttelnd und stopfte sich, von Dalí gierig beäugt, eine Handvoll Nachos in den Mund. »Tut's eigentlich noch weh?«, fragte er dann und wies auf die Kratzspuren in Ernestos Gesicht.

Ernesto schüttelte abwehrend den Kopf.

Darayavahush grinste. Er war gestern Abend noch mit Ernesto nach Hause gekommen. »Natasha wollte Ernesto am liebsten sofort eine Tetanusspritze verpassen, damit ihr holdes Ziehsöhnchen nur ja keinen Schaden nimmt und womöglich die Tollwut bekommt oder so.«

»Vielleicht dachte sie, ein Kojote hat ihm die brutalen Schrammen verpasst«, sagte Mose. »Gute, alte Natasha. – Man könnte meinen, sie sei Erns wahre Mom…«

Darayavahush lachte. »Gegen die nackte Kleine im Wald ist so ein Kojote allerdings ein wahres Schmusetier.«

»Hört mal«, sagte Ernesto da. »Ganz im Ernst. Was machen wir jetzt?«

Er wollte nicht über seine Mutter nachdenken. Und schon gar nicht über sie sprechen.

Schlagartig hörten alle auf zu lachen, außer Che, der weiter charismatisch die Merrill'sche Bücherwand anlächelte.

»Machen?«, fragte Darayavahush.

»Er meint, mit der Kleinen«, sagte Mose. »Nehme ich jedenfalls an.«

»Wir können doch nicht einfach so tun, als wäre nichts passiert«, erklärte Ernesto. »Oder?«

»Allerdings scheint sich die Kleine da draußen ja ganz paletti zu fühlen.« Ronan zuckte mit den Schultern, während Darayavahush sich *New Axe Anarchy* unter die Achseln sprühte und Salvador mit tennisbesocktem Fuß seinen schnarchenden Hund streichelte.

Mose runzelte die Stirn. »Und ... wenn wir mal mit Baz darüber sprechen würden?«

Baz war der Spitzname von Salvadors Vater, der eigentlich Bart hieß, diesen Namen aber verabscheute.

Salvador hob den Kopf unisono mit Dalí, der ebenfalls sofort mitbekommen hatte, dass Mose von seinem zweiten Herrchen, dem Geldverdiener und Hundefutterbeschaffer, gesprochen hatte.

»Irre, wie schnell so ein Vieh wach wird«, murmelte Darayavahush beeindruckt. »Das muss der Wolf in ihm sein: immer ein Ohr offen für die Widrigkeiten des Lebens! Dabei kann man den Wolf in ihm echt nicht mehr sehen! Was, du Fusselknäuel?«

»Mit meinem Dad darüber reden?«, wiederholte Salvador wenig begeistert, ohne sich um Darayavahushs Wolfstheorien zu kümmern.

»Wenn mit jemandem, dann doch wohl mit ihm, oder?«, erklärte Mose.

»Also, ich weiß nicht«, murmelte Ronan. »Warum einen Aufstand proben? Vielleicht sollten wir die… Sache einfach vergessen. Schadet doch keinem, wenn das Mädchen da draußen campiert, oder?«

»Nur, dass sie ja nicht wirklich *campiert*«, murmelte Ernesto und konnte es nicht verhindern, dass er besorgt klang. »Ich meine, sie ist nackt, sie weint, sie gerät in Panik, wenn sie Menschen zu Gesicht bekommt. Irgendetwas stimmt da nicht. Absolut nicht.«

Was er keinem gesagt hatte: dass er in der vergangenen Nacht von ihr geträumt hatte. Und in diesem idiotischen Traum hatte er seine Hand gehoben und ihr die wirren Haare aus der Stirn geschoben und es hatte sich irgendwie – gut angefühlt.

»Bei Darayavahushs Visage…«, sagte Mose mit einem Grinsen. »Da kann man ihr nicht verdenken, dass sie heult.«

»Klappe, du Zionist!«, rief Darayavahush und verpasste seinem besten Freund einen freundschaftlichen Nasenstüber.

»Und dann ist da noch die Sache mit ihrer – Mutter«, fuhr Ernesto fort und dämpfte seine Stimme, als die Haushälterin das Wohnzimmer betrat.

»Hallo Jungs, lasst euch nicht stören, ich bin gleich wieder weg«, sagte Natasha. Die Jungs mochten sie alle. Früher war sie mal Krankenschwester gewesen, Dr. Merrill hatte sie im Krankenhaus aufgegabelt und aus Gründen, die keiner so richtig verstand, überredet, bei ihm als Haushälterin anzufangen.

»Die Mutter, die keiner von uns gesehen hat«, sagte Mose leise. »Oder?«

»Also, sollte Liza Rodriguez sich final nicht erweichen lassen, werde ich Natasha in Angriff nehmen«, murmelte Dara und blickte Natasha hinterher, die eine Vase mit verblühten Blumen aus einem Sideboard genommen hatte und damit wieder verschwunden war. »Ich steh auf reifere Frauen, glaube ich. – Wie alt ist sie, Ern? Und sie ist doch solo, oder?«

»Aber sie hat eindeutig darauf reagiert, als ich sie nach ihrer Mutter gefragt habe«, grübelte Ernesto, ohne Darayavahush zu beachten. »Und sie hat für einen Moment fast – gelächelt.«

»Und du meinst, die Mutter war in der Hütte?« Ronan machte ein skeptisches Gesicht. »Unwahrscheinlich, oder? – Oh, hallo Mrs Merrill ...«

Ernesto zuckte unmerklich zusammen und drehte sich um.

»Hey, Mom, was machst du denn hier?«

Sofort war er hellwach. Wie war seine Mutter heute drauf? War sie okay? Eine Weile hatte er sich Gedanken darüber gemacht, ob sie vielleicht Alkoholprobleme hatte, aber den Gedanken hatte er wieder verworfen, weil er sie nie Alkohol trinken sah. Wahrscheinlich war sie einfach nur frustriert darüber, welchen Verlauf ihr Leben genommen hatte.

»Hallo Ronan Horace, Salvador Coleman, Darayavahush Ben-Achour und Mose Meyerowitz, alles in Ordnung? – Hallo ... – Schatz! Wo ist Jaden Franklin? – Tut dein Gesicht noch weh? Was hast du eigentlich angestellt?«

Es war so eine verrückte Angewohnheit seiner Mutter, seine Freunde mit ihren vollen Namen anzusprechen. Ernesto fand es oft etwas peinlich, aber seine Freunde störte es nicht. Im Gegenteil. »Sei doch froh«, hatte Ronan mal gesagt. »Meine Eltern kreisen nur um sich und ihren Scheiß. Es ist ein Wunder, wenn sie sich an meinen Namen halbwegs erinnern können. Eure kompletten Namen? Fehlanzeige! Sie können sich nicht mal eure *Vornamen* merken …«

»Uns geht's gut, Mrs Merrill«, sagte Mose jetzt höflich. »Jaden? Der hat mal wieder Besuch von seinem beknackten – Entschuldigung – nervigen Cousin aus Kentucky. Den können wir alle nicht ab. Darum ist er heute nicht mitgekommen …«

Ernestos Mutter lächelte, aber ihr Blick wurde unstet und Ernesto war klar, dass sie nicht mehr zuhörte. Ihre Gegenwart entglitt. Gleich darauf waren sie wieder alleine.

»Und jetzt?«, fragte Darayavahush, als sie davongeschwebt war. »Weiter über die verrückte Waldtussi lamentieren oder geht noch was?«

An dem Abend hatten sie sich dafür entschieden, aus Ernestos Wohnzimmer zu Salva überzuwechseln und damit zum Bier, das eigentlich Baz gehörte, aber am darauffolgenden Tag, einem Samstag, war das *Ed's* wieder ihr Treffpunkt.

»Endlich Wochenende, die Sau rauslassen und sich wochenendlich vergnügen«, summte Darayavahush, als er in die Bar kam. Er schwenkte seine Jeansjacke wie ein Lasso über seinem Kopf. Fast alle waren bereits da, Mose und Ronan flipperten an einem schäbigen, uralten Flipper und Salva und Ernesto saßen an ihrem Stammtisch gleich neben der zerbeulten Jukebox.

»Wo steckt Jaden Franklin? Um mal mit den Worten deiner Mom zu sprechen, Ern?«, erkundigte sich Darayavahush und ließ sich auf einen freien Stuhl fallen. »Immer noch mit Cal Wyludda, dem Ekel, unterwegs?«

Cal war Jadens Cousin aus Frankfort in Kentucky.

»Schätze mal«, nickte Salvador. »Wir haben jedenfalls nichts von ihm gehört. Wahrscheinlich sind sie final in ihre Computer gesogen worden.«

Darayavahush winkte dem alten Flavio zu, der ebenfalls im *Ed's* war. »Heyho, Social Grandpa! – Und was ist mit dir, trübe Tomate?«, wandte er sich, als seine Cola kam, an Ernesto. »Immer noch Frust wegen deines Waldmädchens? Schwöre, die hat ein Rad ab. Vielleicht ist sie zurückgeblieben oder so was.« Er tippte sich mit dem Zeigefinger an die Stirn. »Da kam gestern Abend so ein Bericht auf BBC über Leute, die autistisch sind oder wie das heißt. Hauptmerkmal: Sie sehen passabel aus und manche können auch ganz normal reden und so. Trotzdem haben sie einen an der Waffel. Sie haben da einen gezeigt, der auch immer gesungen und gebetet hat – und – was sag ich: ein Verrückter. Dabei trug er einen Anzug und sah aus wie Johnny Depp ...«

Flavio, der gerade Richtung Toiletten humpelte, hielt kurz an ihrem Tisch an. »Na, ihr Städter, ihr Hinternplattsitzer«, sagte der alte Vietnam-Mann mit der gebrochenen und gekitteten Seele und klopfte mit seinen Fingerknöcheln auf den zerkratzten Bartisch. »Rumsitzen und die Coca-Cola-Company bereichern? Tztztz, wo draußen die Sonne scheint und das Leben lacht. Warum seid ihr nicht mit eurem Freund Jaden raus in die Natur gefahren?«

Ernesto, Darayavahush und Salvador hoben die Köpfe. Jaden, ein Naturfreak? Noch dazu mit Cal Wyludda, dem Bekloppten, der sonst an seinem PC klebte wie eine Motte am Licht?

»Wo ... wo sind sie denn hin, Flavio?«, fragte Ernesto, aber im Grunde wusste er es. Wusste es ganz genau, verdammt.

Flavio zuckte mit den Schultern. »Wollten nicht so recht damit rausrücken«, sagte er. »Jedenfalls haben sie sich den Jeep von Jadens Vater unter den Nagel gerissen und sind Richtung Chinook Drive.«

»Oh ...«, machte Salvador, warf den anderen einen raschen, ungläubigen Blick zu und stellte jäh seine Colaflasche ab.

Dara wartete kaum ab, bis Flavio weiterhumpelte. »Scheiße!«, brach es aus ihm heraus. »Denkt ihr auch, was ich denke?«

Ernesto sprang schon auf. »Ich fahr hin. Dieser Idiot!«, sagte er entschlossen und aus irgendeinem Grund war ihm gleichzeitig heiß und kalt.

»Ich komme mit«, sagte Salvador, aber Ernesto schüttelte den Kopf. Er wusste selbst nicht, warum er die anderen nicht dabeihaben wollte, aber so war es. »Ich mach das schon«, sagte er. »Wenn wir zu viele sind, machen wir ihr nur unnötig Angst.«

Nur er und sein roter Beetle Cabrio, ein Geschenk seines Vaters zum Führerschein im vergangenen Jahr.

- Für dich, Ernesto.

- He, Wahnsinn, Dad. Danke!

- Fahr vorsichtig.

- Klar.

Sein Vater hatte gelächelt und war davongeeilt. Er eilte immer davon. Sein ganzes Leben war Eile. Dabei hatte seine Großmutter, die Mutter seines Dads, ihm mal erzählt, dass er früher gerne gemalt hatte, stundenlange, akribisch genaue Stricheleien. »Er war ein liebes Kind«, hatte sie gesagt. »Sehr introvertiert, der ... beste von meinen Jungs.«

Vor dem Adjektiv hatte sie kurz innegehalten, eine Nanosekunde bloß, aber Ernesto hatte ihr Zögern trotzdem bemerkt. Leider war die alte Mrs Merrill gestorben, ehe Ernesto noch mehr über Stanley Jonathan Merrill, den Eiligen, der ihn vor mehr als achtzehn Jahren gezeugt hatte, in Erfahrung bringen konnte.

Sein Vater hatte gemalt? Auf irgendeine entrückte Weise war das schon vorstellbar: Früher waren es vielleicht zarte, akribische Zeichnungen gewesen, heute machte er das Ganze eben mit dem Skalpell, so oder so, perfekt. Nasen in Form bringen, Augenfalten liften, Tränensäcke verschwinden lassen. Das ganze Prozedere.

Verdammt, warum war Jaden bloß mit seinem Cousin dorthin gefahren? Was wollte er dort? Das Waldmädchen wieder aus der Ferne beobachten? Hatte er mit seiner Entdeckung angeben wollen? Oder wollte er sie noch einmal filmen?

Im Geist sah Ernesto, wie Jaden einen Film, in dem das Mädchen nackt zu sehen war, bei YouTube hochlud und online stellte. Klicks sammelte. Werbung dazwischenlud. Geld machte.

Ihm wurde fast schlecht dabei.

Und er konnte sich, tief in sich drin, auch noch Schlimmeres ausmalen.

Klar, der Beetle war nicht der Chevy von Ronans Vater und auch kein Jeep wie die Karre von Mr Franklin, aber trotzdem schaffte es Ernesto ein ganzes Stück weiter ins Innere des Waldes, ehe er den Wagen abstellen musste. Mit einigem Rechtsdrall ließ Ernesto ihn am Rand einer buckeligen, winzigen Lichtung stehen. Sei's drum, er würde schon nicht umkippen, aber wenigstens war an dieser Stelle einigermaßen Platz, die Bäume standen wahnsinnig dicht in diesem Waldnirwana.

Eilig machte er sich auf den Weg und konzentrierte sich auf die Richtung, die er einschlagen musste. Bäume, Äste, über der

Erde wachsendes Wurzelgeflecht, Dornen, Brennnesseln, Winden, die einen zum Wahnsinn treiben konnten, wenn man sich in ihnen verhedderte.

Letztes Jahr war Ernesto mit seinem Vater in Chicago gewesen, hatte ihn auf einen Kongress begleitet und sie hatten gemeinsam festgestellt, dass man in Chicago tagelang laufen konnte, ohne auf das kleinste Fleckchen Erde zu treten. Ihn hatte das frustriert, während sein Vater es mochte. Ernestos Vater war kein Naturfreak, das war eher die Welt von Sondra Merrill, seiner Mutter, und damit auch Ernestos. Das Naturgen war ihm jedenfalls deutlich lieber als das Fingerzittergen.

Klar, man musste berücksichtigen, dass sein Vater einen Rollstuhl brauchte, um sich fortzubewegen.

Als Kleinkind hatte sein Dad ihn manchmal für Augenblicke auf seine Knie gesetzt und er durfte fühlen, wie es war, mit einem Rollstuhl durchs Leben zu fahren.

»Sind deine Beine wirklich taub?«, hatte er seinen Vater ehrfürchtig gefragt.

»Ja«, sagte sein Vater zerstreut. Seine Beine waren ihm irgendwie nicht so wichtig. Wichtig waren seine Hände, seine Arbeitsgeräte. Sie waren sein Leben. Er war einer der besten plastischen Chirurgen der USA. Ab und zu gönnte Ernesto sich den Luxus, darauf wenigstens etwas stolz zu sein.

Am leichtesten gelang ihm das, wenn Dr. Merrill von seinem hohen Ross herabstieg und etwas Gutes tat, wie den siamesischen Zwillingen aus Xi'an zu helfen, von denen ein postoperatives Foto im Wohnzimmer der Familie Merrill hing. Hübsche, schüchtern lächelnde Mädchen. Ernesto mochte das Bild.

Der Himmel war von einem beinahe überklaren Blau. Wenigstens waren es die winzigen Fetzen, die zwischen den Blättern hindurchsahen. Die Sonne, die durch das dichte Blätterdach über Ernestos Kopf schien, sprenkelte den Boden, über den er dahineilte und nach Jaden, Cal und der alten Hütte Ausschau hielt. Er wurde das ungute Gefühl nicht los, das ihn in dem Moment überkommen hatte, als Flavio ihnen erzählt hatte, dass Jaden unterwegs nach *Irgendwo* war.

Verdammt, warum hatte Jaden diesen Alleingang unternommen? Und dann auch noch zusammen mit diesem Computer-Nerd Cal Wyludda?

Die Luft roch wahnsinnig intensiv nach Wald und Unberührtheit. Vögel zwitscherten, es war ein ohrenbetäubender Lärm.

Einmal, vor vielen Jahren, hatte Ernesto mit seiner Mutter und Natasha ein Picknick im Wald gemacht. Es war ein paar Tage nach seinem zehnten Geburtstag gewesen und dieses Picknick war sein Geburtstagsgeschenk. Es war in dem Jahr sein größter Wunsch gewesen: picknicken im Wald mit seinen Eltern, tomsawyermäßig. Gut, statt seines Vaters war Natasha mitgekommen, aber das war in Ordnung, Ernesto mochte sie. Natasha hatte auch einen Sohn, aber er lebte nicht bei ihr, sondern in ihrer alten Heimat Polen, bei Verwandten, warum, wusste er nicht genau.

Sie aßen feierlich Tandoori-Hähnchen und seine Mutter ließ sich dazu herab, aus ihrer Kindheit zu erzählen, was immer etwas Besonderes war, denn Kindheitserinnerungen verschenkte sie nur sparsam, Puzzleteil für Puzzleteil.

Sie war ein armes Kind gewesen, die Mutter Putzfrau. Und der Vater? Abwesend, fortgegangen, nie zurückgekommen. Ein ziemlicher Murks also, und Sondra Merrill, geborene Baker, war froh, diesem Leben für immer entronnen zu sein.

Ernesto hielt für einen Moment an. Da war der enge Wegstrich mit der gekrümmt über den Waldboden laufenden Wurzel, über die Darayavahush gestolpert war. Ernesto atmete auf: bekanntes Terrain. Von hier war es nicht mehr weit. Er blieb einen Moment stehen und lauschte.

Schritte? Stimmen? Nein, nichts zu hören.

Zum ersten Mal kam Ernesto der Gedanke, dass er sich getäuscht haben könnte, dass Jaden und Cal vielleicht gar nicht hier waren, sondern etwas ganz anderes unternommen hatten. Vielleicht waren sie raus nach Wood Green, zum Freeclimbing, das machte Jaden manchmal. Okay, passte so gar nicht zu Cal, dem schwerfälligsten Amerikaner, den er kannte, aber – warum nicht?

Da, der kleine See, der im Grunde mehr ein Tümpel war, dazu der krumme Baum, die Bruchbude. Ernesto stand wieder genau dort, wo Ronan ihnen seine Entdeckung zum ersten Mal vorgeführt hatte.

Da war der kleine Hügel, den das Mädchen mit Blumen geschmückt hatte, und dort das angelegte Beet mit Blumen oder Kräutern, kniehohen Pflanzen jedenfalls. Die Tierställe in der kleinen Talsenke konnte man von hier aus nicht sehen.

Aber wo war *sie?*

Ernesto war beruhigt und beunruhigt zur gleichen Zeit. Beruhigt, weil von Jaden und Cal keine Spur zu entdecken war, beunruhigt, weil – nun, weil dieses mulmige Gefühl einfach nicht verschwinden wollte.

Und dann hörte er sie doch.

Stimmen. Geräusche. Gepolter.

Und Lachen …

All diese Geräusche drangen gedämpft aus dem Inneren der

Hütte. Hatte die Tür das letzte Mal nicht offen gestanden? Ein Stück jedenfalls?

Eilig stolperte Ernesto los. Was sollte er tun? Einfach reingehen? Natürlich, einfach reingehen. Anklopfen? Blödsinn, darauf kam es jetzt nicht an, ganz sicher nicht.

»Nun hab dich doch nicht so, Kleine«, hörte Ernesto eine Stimme, die nicht Jadens war. Mit einem Ruck riss er die Tür auf. Zitterfingergen, nicht sehr männlich.

»Was... was ist hier los?«, rief er außer sich. Tatsächlich, Jaden, Cal, Dämmerlicht, ein umgefallener Schemel.

»He, wie kommst du denn hierher?«, stotterte Jaden überrumpelt und strich sich die Haare aus der Stirn.

Da war sie. Zum Glück nicht nackt diesmal. Seinetwegen? Ihretwegen? Um gewappnet zu sein, wenn wieder jemand kommen würde?

Sie kauerte auf der Erde, im hintersten Winkel der Hütte. Sie trug eine eigentümliche, geblümte Unterhose, die alt und ausgeleiert und ihr viel zu groß war. Dazu eine Art Bluse, fleckig und formlos, mit zwei ausgefransten Bändeln. Die Bluse war sorgfältig zugeknöpft, die Bändel zu einer großen, losen Schleife gebunden. Ernestos Blick hing einen Moment wie paralysiert an dieser irgendwie rührenden Schleife.

»Was will denn der hier?«, sagte Cal da unfreundlich. »Mann, verdufte! Siehst du nicht, dass du störst?«

»Was macht ihr mit ihr? Spinnt ihr? Lasst sie in Ruhe! Jaden, du Arschloch!«, schrie Ernesto, außer sich vor Wut.

»Hey, wir tun ihr nichts, du Selber-Arsch-du!«, bellte Cal Wyludda. Und obwohl er breit und schwerfällig war, rempelte er mit aller Wucht gegen Ernesto und brachte ihn zu Fall. Alleine schon, weil Ernesto damit nicht gerechnet hatte.

»Hau ab, bevor ich die Geduld verliere.« Cal stellte sich drohend über ihn. »Wir tun der Kleinen nichts. Wir wollen nur ein paar Aufnahmen machen. Mein Bruder arbeitet für *Chanel 5-TV* in Kentucky. Die Leute gehen ab für so 'ne Story …«

Ernesto stemmte sich auf die Beine. Was war mit dem Mädchen? Sie kauerte immer noch am Boden. Nur ihre Blicke flogen hin und her. Ansonsten rührte sie sich nicht.

Keine Mutter, fuhr es Ernesto durch den Kopf. Sie ist doch allein. Keine zweite Person weit und breit. Verdammt.

»Jaden, bitte! Verduftet«, sagte Ernesto so ruhig wie möglich. Das Mädchen hatte die Hände auf die Ohren gepresst, ihr Gesicht war weiß und voller Tränen. Schleim lief ihr aus der Nase. Sie zog ihn nicht hoch und wischte ihn auch nicht weg. Stattdessen summte sie einen eigenartig hohen, endlosen Ton, wie um sich selbst zu beruhigen.

»Sie hat Angst, ihr Arschlöcher. Seht ihr das nicht?«, fügte Ernesto leise hinzu. »Tut mir den Gefallen und haut ab, okay?«

»Und vor dir nicht, oder was?«, schnauzte Cal, während Jaden schwieg. »Wer, glaubst du, dass du bist? Ihr Beschützer? Ihr Retter? Oder willst du sie nur in Ruhe vögeln? Stehst du auf schmuddelige Irre, oder was? Soll es ja alles geben. Manche stehen auf krankhaft Fette. Und du eben auf Geisteskranke …«

»He, Cal …«, sagte Jaden nun doch.

»Er soll abschwirren, Jaden«, war Cals knappe Antwort. »Er stört. Wir wollen die Kleine nicht ficken oder so. Hand drauf! Aber mehr Entgegenkommen ist nicht. Also, zieh Leine, Nervensäge.«

Er trat einen Schritt auf das Mädchen am Boden zu. »Los, steh mal auf, Verrückte«, sagte er dazu. »Damit ich dich in deiner ganzen Pracht vor die Linse kriege …«

Was dann passierte, geschah wahnsinnig schnell. Sie brauchte ihn nicht, ihn und seinen Schutz. Deutlicher hätte sie es nicht unter Beweis stellen können, denn plötzlich hatte sie ein großes Messer in der Hand, wo immer sie es auf einmal herhatte. Es war ein ähnliches Messer wie das, mit dem sie beim letzten Mal die tote Biberratte gehäutet hatte. Jedenfalls stieß sie es, als Cal sie am Arm packen wollte, tief in seine Schulter.

»Scheiße!«, brüllte Cal und taumelte zurück. Sein Gesicht war mit einem Schlag blass geworden, das Messer steckte noch in seinem Arm. Seine Lippen wurden ebenfalls weiß.

»Verdammt«, stammelte Jaden entsetzt und suchte Ernestos Blick. »Verdammt, verdammt, verdammt.«

In Ernestos Kopf wirbelte alles durcheinander. Jetzt nur nicht durchdrehen, beschwor er sich innerlich. Alles der Reihe nach: das Mädchen, zuerst das Mädchen! Er musste ihr helfen, sie beruhigen, ihr deutlich machen, dass er nicht war wie Cal Wyludda, dass er ihr nichts tun würde.

»Ernesto, was…?«, sagte Jaden, aber Ernesto stieß ihn zur Seite. »Das verzeihe ich dir nie, du Idiot«, sagte er außer sich vor Wut und eilte dem Mädchen hinterher, das den Augenblick genutzt hatte und aus der Hütte gestürzt war. Barfuß, Gesicht, Arme und Beine schmutzig und mit Blut beschmiert. Und das Gesicht voller Angst. Und immer noch den wahnsinnig hohen Ton summend.

5

Tränen: ein Gemisch aus Wasser, Kalium, Proteinen, Mangan, verschiedenen Enzymen, Fetten, Ölen, Wachs und einer Portion Natriumchlorid. Das alles wusste er, weil er im vergangenen Schuljahr in Biologie ein Referat zu diesem Thema gehalten hatte.

»Ach Scheiße«, murmelte Ernesto. Wenigstens hatte er sie gefunden. Nicht, dass das viel genützt hätte, aber immerhin. Sie war wahnsinnig schnell, denn als Ernesto aus der Hütte gestürzt kam, war sie bereits verschwunden gewesen. Voller Panik hatte er sich umgesehen.

»Ern?« Jaden kam mit Cal am Arm aus der Hütte. »Ern – kannst du mir helfen? Bitte.«

Jadens Stimme klang belegt und panisch. Cal stöhnte, gab aber sonst keinen Ton von sich.

»Ern, ich weiß nicht, ob er es bis zum Auto schafft…«

Mehr bekam Ernesto nicht mit, er stellte seine Ohren auf Durchzug und stapfte wütend davon. In seinem Kopf war ein schwindelig machendes Gedankenkarussell. Das Mädchen, wie sollte er sie finden? Er kannte nicht mal ihren Namen, konnte sie nicht rufen. Die Wunde in Cals Schulter, sein blutdurchtränktes Shirt, das Messer darin. Beim Gedanken daran, lief ihm, trotz allem, ein Schauder über den Rücken. Jaden, der diesen ganzen Mist ausgelöst hatte. Was sollte jetzt werden?

Würde Cal es bis zu Mr Franklins Dreckskarre schaffen? Was, wenn nicht? Hätte er vielleicht doch helfen sollen?

Er stöhnte laut auf. Warum hatte er nur darauf bestanden, alleine hierherzufahren? War es, wie Cal behauptet hatte: Wollte er sich als Retter aufspielen? Er dachte an das bleiche Gesicht des Mädchens, an die Panik in ihren Augen, an ihre eigentümliche Bekleidung. *Was* war mit ihr? Wo war diese Eve? Warum hauste das Mädchen hier draußen? Und vor allen Dingen: Wo war sie jetzt?

»Hallo?«, rief er, weil er sich keinen anderen Rat mehr wusste. »Hallo?« Er konnte schließlich nicht endlos in diese Einöde hineinlaufen. Er zog sein Handy aus der Hosentasche und warf einen prüfenden Blick darauf. *Kein Netz,* natürlich.

Vor ihm lag ein Zickzacktrampelpfad, drum herum nichts als dichtes Unterholz, dazwischen einige dünne, kerzengerade Bäume, die ganz anders aussahen als die Baumriesen, die sie von allen Seiten umgaben. Ernesto bog in den Weg ein. Der Pfad wurde allmählich steiler und führte in einer eigenartigen Schlangenlinie einen Hügel hinauf bis zu einer Art Felsnase, die ein paar Meter in die Höhe ragte. Und dahinter, Ernesto atmete auf und verfluchte gleichzeitig seinen schlechten Orientierungssinn, lag die kleine Talsenke mit den schief zusammengezimmerten Tierkäfigen. Von hier aus konnte man, wenn man sich Mühe gab, ein Stück Dach der alten Hütte sehen. Ernesto hielt für einen Moment Ausschau nach Jaden und Cal, aber die beiden waren nicht mehr auszumachen.

Ernesto überquerte die kleine Lichtung. Aus den Augenwinkeln erkannte er, dass sich am lehmigen Ufer des seichten Tümpels ein paar ähnliche Tiere tummelten wie die in den Käfigen. Nutriaratten. Von hier aus sahen sie mehr denn je wie zu groß geratene Meerschweinchen aus. Einzig der dicke, lange und haarlose Schwanz verriet, dass es sich um Ratten handelte. Als sie ihn entdeckten, verschwanden sie alle blitzschnell im trüben Wasser.

Ernesto hastete weiter, obwohl er fast schon sicher war, das Mädchen verloren zu haben. Er spürte, wie ihn der Mut verließ. Cal würde einen Arzt brauchen, wenn sie es nach Old Town zurückschafften. Oder Jaden würde ihn gleich ins Krankenhaus bringen. Und dann? Was würden sie dort erzählen?

Er dachte an die Filmaufnahmen, die der Dreckskerl Cal gemacht hatte, und spürte seinen Herzschlag im ganzen Körper.

Da, der Trampelpfad. Ernesto folgte ihm wie in Trance, weil er sich an dem Gedanken festhielt, dass jeder erkennbare Trampelpfad ein schwacher Hinweis darauf war, dass hier jemand mehr als einmal gelaufen war. Und wenn es so war, könnte es auch ein Weg des Mädchens sein.

Plötzlich blieb Ernesto stehen. Schließlich war er fern jeder Zivilisation – und doch: Hier öffnete sich eine weitere Lichtung, hineingesetzt mitten in den dichten Wald – wie entstanden eigentlich Lichtungen? Sie war kreisrund, voller Blumen, Feld- und Wiesenblumen zumeist, aber er entdeckte auch wilde Rosen und eine majestätische, helle Weide mit langen, weichen Ästen, die vom Wind, der hier wehte, bewegt wurden. Aber das war noch nicht alles. In der Mitte, um einen schweren, großen Stein, der bestimmt schon jahrhundertelang an dieser Stelle lag, waren unendlich viele, kleinere Steine aufgeschichtet. Sie bildeten Muster und Mosaike und Spiralwege.

Und dort – war das Mädchen. Ernesto atmete auf. Waren die Steingebilde ihr Werk? Es musste im Grunde so sein, wer sollte sie sonst zusammengetragen haben? Wie lange es wohl gedauert hatte, diese Bilder zu legen? Ernesto bekam unweigerlich eine Gänsehaut, während er versuchte, sich das vorzustellen. Das Mädchen kauerte im Gras und hatte ihre dünnen, sonnengebräunten Arme um die Beine geschlungen. Sie schluchzte leise und ihr Kopf flog förmlich nach oben, als Ernesto sicht- und hörbar wurde.

»Bitte, hab keine Angst«, sagte Ernesto und musste für einen Moment an seinen Traum denken. Den Traum, in dem er dem Mädchen die hellen, verfilzten Haare aus der Stirn gestrichen hatte.

»Wir... wir haben uns doch schon mal gesehen. Erinnerst du dich?«, fuhr er behutsam fort.

Es war wie in einem Déjà-vu. Das Mädchen konnte wieder nicht zurückweichen, diesmal hatte sie anstelle eines knorrigen Baumstammes den mächtigen Fels im Rücken.

»Ich tue dir nichts. Wirklich nicht.«

Ernesto ließ sich ebenfalls ins Gras sinken, lauschte dem Schluchzen eine halbe Ewigkeit lang und versuchte, seine Gedanken zu sortieren.

Tränen: ein Gemisch aus Wasser, Kalium, Proteinen, Mangan, verschiedenen Enzymen. Profaner Mist, dieses Biologieunterrichtswissen. Tränen waren vor allen Dingen Traurigkeit, Trostlosigkeit, Mutlosigkeit, Einsamkeit.

»Ich... ich würde dir gerne helfen.«

Jeder seiner Sätze war eine ausgeworfene Angel, aber da war kein Fisch, den man locken konnte. Hier war nur ein wahnsinnig ängstliches, mit Cals abscheulichem Blut besudeltes Mädchen.

Konnte es stimmen, was Darayavahush gesagt hatte? War sie vielleicht wirklich – behindert? Geistig zurückgeblieben?

So wie der Mann im schicken Anzug, der Johnny Depp ähnelte, Lieder sang und betete, und von dem der Sender BBC behauptete, er sei ein Autist? BBC erzählte ja normalerweise nicht unbedingt Mist.

»Kannst du mir sagen, wie du heißt?«

Schweigen.

»Ich bin Ernesto, das hab ich dir ja schon erzählt. Meine Freunde nennen mich manchmal Ern, aber Ernesto ist mir lieber.«

Schweigen.

»Ich gehe noch zur Schule. Danach soll ich Medizin studieren. Am besten in Princeton oder so. Das ist wenigstens der Plan meines Vaters. – Bist du je in eine Schule gegangen?«

Schweigen.

»Mein Plan sähe ja anders aus. – Willst du wissen, wie?«

Natürlich nicht. Das Schweigen war wie eine Mauer. Unsinn, es *war* eine Mauer.

»Okay, ich habe es noch keinem gesagt. Nicht mal Salvador oder Ronan oder den anderen. Weil, irgendwie ist es peinlich. Nicht sehr – männlich, wenn du verstehst, was ich meine.«

Schweigen.

»Okay. Also. Ein buntes Hausboot auf dem Hudson River.«

Schweigen. Schweigen. Schweigen. Schweigen. Schweigen. Schweigen.

»Klingt idiotisch, was? Ist mir aber egal. Ich sehe es genau vor mir. Ich will es selbst anmalen, richtig wahnsinnig bunt. Und ich werde Sonnenblumen in Kübeln pflanzen. Und andere Pflanzen. Du kennst dich bestimmt gut aus mit Pflanzen, oder?«

Für einen Moment flatterte ihr Blick, aber mehr geschah nicht.

Und jetzt?

Ernesto warf einen verstohlenen Blick auf seine Uhr und war für einen Augenblick fast überrascht, dass sie noch funktionierte. Fast hatte er erwartet, dass sie genauso tot sein würde wie sein Mobiltelefon. Kein Netz, kein Anschluss mehr an die Wirklichkeit. Aber zum Glück beherbergte seine Armbanduhr in ihrem Inneren eine stinknormale Alltagsbatterie, die auch in der Einöde ihren Dienst tat.

Es war schon ziemlich spät. Jaden und Cal mussten, immer vorausgesetzt, dass Cal durchgehalten hatte, allmählich zurück in Old Town sein. Ernesto biss sich auf die Lippen und sah es vor sich: Arzt, Einweisung ins örtliche Krankenhaus, die Blicke des diensthabenden Arztes oder der diensthabenden Schwester auf das Messer, die Fragen, der Griff zum Telefon, um die Behörden einzuschalten, und immer wieder: die verflixte Kamera in Cals Tasche.

Es war ein verdammter Mist. Er konnte das Mädchen nicht einfach so zurücklassen. Nicht nach dem, was heute passiert war. Was wäre gewesen, wenn sie Cal statt in der Schulter in den Brustkorb getroffen hätte? Hätte das passieren können? Ernesto versuchte, seinen Blickwinkel zu verändern. Nicht den äußeren, sondern eher den inneren.

Nein, Blödsinn, sie konnte mit Messern umgehen. Er und seine Freunde hatten es schließlich gesehen, als sie die dicke Ratte auf ihren Knien – nun gut, abgestochen und gehäutet hatte … Wenn sie Cal ernstlich hätte verletzen wollen, hätte sie es getan.

Aber dennoch, was spielte das jetzt für eine Rolle? Sie würden kommen, so viel war mal klar. Es ließ sich gar nicht mehr verhindern. Man würde bestimmt nicht akzeptieren, dass ein

Mädchen alleine hier draußen lebte und von Rattenfleisch und weiß der Himmel was noch lebte.

»Oh Mann«, murmelte Ernesto, als er sich vorstellte, wie Jaden sie hierherführte. Und noch schlimmer. Nicht nur Kentucky hatte massenweise publicitywütige Fernsehsender. Oregon war auch nicht hinterm Mond. Wann würden die ersten Hubschrauber über diesem Waldstück kreisen auf der Suche nach einem nackten Waldmädchen?

»Die beiden Typen vorhin – haben sie dir wehgetan?«

Ernesto erwartete schon gar nichts anderes mehr als mauerartiges Schweigen, aber es frustrierte ihn dennoch.

»Weißt du, der Dünne, Blonde heißt Jaden. Er – er ist eigentlich so was wie ein Freund von mir, beziehungsweise war es bis heute. Der andere ist eindeutig ein Mistkerl, sein Name ist Cal. Und ich möchte nur wissen, ob er … ob er dir wehgetan hat, richtig wehgetan, verstehst du? Klar, er hat dich erschreckt mit seiner Scheißart, aber … aber hat er dich irgendwie … ich meine …?«

Cal hatte steif und fest behauptet, dass sie sie nicht angerührt hatten, aber wer wusste schon, was passiert war, ehe er in die Hütte gekommen war?

»Lib – Liberty … Bell.«

Ernesto starrte sie fassungslos an. Träumte er? Oder hatte sie tatsächlich mit ihm gesprochen? Sie hatte doch etwas gesagt oder hatte er jetzt schon Wahnvorstellungen?

Freiheitsglocke? Hatte er das richtig verstanden? Hatte sie *Freiheitsglocke* gesagt?

»Liberty … Bell.«

Ernesto atmete ganz flach, um nur ja nichts falsch zu machen jetzt.

»Du ... du meinst, dein *Name* ist Liberty Bell?«

Sie nickte, ganz leicht nur, aber sie nickte.

Wieder spürte Ernesto seinen Herzschlag im ganzen Körper, aber diesmal war es ein gutes, hoffnungsvolles, fast triumphierendes Gefühl. Wahnsinn, sie sprach! Sie hatte ihn verstanden, sie war nicht verrückt oder zurückgeblieben. Und: Sie hatte einen Namen – wenn auch einen eigenartigen, aber darauf kam es jetzt nicht an. Eine Menge Menschen gaben ihren Kindern eigenartige Namen. Tiger, Apple, Heaven, Brooklyn und lauter solcher Quatsch.

»Ein schöner Name, Liberty«, sagte er und lächelte ihr zu. Sogar in ihrem Gesicht waren Spritzer von Cals getrocknetem Blut.

»Liberty *Bell«,* sagte sie leise, aber bestimmt. He, wenn das nicht schon fast gesprächig war.

»Klar, Liberty Bell«, wiederholte Ernesto und eine weitere Frage schwirrte in seinem Kopf herum. Sollte er es wagen, sie auszusprechen?

»Wer – wer hat dich denn so genannt? Deine Mom? – Eve? Ist sie deine Mutter?«

Er konnte es förmlich sehen, wie sich ihr Gesicht wieder verschloss.

»He, halt! Sorry, ich ... ich wollte dich nicht traurig machen oder so ...«, sagte er hastig. Wie sollte es nur weitergehen? Okay, sie hatte gesprochen, eigentümlich gepresst zwar, aber sie hatte ihm ihren Namen gesagt. Liberty Bell.

Und jetzt? Sie würde sich ganz sicher nicht von ihm dazu überreden lassen, bis zu seinem Beetle mit ihm zu gehen und dann, völliger Wahnsinn, in die Stadt zu fahren. Hatte sie überhaupt schon einmal ein ...?

»Liberty Bell, weißt du, was ein Auto ist?«, fragte er leise, während er sie eindringlich beobachtete. Zuerst reagierte sie gar nicht, aber ihre hellblauen Augen hatten so einen Ausdruck, als denke sie nach. Versuchte sie sich zu erinnern? Konnte es das sein?

»Schattenwelt«, antwortete sie schließlich noch leiser, als er gefragt hatte.

Schattenwelt? Ernesto erinnerte sich daran, dass sie schon mal etwas Ähnliches gerufen hatte, beim letzten Mal, als Darayavahush so plötzlich und unerwartet aufgetaucht war. Richtig, damals hatte sie *»Schattenmenschen«* gerufen.

»Liberty Bell, was sind ... Schattenmenschen? Und was ist die Schattenwelt?«, fragte er, aber die Mauer war wieder da. Ernesto seufzte und Liberty Bells Augen hatten einen traurigen Ausdruck.

»Hey, wird schon wieder«, sagte Ernesto, nur um etwas zu sagen. Irgendetwas, das tröstlich klang in dem ganzen Chaos.

Ein dämmriger Raum mit Lehmboden, gestampftem Lehmboden, dazu etwas wie ein uralter Holzofen, weder fließend Wasser noch Strom, natürlich nicht, aber auch keine Kerzen und kein Bett, sondern nur die Überreste von etwas, was mal eine Matratze oder eine Isoliermatte gewesen sein mochte, ein platter grauer, löchriger Fetzen. Darauf gehäuft trockenes Moos, trockene Blätter und Gras. Diesmal hatte Ernesto zum Glück Zeit, sich in der Hütte umzusehen. Nicht wie vorhin, als Jaden und Cal hier gestanden und Angst und Schrecken verbreitet hatten. Erstaunlicherweise hing eine einigermaßen saubere Gardine vor dem winzigen Fenster, die irgendwie grotesk und fehl am Platz wirkte. Und jetzt, als sich seine Augen an die

Dämmerung gewöhnt hatten, entdeckte er noch mehr Zivilisationsgegenstände. Eine uralte Pfanne auf einer Feuerstelle. Ein Brett mit uralten, zerlesen aussehenden Büchern, die allerdings sorgfältig in Reih und Glied geordnet waren. Und die Luft war gut. Holz, Harz, Wald. Damit hatte Ernesto nicht gerechnet. Irgendwie hatte er angenommen, die Hütte würde muffige, abgestandene Luft absondern, ähnlich wie der kleine Gartenpavillon am hinteren Ende des Gartens seiner Eltern, wo im Winter die teuren Gartenmöbel untergebracht waren.

»Hier wohnst du also«, sagte Ernesto und stellte den umgefallenen Schemel wieder auf.

Schweigen. Liberty Bells Blick hing an dem wiederaufgerichteten Schemel.

In der alten Pfanne mit abgebrochenem Stiel lagen Reste einer Mahlzeit. Ein paar Fliegen schwirrten darüber.

»He, gerade neulich lief eine neue Staffel *Survival Camp* im Fernsehen …«, sagte Ernesto, nachdem er den Pfanneninhalt in Augenschein genommen hatte. Außer den Resten von grünem Gemüse – Kohl wie es schien – war da noch etwas …

»… da haben sie auch so – ein Zeug gegessen. Heuschrecken, was? Sollen gebraten sogar lecker sein. Und verdammt nahrhaft.«

Ernesto schenkte dem Mädchen ein aufmunterndes Lächeln, aber Liberty Bell schwieg und machte sich daran, den Holzklotz freizuräumen. Ernesto entdeckte eine langzinkige Gabel, einen zerbeulten Blechnapf, der so aussah, als wäre er mal Teil eines Sets aus Kochgeschirr gewesen, und einen Porzellanbecher mit abgebrochenem Henkel. Auf dem Becher stand in schnörkeligen Lettern *Best Mommy.*

Ob er es noch mal wagen sollte, sie nach ihrer Mutter zu fragen? Oder besser nicht?

»Liberty Bell«, begann Ernesto zögernd. Das Mädchen hielt in ihren Bewegungen nicht inne. Sie war in die Hocke gegangen und machte mit einer Handvoll getrocknetem Gras energische, kreisförmige Bewegungen über den harten, rissigen Lehmboden. Es war die Stelle, an der Cal gestanden hatte, als Liberty Bell ihn mit ihrem Messer getroffen hatte. Bräunlich getrocknete Bluttropfen waren als Gastgeschenk von Cal Wyluddas dreistem Überraschungsbesuch in Liberty Bells Hütte zurückgeblieben. Ihr Gesicht war starr wie eine Maske, während sie sich abmühte.

»Ziemlicher Mist, was?«, sagte Ernesto, halb zu sich und halb zu dem Mädchen. »Du... du hast da auch noch – Blut im... im Gesicht.«

Er deutete auf Liberty Bells Stirn und sah gleich darauf stumm zu, wie sie einen Lappen in einen Eimer mit Wasser tauchte und gründlich ihr Gesicht abwischte. Mit den Fingern fuhr sie sich anschließend immer wieder durch die Haare, wie um sie zu kämmen oder wenigstens zu entheddern. Beides gelang ihr nicht wirklich. Ob ihr Haar jemals ein echtes Haarshampoo kennengelernt hatte? Oder wie wusch sie sich? Ausschließlich mit dem Wasser aus dem Tümpel hinter ihrer Hütte?

»Liberty Bell, du... du kannst hier heute Nacht nicht alleine bleiben«, fuhr er vorsichtig fort, aber das Mädchen beachtete ihn nicht. Himmel, sie sah ihn kaum an, sie sprach nicht – und sie hörte auch nicht wirklich zu. Ernesto fühlte sich, als wäre er nichts weiter als die altersschwache Pfanne, die Liberty ausgeleert und zurück auf den alten Ofen gestellt hatte. Und außerdem, wie sollte er ihr erklären, was er befürchtete?

»Hör doch mal«, sagte er etwas lauter. »Bitte.«

In der Hütte wurde es unterdessen immer dämmriger. Ein Blick auf die Uhr bestätigte es. Schon nach sechs Uhr. – Verdammt. Der Weg zu seinem Beetle würde bestimmt eine Stunde in Anspruch nehmen und dann noch der Hundertzwanzigmeilenrückweg. Aber er konnte im Grunde sowieso nicht gehen, nicht ohne das Mädchen, das hier in der Falle saß. In der Falle, die Jaden und Cal zu verdanken war.

»Eve?«, sagte Liberty Bell da plötzlich lauschend und öffnete die knarrende Hüttentür einen Spaltbreit.

Eve? Also doch! Ihre Mutter. *Best Mommy...*

Ernesto ließ das Mädchen nicht aus den Augen und trat hinter ihr ins Freie.

»Eve«, murmelte Liberty Bell erneut und machte ein paar Schritte.

»Deine... Mom? Wo?«, erkundigte sich Ernesto leise. Ein winziges Lächeln huschte diesmal über ihr Gesicht. Stumm deutete sie zum Tümpel. Darin schwamm, nah am Ufer, eine dieser unförmigen Nutriaratten herum. Wieder eine von den hellen. Ihr borstiges, unter Wasser befindliches Fell glänzte im Abendlicht der Lichtung. War es dieselbe, die Liberty Bell bei seinem letzten Besuch auf den Knien gehalten und gestreichelt hatte? War das möglich?

»Sie... säugt... ihre... Jungen«, sagte Liberty Bell da leise und Ernesto hielt den Atem an. Das war der erste vollständige Satz, den er von ihr gehört hatte, und sie klang, wenn sie so sprach, alles andere als debil.

»Während... sie... schwimmt, säugt... sie sie... – Ihre Kleinen... meine ich. Kannst du sehen? – *Es* sehen...«, verbesserte sie sich hastig. Wahnsinn – das Mädchen konnte tatsächlich richtig sprechen.

Ernesto schüttelte den Kopf, wie um einen klaren Gedanken zu fassen.

Eve. Okay. Eine Nutriaratte mit Rattenbabys.

»Du ... hast dieser Ratte einen *Namen* gegeben?«, fragte er. »Haben ... haben alle deine Ratten ...«

Ernesto deutete auf die Käfigverschläge, in denen es wie immer rumorte und raschelte. »... Namen?«

Er rechnete nicht wirklich mit einer Antwort. Wer spricht schon mit seiner Bratpfanne? Aber diesmal irrte er sich.

»Nein. Nur sie. Ich – habe ... sie ... schon lange. Sie ... ist ... ein Segen. Sie ... hat ... mir schon viele Nachkommen geschenkt. Sie ist – sehr fruchtbar ...«, sagte Liberty Bell und ging am Ufer des Tümpels in die Knie.

Die Ratte krabbelte aus dem Wasser und schüttelte ihren klumpigen Körper. Ihre Nachkommen flogen ab wie Geschütze und landeten um sie herum auf dem teils sandigen, teils schlammigen Boden. Die Ratte krabbelte unterdessen zutraulich auf Liberty Bell zu und kroch auf ihren Schoß. Die drei kleinen Ratten brauchten einen Augenblick, um sich zu orientieren, dann drängelten sie sich ebenfalls an Liberty Bell, erklommen ihre nackten Knie, und dockten gierig wieder an ihrer Futterstelle an. Sie mussten noch sehr frisch sein, sie hatten statt Fell nur Fellflaum, was sie nicht niedlicher machte, im Gegenteil.

»Eve, liebe Eve«, murmelte Liberty Bell und streichelte das nasse, wenig attraktive Rattenfell. So wie sie da im Schlamm hockte, bekleidet wie eine Bettlerin, mit wirren, verfilzten Haarsträhnen, wenn man so wollte, sah sie wie eine Wilde aus. Wie ein Mensch aus einem anderen Zeitalter. Ernesto musste für einen Moment an Liza Rodriguez, das Busenwunder, denken.

Was würde sie von jemandem wie Liberty Bell halten? Ganz sicher würde sie sich schütteln, sich angeekelt abwenden und Angst haben, sich von ihr Ungeziefer oder eine Krankheit zu holen.

»Liberty Bell, soll ich – kann ich…«, begann Ernesto und hatte das Gefühl, den ungefähr tausendsten Anlauf zu nehmen. »Ich meine, ist es okay, wenn ich heute Nacht hierbleibe?«

Reagierte sie? Nein? Ja? Die Ratte putzte ihr Gesicht und sah dabei für einen Moment etwas weniger eklig aus.

Es war noch dunkler geworden. Hier draußen im Nirvana kam die Nacht in Schüben. Alle paar Minuten kippte ein bisschen mehr Nacht über ihnen aus. Sterne standen plötzlich am Himmel.

Ernesto legte den Kopf in den Nacken. »Manche, die wir sehen, existieren schon gar nicht mehr«, sagte er, nur um etwas zu sagen, und schwieg wieder.

Sie schaute ihn nicht an, aber sie antwortete. Wunderbarerweise antwortete sie. Ernesto wagte kaum zu atmen.

»Sie sterben, genau wie wir«, sagte sie leise. »Aber wenn ein – ein… Stern tausend… Lichtjahre weit weg ist, und er wäre gestern gestorben, dann würden wir auf der Erde das erst in tausend Jahren sehen…«

Ernesto starrte sie an. »Wo-woher weißt du das?«, stotterte er schließlich.

»Meine – Mommy hat es mir gesagt«, sagte Liberty Bell schlicht und es klang, als spräche sie über die normalste Sache der Welt. Logisch, eine Mutter erklärt ihrem Kind die Welt. Okay, nicht unbedingt jede Mutter. Seine zum Beispiel tat es eher nicht.

»Wo ist denn deine – Mommy?«, hakte Ernesto rasch nach

und befreite sich mühsam von seiner Mutter, die sich in seinen Kopf geschlichen hatte mit ihrer fahrigen, angespannten, gereizten Art, die ihn schon, solange er zurückdenken konnte, traurig machte. Er gab sich einen Ruck, ehe Liberty Bells Mauer wieder in Aktion treten würde. »Ich... ich meine, meine Mom, zum Beispiel...«, fügte er hastig hinzu. »...sie ist bei uns zu Hause. Meistens jedenfalls. Sie... heißt Sondra. Sondra Merrill. – Wie heißt deine?«

Ernesto schaute Liberty Bell an. Und sie schaute ihn an.

Mauer? Keine Mauer?

»Annie«, sagte sie nach einer gefühlten halben Ewigkeit. »Meine Mom heißt Annie. Das ist ihr... Vorname. – Ihr... ihr – äh, Hintername ist Lyford.«

Hintername statt Nachname. – Ein Fehler, der für... Einsamkeit sprach? Aber andererseits: Bingo! Annie Lyford. Hey, das klang ja hoffnungsvoll banal. Nur, wo zum Teufel, steckte besagte Mrs Lyford? Und warum ließ sie ihre Tochter alleine im Wald versauern?

»Wo ist sie, Liberty Bell? Warum bist du nicht bei ihr?«

Das Mädchen warf ihm einen langen Blick zu, dann bettete sie – Eve, wenn man so wollte, Eve und ihre Nachkommen ans Fußende ihrer Schlafstätte in eine Kuhle aus trockenem Gras.

»Warte. Ja?«, sagte sie hinterher und nestelte an ihrer schmuddeligen Bluse, die weit und lang war und, wenn sie in einem besseren Zustand gewesen wäre, etwas Folklorehaftes gehabt hätte. »Bitte entschuldige, ich muss... mein Wasser abschlagen...«

Ernesto machte ein verwirrtes Gesicht. »Du musst – was?«

Aber Liberty Bell gab keine Antwort, sondern schlüpfte nur aus der Hütte, ihre Schritte verklangen draußen, stattdessen raschelte es im nahen Gebüsch. Gleich darauf kam sie zurück und Ernesto begriff verlegen, dass sie sozusagen zur Toilette gegangen war. Warum hatte er nur so blöd nachgefragt?

Mit einem Stirnrunzeln registrierte sie, dass Ernesto sich auf die Erde gesetzt hatte, direkt vor ihre Schlafstätte, den Rücken an die Wand gelehnt. Aber dann tat sie etwas Erstaunliches. Ernesto wagte kaum zu atmen, denn sie legte sich ohne ein weiteres Wort auf die uralte Matratze und deckte sich sorgfältig mit einer Decke zu, die, wie es schien, aus Artgenossen von Eve zusammengenäht war, eine Art Rattenfellpatchworkdecke. Eve schien das nicht zu stören – und Liberty Bells Scheitel berührte Ernestos Shorts. Sie hatte einen wilden Geruch. Aber keinen schlechten.

Sie schwiegen und Ernesto dachte schon, dass sie eingeschlafen wäre, einfach so, von jetzt auf gleich. Aber dann sagte sie doch noch etwas. »Was – was wollten die beiden … lauten Menschen?«, fragte sie leise. »Was wollten sie *von mir?* Warum kamen sie?«

Ernesto schaute zu ihr hinunter und sah, dass sie die Augen geschlossen hatte. Sie schien nicht wirklich eine Antwort von ihm zu erwarten und er war froh darüber, denn er wusste keine.

6

Mist. Und jetzt?«, fragte Darayavahush besorgt.

»Fast Mitternacht«, fügte Mose mit Blick auf seine Uhr hinzu.

»Also, noch mal zum Mitdenken, Jaden…« Diesmal sprach Ronan und bedachte den neben ihm Sitzenden mit finsterer Miene. »Wie ist der genaue Stand der Dinge?«

»Das hat der Arsch doch nun oft genug berichtet!« Auch Salvador sah wütend aus.

»Berichtet?«, regte sich Dara auf. »Aus der Nase mussten wir es dem Feigling ziehen. Wort für Wort! – Mann, Salva, ruf mal den Dreibeinigen zurück. Ich bin allergisch gegen so viel Hundezungenessenz und dein Köter bearbeitet mich dauernd mit seiner Sabberzunge!«

»Selber schuld. Warum musstest du dich auch komplett mit *Moo-Shi* bekleckern?«

Darayavahush bedachte Salvador mit einem gereizten Blick. »Das war ein *Versehen,* Mann! Oder glaubst du, ich kippe mir aus purem Spaß so eine Riesenladung chinesischen To-go-Kram über die Levis? – Daran ist nur Jaden mit seiner Horrorstory schuld: Cal, das Ekel, niedergestochen vom nackten Waldmädchen und Ernesto verschollen in der Pampa! Verdammt, wie soll es denn jetzt weitergehen?«

Die Freunde sahen sich besorgt an.

»Cal war aus gutem Grund stinksauer, das habe ich euch ja schon hundertmal erklärt«, erklärte Jaden ebenfalls zum ungefähr hundertsten Mal. »Er wollte doch nur ein paar Bilder von der Tussi machen. Und vielleicht einen kurzen Film mit seinem Smartphone drehen. Und sie hat plötzlich ein Messer in der Hand und sticht zu wie eine Wilde.«

»Der Spanner«, murmelte Mose.

Jaden fuhr herum. »He, Dara hat genau das Gleiche gemacht: Er hat die Verrückte auch gefilmt!«, schnauzte er Mose an.

»Das war etwas komplett anderes«, brummte Darayavahush und schob Dalí zum wiederholten Male von sich.

»Sie sind also zu Dr. Rodriguez, der ihm das Messer aus dem Arm gepopelt hat«, fasste Salvador zusammen.

»Ausgerechnet der Schnösel«, seufzte Ronan.

»Was heißt *Schnösel?«*, murmelte Darayavahush. »Er muss verdammt gutes Erbmaterial haben. Denkt an Liza! Allah sei Dank für Dr. Rodriguez' heilige Lenden! Ist ihnen doch das Busenwunder entsprungen ...«

»He, nun lass doch mal das Sexgelaber, Hush. Wir haben echt ein Problem«, wandte Mose ärgerlich ein und verpasste seinem besten Freund eine Kopfnuss.

»Was habt ihr? Mose, bist du eigentlich mal auf den Trichter gekommen, dass jeder einzelne Mensch, der auf dieser beknackten Welt herumläuft, nur existiert, weil irgendjemand Sex hatte? Eltern, Großeltern, Lehrer, Zahnärzte? Sogar Mohammed und den Papst gibt es nur, weil ihre Eltern *es* getan haben ... Aber, okay, wie ihr wollt: Sexgedanken einfrieren. Ernestoradar einschalten«, grinste Darayavahush und setzte sich kerzengerade auf. Dalí hatte sich währenddessen an den Saum seiner sojasoßenbekleckerten Jeans herangeschlichen.

»Wir können jedenfalls froh sein, dass Cal vorerst seine Klappe gehalten hat«, fuhr Ronan fort.

Jaden schaute ihn nicht an. »Nur, weil er komplett durch den Wind war. Er hatte echt eine Menge Blut verloren. – Mein Vater wird ausflippen, wenn er morgen den Wagen ...«

»Und der Doc?«, unterbrach Salvador ihn brüsk. »Was ist mit dem?«

»Der hat natürlich immer wieder drauf rumgehackt. Wollte unbedingt von mir wissen, was abgegangen war. Mit wem. Und wo. Und so. Ich hab mich dann aus dem Staub gemacht.«

»Aber morgen wird dein schmieriger Cousin mit Sicherheit auspacken. In der ganzen Bandbreite.« Ronan rieb sich mit der Hand über die Stirn.

Dazu sagte Jaden nichts. Aber das musste er auch nicht. Sein Cousin war von Lizas Vater die Nacht über im Krankenhaus untergebracht worden. Zur Beobachtung. Klar würde er morgen früh mit der Sache nicht hinterm Berg halten.

»Sie werden natürlich rausfahren«, seufzte Ronan. »Bullen, Presse, Fernsehen, der ganze Wahnsinn ... So ein Ding bekommt man ja nicht alle Tage geboten.«

»Die Kleine wird durchdrehen vor Panik, schätze ich«, fuhr Darayavahush fort. »Und dann stecken sie sie in die Klapse. Logisch.«

Einen Moment herrschte Stille.

»Tja, irgendetwas ... was wir tun könnten?«, fragte Mose dann in die Runde.

»Eher nicht, oder?«, seufzte Darayavahush. »Das Ding wird so oder so ins Rollen kommen.«

»Ja, aber wir könnten ... wenigstens früher da sein. Als die anderen, meine ich«, überlegte Salvador. »Passt mal auf. Wenn wir richtig kombinieren, liegt da draußen irgendwo noch Ernesto auf der Lauer und passt sozusagen aus der Ferne auf sie auf. Ist ja nicht jeder so ein Arsch wie Cal und Jaden!« Er warf Jaden einen weiteren, wütenden Blick zu.

»*Wenn* sie überhaupt zurückgekommen ist, nachdem sie sich aus dem Staub gemacht hat«, murmelte Jaden. »Immerhin hat sie versucht, einen Menschen zu killen. Wenn sie nicht völlig unterbelichtet ist, ist sie vielleicht richtig abgehauen ...«

»Und Ernesto ihr hinterher, oder was?«, fragte Darayavahush.

»Der kann sich komplett verlaufen haben«, spann Jaden seinen Gedankenfaden weiter. »Immerhin ist sein Mobiltelefon seit über zwölf Stunden tot. Und es ist eine verflixt dunkle Nacht. Vor allem da draußen in der Pampa.«

Sie war eingeschlafen, so schnell, dass Ernesto es fast nicht mitbekam. Er lauschte ihren gleichmäßigen Atemzügen. In der Hütte war es wahnsinnig dunkel, was kein Wunder war. Der Himmel draußen war rabenschwarz und im Inneren der Hütte gab es nichts, was Licht gespendet hätte. Wie laut so eine Nacht im Wald in all ihrer Stille war. Bäume bewegten sich, Gehölz schien zu ächzen, Blätter raschelten und rauschten, Käuze und Eulen schrien und flogen vorüber, ab und zu war das gereizte Krächzen von aufgescheuchten Krähen zu hören. Der Tümpel gluckste, wahrscheinlich tummelten sich diese Rattenbiester darin herum. Auch Liberty Bells Privatvieh war wach, ebenso seine hässlichen Nachkommen. Sie hatten Liberty Bells Lager längst verlassen, huschten unruhig in der Hütte herum und das dicke Tier gab klagende Töne von sich, *Nä! Nä! Nä!*

Ernesto betete, dass keines der Tiere seine Nähe suchen würde. In den Ecken der Hütte lagen einige Exkremente von ihnen herum, das hatte er vorhin, bevor es gänzlich dunkel geworden war, noch erkennen können.

Wie sollte es nur weitergehen? Ob seine Freunde mitbekommen hatten, was passiert war? Ernesto traute es Jaden zu, dass er ihnen nichts gesagt hatte. Aber bestimmt hatten Salvador oder Ronan bei ihm zu Hause vorbeigeschaut, um ihn zu fragen, ob mit dem Waldmädchen alles in Ordnung war. Und dann wussten sie, dass er nicht zurückgekommen war.

Seine Eltern?

Die hatten vermutlich noch nicht mal mitbekommen, dass er nicht da war. Ernesto hatte manchmal das Gefühl, dass seine Mom seine Gegenwart oft einfach vergaß. Und sein Vater? Der hatte seine Klinik und seine Musik. Vivaldi, Chopin, Rachmaninow. Mehr wollte er, wie es aussah, nicht vom Leben. Höchstens noch Doktor Schiwago, für den er eine für Ernesto nicht nachvollziehbare Leidenschaft hegte. Mindestens einmal im Monat schaute sein Dad sich diesen Kitschfilm in seiner ganzen Bandbreite an, im Wohnzimmer auf dem riesigen Screen, der mehrere Tausend Dollar gekostet hatte, reglos und vertieft.

»Das Rampenhaus ist ein verdammt kaltes Haus«, sagte Darayavahush manchmal. Rampenhaus, weil die Villa in West End Hill vom Keller bis zum Speicher rollstuhlgerecht war. Ein paar Millionen hatte das gekostet, aber Geld war schließlich genug da. Es mangelte eher an anderem.

Woran? Das konnte Ernesto nicht in Worte fassen, aber...

Liberty Bell murmelte etwas im Schlaf. Ernesto hielt die Luft an und richtete sich vorsichtig auf.

... tie a yellow ribbon round the ole oak tree...

Es klang wie gehaucht leises Singen. Sang Liberty Bell im Schlaf? Ihre Stimme klang weicher und weniger gepresst als im wachen Zustand, aber was hatte das zu bedeuten: *... binde eine gelbe Schleife um die alte Eiche ...?* War das ein echter Song? Ein Kinderlied vielleicht?

Liberty Bell umgab etwas eigenartig Kindliches. Dabei schlachtete und häutete sie Tiere, ohne mit der Wimper zu zucken, und konnte sich sogar problemlos gegen einen Typen wie den bulligen Cal Wyludda zur Wehr setzen. Wie alt sie wohl war?

Ernesto seufzte, während Liberty Bell längst wieder verstummt war und sich zur Seite gedreht hatte. Für einen Augenblick streckte er die Hand aus und berührte, warum auch immer, ihren Scheitel, ihre verhedderten, verfilzten Haare. Was sollte nur mit ihr werden? Was würde der nächste Tag bringen?

»Dir sollte jedenfalls jemand den Hals umdrehen, Jaden Franklin, Idiot«, murmelte Ernesto wütend und wusste im Voraus, er würde in dieser Nacht kein Auge zutun. Obwohl er auf der einen Seite schrecklich müde war, war etwas anderes in ihm hellwach.

Die Georgia Avenue hatte drei Highlights. Das *Ed's Corner* an der großen Kreuzung, das *Milk and Honey,* zwei Blöcke vom *Ed's* entfernt, und Flavios kleines, krummes Haus ganz am Ende der Straße. Dort waren sie schon oft gewesen, um Flavio zu besuchen. Er erzählte ihnen an diesen Nachmittagen von seiner Zeit in Vietnam.

»Es ist gerade erst halb fünf«, murmelte Dara gähnend. »Wollt ihr den guten, alten Flavio wirklich schon um die Zeit aus dem Bett schmeißen? – Schlimm genug, dass ihr mich so früh geweckt habt.«

Sie hatten alle zusammen bei Salvador übernachtet, bis auf

Jaden, der kurz nach Mitternacht nach Hause gegangen war. Die Sorge um seinen Cousin und die Sache mit dem vollgebluteten Wagen seines Vaters lagen ihm auf der Seele.

»Lasst ihn ziehen, er ist sowieso ein Mistkerl«, sagte Mose trocken. »Keine Ahnung, warum wir uns seit Jahr und Tag mit ihm abgeben.«

»Hast du eine bessere Idee?«, fragte Ronan jetzt, als sie vor Flavios Haus standen, eine Spur gereizt. Sie hatten kaum geschlafen und irgendwann war der Plan gereift, ebenfalls noch einmal in dieses Waldstück am Ende der Welt zu fahren, um nach Ernesto zu suchen. Denn dass er immer noch nicht zurück war, stand fest: Mobiltelefon aus, der rote Beetle nicht vor der Villa seiner Eltern.

»Und wenn wir doch Baz um Rat gefragt hätten?« Darayavahush fuhr sich durch die kurzen schwarzen Haare. »Nicht, dass Flavio einen Schlaganfall oder so was vor Schreck kriegt, wenn wir gleich alle seine Bude stürmen…«

Salvador machte ebenfalls ein unschlüssiges Gesicht. Aber sie hatten schließlich nicht mehr viel Zeit. In spätestens einer Stunde würde Cal anfangen zu quatschen, da waren sie sich einig.

In diesem Moment zuckten sie alle zusammen, denn mit einem Knall wurde eines der schmutzigen Erdgeschossfenster von Flavios Haus hochgeschoben.

»Was, zum Donnerwetter, wollt ihr denn um diese Zeit hier, he? Steckt in Schwierigkeiten oder was? Habt ihr euch mit ein paar Cops angelegt, die auf Nachtstreife waren? – Aha, nicht vollzählig! Dachte ich es mir doch gleich… Wo stecken die Kummerknaben Ernesto und Jaden? Im Kittchen? Zur Ausnüchterung?«, polterte der alte Flavio hellwach und streckte seinen zerfurchten Kopf argwöhnisch aus dem halb geöffneten Fenster.

»Tja, also ...«, begann Salvador, der meistens für sie alle sprach, wenn es um etwas Wichtiges ging.

Flavio hörte Salvadors Bericht mit unergründlicher Miene zu. Er bat die Jungen nicht ins Haus, aber noch während Salva sprach, verschwand er vom Fenster in das Innere des Zimmers, offenbar, um sich anzuziehen und seine Beinprothese anzuschnallen.

»Ein echtes Piratenholzbein«, hatte Ronan einmal kopfschüttelnd gesagt. »Dabei hatte er mal eine Menge Kohle, das weiß ich.«

Ronans Vater war Inhaber und Geschäftsführer einer großen Bank in Old Town.

»Er hätte sich locker ein richtiges Hightech-Bein leisten können. Mit allen Schikanen. Aber er wollte nicht. Hat sein Geld anderweitig verschleudert ... Wahrscheinlich in Spirituosen, sagt mein Dad.«

»Okay, Jungs, los geht's.« Flavio humpelte aus dem schmuddeligen Haus. In seinem Gesicht lag ein eigenartiger Ausdruck.

»Sie kommen mit raus?«, erkundigte sich Salvador erleichtert.

Der alte Flavio nickte. »Muss ja wohl einer nach dem ... Rechten sehen«, sagte er und mied ihre Blicke. »Ein – Waldmädchen – und ganz alleine ... Nun ...«

Sie gingen zu Ronans Wagen und stiegen ein. Erst am Chinook Drive sprach Flavio wieder. Vorher hatte er nur schlicht und stur und grüblerisch geradeaus in die oregontypische Morgendämmerung geschaut. »Wie alt, sagtest du, ist ... dieses Mädchen?«, erkundigte er sich.

Darayavahush verteilte gerade eine großzügige Ladung Deospray unter seinen Armen, während Salva mit den Schultern zuckte. »Ich – ich habe gar nichts über ihr Alter gesagt.«

»Noch ein Kind? Nein, eher schon ... eine junge Dame, was?« Flavio hatte so eine altmodische Art zu sprechen, über die sie oft lachten.

»Äh, also ...«, sagte Salvador unschlüssig.

Darayavahush grinste. »Sie hat jedenfalls schon ... Brüste«, sagte er. »Falls Ihnen das weiterhilft. – Und sogenanntes *Schamhaar.* Das habe ich genau gesehen. Neandertalermäßig. Erotisch, wenn Sie mich fragen.«

Der alte Flavio nickte nur und schaute wieder aus dem Fenster in die Ferne. Darayavahush warf den anderen einen Blick zu und drehte verstohlen seinen Zeigefinger neben seiner rechten Schläfe.

Sie erreichten das Waldstück, als die Sonne gerade aufging. Instinktiv machte es Ronan, wie Ernesto es am Tag zuvor auch gemacht hatte. »Ich fahr noch ein bisschen tiefer rein, in Ordnung?«, sagte er. »Dann müssen wir nicht so weit laufen.« Die anderen nickten und sie fuhren im Schritttempo noch ein kleines Stück.

»He, seht mal!«, rief Mose. »Steht dahinten nicht Ernestos Beetle?«

»Hey, ja, du hast recht«, sagte Ronan erleichtert und parkte sein Auto ganz in der Nähe von Ernestos Wagen. »Erste Spur«, sagte er zufrieden, zog den Zündschlüssel aus dem Schloss und steckte ihn ein.

»Fast sieben Uhr dreißig, schon«, sagte Mose, als sie in der Ferne die Hütte endlich ausmachen konnten, und nachdem er einen Blick auf seine Armbanduhr geworfen hatte. Flavio humpelte mit verbissener Miene neben ihnen her, aber er stolperte kein einziges Mal.

»Wo ein Wille ist, ist auch ein Weg«, knurrte er ungehalten, wenn einer der Jungen ihm helfen wollte. »Allerdings kein guter, zum Teufel!« Er spuckte auf den unwegsamen Waldboden zu seinen Füßen.

»Achtung, tückische Dreckswurzel voraus«, rief Darayavahush und machte, trotz der Sorge um Ernesto und das Waldmädchen, ein triumphierendes Gesicht, während er die Wurzel, über die er zu stolpern pflegte, mit einem großen Schritt überstieg.

»Und was, wenn das Mädchen immer noch weg ist, wie Jaden es vorausgesagt hat?«, sagte Mose plötzlich. »Und Ernesto hat sich verlaufen?«

Niemand antwortete. Denn sie waren da.

Liberty Bell hatte sich am Teich gewaschen, war in eine andere Bluse geschlüpft und in einen weiten schwarzen Rock mit Fransen, der alt und sehr abgetragen aussah. Außerdem hatte sie die Biberratten in den Käfigen versorgt, die Hütte ausgefegt, einen Tee aus Kräutern gekocht, merkwürdig benommen wirkende Heuschrecken vom taunassen Gras gesammelt, ein Feuer entfacht, einen Klumpen Fett, der streng roch, in der Pfanne vom Vorabend erhitzt und eine Art Heuschreckenragout zubereitet. Dazu gab es Nüsse und Beeren.

Eve plus Nachkommen krabbelten um sie herum, ab und zu lächelte Liberty Bell ihnen zu, aber sie sagte kaum etwas.

Ernesto fühlte sich eigenartig. Ungeputzte Zähne, keine Bürste, keine Dusche, keine frischen Sachen zum Anziehen, dafür war er genau wie Liberty Bell verstohlen zwischen die

Büsche getaucht, um wenigstens pinkeln zu gehen. Sein Magen knurrte, was kein Wunder war. Es war eine Ewigkeit her, dass er etwas gegessen hatte.

Sonntag... Hey, heute war Sonntag. Sonntag war Pizzatag. Schon seit fast drei Jahren pflegten er und seine Freunde dieses Ritual: Sonntags aßen sie ihr Frühstück am Mittag, ihr Mittagessen am Abend und ihr Abendessen in der Nacht. Und jedes Mal Pizza.

»Wenn wir das noch ein paar Jahre durchhalten, fangen wir vielleicht eines Tages automatisch an, italienisch zu sprechen. Wär doch super! Und einen Versuch ist es wert«, sagte Salvador oft.

Aber ob er Heuschrecken würde essen können? Unsicher betrachtete Ernesto die gebratenen Tierchen, die tot und zubereitet immer noch verdammt lebendig aussahen. Eben nur braun statt grün.

Und was war das? Trotz komplett leerem Magen spürte er, dass er zur Toilette musste. Wie nannte Darayavahush es immer? *Leute, ich glaube, ich muss ein gigantisches Ei legen!* Und dann riegelte er sich eine Ewigkeit lang auf der Toilette ein, egal wo sie gerade waren. Hinterher rief er manchmal spaßhalber: »Ein Wahnsinnsding! Ich hab's noch nicht weggespült! Will es einer sehen? Ich glaube, ich hab mal gelesen, anhand der Größe des großen Geschäfts kann man voraussagen, wie potent ein Mann ist!«

Ernesto fühlte sich unwohl. In Filmen oder Büchern hatten die Helden nie das Problem, dringend zur Toilette zu müssen. Verdammt!

Eigentlich lief ihm die Zeit weg. Eigentlich musste er dringend zu einem Entschluss kommen. Eigentlich sollte er längst versucht haben, Liberty Bell begreiflich zu machen, was da auf sie zukam. Stattdessen lächelte er ihr vage zu und verdrückte sich schon wieder in die Büsche.

»Klasse, jetzt weiß ich endlich, wie Dalí sich fühlt, wenn er im Gebüsch hockt und sein Geschäft erledigt…«, schoss es Ernesto sarkastisch durch den Kopf.

Auf dem Rückweg fiel sein Blick auf den Erdhügel, den Liberty Bell bei ihrem ersten Besuch mit Blumen geschmückt hatte. Beim näheren Hinsehen sah Ernesto, dass es im Grunde gar kein Erdwall war, sondern eher ein Gebilde aus Steinen, die ähnlich angerichtet waren wie die Steine auf der kreisrunden Lichtung, auf der er Liberty Bell gestern wiedergefunden hatte. Nur dass diese Steine hier viel höher aufgeschichtet waren. Ein Steinwall. Es war ein Steinwall, über den verschiedene Pflanzen wucherten. Kletterpflanzen, langfingriges Unkraut und blühende Winden mit kleinen weißen Blüten, deren intensiver Duft es überhaupt gewesen war, der Ernesto dazu gebracht hatte, dort hinüberzusehen.

Vorsichtig trat er näher. Hatte Liberty Bell diesen Steinwall aufgebaut? Und wenn ja, zu welchem Zweck?

Die Sonne ist jetzt komplett da. Eine Lichtquelle, die man unmöglich direkt ansehen kann, ohne dass einem die Augen schmerzen. Ernesto kniet sich hin, über seinem Kopf kreischen schon wieder ein paar Krähen. Seine Hände berühren die kühlen Steine. Er atmet ein und aus. Ein und aus. Ein und aus. Der Duft der Blüten ist wahnsinnig intensiv. Morgenwind rauscht durch den Wald. Rauscht in Ernestos Ohren und Schweiß schiebt sich unter seine Achseln. Jetzt könnte er Darayavahushs Deo gut gebrauchen.

Dann sieht er es, es starrt ihn direkt an, aus den Tiefen des

Steins, er sieht es und seine zitternden Finger zucken zurück und der Schreck fließt über sein Gesicht, seine Lippen, hinab in seine Kehle.

Er roch und spürte sie, bevor er sie hörte. Sie war dicht neben ihm, fasste ebenfalls die Steine an, tastete mit den Fingerspitzen nach dem, was er eben entdeckt hatte, und berührte es sachte, streichelte es.

»Hier ist... meine Mommy«, flüsterte Liberty Bell und ihre hellen Augen sahen traurig aus.

Wamm! So war das also. Ernesto musste seinen ganzen Mut zusammennehmen, um erneut den Mund aufzumachen. Verdammt, hatte er nicht riesigen Spaß gehabt, als Darayavahush vor einer Weile Staffel für Staffel die Serie *Bones – Die Knochenjägerin* angeschleppt hatte?– War Ernesto je zusammengezuckt, wenn die durchgeknallte, forensische Anthropologin Dr. Brennan Skelette aus der Erde holte und untersuchte? Fratzenhafte Totenköpfe unter die Lupe genommen hatte? Natürlich nicht. Je mehr Leichen, desto besser die Folge! Und hatte er nicht als ungefähr Zwölfjähriger geradezu eine Leidenschaft für T-Shirts gehabt, die mit Totenköpfen bedruckt waren?

Also, was war los mit ihm, zum Teufel?

»Liberty Bell... was – ich meine... warum?«, sagte er leise und starrte wie hypnotisiert auf den grotesken Totenschädel, der halb verborgen zwischen den Steinen ruhte. Ein heller Schädel, leere Augenhöhlen, ein grotesk grinsender Mund. Mund? Nein, nur Zähne, zwei Reihen gelblicher Zähne, die ihm diabolisch zuzulächeln schienen und verschoben aufeinanderstanden, was den Anblick noch schrecklicher machte.

»Amen«, flüsterte Liberty Bell in diesem Moment. Sie holte tief Luft und sah Ernesto an. »Gottes kleinste Geschöpfe haben sie so verändert.« Tränen liefen über ihr schmales Gesicht. »Ich gehe jeden Tag zu ihr. Ich spreche mit ihr, tröste sie. Und bete für sie.«

Was? Wie bitte? Gottes kleinste Geschöpfe? Was redete Liberty Bell da bloß? War sie am Ende doch – verrückt, wie Darayavahush es vermutete? Und war das Skelett da zwischen den Steinen tatsächlich ihre – Mutter? Hatte sie sie dort *begraben?*

Ernesto rührte sich immer noch nicht. Er musste an die geschlachteten Tiere denken. Und an die Art, wie Liberty Bell sich gegen Cal gewehrt hatte. Konnte es sein, war es möglich, dass sie...?

»Bevor sie – einschlief, küsste sie mich«, flüsterte Liberty Bell in dieser gepressten Art, in der sie immer sprach. »Sie erzählte mir von Gott. Und auch... von – Robby. Und sie ließ noch einmal ihre – Augenhärchen für mich tanzen, wie früher, als ich ganz klein war...«

In diesem Moment hörte Ernesto Schritte, die hier nicht hergehörten. Erschrocken, unendlich erschrocken fuhr er herum. Liberty Bell machte es ihm nach. Er hatte das Gefühl, dass sie neben ihm schrumpfte. Für den Bruchteil einer Sekunde umklammerte sie seinen Arm, dann glitten ihre Finger wieder ab.

»Salva...«, stotterte Ernesto erleichtert und entsetzt zur gleichen Zeit. Heißes Blut pumpte durch seinen Körper. Hastig sprang er auf. Liberty Bell kauerte mit hängenden Armen neben ihm wie ein Kaninchen vor der Schlange. Erstaunlicherweise versuchte sie nicht zu flüchten, wie Ernesto es einen Moment befürchtet hatte. Aber sie begann zu zittern und fast gegen seinen Willen berührte Ernesto wieder ihren Scheitel, wie er es in der vergangenen Nacht getan hatte.

Salvador und die anderen blieben stehen.

Salva. Darayavahush. Mose. Ronan. Und dazu, warum auch immer, der alte Flavio.

Ernestos Augen flogen von einem zum anderen.

»Hey, du lebst«, sagte Mose erleichtert. »Und du hast dich nicht verirrt und bist in irgendeinen Sumpf geraten und qualvoll versunken oder so.«

»254.805 Quadratkilometer standen dir dafür zur Verfügung, ich hab's gegoogelt«, fügte Ronan mit einem sarkastischen, ronantypischen Grinsen hinzu. »Du hättest dich wirklich gigantisch verlaufen können, Ern. Echt.«

»Und die kleine Messerstecherin ist auch wieder da«, fügte Darayavahush hinzu. »Und sogar schwer in Schale geworfen heute früh …«

Der alte Flavio sagte immer noch kein Wort. Er stand einfach nur da und schien in Gedanken versunken. So schaute er immer, wenn er von seiner Zeit in Vietnam berichtete. Weit weg, in einer anderen Welt, einem anderen Leben, das ihn traurig machte bis in sein Innerstes. Aber – hey – dies hier war schließlich nicht Vietnam.

»Ern, fürchte, wir müssen uns schnell was einfallen lassen mit ihr …«, sagte Mose in diesem Moment nüchtern. »Versteht sie uns?«

Er deutete mit dem Kinn auf Liberty Bell, die sich immer noch nicht rührte. Ernesto konnte ihre Angst spüren. Sie kam ihm vor wie ein verletztes Tier, das es zu schützen galt. Er verdrängte den Gedanken an das Skelett hinter seinem Rücken und hoffte inständig, dass keiner von den anderen es entdecken würde. Warum hatte Liberty Bell, wenn sie ihre Mutter schon hier vergraben hatte, nicht bessere Arbeit geleistet und sie – komplett verborgen?

Ernesto ahnte die Antwort. Er hatte schließlich gesehen, wie Liberty Bell die menschlichen Überreste berührt hatte. Sie hatte dieses *Fenster,* wie es schien, bewusst offen gelassen.

Genau in diesem Moment passierten zwei Dinge zur gleichen Zeit.

»Schätzchen, ich fürchte, wir müssen uns deiner annehmen, ob du willst oder nicht…«, sagte der alte Flavio Fabiani und schüttelte endlich die Starre ab, in die er bei Liberty Bells Anblick aus irgendeinem Grund gefallen war.

Und gleichzeitig begann der Himmel zu dröhnen.

»Scheiße, ein Hubschrauber!«, rief Salvador erschrocken. »Sie kommen! Jetzt schon! Cal, dieses Dreckschwein!«

7

Auf der verflixten Kuppe eines verflixten kleinen Hügels schaffte es der Hubschrauber zu landen. Aber die Männer darin hatten schon vorher gefilmt. Das war nicht zu übersehen. Die Luft brüllte und wogte, Bäume bogen sich und Ernesto hatte Angst, dass die kleine Hütte diesem Luftdruck nicht gewachsen sein würde und in sich zusammenbräche wie ein Kartenhaus.

»Verdammt!«, brüllte Darayavahush.

Die Wasseroberfläche des kleinen Tümpels schlug Wellen, Wasser spritzte wahllos in alle Richtungen.

»Weg! Wir müssen weg!«, schrie Salvador dicht an Ernestos Ohr. »Los, nimm das Mädchen mit.«

»Sie heißt Liberty Bell«, schrie Ernesto zurück und wusste selbst nicht, warum er jetzt anfing, Schwachsinn von sich zu geben. In dieser Situation war es doch völlig egal, wie das Mädchen hieß.

Überhaupt: das Mädchen. Sie schrie und schrie und schrie wie von Sinnen und presste dabei beide Hände gegen die Ohren.

»Hey …«, versuchte Ernesto, sie zu beruhigen, aber es klappte nicht, natürlich nicht. Liberty Bell wich zurück, taumelte, als gäben jeden Moment ihre Beine nach, aber dann drehte sie sich doch um und rannte davon.

»Scheiße«, rief Darayavahush.

»Was?«, rief Ernesto, der instinktiv begriff, dass noch etwas anderes passiert sein musste. Und er hatte recht damit. Wagen, drei Wagen waren es, die es tatsächlich irgendwie geschafft hatten, sich in dieses Dickicht hinaufzumühen. Ein Polizeiwagen, ein Krankenwagen mit eingeschaltetem Alarmlicht und ein Zivilfahrzeug, in dem sich am meisten Menschen drängten. Zwei von ihnen kannte Ernesto. Salvadors Vater Baz und – Cal Wyludda, dessen Schulter verbunden war, während sein Arm in einer Verbandsschlinge lag. Er grinste über das ganze Gesicht.

Ernesto hielt instinktiv auch nach Jaden Ausschau, konnte ihn aber nirgends entdecken. Sei's drum. Er rannte los. Er musste Liberty Bell finden! Unbedingt! Sie hatte so geschrien! Sie war außer sich vor Angst.

Ernesto prallte gegen einen kräftigen Mann, der eine große Kamera auf der Schulter balancierte. Hinter ihnen kamen weitere, technikbepackte Filmleute.

»Hoppla, junger Mann«, sagte der Kerl, grinste und hielt Ernesto am Arm fest. »Weißt du Näheres über das sogenannte Waldmädchen? Ich bin Roy Edwards von Channel 77. Wir sind auf Sendung und alle sind schrecklich gespannt, Genaueres zu erfahren. Kannst du uns vielleicht weiterhelf...?«

»Lassen Sie mich los, Sie Schwachkopf«, brüllte Ernesto und riss sich los.

»Na, na, na!«, rief ihm der Mann mit der laufenden Kamera vergnügt hinterher. »Immer sachte, Bürschchen. Wir finden das geheimnisvolle Mädchen auch ohne deine Hilfe ...«

»Flavio! Und Salvador, wieso, um alles in der Welt, bist du hier?«, rief Baz in diesem Moment. »Ich dachte, Jaden und sein Cousin aus Kentucky hätten dieses Mädchen ausfindig gemacht.«

»Und du? Was machst du hier?«, schnauzte Salvador zurück, ohne eine nähere Erklärung darüber abzugeben, wer das Mädchen ursprünglich entdeckt hatte.

Mehr bekam Ernesto nicht mit, es war ihm auch egal, er rannte Richtung Steinhaufenlichtung und versuchte dabei, allem und jedem auszuweichen, was Liberty Bell in Gefahr bringen konnte. Aber er kam zu spät. Zwei Polizeiofficer waren bereits bei Liberty Bell, die am Boden lag.

Was war geschehen? Ernestos Lungen brannten vom Rennen, er war völlig atemlos.

»Was… was ist passiert?«, keuchte er, hastete über die Wiese und kniete sich neben das still daliegende Mädchen. Ihre Augen waren geschlossen, ihr Gesicht bleich, ihr Mund leicht geöffnet.

»Wir – wissen es nicht genau«, erklärte einer der beiden Polizisten. Ernesto kannte ihn vom Sehen aus dem *Ed's*, er war noch ziemlich jung. »Sie ist wohl abgestürzt.«

Er deutete auf die höchste Stelle des alten Steins.

»Oder aber sie hat sich, sagen wir mal, fallen gelassen. Das wäre auch möglich«, brummte der andere Polizist mit betroffener Miene. Er war schon recht alt und plötzlich schob er mit seiner großen, schwieligen Hand Liberty Bell behutsam die Haare aus der blassen Stirn. Verdammt, das war Ernestos Sache, es war in seinem Traum passiert, seine Hand hätte diese Geste tun wollen. Aber – war nicht sowieso alles zu spät jetzt?

»Ist sie – ich meine, stirbt sie?«, flüsterte er heiser.

»Die Sanitäter müssen jeden Moment hier sein«, erklärte der junge Officer und deutete auf das Funkgerät in seiner Hand.

Und dann kamen sie. Ernesto beobachtete es mit starrer Miene, ohne sich zu rühren. Fast ohne es zu merken, hatte er Liberty Bells dünne Finger ergriffen. Sie fühlten sich eiskalt an. Kalt und klamm.

Sanitäter, der Notarzt, weitere Policeofficer, Darayavahush, Ronan, Mose, Cal, der alte Flavio, Salvadors Vater Baz, das Kamerateam mit dem Reporter an der Spitze und noch andere, die Ernesto nicht kannte.

Stumm sahen alle dabei zu, wie die Sanitäter das dünne reglose Mädchen auf eine Rettungstrage betteten, ihr eine Sauerstoffmaske über das blasse Gesicht schoben und der Arzt ihr eine Infusion in den sommersprossigen, von Narben und Schürfwunden übersäten Arm legte.

»Was... was passiert jetzt mit ihr?«, fragte Ernesto, als die Stille vorbei war, als die Rettungskräfte ihr sanftes Werk, das alle irgendwie in einen Bann gezogen hatte, beendet hatten, als das Team von Channel 77 wieder anfing auszuschwärmen, Interviewpartner zu suchen. Ernesto sah aus den Augenwinkeln, wie Cal einige von ihnen zu Liberty Bells Hütte zurücklotste. Der Notarzt hatte erklärt, dass für das verletzte Mädchen keine akute Lebensgefahr bestünde.

»Wer von den Jungen ist der, der letzte Nacht bei ihr im Wald geblieben ist?«, fragte ein anderer des Filmteams ein paarmal. Keiner gab Antwort, aber über Cal Wyludda bekamen sie es schließlich doch heraus.

»Du warst das also«, sagte ein Channel-77-Mitarbeiter neugierig und richtete seine Kamera auf Ernesto. »Nun sag doch mal, Junge: Was weißt du über das rätselhafte Mädchen? Kann sie sprechen? Ist sie bei Verstand? Hat sie einen Namen? Hast du herausgefunden, warum sie hier in aller Abgeschiedenheit gelebt hat?«

»Ich weiß nichts, überhaupt nichts«, antwortete Ernesto

schroff, wandte sich ab und dachte gleichzeitig an alles, was er wusste, angefangen von Liberty Bells Namen, über ihren Gesang in der Nacht, bis hin zu ihrer Mutter, die begraben neben Liberty Bells Hütte ihre letzte Ruhestätte hatte und deren Namen Annie Lyford lautete… – Wie, um Himmels willen, würde es jetzt weitergehen?

Die Sanitäter schlossen die Türen des Rettungswagens.

»Kann ich, bitte, mitfahren?«, fragte Ernesto.

Aber sie ließen ihn nicht.

»Verdammt, warum nicht?«, murmelte Ernesto ärgerlich.

»Du bist kein Verwandter, nicht berechtigt«, erklärte der Rettungsarzt kurz angebunden.

»Aber…«

»Kein Aber.« Der Motor des Rettungswagens sprang an.

»Zum Teufel, sie braucht doch jemanden, der bei ihr ist«, stieß Ernesto zwischen zusammengepressten Zähnen hervor.

»Es werden Leute da sein, die sich um sie kümmern, Ern«, sagte Baz und legte seinen Arm um Ernestos Schulter. »Und es ist ja nicht aller Tage Abend. Du wirst sie schon wiedersehen.«

Ernesto suchte den Blick des alten Flavio, der gegen einen Baum lehnte. Aber der alte Mann, der sonst immer einen Rat in petto hatte, stand nur da und starrte wie selbstvergessen vor sich hin.

Niemand konnte ahnen, dass Flavio Fabiani, Jahrgang 1940, eine Woche später tot und von Fliegen umschwirrt in seinem kleinen, schmuddeligen Haus liegen würde.

Es war ein vertrautes Szenario: Natasha putzte und räumte auf, seine Mutter lief ruhelos durch das Rampenhaus, sein Vater lauschte den Präludien von Sergei Wassiljewitsch Rachmaninow auf seiner wahnsinnig teuren Schweizer Musikanlage und schaute dabei aus dem großen Panoramafenster des Salons in die Ferne. Da die Villa an einem Hang lag, erlaubten die riesigen Fensterscheiben einen unglaublichen Ausblick in die Ferne.

»Das wäre nicht nötig gewesen, Ern«, sagte er, ohne sich umzudrehen, als Ernesto den Raum betrat.

Ernesto ließ sich in das dunkle Sofa fallen, ungeduscht, ungewaschen, in seinen Klamotten, in denen er die letzte Nacht verbracht hatte. Er fühlte sich ausgelaugt und verzichtete auf die Frage, woher sein Vater bereits von der Sache wusste. Das war typisch, Dr. Merrill war stets über alles informiert, wie auch immer.

»Was wäre nicht nötig gewesen?«, fragte er dennoch.

»Dass du dich in die Sache mit – diesem Waldmädchen reinhängst.«

»Ich habe mich nirgends reingehängt. Wir haben das Mädchen zufällig entdeckt. Es musste ihr jemand zur Seite stehen, nachdem das Arschloch Cal Wyludda bei ihr aufgetaucht ist, um keine Ahnung was mit ihr anzustellen.«

»Sprich nicht in dieser Fäkaliensprache, bitte, Ern.«

Ern, nicht Ernesto. Sein Vater nannte ihn fast nie bei seinem richtigen Namen.

»Ich wollte nur nach ihr sehen. Das war alles.«

Jetzt drehte Dr. Merrill sich doch um und musterte seinen Sohn. »Dein Name ist bereits online, morgen steht er in allen Zeitungen.«

»Das ist mir egal, Dad.«

Natasha durchquerte den riesigen Raum. »Kann ich ... kann ich etwas für Sie tun, Dr. Merrill?«, fragte sie.

Ernesto hatte oft den Eindruck, dass Natasha Zlotsky seinem

Vater näher stand als seine Mutter. Wäre sie hübscher, jünger, dünner gewesen, hätte Ernesto darüber nachgedacht, ob sein Vater wohl ein Verhältnis mit ihr hatte, aber das stand nicht zur Debatte. Davon abgesehen war sich Ernesto nicht sicher, ob sein Vater, der von seinem dritten Brustwirbel an abwärts gelähmt war, überhaupt noch – nun – Sex haben konnte.

»Ja, lassen Sie meinem Sohn ein Bad ein. Er – stinkt wie ein Iltis«, antwortete Dr. Merrill und lächelte schon wieder. Er war nie lange verstimmt, das war nicht seine Art.

Ernesto schaute kurz auf das Zwillingsbild der beiden kleinen Mädchen aus Xi'an an der gegenüberliegenden Wand. Wahnsinn, wie ansehnlich sie nach den Operationen seines Vaters geworden waren. In seinem Privatbüro hier in der Villa gab es eine Aufnahme der beiden vor dem Gratisoperationsmarathon Dr. Merrills. Darauf sah man zwei verformte Schädel, aneinandergewachsen, Geschwülste an der gemeinsamen Nase, eine geschwollene, verzerrte, geteilte Oberlippe, darunter eine hässliche Öffnung, die kaum an einen Mund erinnerte, und nicht einmal den Ansatz einer Unterlippe.

»Sorry, wenn ihr euch – Sorgen gemacht habt«, sagte Ernesto und stand auf.

Dr. Merrill nickte.

»Weißt du, wo man sie hingebracht hat?« Ernesto stellte die Frage nicht gern, aber es ging nicht anders.

»Dr. Walther von der Neurologie im *General Hospital* wird sich um das Mädchen kümmern«, sagte Dr. Merrill. »Warum fragst du?«

Ernesto schwieg.

»Das Mädchen ist bei ihm in guten Händen, Ern. Es ist nicht nötig, dass du weiterhin den barmherzigen Samariter spielst.«

Ernesto schwieg weiter und wandte sich zur Tür. Während er den langen Weg aus dem Zimmer hinter sich brachte, war sein Vater schon wieder bei anderen Themen. Er überflog ein paar eigene Unterlagen und erkundigte sich dabei zerstreut, ob der Brief vom College inzwischen endlich angekommen sei. Auch nach den letzten anstehenden Klausuren fragte er, aber Dr. Merrills Worte erreichten Ernesto nicht wirklich. In drei Wochen war Schluss mit der Schule, danach Sommer, College, Studium – das war etwas, das er schon an normalen Tagen verdrängte. Und heute, heute war ihm die Zukunft, zumindest die ferne, einfach nur egal.

»Jetzt flipp nicht aus«, sagte Darayavahush ein paar Tage später und fuhr schwungvoll vom Parkplatz des *General Hospitals*. Er war bester Laune: Am Vormittag hatte er den Führerschein geschafft und jetzt hatte ihn Ernesto, ohne mit der Wimper zu zucken, ans Steuer seines roten Beetle gelassen, dabei hatte Dr. Merrill den Wagen bei der Versicherung nur auf Ernesto angemeldet.

»Egal«, hatte Ernesto gemurmelt, als Darayavahush ihn vorsorglich darauf hinwies.

Haben sie dir mal erklärt, warum sie dich immer noch nicht zu ihr lassen?«, erkundigte sich Darayavahush jetzt, während sie den Highway Richtung Stadtkern entlangfuhren. Bei *Clark & Sons* waren heute Cashew-Huhn und süßsaure Shrimps im Angebot, die waren fest eingeplant.

»Scheiße, nein«, murmelte Ernesto. »Sie sagen: Untersuchungen. Immer noch Untersuchungen. Bevor die nicht abgeschlossen wären: blablabla ...«

»Was gibt's denn da so lange rumzudoktern?«, überlegte Darayavahush, verließ schwungvoll den Highway und bog bald darauf in den Aberdeen Drive ein. Von hier war es nur noch ein Katzensprung ins *Ed's*, zum *Milk and Honey* und genauso zu *Clark & Sons*. Old Town war eben wirklich nur eine minimalistische, engstirnige Kleinstadt.

»Wie geht es ihr überhaupt? Weißt du was darüber?«

Ernesto schüttelte niedergeschlagen den Kopf. »Nichts, absolut nichts. Dabei ist mein Vater mit Dr. Walther sogar befreundet.«

»Mann, die Kleine muss doch völlig durch den Wind sein. Erst jahrelang im Wald und jetzt das…«

Ernesto löste seinen Sicherheitsgurt und spürte, wie er wieder Kopfschmerzen bekam, wie so oft in den vergangenen Tagen. Was war nur los mit ihm? Okay, er hatte Liberty Bell in der vergangenen Woche ein paar Stunden erlebt, die meisten davon, wenn er ehrlich war, schlafend. Und er war hinter das Geheimnis des Steinwalls neben der verfallenen Hütte gekommen, was anscheinend noch niemand anderem gelungen war, aber das war es auch schon, oder?

Oder?

Sie hatte komische Sachen gesagt, von Jesus und Gottes kleinsten Geschöpfen gesprochen und etwas von tanzenden – waren es tatsächlich *Augenhärchen* gewesen? Oder hatte er sich da verhört?

Tanzende Augenhärchen? Was sollten Augenhärchen sein? Wimpern? Weitere Assoziationen waren ihm zu diesem verrückten Wort nicht eingefallen.

»He, gut gefahren«, sagte er pflichtschuldig, als Darayavahush mit triumphierender Miene vor dem *Clark & Sons* eingeparkt und »Voilà!« gerufen hatte.

»Danke, Alter«, antwortete Darayavahush und dann stiegen sie aus, trafen sich vor der Motorhaube und Darayavahush breitete noch mal triumphierend seine muskulösen Arme aus, warf Ernesto anschließend den Autoschlüssel zu und gab ihm einen spielerischen Schubser vor die Brust. »Wenn die Kleine nicht komplett aussehen würde wie Olivia Oel in Blond, würde ich ja denken, du hast dich in sie verknallt, Knalltüte«, sagte er dazu grinsend. Dann zog er Ernesto am Arm hinter sich her in den Laden.

»Olivia wer?«, hakte Ernesto verwirrt nach, während er Dalí abwehrte, der ihn angeleint vor dem *Clark & Sons*, begrüßte, als wäre Ernesto der letzte Mensch auf Erden und von Gott persönlich hierhergeschickt worden, in der Mission, dreibeinige Hunde vor dem emotionalen Hungertod zu erlösen.

»Popeyes Freundin, du Schnarchnase! Spinat-Popeye! Den kennst du doch wohl?« Darayavahush ging lachend voraus. »He Mose, Salvador! Allah Akbar, erst mal! – Aber jetzt genug der moslimischen Formalitäten: Google doch mal einer die Comic-Tussi Olivia Oel für Ernesto! – Mann, habe ich einen Kohldampf…«

Er deutete auffordernd auf Moses Smartphone, das auf dem wackeligen Stehtisch im hinteren Teil des Ladengeschäfts lag. Sekunden später schob er Ernesto bereits das Telefon zu. »Guckst du hier«, sagte er. »Das ist Olivia Oel. Ich sag's ja: Bis auf den Unterschied, dass sie schwarzhaarig ist, sieht sie doch exakt aus wie dein nacktes Waldmädchen. Lang, dünn, schlaksig, irre und bedauerlicherweise mit wenig Busen gesegnet…«

Ernesto runzelte die Stirn und er gab Mose das Handy zurück.

»Idiot«, murmelte er dazu.

»Die Leiden des jungen Merrill«, grinste Darayavahush, der mehr Literatur kannte, als man ihm zutraute. Aber Tatsache war, dass sein Vater Literaturdozent am College von Wood Green war und dass das doch literarische Spuren bei Darayavahush hinterlassen hatte, auch wenn er gerne den Proleten heraushängen ließ.

»Und du bleibst dabei, das Mädchen kann richtig – sprechen?«, fragte Mose, nachdem seine Freunde Huhn und Shrimps an der Theke bei Mr Clark persönlich geordert hatten. Er selbst bestellte sich nur eine schlichte Portion Pommes und einen kleinen Salat.

»Koscher geht die Welt zugrunde«, murmelte Darayavahush grinsend.

Ernesto nickte.

»Liberty Bell«, sagte Salvador leise. »Hab ich recht? So heißt sie.«

Ernesto nickte wieder.

»He, wieso weißt du Sachen, die ich nicht weiß?«, regte sich Darayavahush auf.

»Ich hab's ihm gesagt«, erklärte Ernesto, der sich gerade erst wieder an den Moment erinnerte, in dem er Salvador vor Liberty Bells Hütte ihren Namen zugerufen hatte.

»*Freiheitsglocke?* Was ist das denn für ein beknackter Name?« Darayavahush lachte prustend los und verschluckte sich fast an seiner Cola light.

Aber ehe Ernesto darauf eine Antwort geben konnte, ging die Ladentür auf.

»Oh…«, murmelte Darayavahush augenblicklich abgelenkt, stellte sein Glas ab, fuhr sich durch die Haare und setzte sich kerzengerade.

»Hi, Darayavahush und Dings und Dings und Dings«, begrüßte Liza Rodriguez die vier Freunde. Begleitet wurde sie von Nyu, der koreanischen Austauschschülerin, die derzeit bei ihrer Familie wohnte, und von Portia Jenkins, die im gleichen Jahrgang war wie Ernesto und seine Freunde. Die Mädchen zogen sich Stühle vom Nachbartisch des Essbereichs herüber.

»Hey Leute. Mitbekommen? Sie *kennt* meinen Namen, wow…«, flüsterte Darayavahush begeistert, aber Liza beachtete ihn nicht weiter.

»Habt ihr es schon gehört?«, fragte sie stattdessen.

»Was? Dass du dich jetzt doch dazu entschlossen hast, Samstagabend mit mir um die Häuser zu ziehen?«, fragte Darayavahush.

»Lasst ihn einfach links liegen, er ist ja bekanntlich irre«, sagte Liza an Nyu und Portia gewandt und kickte ungerührt ihre Flipflops von den Füßen.

»Was sollen wir gehört haben?«, hakte Ernesto nach.

»Der alte Mr Fabiani…«, sagte Portia, nachdem Mr Clark ihnen Shrimps und Hühnchen serviert hatte und wieder davongeschlurft war. »Den mögt ihr doch so, oder?«

»Ja und? Was ist denn mit ihm?«, erkundigte sich Salvador und schaute sich im *Clark & Sons* um. Der alte Flavio hatte sich heute noch gar nicht blicken lassen, was ungewöhnlich war. An normalen Wochentagen kam er immer wieder in den Laden, um die Waren zusammenzusuchen, die er auszufahren hatte.

»Tja, tot.« Lizas Stimme klang süß und bitter zur gleichen Zeit.

»Was?«, rief Salvador erschrocken und fuhr auf. »Tot?«

Liza nickte. »Ja und nicht nur tot. Ermordet, würde es wohl besser treffen.«

»Ermordet?«, wiederholte diesmal Mose.

Liza nickte erneut. »Sie haben ihn vor einer knappen halben Stunde in seinem Haus entdeckt. Eine ... Riesenschweinerei muss das gewesen sein.«

»Jemand hat ihm ... die Kehle durchgeschnitten«, fügte Portia leise hinzu. »Ist das nicht schrecklich? Vorher soll es einen schrecklichen Kampf gegeben haben. Flavio hat sich wohl heftig gewehrt ... Dabei hat ihn der Täter offenbar zuerst im Schlaf überrascht.«

Die Jungen schauten sich sprachlos an.

»Es muss echt grauenhaft gewesen sein. Sein ganzes Zimmer war voller Fliegen«, berichtete Portia weiter und schüttelte sich. »Mindestens schon seit vorgestern soll er da gelegen haben ... Und das bei der Hitze! Wegen der vielen Fliegen haben sie ihn überhaupt nur entdeckt. Jadens Mutter ist auf dem Weg zur Arbeit an seinem Haus vorbeigekommen und hat die Fliegen gesehen, die innen an seiner Gardine herumschwirrten. Das ganze Fenster war schwarz von innen ...«

Niemand hatte bemerkt, dass der alte Mr Clark wieder an ihren Tisch getreten war. Er starrte Portia an. Das Wesentliche hatte er, wie es aussah, mitbekommen.

»Ist das auch kein Schmu?«, fragte er misstrauisch und zog die dichten buschigen Augenbrauen so zusammen, dass sie eine gerade Linie bildeten.

»Natürlich nicht«, sagte Liza und warf die Hände in die Luft. »Wie wär's mit Radio? Oder Fernseher? Bestimmt bringt Channel 77 es schon. Die sind ja immer sofort da, wenn hier zur Abwechslung mal was los ist ...«

Das Ende der Georgia Avenue war abgesperrt. Ernesto sah eine Menge bekannte Gesichter. Jaden und Mrs Franklin, Jadens Mutter, die seit fast dreißig Jahren an der Grundschule von Old Town unterrichtete. Sie hatte für Jaden und all seine Freunde früher immer die Halloweenkostüme genäht. Alle mochten sie. Sie hatten sie Miss Peach getauft, weil sie so rund und sanft und gut wie ein Pfirsich war. – Vielleicht hatten sie sich überhaupt nur ihretwegen mit Jaden angefreundet, schoss es Ernesto durch den Kopf und drehte sich weg, um Jaden, dem Idioten, aus dem Weg zu gehen.

Die Policeofficer waren ihm vom Sehen bekannt, dazu entdeckte er Dr. Rodriguez, der mit einigen Sanitätern und einem Polizisten sprach. Im Grunde schien die halbe Stadt auf den Beinen zu sein und sich sensationslüstern in diesem hintersten, sonst eher unbeachteten Winkel der Georgia Avenue zu versammeln. Ein düsterer anthrazitfarbener Leichenwagen parkte unmittelbar vor Flavios altem, heruntergekommenem Haus und gab der Situation etwas schrecklich Endgültiges. Zwei Polizeifotografen machten akribisch Aufnahmen von allem Möglichen.

Mr Clark schlurfte mit Weltuntergangsmiene herum, nachdem er sie zuvor alle aus seinem Laden gescheucht und das *Clark & Sons* vorübergehend geschlossen hatte. Ein handgeschriebenes Schild mit der Aufschrift »Wegen Todesfall geschlossen« zierte jetzt, wenn man so wollte, die Eingangstür.

»Er hatte sich extra die ganze Woche freigenommen. Zum ersten Mal in all den Jahren…«, berichtete Mr Clark allen, die es hören wollten, kopfschüttelnd. »Er sagte, er habe etwas Dringendes zu erledigen. Was auch immer das sein sollte. Ganz sicher hat er damit aber nicht gemeint, dass er vorhatte, sich abmurksen zu lassen, zum Teufel noch mal ...«

Auch Natasha und Salvadors Vater waren vor Ort. Natashas rundes Gesicht war blass und fassungslos. Sie hatte den alten Flavio ebenfalls gerngehabt, das wusste Ernesto. Manchmal, wenn sie ein Schub von Schwermut überkam, und das war gar nicht so selten, hatte sie Flavio ihr Herz ausgeschüttet und er hatte ihr zugehört, solange sie wollte. Er war ein guter Zuhörer gewesen, für alle.

Baz drückte Natasha gerade die Hand und Ernesto ging zu ihr und umarmte sie kurz, nicht sicher, wer hier eigentlich wen tröstete.

Verdammt, der alte Flavio war tot. Ermordet! Wer, um alles in der Welt, hatte wohl einen Grund, ausgerechnet ihn umzubringen? Er war doch »der gute Mensch von Old Town« und tat keiner Fliege etwas zuleide.

»Hat ihm echt einer *die Kehle durchgeschnitten?«*, fragte Salvador seinen Vater leise. »Oder ist das nur eine Story von Channel 77, damit die Sache spannender rüberkommt?«

»Nein. Keine Story. Es ist wahr. Leider«, antwortete Baz und seufzte tief. Natasha, die immer noch dastand wie bestellt und nicht abgeholt, fing leise an zu weinen.

»Ja, aber ... warum?«, hakte Ronan nach, der ebenfalls in der Zwischenzeit aufgekreuzt war.

Darauf hatte, wie es schien, keiner eine Antwort.

Ernesto entdeckte noch ein weiteres bekanntes Gesicht. Eines, auf das er gerne verzichtet hätte. Wie hieß dieser unangenehme Kerl von Channel 77 noch?

»Hallo, Ernesto, schön, dich wiederzusehen«, sagte er da auch schon und gab seinem Kameramann einen ungeduldigen Wink.

Im Nu war Ernesto umringt. »Roy Edwards! – Du erinnerst dich doch sicherlich? Wir sind uns letzte Woche schon mal begegnet…«

»Ich weiß, wer Sie sind«, unterbrach ihn Ernesto ärgerlich.

»Ganz schön was los in eurer verschlafenen Kleinstadt«, fuhr Roy leutselig fort und deutete auf Flavios Haus. »Erst letzte Woche das rätselhafte Waldmädchen – und heute nun ein bestialisch ermordeter Greis!«

»Flavio ist kein Greis!«, stieß Ernesto wütend hervor. *»… war,* meine ich, verdammt…!«

»Hoppla, da kommen ja echte Emotionen hoch«, rief Roy mit triumphierender Stimme. »Und du bist immer mittendrin.« Er zog eine Augenbraue hoch und lachte anzüglich, wenigstens kam es Ernesto so vor. »Wie ist es mit dem nackten Mädchen aus dem Wald? Hast du sie schon wiedergesehen? Dieser Dr. Walther vom *General Hospital* versteckt sich leider hinter seiner sogenannten ärztlichen Schweigepflicht… Aber was sagst du dazu, dass das Mädchen angeblich komplett stumm sein soll? Glaubst du, sie ist zurückgeblieben? Ein dümmlicher, weiblicher Forrest Gump des Waldes? Man hört, man muss sie künstlich ernähren.«

Roy Edwards zog ein weiteres Mal vielsagend eine Augenbraue nach oben und hielt Ernesto ein Mikrofon hin.

Augenbraue. Das war es! Bingo – *Augenhärchen!*

»Also, Ernesto Merrill, was fällt dir zu der ganzen Angelegenheit ein? Glaubst du, es gibt eine Verbindung zwischen dem Mädchen und dem alten Mr Fabiani? Schließlich war er mit von der Partie, als sie entdeckt wurde, nicht wahr?«

Ernesto packte Salvador, der neben ihm stand, entschlossen am Arm. Ihm war auf einmal schrecklich elend. »Los, weg hier, bevor mir schlecht wird«, sagte er laut. Und damit machten sie sich aus dem Staub, indem er diesen Widerling von Channel 77 einfach zur Seite stieß.

8

Zwei Monate lang ohne jeden Stundenplan. Und dann aufs College«, sinnierte Dara. »Das ist klasse. Weltbest. – Einen Monat davon nach Teheran, das ist schon weniger klasse. Mistfamilienpflichten! Eine meiner Cousinen heiratet. Himmel, das interessiert mich ungefähr so sehr wie ein umgekippter Sack Reis in China, Leute! Ich weiß ja nicht mal ihren Namen …«

»Du wirst dich bestimmt gut amüsieren«, tröstete Mose seinen Freund. »In Teheran gibt es schließlich auch Mädchen.«

»Ja, gut verborgen hinter Schleiern. Ist mir schleierhaft, dass die Frauen das klaglos mitmachen. Also ich würde jedenfalls komplett durchdrehen, wenn ich immer in dicke Gardinen gehüllt durch die Gegend latschen müsste, echt! – Verdammt, Lizas freizügiges Antlitz wird mir fehlen!«

Die Highschool war seit ein paar Tagen Geschichte und sie hatten sich seither zu nicht viel mehr aufraffen können als das, was sie jetzt taten. Ronan lag mit verschränkten Armen im Gras und hatte die Augen geschlossen, Dalí hechelte, als strebe er einen Weltrekord in dieser Disziplin an, Salvador hatte den Hinterkopf gegen einen Baumstamm gelehnt und tippte etwas in sein Mobiltelefon, Mose lag mit dem Gesicht im Gras und atmete Sommergeruch ein, Darayavahush lag ebenfalls auf dem Bauch und blätterte träge in einem Magazin herum. Nur

Ernesto, der gar nichts tat, sah die Gestalt, die sich ihnen zögernd näherte.

Es war Jaden.

»Hi Leute«, sagte Jaden, als er sie erreicht hatte, und versuchte, wie es schien, alltäglich zu klingen. »Lange… nicht so richtig gesehen.«

Die anderen öffneten Augen, drehten sich um, verdrängten Liza-Rodriguez-Gedanken, schoben Dreibeiner zur Seite, beendeten mobile Telefonnachrichten und sagten ebenfalls *Hi* und *Hallo,* mehr oder weniger enthusiastisch. Ernesto war der Einzige, der schwieg.

»Übel, die Sache mit dem alten Flavio, was?«, fuhr Jaden fort und setzte sich ebenfalls ins Gras. »Die Cops sollen ja noch völlig im Dunklen darüber tappen, wer's gewesen ist. Und warum. Und so.«

»Portia sagt, ihr Vater sagt, ihr Nachbar sagt, dass es sich um eine alte Sache handeln könnte. Aus Vietnamzeiten oder so. Racheaktion, vielleicht. Flavio hat ja oft angedeutet, dass damals übelste Sachen abgingen und dass er in eine Menge Scheiß verwickelt war«, murmelte Darayavahush.

»Ähm, aber ist dieser verdammte Krieg nicht seit 1975 zu Ende?«, wandte Mose ein. »Nach fast vierzig Jahren loszustiefeln und Rache zu nehmen, wäre doch etwas… kleinlich, oder?«

Die anderen redeten noch eine Weile hin und her, aber irgendwann hielt Ernesto es nicht mehr aus. Der Anblick von Jaden brachte alles wieder in ihm hoch.

… man hört, man muss sie künstlich ernähren, die arme Kleine…

Ein dümmlicher, weiblicher Forrest Gump…

… komplett stumm…

»Mist, verdammter«, murmelte er und sprang auf.

»He, was ist los?«, erkundigte sich Salvador und hob den Kopf.

Ernesto wischte sich mit dem verschwitzten Handrücken über die nasse Stirn. »Ich gehe jetzt nach ihr sehen«, sagte er entschlossen. Und damit drehte er sich auf dem Absatz um und lief los. Zum Teufel, das hätte er schon längst tun sollen.

»Viel Glück, Bruder im Geiste«, rief ihm Darayavahush hinterher. »Lass dich diesmal nicht abwimmeln, hörst du? Meinen Segen hast du!«

Es war der Hammer. Sie ließen ihn immer noch nicht hinein.

»Das ist leider völlig unmöglich«, sagte die Krankenschwester am Empfang. Sie war größer als Ernesto, größer als Darayavahush und sogar größer als Salvador, der der Größte von ihnen allen war.

»Was soll das? Warum?«, sagte Ernesto wütend.

»Vorschriften.« Die Riesenkrankenschwester zuckte mit den Schultern und schaute zurück auf ihren Computermonitor. »Besuch wäre nur Verwandten gestattet. Niemandem sonst. Was meinen Sie, was hier los ist? Wir hatten jede Menge Ärger mit Leuten von der Presse. Und mit anderen Neugierigen ...«

Was für ein Schwachsinn, was für ein himmelschreiender Schwachsinn: die Sache mit den Verwandten!

»Aber das Mädchen hat doch keinen«, sagte Ernesto verzweifelt. »Ich ... ich kenne sie, wenigstens ein bisschen.«

»Niemand kennt das Mädchen, das ist es ja gerade.«

Ernesto machte eine ungeduldige Geste mit der Hand. »Ich ... ich meine, ich war bei ihr, ehe sie hierhergebracht wurde – und ich habe mit ihr gesprochen ...«

»Gesprochen?« Zum ersten Mal wirkte die Riesin einen Hauch interessiert.

Ernesto biss sich auf die Lippen. Das hatte er bisher kaum einem erzählt, nicht den Cops, die ihn nach der Nacht im Wald kurz und desinteressiert befragt hatten, und schon gar nicht seinem Vater. Nur seine Freunde wussten davon.

»Hast *du* gesprochen – oder hat sie gesprochen?«

Er überlegte einen Moment. Vielleicht war das hier seine Chance.

»Wir haben beide gesprochen.«

Die Schwester warf ihm einen prüfenden Blick zu. »Du behauptest also tatsächlich, das Mädchen habe Worte an dich gerichtet? Verständlich geredet?«

»Ja, das hat sie.«

Die Krankenschwester maß Ernesto mit Röntgenblicken, einer ganzen Salve davon, unwillkürlich kniff er die Augen gegen diese Attacke zusammen.

»Warte hier«, sagte sie dann knapp, mehr nicht, und es klang wie ein Befehl.

Notgedrungen blieb Ernesto, wo er war. Viel lieber wäre er mitgegangen und hätte nach Liberty Bell gesehen – endlich. Aber er hatte leider keine Ahnung, wo sie sie hingesteckt hatten in diesem verschachtelten, unübersichtlichen Riesenbau.

»Hier ist der junge Mann, der behauptet…«

Die Riesenschwester war schneller zurück als erwartet und diesmal hatte sie sich Verstärkung mitgebracht. Ohne ihren angefangenen Satz zu beenden, wies sie mit vielsagender Geste auf Ernesto. Zum Glück hatte sie nicht Dr. Walther geholt, den Leiter der neurologischen Abteilung und Freund seines Vaters. Ernesto mochte ihn nicht besonders.

»Guten Tag, ich bin Dr. Bethany Bolino. Und dies ist mein Kollege Dr. Oakville.«

Dr. Bolino war vielleicht so alt wie seine Mutter und sie war nicht eine Spur attraktiv, eher das Gegenteil – sie hatte leicht vorquellende Augen und eigenartig aufgetürmte sandfarbene Haare, aber sie lächelte offen und freundlich, während sie ihm die Hand reichte.

Dr. Oakville dagegen sah vierschrötig und wenig freundlich aus.

Sie führten Ernesto in ein helles Büro, boten ihm Cola und Cashewnüsse an und regten sich erst mal darüber auf, dass man ihnen bisher nichts von dem Jungen mitgeteilt hatte, der das Mädchen vor ihrem Unfall gesehen hatte. Zumindest Dr. Oakville regte sich auf. Dann begannen sie, ihm Fragen über diese Nacht zu stellen, die er bei Liberty Bell in ihrer Hütte verbracht hatte.

Dr. Bolino war freundlich und zuvorkommend und notierte alles, was er antwortete, auf einem Bogen Papier. Dr. Oakville dagegen machte ein Gesicht, als läge es für ihn im Bereich des Möglichen, es mit Ernesto mit einem Perversen zu tun zu haben, der in besagter Nacht irgendetwas Gesetzeswidriges angestellt haben könnte.

»Ernesto *Merrill?«*, wiederholte Dr. Bolino zum Schluss und hob den Kopf. Gerade hatte Ernesto ihr der Vollständigkeit halber seinen ganzen Namen und seine Adresse genannt. »Bist du etwa der Sohn von Dr. Stanley Merrill?«

Ernesto nickte und Dr. Bolino lächelte ein weiteres Mal dieses attraktive Lächeln in ihrem unattraktiven Gesicht. »Dann kennst du natürlich auch Dr. Walther? Er leitet die Abteilung hier.«

Wieder nickte Ernesto und sah, wie die beiden Ärzte sich einen vielsagenden Blick zuwarfen.

Dann stand Dr. Bolino auf. »Das sind doch insgesamt gute Neuigkeiten«, sagte sie. »Ich meine, wir wissen jetzt, dass das Mädchen tatsächlich sprechen *kann,* gesprochen hat. Das bestätigt die neurologischen Untersuchungen. Ihr Gehirn ist intakt, sie kann – wenigstens theoretisch – sprechen, denken, gehen, handeln. Ich erinnere an die von ihr gezüchteten Biberratten. Sie ist – im Großen und Ganzen – körperlich gesund, sie hat sich gut ernährt, sie konnte alleine für sich sorgen ...«

Dr. Oakville hingegen machte ein skeptisches, unnahbares Gesicht.

»Langsam, langsam, Bethany«, war alles, was er sagte. Aber wahrscheinlich hielt er sich nur deshalb zurück, weil Ernesto mit im Büro saß. Sein Blick sprach Bände. Unangenehme Bände, wie es Ernesto schien.

Er begann, sich von Minute zu Minute unwohler zu fühlen. Vielleicht war es doch falsch, dass er über die Nacht geredet hatte? Vielleicht würde er damit gar nichts erreichen? Dabei hatte er jedes Detail sorgfältig abgewogen. Er hatte geschildert, wie sie Liberty Bell im Wald entdeckt hatten. Dass sie nackt gewesen war. Dass sie geschwommen war. Dass sie diese Biberratte geschlachtet hatte, um sie, wie es schien, zuzubereiten. Dass sie Heuschrecken mit Kohlgemüse aß. Dass sie ihre Hütte sauber hielt. Dass sie aus Fellen Kleidungsstücke und Decken nähen konnte. – Und dass sie sprach.

Mehr nicht.

»Sie ... sind doch bestimmt schon dort draußen gewesen«, sagte er und warf Dr. Bolino einen fragenden Blick zu.

Das Gebiet um Liberty Bells Hütte herum war seit dem Tag, als man sie von dort weggeholt hatte, offizielle Sperrzone. Ronan war mit Ozzy Osbourne hinausgefahren und hatte die Polizeiabsperrungen mit eigenen Augen gesehen.

Dr. Bolino nickte. »Ein ganzes Team ist in diesem Waldstück hinter Wood Green beschäftigt...«

Ernesto dachte an das Steingrab von... Annie Lyford und ein Prickeln durchlief seinen Körper. Hatten sie es schon entdeckt?

»Und?«, fragte er.

»Ja, also...«, begann Dr. Bolino, die es wohl in Ordnung fand, ihn wie einen Gleichberechtigten zu behandeln. Ganz im Gegenteil zu Dr. Oakville.

»Nun, nun, alles zu seiner Zeit!«, sagte er nämlich mit aufgesetzter Heiterkeit und erhob sich und diese Bewegung hatte etwas Abschließendes an sich, das spürte sowohl Ernesto als auch Dr. Bolino.

»Kann ich dann jetzt zu ihr?«, fragte Ernesto und stand ebenfalls auf. Sie bildeten ein Dreieck, Dr. Bolinos Schreibtisch war die Grenze des Möglichen zwischen ihnen.

»Nein, das geht natürlich keinesfalls«, sagte Dr. Oakville, Mister Unnahbar.

»Vielleicht wäre es in dem Fall keine so schlechte Idee«, widersprach Dr. Bolino.

»Und was sollte das für einen Sinn haben, Bethany?«

Dr. Oakvilles verkniffene Miene sah aus wie das vergilbte Bild eines frustrierten, vom Leben enttäuschten Menschen.

»Wir könnten die Reaktion des Mädchens testen...« Plötzlich fiel Dr. Bolino etwas ein. Ihr Blick flog hoffnungsvoll zu Ernesto zurück. »Ihren Namen...«, sagte sie hastig. »Hat sie dir – wenn sie tatsächlich mit dir gesprochen hat – vielleicht ihren

Namen genannt? Oder, anders formuliert: Weißt du, *ob* sie einen Namen hat?«

Ernesto spürte sein Herz im Inneren seines Brustkorbes gegen seine Rippen schlagen. Okay, hier war sie – seine Chance. Diesmal würde er nicht so blöd sein.

Ganz langsam nickte er.

»Gott sei Dank«, seufzte Dr. Bolino erleichtert. Sie trat um den Tisch herum und berührte beinahe sanft Ernestos Arm. »Ein Meilenstein. Das ist in der Tat ein Meilenstein. Wie lautet ihr Name, Ernesto? Es ist wirklich sehr wichtig, dass wir ihn erfahren.«

»Den. Sage. Ich. Erst. Wenn. Ich. Sie. Sehen. Durfte«, antwortete Ernesto so langsam, wie er genickt hatte.

Da war sie. Oder auch nicht. Ernesto stand da, hielt den Atem an und konnte es nicht glauben. War das wirklich Liberty Bell? Das Mädchen in dem sterilen Krankenhausbett war wie ein blasser Strich, umgeben von Krankenhausgerätschaften der unterschiedlichsten Art. Ihre Augen waren geschlossen. Ihre Haare nicht mehr lang und wirr, sondern kurz geschnitten und nach hinten gekämmt. Trotzdem waren sie das einzig Widerspenstige, was von ihr geblieben war. Ihre Sommersprossen waren in dem wachsbleichen Gesicht untergegangen. Sie sah so zerbrechlich aus, dass es kaum auszuhalten war. Aus einem Infusionsschlauch tröpfelte eine gelbliche Flüssigkeit in einen ihrer reglosen Stricharme, die mit Mullbinden an den Rand des Bettes gebunden waren. Links einer. Und rechts einer. Ihre Finger zuckten ab und zu, sonst lag sie ganz still.

Dr. Bolino und Dr. Oakville waren ebenfalls im Raum, natürlich.

»Was haben Sie mit ihr gemacht? Warum ist sie so – apathisch? Schläft sie?«, fragte Ernesto, nachdem er sie eine Zeit lang einfach nur angestarrt hatte. Er musste an die anderen Mädchen denken, die er kannte. Näher kannte. Liza Rodriguez. Sie war groß, laut, selbstbewusst, affektiert, das Busenwunder eben. Dann war da Portia Jenkins. Eine andere Klasse als Liza, keine Frage, aber sie kaute immerzu Kaugummi und interessierte sich hauptsächlich für Mode und angesagte Musik. Außerdem guckte sie gerne Sendungen wie *American Idol* und solchen Quatsch. Dann gab es unter den Mädchen, die er näher kannte, noch Nyu, die koreanische Austauschschülerin, die sich für Greenpeace engagierte und sich eine Zeit lang mit Salvador getroffen hatte. Und einmal auch mit Ernesto ausgegangen war, einen Abend. Sie hatten sich am Aberdeen Plaza sogar geküsst, aber mehr war nicht passiert. Und am Samstag danach war Nyu mit jemand anderem ausgegangen.

Und – Sally Hensley. Sie war so etwas wie eine Außenseiterin an der Schule, hatte ganz glatte, lange hellbraune Haare und trug gerne gelbe Sachen, die sie sich selbst schneiderte. Sie glaubte an Wiedergeburt und war Veganerin. Ernesto und Salvador mochten sie ganz gerne, ohne eine allzu große Sache daraus zu machen. Einmal hatte Ernesto mit ihr geschlafen. Es war schon fast ein Jahr her und nicht sehr spektakulär gewesen.

Aber Liberty Bell? Sie war außen vor. Es war unvorstellbar, dass sie so etwas wie *American Idol* sah und dabei mitfieberte, oder sie ins *Heartbreaker's* am Aberdeen Plaza auszuführen. Oder sie sich dabei vorzustellen, wie sie Flugblätter für Greenpeace in der Fußgängerzone von Old Town verteilte, sich die Nägel lackierte oder wie er mit ihr in einem alten Buick in einer alten Garage schlief, wie er es mit Sally getan hatte – das ging einfach nicht. Dabei musste sie in seinem Alter sein. Verdammt, was für verrückte Gedanken! Er fuhr sich nervös durch die sowieso schon zerstrubbelten Haare.

»Sie bekommt ein Beruhigungsmittel«, sagte Dr. Bolino in diesem Moment und fühlte, vielleicht nur, um vor Ernesto ihren Beruf zu demonstrieren, Liberty Bells Puls. Ernesto war jedenfalls Arztsohn genug, um zu wissen, dass der Pulsschlag eben in diesem Moment exakt auf dem Monitor angezeigt wurde, der über Liberty Bells Kopf an der Wand befestigt war.

Ganz langsam trat er an ihr Bett. Die Luft im Raum roch so intensiv nach Desinfektionsmittel, dass ihm fast schwindelig wurde davon.

»Hey...«, sagte er leise.

Ernesto fühlte sich bleischwer, als er das *Milk and Honey* betrat. Ed aus dem *Ed's* hatte ihm den Tipp gegeben, es dort zu versuchen.

»Sag deinen Freunden, dass ich die Preise aufschlagen werde, wenn sie mir untreu werden und häufiger in dieses blödsinnige Biocafé abwandern«, rief er Ernesto hinterher, ehe die Tür hinter ihm wieder zuschwang.

»Nach Kanada, die Rockies besichtigen«, sagte Ronan gerade, als er näher kam.

»Rockies? Klasse«, erwiderte Jaden. Wie es aussah, redeten sie über ihre bevorstehenden Sommeraktivitäten. Immer noch? War das zu glauben?

»Oh, schaut, da kommt ja Good-old-Che Guevara«, rief Darayavahush erfreut und hob winkend den Arm, als er Ernesto entdeckte. »Na, wie war es im Krankenhaus?«

Dalí, der glücklich neben Salvador saß – anscheinend nahm

es Jill, die Inhaberin des *Milk and Honey,* mit dem Hundeverbot weniger genau als Ed und Mr Clark, bellte und versprühte dabei einen Schwall Hundezungenessenz wie immer.

»Was macht ihr denn hier?«, fragte Ernesto und setzte sich seufzend auf einen der vielen hellen Kiefernholzstühle, mit denen das Biocafé vollgestellt war.

»Wir sind natürlich der Frauen wegen da«, raunte Darayavahush und wies verstohlen auf Liza, Portia, Nyu und etliche andere Mädchen ihres Jahrgangs, der seit vorgestern Geschichte war. Im September würden sie in alle Winde verweht werden, wenn es auf die verschiedenen Colleges ging.

Außer den Mädchen waren aber noch mehr bekannte Gesichter im *Milk and Honey* zu sehen. Mrs Franklin, Jadens Mutter, war da und sah mehr denn je aus wie ein rosiger Pfirsich. Ihr gegenüber saß Mrs Sengers, die ebenfalls an der Grundschule unterrichtete. Sie war noch nicht lange in der Stadt, vielleicht ein paar Monate. Dara hatte eine Schwäche für sie, aber er hatte ja für alle gut aussehenden Frauen eine Schwäche.

»Stellt euch vor, sie heißt *Seraphine* mit Vornamen«, hatte er seinen Freunden erst vor ein paar Wochen berichtet. »Ich habe sie gestalkt, wenn ihr so wollt. *Seraphine!* Mann, mit der könnt ich mir auch so manches brisantes Ihr-wisst-schon-was ausmalen…«

»Sie ist allerdings schon über dreißig«, hatte Jaden eingewandt. Seine Mutter hatte sich Mrs Sengers angenommen, die beiden steckten dauernd zusammen, und das, obwohl Mrs Franklin schon beinahe sechzig war.

»Egal«, hatte Darayavahush abgewinkt. »Frauen mit dreißig sind gerade erst auf ihrem sexuellen Höhepunkt. Das habe ich in der *Cosmopolitan* meiner Mom gelesen!«

»Und? Wie war es?«, erkundigte sich nun auch Salvador.

Ernesto schaute in die Runde. »In einem Wort?«

Die anderen nickten.

»Beschissen.«

»Wieso? Wollte sie dich nicht sehen?«, hakte Ronan nach.

Ernesto warf Jaden einen Blick zu. Wie kam es, dass jemand wie die gute Miss Peach so einen blöden Sohn haben konnte? Und dass sie, als wäre das nicht schon mies genug, auch noch die Tante von einem Scheißkerl wie Cal Wyludda war?

Ernesto entging nicht, dass Jaden seinem Blick auswich. Feige war er eben auch noch.

»Ich erzähl's euch, wenn *er* die Biege gemacht hat«, sagte Ernesto düster und winkte ungeduldig ab, als Jill kam und fragte, ob er etwas bestellen wolle. Nach einigem Hin und Her machte Jaden sich wütend aus dem Staub. Auch Mrs Franklin und Mrs Sengers brachen auf.

»Wie lange willst du eigentlich noch sauer auf ihn sein, Ern?«, erkundigte sich Darayavahush.

»Ihr habt nicht gesehen, wie er und Cal in Liberty Bells Hütte drauf waren. Wie Cal an ihr rumgezerrt hat, wie Jaden tatenlos danebenstand, welche Panik sie hatte... Und dann hat Cal zu allem Überfluss auch noch den ganzen Scheiß ausgelöst, in dem sie jetzt steckt!«

»Hey, ist ja gut«, sagte Mose beschwichtigend.

»Gar nichts ist gut, versteht ihr das nicht?« Ernesto stand ruckartig auf, sein Stuhl fiel polternd zu Boden. »Redet ihr ruhig weiter über Ferien in den Rocky Mountains und weiß der Teufel, wo noch! Aber verschont mich bitte mit dem Scheiß, okay?«

Die Freunde sahen ihn an.

»Mensch, Ernesto«, sagte Salvador.

»Ja, genau. – Was war denn nun mit – der Kleinen?« Darayavahush aß die Pfefferminzblätter, die in seinem Tee schwammen.

Ernesto spürte, wie er gerne eingelenkt hätte, irgendwie, aber schaffte es nicht. »Sorry, ich glaube, ich brauche – frische Luft, oder so«, sagte er mit heiserer Stimme und machte sich, wie Jaden zuvor, aus dem Staub.

»Morgen wird der alte Flavio beerdigt«, rief ihm Ronan noch hinterher. »Die Bullen haben – seine … Leiche freigegeben oder wie das heißt. – Kommst du? Um zehn auf dem alten Friedhof von Wood Green. Wir gehen alle.«

»Und – Ernesto – hast du es schon mitbekommen? Der Ewig Summende ist wieder in der Stadt. Gerade eingetroffen. Vielleicht freut's dich ja …«

Der letzte Satz kam von Salvador und Ernesto stellte fest, dass seine Freunde zwar seine Freunde waren, aber dass Salvador noch eine andere Art Freund war.

Er überquerte mit schnellen, gereizten Schritten die Georgia Avenue und durchlief den kleinen, etwas schäbigen Woodrow Wilson Park. Dahinter lagen ein paar Sportplätze und Mrs Franklins und jetzt auch Mrs Sengers Reich, die alte Grundschule. Ernesto lief über den Kinderzeitschulhof, über kleine Straßen dahinter und über eine Wiese. Dann stapfte er querfeldein durch einen kleinen Wald, der nicht im Entferntesten an Liberty Bells Wald erinnerte. Er erreichte den Cedar Creek, ein Stück unterhalb der alten Brücke von Old Town. Dort setzte er sich auf einen Stein, kickte seine Sneakers von den Füßen, ließ seine Füße gleichgültig in den dunklen Schlamm des Bachbettes gleiten – gut gegen die Julihitze – und warf Kieselsteine ins Wasser.

Nachdenken, er musste nachdenken, einen freien Kopf bekommen. Sonnenlicht fiel durch Laub und Kiefernnadeln und sprenkelte den Boden um ihn herum mit hellen Tupfen.

»Hey«, hatte er zu Liberty Bell gesagt. Und »hey, du…«, aber sie hatte nicht mal die Augen geöffnet. Er hatte ihre halb geöffneten Hände betrachtet, ihre zuckenden Fingerspitzen, die Silhouette ihres dünnen Körpers unter der weißen Krankenhausdecke.

»Kannst du… kannst du mich hören?«, fragte er und wünschte Dr. Bolino, die ihm zulächelte, und Dr. Oakville, der ihn mit Argusaugen beobachtete, weit weg.

Er hockte sich auf die Stuhlkante eines Besucherstuhls, der hier herumstand und noch nie gebraucht worden war, wie es schien. Wie es wohl war, ganz alleine in der Welt zu stehen?

»Weißt du noch, wer ich bin? – Ernesto. Ich habe dich in deiner Hütte besucht. Ich habe dir von meiner Familie erzählt. Von meinem Vater, der Leute operiert. Weißt du noch, die beiden kleinen Mädchen mit den aneinandergewachsenen Gesichtern, die er getrennt hat? Und dann habe ich dir auch von meinen Freunden erzählt, von Salvador, Mose, Ronan und den anderen…«

Liberty Bell rührte sich nicht. Es war, als würde er mit sich selbst sprechen. Oder mit der dünnen, desinfektionsmittelgeschwängerten Luft in diesem Raum, die alleine einen wahnsinnig machen konnte. Und – halt – über seine Freunde zu reden, führte unweigerlich auch zu Jaden! Und damit zu Cal Wyludda und diesem schrecklichen Moment, als sie ihre Hütte gestürmt hatten.

Nein, er musste ein anderes Gesprächsthema finden.

»Ich habe dir doch von meinem Traum berichtet«, flüsterte Ernesto und bemühte sich, die beiden Ärzte nicht mithören zu lassen. »Meinem Hausboottraum. Weißt du noch? Das bunte Hausboot auf dem Hudson River? Daraus wird wohl nichts – wenigstens in der nächsten Zeit. Gestern ist der Brief gekommen. Ich habe einen Studienplatz auf dem Montgomery College in Village, das ist gar nicht so weit von hier. Eigentlich hätte mich mein Vater gern in Princeton gesehen, weil er dort studiert hat, aber in Village haben sie jetzt zwei Professoren, die mein Vater wahnsinnig schätzt. Neurochirurgie. Eigentlich ist das absolut nicht mein Fall, aber ich schätze, ich habe nicht genug Widerstandsgeist, um mich gegen einen Patriarchen wie meinen Vater durchzusetzen. Was ich sagen will: Er hat mich überredet, es wenigstens zu versuchen. Du hättest es vielleicht besser gemacht als ich. Ich glaube, du hast – mehr Power als ich.«

Liberty Bells Miene war so reglos wie zuvor.

»Ernesto, das muss erst mal reichen«, sagte Dr. Bolino in diesem Moment behutsam und trat neben ihn und den Besucherstuhl.

»Nein, bitte, noch einen Moment«, antwortete Ernesto und wandte sich erneut an Liberty Bell.

»Liberty Bell! Wenn ich irgendetwas für dich tun kann, egal, was es ist, dann lass es mich wissen, sag es mir – jetzt – oder sag es einer der Schwestern, die sich hier um dich kümmern, ja? Ich weiß, dass du dich im Moment bestimmt beschissen fühl…«

»Liberty Bell?«, unterbrach ihn in diesem Moment Dr. Bolino ein zweites Mal. »Liberty Bell? *So* heißt sie?«

Sie machte eine hastige Notiz auf ein Klemmbrett, das sie

plötzlich in den Händen hielt. Ernesto kam es wie eine Kriegserklärung vor.

Verdammt, das hatte er sich selbst zuzuschreiben. Es war sein Fehler gewesen. Er hätte ihnen Liberty Bells Namen noch viel länger vorenthalten sollen. So, wie die Dinge jetzt standen, ließen sie ihn bestimmt nie wieder an ihr Bett.

9

Der Pfarrer, der den Trauergottesdienst für Flavio Fabiani abhielt, sah sich mit halb Old Town konfrontiert. Ganz hinten, in der allerletzten Reihe saßen sogar ein paar anteilnehmende Policeofficer.

»Sie wissen immer noch nicht, wer es war«, flüsterte Mose den anderen zu. Sein Onkel Bill, der Ehemann seiner Tante Phoebe, arbeitete für die Polizeibehörde. Moses Mutter, Mrs Meyerowitz, schön wie eh und je, saß ein paar Reihen vor ihnen, zusammen mit ihrer Schwester. Bill, ihr Mann, war im Einsatz, er hatte keine Zeit, an der Trauerfeier teilzunehmen.

»Wow, deine Mom und deine Tante sehen ja aus wie Zwillinge«, raunte Darayavahush beeindruckt. »So viel geballte Schönheit am frühen Samstagmorgen kann einem echt auf den Magen schlagen, Mann, Mann, Mann.«

»Dabei wird meine Mom nächsten Monat schon vierzig, während Tante Phoebe erst etwas über dreißig ist!«, raunte Mose zurück. »Aber noch mal zum alten Flavio. Könnt ihr euch vorstellen, dass er...«

»Pscht!«, machte Mrs Franklin streng, die in der gleichen Bank saß wie sie.

Als Flavios Sarg schließlich von sechs schwarz befrackten Männern in die Höhe gehoben und auf einen geschmückten Karren befördert wurde, um ihn hinaus zur Grabstelle zu fahren, trat still und leise Chazza Blume ein. Ernestos Mom begleitete ihn. Ihre elegante, beringte Hand lag auf seinem Ellenbogen.

Hinter den beiden folgte wie ein Schatten die gute, alte Natasha.

»Wo steckt eigentlich Ern? Warum ist er noch nicht da?«, erkundigte sich Mose flüsternd.

»Zoff mit seinem Alten«, flüsterte Salvador zurück. »Er hat mir eine Nachricht geschickt. – Und dann wäre da noch ...«

Er hielt einen Moment inne und warf Jaden einen vielsagenden Blick zu.

»... also, er schrieb, er habe keine Lust, bestimmten Leuten zu begegnen.«

Jaden kniff die Augen zusammen, sagte aber nichts. Das übernahm seine Pfirsichmutter, die ihrem Namen heute allerdings keine Ehre machte.

»Schluss mit dem Dauergeflüster«, sagte sie warnend. »Das hier ist eine Beerdigung. Habt ihr das etwa vergessen, ihr Lieben?«

Okay, das war wieder typisch Miss Peach. So richtig böse konnte sie einem einfach nicht sein.

»Was wolltest du vorhin noch über den alten Flavio sagen?«, nahm Ronan den Faden wieder auf, als sie eine Stunde später den weitläufigen Friedhof von Wood Green schon ein Stück hinter sich gelassen hatten.

»Ach ja«, sagte Mose und steckte im Gehen die Hände in die Hosentaschen. »Könnt ihr euch vorstellen, dass er eine, sagen wir mal, geheime – Liebschaft hatte?«

»Der alte Flavio? Eine Liebschaft? Nie und nimmer«, sagte Darayavahush entschieden.

»Aber er hat da wohl ein paar merkwürdige Briefe verfasst«,

fuhr Mose fort und kickte einen Stein über den Gehweg. Sie waren auf den Weg ins *Ed's*, um sich dort die Übertragung eines Baseballspiels der *Seattle Mariners* anzuschauen.

»Was für Briefe?«, fragte Salvador.

Aber Mose wusste nichts Genaues. »Gefühle, Liebe, Sorge, der dringende Wunsch, irgendjemand möge zurückkommen. So was in der Art stand wohl drin«, sagte er achselzuckend. »Mein Onkel hat natürlich nur Andeutungen gemacht.«

»Der alte, einbeinige Haudegen auf Abwegen?«, murmelte Jaden.

»Quatsch, Leute, das ist der volle Holzweg«, beharrte Dara. »Glaubt es mir ruhig.«

»Wieso bist du da so sicher?«, erkundigte sich Ronan.

»Impotent«, sagte Dara nur und zog die Tür zum *Ed's* auf.

»Wer? Der alte Flavio? Woher willst du das denn schon wieder wissen?«

Ronan winkte ein paar Football-Freunden zu, die ebenfalls im *Ed's* saßen und auf den Start des Spiels warteten.

»Tja, er hat's mir eben erzählt«, sagte Darayavahush. »Du weißt doch, wie tough er war. Irgendwann kamen wir mal auf das Thema Sex, keine Ahnung, warum, da hat er's mir anvertraut. Seine Eier waren hin, tote Hose, genau so hat er es formuliert. Vietnam, ihr wisst schon. Es hat eben nicht nur sein Bein erwischt ...«

»Aber diese Briefe«, beharrte Mose nachdenklich. »Sie müssen sehr – gefühlvoll und so gewesen sein. Na, im Grunde ist es auch egal – sie kamen sowieso zurück. Sie lagen in seinem Briefkasten mit dem Vermerk *Empfänger unbekannt*. Und zwar erst nach dem Mord ...«

Ronan sah hoch. »Mein Vater glaubt ja, Flavios verschwundene Kohle hat mit dem Ganzen zu tun. Vielleicht hat er sie doch nicht nur versoffen. Die Cops waren jedenfalls deswegen ein paarmal auf der Bank und haben in seinen alten Kontodaten rumgestöbert.«

»Das macht ihn leider alles nicht wieder lebendig«, sagte Salvador abschließend, denn jetzt begann das Spiel und alle hefteten ihre Blicke auf den an der Wand angebrachten Flachbildfernseher, der eine neue Errungenschaft im *Ed's Corner* darstellte.

»Das ist doch idiotisch!«, schimpfte Ernesto und hatte das Gefühl, auf glühenden Kohlen zu sitzen. »Mann, sie ernähren sie über eine Sonde, sie pumpen sie mit Beruhigungsmitteln voll! Und das schon bald *vier Wochen!«*

»Ern, sie werden ihre Gründe haben. Die Untersuchungen dauern eben ihre Zeit. Dr. Walther ist eine Koryphäe auf dem Gebiet der Neurologie. Er weiß, was er tut, glaub mir.«

Dr. Merrill war auf dem Sprung in seine Klinik und er hatte es nicht gerne, wenn man ihn aufhielt. »Ich habe ein paar wichtige Eingriffe heute, das habe ich dir doch schon gesagt.«

Ernestos Vater war ein Workaholic, er operierte an sieben Tagen in der Woche.

»Deine Schiefnasentussis sind mir gerade echt egal, Dad«, feuerte Ernesto wütend zurück. »Ich will, dass du Dr. Walther und sein beschissenes Team dazu bringst, mich zu ihr zu lassen! Das kostet dich einen Anruf, mehr nicht, verdammt!«

»Den Anruf werde ich aber nicht tätigen, Ern. Es gibt eine Menge andere Dinge, für die du dich engagieren könntest. Wie war das mit diesem koreanischen Mädchen, das für Greenpeace aktiv ist? Warum triffst du dich nicht mal mit ihr?«

Ernesto schob mit dem Fuß ungeduldig eine der drei Siamkatzen zur Seite, die seiner Mutter gehörten und die eben hereingekommen war, um gestreichelt zu werden. Mrs Merrill war verrückt nach diesen grauen Fellknäulen. Dabei hatte sie kein gutes Händchen mit ihnen. Sie starben ihr ziemlich häufig weg und dann folgten düstere Tage, bis für Ersatz gesorgt war.

»Dr. Merrill, Sie müssen nun aber wirklich los«, rief Natasha, die immer noch Schwarz trug, weil sie erst vor ein paar Minuten von Flavios Trauerfeier zurückgekehrt war, und schaute zur Tür herein. Sie sah schlecht aus, ihre Augen rot geweint, ihr Gesicht blass. »In einer Stunde haben Sie bereits die erste Operation ...«

Ernesto verdrehte die Augen. Aber plötzlich horchte er auf. Durch die von Natasha geöffnete Tür drang leise Musik. Die Haushälterin arbeitete fast immer mit Musik, oft hörte sie polnische Weisen, die sie hin und wieder zum Weinen brachten, und sie hatte eine echte Schwäche für Frank Sinatra, den sie auch heute aufgelegt hatte.

»Nat, was ist das – für ein Song? Sag doch mal«, fragte Ernesto und lauschte konzentriert. Konnte es sein ...? Konnte das das Lied sein, das Liberty Bell ...?

... I'm coming home, I've done my time, now I've got to know what is, or isn't mine! If you received my letter telling you I'd soon be free. Then you'll know just what to do. If you still want me, if you still want me ... tie a yellow ribbon round the ole oak tree ...

Ja, das hatte sie gesungen. Ernesto war sich auf einmal ganz sicher.

Sein Vater war unterdessen aus dem Salon gerollt, ohne ein weiteres Wort an ihn zu verlieren. Der Rollstuhl, in dem er saß, kam ebenso wie seine teure Musikanlage aus der Schweiz. Das Ding fuhr absolut geräuschlos und war ein Hightechgerät der Extraklasse. Das erwähnte Dr. Merrill gern und oft.

»Früher, als seine Beine noch okay waren, ist er Jaguar gefahren, jetzt fährt er eben den Jaguar unter den Rollstühlen«, hatte Ernesto Salvador vor einer Weile mal achselzuckend anvertraut.

»Nat, nun sag schon«, wiederholte Ernesto, doch die Haushälterin wusste den Titel des Songs nicht. Ernesto ging mit ihr ins Nebenzimmer und überflog die Liste der auf der CD-Hülle aufgeführten Songs, während sich Natasha wieder an ihre Arbeit machte.

Volltreffer, da war er, Ernesto sah es auf den ersten Blick: »Tie a yellow ribbon round the ole oak tree« aus dem Jahr 1972.

Aber Ernesto war sich ganz sicher, es war dieser Song, den Liberty Bell gesungen hatte in dieser wahnsinnig dunklen Nacht in ihrer Hütte, als ihr Scheitel für eine Weile sein Bein berührte, ehe sie sich im Schlaf wegdrehte.

Dasselbe Mädchen, das jetzt wie eine Tote auf der neurologischen Station des *General Hospital* lag und das durch eine Hölle aus EEG-Untersuchungen, MRTs, CTs und anderen Computeranalysetests ging.

Sie hatten ihr auf einen Schlag alles genommen, was sie gehabt hatte, und jetzt war sie ihnen entglitten. Verstand das denn keiner?

Ernesto stürmte aus dem Raum und nahm drei Rampen, bis er sein eigenes Zimmer erreichte. Mit bebenden Fingern schaltete er sein Laptop ein und suchte den kompletten Song.

Da war er. Ernesto griff nach seiner Gitarre, sie war ein Geschenk von Chazza Blume zu seinem vierzehnten Geburtstag gewesen. Damals hatte Ernesto eine ziemlich miese Zeit gehabt und sich von der ganzen Welt unverstanden gefühlt. Wenn er ehrlich war, fühlte er sich auch heute noch oft so, aber er hielt es in der Zwischenzeit besser aus, irgendwie. Sein Vater hatte es nicht gerne, wenn Ernesto auf der Gitarre herumklimperte, wie er es nannte, aber er war ja ohnehin kaum da.

Chazza hatte Ernesto nach und nach alle Akkorde beigebracht, allerdings war es bestimmt schon über ein Jahr her, seit Ernesto das Instrument zum letzten Mal in der Hand gehabt hatte. Aber was sagte Chazza nicht immer? Mit dem Gitarrespielen sei es wie mit dem Schwimmen. Man verlernte es nicht wieder.

»Nein, das ist leider unmöglich«, sagte eine unbekannte Krankenschwester, ganz wie er es erwartet hatte. Diesmal war er direkt auf die neurologische Station gegangen, aber kurz vor Liberty Bells Zimmer hatte ihn die diensthabende Schwester abgefangen. Immerhin trug sie ein Namensschildchen, das ihre Identität preisgab. Marylin Long.

»Bitte, Marylin, ich war schon einmal bei ihr«, sagte Ernesto seufzend und hatte das Gefühl, sich in einer Endlosschleife aus Bullshit zu befinden. »Dr. Bolino hat letzte Woche selbst gesagt, es würde – Liberty Bell mit Sicherheit guttun, wenn ich eine Weile bei ihr wäre.«

Es fiel Ernesto schwer, in diesem kalten Flur Liberty Bells Namen auszusprechen, aber es hatte keinen Sinn mehr, ihn weiter zurückzuhalten. Er hatte ihn einmal preisgegeben und konnte diesen Moment nicht rückgängig machen.

»Das ist sehr nett gemeint, junger Mann«, sagte Marylin Long und brachte sogar ein verständnisvolles Lächeln zustande, »aber Dr. Oakville ist der Meinung, dass Libby noch ein bisschen Zeit braucht, ehe sie Besuch bekommen soll.«

Libby? War das zu fassen? Und was sollte diese idiotische Besuchssperre? Warum schirmten sie das Mädchen so hermetisch ab?

»Bitte«, wiederholte er. »Ich – ich möchte etwas versuchen. Ich … ich will ihr etwas vorsingen. Das klingt vielleicht blöd, aber ich glaube, es könnte – helfen …«

Ernesto deutete auf seine Gitarre. »Ich bin einer aus der Gruppe, die Liberty Bell im Wald entdeckt hat. Und ich bin derjenige, der ein paar Stunden mit ihr zusammen war, ehe sie – hierherkam. Ich habe mit ihr gesprochen, wir haben uns *unterhalten*, Marylin!«

Es grenzte an ein Wunder.

Sie holte weder Dr. Walther noch Dr. Bolino oder den widerlichen Dr. Oakville. Stattdessen nickte sie plötzlich leicht, sah sich vorsichtig im Gang um und öffnete die Tür zu Liberty Bells Zimmer.

»Aber nur ganz kurz, okay? Und stell keinen Blödsinn an, verstanden?«, flüsterte sie mahnend.

Ernesto lächelte ihr zu. »Ja, klar. – Danke …«

Die Schwester wollte schon weitereilen, als ihr noch etwas einfiel. »Hör mal«, sagte sie leise. »Der Raum ist videoüberwacht. Das hat Dr. Oakville veranlasst. Er will jede Regung von Libby mitkriegen, verstehst du? – Aber im Moment hat niemand außer mir den Monitor im Blick. Nur damit du weißt, dass du da drin nicht alleine mit dem Mädchen bist, okay?«

Ernesto nickte und dann schloss er die Tür hinter sich. Ein Hoch auf Marylin Long! Ein Blick durch das weiße Zimmer reichte aus, um die an der Zimmerdecke angebrachte Videokamera zu entdecken, die Liberty Bell rund um die Uhr bewachte. Was war Dr. Oakville nur für ein Scheißtyp!

»Hey Liberty Bell, ich bin wieder da«, sagte er leise und so behutsam wie möglich. »Ich hatte dir ja versprochen wiederzukommen.«

Er musste sich zusammenreißen, sie nicht gleich noch einmal mit ihrem Namen anzusprechen. Merkwürdig, dass er ihn so gerne aussprach. Liza, Portia, Nyu – sogar Sallys Name, noch nie hatten vier gesprochene Silben so viele Emotionen in ihm ausgelöst wie die vier Silben, aus denen Liberty Bells Name bestand. Er betrachtete sie einen Moment. Sie war genauso blass wie in der vergangenen Woche, lediglich ihre Haare waren noch widerspenstiger, sie standen in alle Richtungen ab wie ein aschblonder Strahlenkranz um ihr schmales Gesicht. Sie sah aus wie eine gefallene, aztekische Sonnengöttin.

Himmel, was für einen Unsinn redete er sich da nur ein?

»Liberty Bell, ich wünschte, alles, was passiert ist, wäre nicht passiert. Ich wünschte, du hättest deinen Wald noch. Und deine Hütte. Und deinen Steinbruch. Und das ... Grab deiner Mutter. Und deine ekligen, kleinen Biberratten, Eve und so.«

Ernesto sah, dass ihre Finger für einen Moment bebten.

»Ich ... ich habe nichts von dem vergessen, was du mir gesagt hast. Über deine Mom ... Sie – sie muss eine gute Mutter gewesen sein, bestimmt eine viel bessere als meine. – Wobei, dazu gehört auch nicht viel.«

Wieder regten sich ihre Fingerspitzen, aber ihre Augen blieben fest geschlossen und Ernesto konnte die dünnen, zarten Adern auf ihren Augenlidern erkennen. Unter ihren Augen lagen tiefe Schatten.

»Liberty Bell, ich habe lange über das Wort *Augenhärchen* nachgedacht, das du benutzt hast. – Du hast doch Augenhärchen gesagt, habe ich recht?«

Stille, Stille, Stille.

Sie hatte auch *Schattenmenschen* und *Schattenwelt* gesagt. Und von einem *Robby* gesprochen. Es gab so wahnsinnig viel, was er noch nicht verstand, noch nicht wusste...

»Du hast gesagt, deine Mom habe ihre Augenhärchen für dich tanzen lassen. – Nicht wahr, das hast du gesagt?«

Ernesto war froh, dass seine Freunde in diesem Moment nicht hier, sondern, wie er annahm, im *Ed's* oder bei *Clark & Sons* abhingen, denn ohne lange darüber nachzudenken, nahm er behutsam die Hand von Liberty Bell, in der keine Infusion steckte. Er musste sich tief zu ihr hinunterbeugen, da ihre Handgelenke immer noch mit Mullbinden an den erhöhten Seiten des Bettes befestigt waren. »Ich habe es bei YouTube gesucht (Himmel, sie hatte bestimmt noch nie im Leben etwas von *YouTube* gehört! Woher auch?). Wow, es ist verrückt, aber ich habe es jedenfalls mal vor dem Badezimmerspiegel ausprobiert, Liberty Bell. Augenhärchen tanzen lassen, eine schräge Sache, was?«

Er legte Liberty Bells kühle Finger an seine Augenbrauen und bewegte die Stirn in einem Rhythmus, dass sich seine Augenbrauen ruckartig abwechselnd hoben und senkten.

»Spürst du's? Ich weiß, ich bin noch nicht besonders gut darin, aber ich arbeite daran.«

Ernesto richtete sich wieder auf und warf einen kurzen Blick hinauf zu der Videokamera, als könne von dort verächtliches Gelächter oder etwas in dieser Art kommen, aber nichts geschah. Bis auf das leise Summen der Versorgungsgeräte und einem steten ebenfalls leisen Piepston, der sich unermüdlich wiederholte, war es still im Raum.

»Okay, Liberty Bell, ich weiß etwas von dir, von dem du nicht weißt, dass ich es weiß. – Erinnerst du dich daran, dass ich in dieser letzten Nacht, bevor sie dich hierherbrachten, bei dir in der Hütte war? Ich habe dich vorher um Erlaubnis gefragt. – Und in dieser Nacht hast du etwas im Schlaf getan. Du hast gesungen. Ich wollte dich ganz sicher nicht belauschen, aber es ließ sich gar nicht verhindern, dass ich es mitbekam, verstehst du?«

Was nützte es, viele Worte zu machen? Wie es schien, war Liberty Bell sowieso zu weit weg, um ihn wahrzunehmen. Vielleicht hatte sie genug von einer Welt, die sie mit Hubschraubern, miesen Roy Edwards, noch mieseren Typen wie Jaden Franklin und Cal Wyludda und diesem idiotischen Krankenhausmist überfallen hatte. Vielleicht lehnte sie es einfach ab, bei diesem Arrangement aus Scheißdreck mitzumachen.

Vielleicht war es das.

»Hey Liberty Bell, hör doch mal, nur noch einmal …«, flüsterte Ernesto dennoch und schlug die ersten Akkorde zu *Tie a yellow ribbon round the ole oak tree* an.

Er hatte sich nur die erste Strophe komplett gemerkt, die erste Strophe und den Refrain, den Liberty Bell gesungen hatte. Schlafend, halb schlafend oder wach, wer wusste das schon.

Und da passierte es: Liberty Bell begann zu weinen. Dabei lag sie weiter so reglos da wie bisher und auch ihre Augen blieben geschlossen. Aber aus ihren Augenwinkeln kamen dünne Tränen und rannen ihr über die schmalen, blass gewordenen Schläfen.

»Oh Liberty Bell …«, sagte Ernesto leise, mehr nicht.

»Was heißt das, ihre Mom war gar nicht ihre Mom?«, fragte Darayavahush, der, ohne einen Blick in die Zeitung zu werfen, aus dem Haus gegangen war und die Freunde im Cedar Park traf.

Er sah noch völlig verschlafen aus. Darayavahush brauchte eine Menge Schlaf und morgens fast immer eine Ewigkeit, bis er halbwegs unter den Lebenden zurück war.

Ernesto fühlte sich ebenfalls bleischwer, mal wieder. Dabei war er schon seit Stunden wach, hatte im Grunde fast die ganze beschissene Nacht wach gelegen. Er dachte an den Moment zurück, gestern in der Klinik, als Liberty Bell geweint hatte. Es war ein schlechtes Timing gewesen: Nur Augenblicke später war Dr. Walther erschienen, um seine gottverdammte, tägliche Visite zu machen.

»Ernesto? Wer hat dich denn hier reingelassen?«, fragte er wenig begeistert.

Ernesto, der die Krankenschwester nicht in Schwierigkeiten bringen wollte, sagte vage: »Ich wollte – nur mal vorbeischauen – sehen, wie es ihr mittlerweile geht ...«

Mist, was für ein Riesenmist, dass Dr. Walther ausgerechnet in diesem Moment aufgekreuzt war. Ernesto warf Liberty Bell einen vorsichtigen Blick zu. Sie weinte nicht mehr, sie rührte sich nicht, es war, als hätte es diesen ... Augenblick zwischen ihnen nie gegeben.

Dr. Walther streifte Ernestos Gitarre mit einem Blick. Er lächelte nachsichtig. »Ern, das hier ist ein hochkomplexer Fall. Glaub uns, wir wissen schon am besten, was für das Mädchen im Moment das Richtige ist.«

»Aber ...«, sagte Ernesto.

»Kein Aber«, unterbrach ihn der Arzt nüchtern und blieb unerschütterlich zwischen ihm und Liberty Bell stehen, bis Ernesto seinem Befehl Folge geleistet hatte.

Aber er war nicht weit gegangen, sondern nur bis ins Büro von Bethany Bolino, die allerdings keinen Dienst hatte. Ernesto hinterließ ihr eine Nachricht, die er klein gefaltet und ohne viele Worte der diensthabenden Schwester in die Hand drückte.

Ich habe für L. B. Gitarre gespielt! Sie hat reagiert! Sehen Sie sich Dr. Oakvilles Videoband an… Ich werde wiederkommen, egal was Sie alle sagen! E. M.

Mose holte Ernesto wieder in die Gegenwart zurück. »Sie haben wohl die sterblichen Überreste ihrer –na ja, angenommenen Mutter im Wald entdeckt, vor zwei Wochen schon«, erklärte er gerade. Das Gras in der Parkanlage war staubtrocken, es hatte seit Tagen nicht mehr geregnet. Dalí lag wie ein schlafender, laut schnarchender Fusselberg zwischen ihnen.

»Igitt«, war Darayavahushs einziger Kommentar.

»Man vermutet, dass es das Mädchen selbst gewesen ist, das sie beerdigt hat. Sie hat sie unter einem Wall aus Steinen begraben. Direkt neben dieser Hütte. Wir standen also praktisch fast unmittelbar neben ihrem Skelett, als wir uns dort rumgetrieben haben. Der Steinwall war natürlich mit Pflanzen überwuchert. Darum fiel es nicht auf.«

»Igitt«, sagte Darayavahush wieder.

Ernesto sah in die Ferne. Er hatte die Zeitung ebenfalls gelesen.

»Ja und jetzt sind eben die Ergebnisse der forensischen DNA-Untersuchung gekommen«, berichtete Mose und Ernesto wünschte, er würde seinen Mund halten. Klar, auch wenn er schwieg, würde sich an den Tatsachen nichts ändern, aber es machte ihn traurig und wütend, sie wieder und wieder zu hören. Auch seine Eltern hatten beim Frühstück darüber gesprochen. Wunder über Wunder, dass sie überhaupt miteinander frühstückten. Und dabei sprachen.

»Das Skelett stammt von einer Annabelle Lyford aus Los Angeles«, hatte seine Mutter gesagt und in ihrem Tee herumgerührt. Sie lebte von Luft zu den Mahlzeiten, wenigstens schien es Ernesto so. »Sie haben sie anhand von alten Röntgenaufnahmen ihres Kiefers identifiziert.«

»Bitte, Sondra, nicht beim Frühstück!«, murmelte sein Vater kauend. Er aß morgens frisch geschrotetes Müsli mit viel Obst, das Natasha für ihn zubereitete. Dr. Merrill schwor auf gute Ernährung.

»Nein, wirklich, Stan, diese Ms Lyford war wohl jahrelang spurlos verschwunden. Ihre Familie hatte eine hohe Belohnung für ihr Wiederfinden ausgesetzt! Und jetzt das.«

»Ich habe diesen wichtigtuerischen Artikel ebenfalls gelesen, Sondra«, unterbrach Dr. Merrill seine Frau ungeduldig. Ernesto registrierte, dass seine Mutter heute widerstand. Sie blieb beim Thema, obwohl der Tonfall seines Vaters unmissverständlich war. Normalerweise wäre sie gegangen, entweder aus der Tür oder auch einfach nur so, während sie bei ihnen saß. Stattdessen beharrte sie darauf. »Wie kam sie bloß an dieses arme Mädchen?«, fragte sie. »Ich meine, wenn es gar nicht ihre Tochter war? Warum lebten die beiden mitten im Wald zusammen? Hat sie sie aufgezogen?«

Dr. Merrill leerte seine Teetasse. »Darum kümmert sich die Polizei, Liebes. Es ist nicht nötig, dass du dir deinen hübschen Kopf zerbrichst.« Er beugte sich über den Tisch und berührte für einen Moment die Wange seiner Frau. Es hätte eine liebevolle Geste sein können, hätte er nicht ein Wort hinterhergeschoben, das Ernesto bereits aus vielen Diskussionen kannte: »Buckelfett.«

Ernesto schob mit einem Ruck seinen Stuhl zurück. Er hatte genug gehört.

»Ich könnte es dir noch diese Woche wegsaugen, Liebes. Soll Natasha einen Termin für dich ausmachen? Das wäre doch mal was. Es würde den Konturen deines Gesichtes guttun, glaub mir«, fügte sein Vater hinzu, während Ernesto den Raum durchquerte.

»Nein, Chazza ist da. Ich ... ich muss mich um ihn kümmern. Er wird einige Konzerte geben. Er braucht mich ...«, antwortete seine Mutter leise.

Was sein Vater darauf erwiderte, bekam Ernesto nicht mehr mit.

»Die Geschichte wird jedenfalls immer merkwürdiger«, sagte Salvador gerade. »Die Tote soll aus einer irre reichen Familie stammen, hatte aber wohl mit allen gebrochen.«

»Warum denn das?«, fragte Darayavahush. »Ich meine, warum zog sie es vor, in dieser gruseligen Rattenbruchbude im Wald zu hausen, wenn sie stattdessen ganz feudal in Los Angeles hätte residieren können? Mit allem Komfort. Selbstschließende Klodeckel und so weiter. Ich war mal in einem teuren Hotel in Los Angeles, da hatten sie solche Deckel. Abgefahren, echt!«

»Keine Ahnung«, antwortete Mose achselzuckend und ohne Darayavahushs Klodeckelgeschichte weiter zu beachten.

Ernesto starrte immer noch vor sich hin.

Meine Mom hieß mit Vornamen Annie, hatte Liberty Bell zu ihm gesagt. *Und mit Hinternamen Lyford ...*

Der Name stimmte. Nur nicht die Tatsache, dass sie ihre Mutter gewesen war. Und seine Mom hatte recht, die Frage war wirklich, warum diese Annabelle Lyford und Liberty Bell dort draußen überhaupt zusammen gelebt hatten. Hatte Annie ihr den Namen gegeben? Sie aufgezogen? Und, und diese Tatsache wog Ernestos Meinung nach am schwersten, warum dachte Liberty Bell, Annie Lyford sei ihre Mutter?

»Da drüben kommt übrigens Good-old-Jaden«, informierte Darayavahush die anderen in diesem Augenblick. Er zupfte Ernesto, weil dieser nicht reagierte, die Ohrstöpsel seines iPhones aus den Ohren. »Was hörst du da eigentlich die ganze Zeit, Mr Abwesend?«, fragte er und warf einen Blick auf das kleine Display. »Frank Sinatra? Was willst du denn mit der alten Schmachtbacke?«

Da war Jaden schon heran. Er warf sich zu ihnen ins Gras. »Schicke Bettfrisur, Darayavahush«, sagte er. »Du siehst aus, als hättest du versehentlich in eine Steckdose gegrabscht, als du deinen Wecker ausstellen wolltest. – Aber mal was anderes: Ist das nicht eine abgefahrene Geschichte mit diesem Waldmädchen? Und wird sie nicht immer mysteriöser?«

Ernesto richtete sich mit einem jähen Ruck auf.

»So? Eine abgefahrene Geschichte?«, sagte er böse. »Ich fasse es nicht, Jaden! Wie kannst du dich nur erdreisten, so zu reden? Weißt du überhaupt, was du da angerichtet hast? Hast du den Anflug einer Ahnung, wie es *dem Mädchen* jetzt geht, nachdem du das alles ins Rollen gebracht hast?«

»He …«, machte Jaden. »Im Grunde habe ich *gar nichts* getan! Ich meine, ich habe sie nicht mal angerührt! Ronan war es, der sie zuerst gefilmt hat, vergiss das nicht! Und dann wart ihr *alle* scharf drauf, dorthin zu fahren und sie euch anzugucken! Hast du das etwa vergessen, Mr Scheinheilig?«

Sie lief kreuz und quer durch den Wald. Der Tag neigte sich bereits seinem Ende zu. Sie war so müde, so wahnsinnig müde in der letzten Zeit. Was war nur los mit ihr? Warum fühlte sie sich so schrecklich krank? Natürlich, da war – diese Sache. Aber die Sache war nun schon fast Gewohnheit. Er kam, redete, lachte, schmeichelte – und tat diese Dinge. Sonne, nannte er sie – immer noch, dabei war sie keine Sonne. Sie war Nichts. Zerstörtes, gefühlloses Nichts. Am Anfang hatte es sie erstaunt, dass man ins Nichts hineintauchen konnte, wenn die Not groß, am größten war. Sie hatte das ganz bewusst getan. Sich im Nichts verborgen, versteckt. Es war wie ein Wunder gewesen. Sie konnte sich ausschalten, wenn man so wollte. Nichts mehr fühlen, nichts mehr hören, nicht mehr da sein.

Aber das Gefühl veränderte sich mit der Zeit.

Sonne, sagte er zu ihr und sie kroch ins Nichts. Ins Nichts, das stärker wurde, von Mal zu Mal.

Die wirkliche Sonne blendete sie, wenn sie am Boden lag, wieder mal. Und das Nichts wurde kälter und kälter. Es betäubte sie Stück für Stück. Erst minutenweise, dann stundenweise, dann tageweise, dann wochenweise. Ihr Kopf wurde so taub wie der Rest ihres Körpers. Sie hatte Mühe zu laufen, die Arme zu bewegen.

Aber was war heute passiert? Sie hatte Zahnfleischbluten, wie so oft in der letzten Zeit. Dazu musste sie sich so oft erbrechen, morgens, mittags, abends, sogar nachts. Und ihre Fleischteile, die er Zuckerhüte nannte, mit ihnen stimmte ebenfalls etwas nicht. Sie waren schwer und schmerzempfindlich. Das Taube, das Gefühllose endete bei ihnen.

Und plötzlich brach der Schmerz los wie ein Orkan. Ein Orkan in ihr drin. Im Nichts. Was, um Himmels willen, konnte das sein? »Mutter, Mutter, Mutter …«, flüsterte sie, aber natürlich kam ihre Mutter nicht. Sie kam nie, kümmerte sich nie, schon gar nicht um sie. Sie sagte höchstens: »Du bist eine Schande. Was ist los mit dir?« Mehr nie.

Der Schmerz war alles überwältigend. Starb sie? Kam so der Tod? Wie oft hatte sie den Tod herbeigesehnt? Wie wahnsinnig oft?

Komm, komm … hatte sie gedacht und gedacht und gedacht.

Kam er jetzt?

Kam der Tod wie ein Ungeheuer, das einem durch die Eingeweide tobte? Ihre Großmutter war vor ein paar Jahren gestorben. Hatte sie auch diese irrsinnigen Schmerzen aushalten müssen?

Der Wald war nicht mehr gut, der Bach nicht friedlich, die Vögel nicht von Gott geschaffen, wie die Lehrerin in der Schule behauptete. Der Wald war böse, der Bach nichtssagend, die Vögel gleichgültig. Rauschen, Glucksen, Zwitschern, alles war ein Trugschluss, ein Lügengebilde. Und Gott? Eine Fratze, die sie verhöhnte.

Die Schmerzen schleuderten ihren Körper hin und her, ihr schwerer, schwabbeliger, verhasster Bauch brannte wie Feuer, eine Macht trieb ihre Beine auseinander. Was war das bloß? Das konnte doch nicht …? Nein, das konnte es nicht sein! Das war unmöglich. Sie wusste, wie so etwas funktionierte. Wenn man … schwanger war, ein Kind erwartete, setzte die Periode aus, man machte einen Schwangerschaftstest, man bekam einen runden, festen Bauch, der mehr und mehr anschwoll. Ihre Mutter und zwei ihrer Schwestern hatten das alles erst vor Kurzem erlebt und sie hatte es aus nächster Nähe mitbekommen. Nein, nein, wenn man schwanger war, dann …

Weinend brach sie zusammen, während etwas Heißes, Großes, Blutiges zwischen ihren Beinen hervorschoss.

»Oh…«, weinte sie, rappelte sich auf, aber das Bluten hörte nicht auf. Sie musste *innehalten, stehen bleiben, sich gegen den Waldboden pressen, liegen, liegen, liegen, während ihr Körper sich allmählich beruhigte, ausblutete, alles Böse, was da in ihm war, ausspie und schließlich endlich Ruhe gab.*

Keinen Blick warf sie auf den Fleischklumpen, der dort lag und zuckte und sich regte. Laub raschelte.

Stattdessen fuhr sie herum. War da nicht jemand? Hatte sie ein Knacken gehört wie einen Schritt auf Geäst? Oder hatte sie eher etwas gespürt? Einen Blick hinter ihrem Rücken?

Kam er? *Konnte das sein? Aber es war nicht seine Zeit. Es war Abend jetzt. Er kam im Sonnenschein.*

Nein, da war niemand. Sie musste sich verhört haben. Erschöpft taumelte sie davon.

Aber dann – als sie aus dem Wald trat, zurück ins Leben, war da doch jemand. Sie stolperte ihm direkt in die Arme. Es war nicht er *– Gott sei Dank nicht –, aber sie schrie trotzdem auf, weil es ein Mann war. Ein Mann in der Dunkelheit, der nach Alkohol, Schweiß und Gier roch. So wie alle Männer eben rochen.*

10

Mal im Ernst, Ern«, sagte Jaden eindringlich. »Es tut mir wirklich leid, dass ich mit Cal da draußen war. Ich – ich hätte meinen Mund halten sollen. Aber du musst zugeben, dass die ganze Angelegenheit auch sonst ans Licht gekommen wäre, irgendwie …«

Ernestos Gesicht blieb verschlossen und zornig. Jaden hatte ihn um diese Aussprache gebeten, ganz am Ende des Cedar Parks, während die anderen auf ihrer angestammten Chillwiese warteten.

»Vielleicht auch nicht«, erwiderte er. »Hast du mal daran gedacht, dass bis zu diesem Moment nur wir beide, Darayavahush, Mose, Ronan und Salva von – von … dem Mädchen wussten?« Ernesto brachte es nicht über sich, sie Jaden gegenüber bei ihrem Namen zu nennen, es kam ihm zu intim, fehl am Platz für jemanden wie Jaden, vor.

»Und ihr hättet alle geschwiegen und sie da so weiterhausen lassen?«, fragte Jaden ungläubig.

»Warum nicht?«, gab Ernesto zurück. »Sie war glücklich dort. Es ging ihr gut. Sie hatte alles, was sie – brauchte …«

Einen Moment saßen sie schweigend da, dann sagte Jaden: »Aber sie war völlig alleine. So richtig geil war das bestimmt auch nicht, denke ich mal …«

Verdammt, vielleicht hatte Jaden sogar recht. Hätte Liberty

Bell jahrelang so weiterleben sollen? Völlig isoliert? Völlig auf sich gestellt? Andererseits, was kam jetzt auf sie zu? Er dachte an ihre Arme, die an das Bett gefesselt waren. Die Videokamera an der Decke. Was würde passieren, wenn Dr. Walther und die anderen mit ihr fertig waren?

»Jaden, du solltest sie jetzt mal sehen …«, presste Ernesto zwischen den Zähnen hervor. »Stumm, reglos, zwangsernährt …« Er sprang auf. »Mann, ich werde nie vergessen, wie sie da in ihrer Hütte am Boden kauerte und Cal die Kamera auf sie hielt und versuchte, sie am Arm hochzuzerren! Er hat sie behandelt, als wäre sie … als wäre sie – Schlachtvieh oder so was …«

»Mann, Ern, ich will doch nur diesen sinnlosen Fight zwischen uns beenden«, fauchte Jaden, erhob sich ebenfalls und spuckte ins Gras.

»Das kannst du so was von vergessen, Jad«, sagte Ernesto. »Vielleicht, wenn es – ihr besser geht. *Wenn* es dazu kommt, verstehst du?« Und damit ging er davon.

»Arroganter Idiot«, murmelte Jaden wütend.

Zwei Tage später passierten drei Dinge fast zeitgleich. Ernesto war früh zum Joggen losgegangen, weil er eine anstrengende Nacht hinter sich hatte und sich nach einem freien Kopf sehnte. Am Horizont verschmolz die Silhouette der Waldkette, die Old Town umgab, mit dem rosa Glanz der Morgendämmerung. Seine Eltern hatten sich mal wieder gestritten, seine Mutter war hinterher lange ruhelos durch das Haus gegeistert, sein Vater hatte Doktor Schiwago eingeschaltet, die Lichtreflexe des riesigen Flachbildfernsehers drangen durch das große Panoramafenster nach draußen in die sternlose Nacht, spiegelten sich in den Fenstern des Anbaus und reflektierten von dort in Ernestos Zimmer. Es war jedes Mal dasselbe, wenn sein Vater nachts fernsah. Lichtfetzen, Lichtfetzen, Lichtfetzen. Zu hören war nichts, Dr. Merrill benutzte Kopfhörer.

Genervt bediente Ernesto den Fernbedienungsknopf, der sein Fensterrollo in Betrieb setzte. Er hasste es, bei heruntergelassenen Rollläden zu schlafen, aber das Doktor-Schiwago-Lichterstakkato war ihm auf die Nerven gegangen.

Natasha hatte sich schließlich seiner Mutter angenommen. Er hörte ihre langsamen, bedächtigen Schritte. Und dann hatte Ernesto auf seinem mitternächtlichen Weg in die Speisekammer entdeckt, dass eine der drei Katzen seiner Mutter tot am Rand der breiten Marmorrampe ins Obergeschoss lag, zusammengekrümmt in einem See aus Erbrochenem. Himmel, schon wieder. Was war nur mit diesen Viechern los? Nicht nur, dass sie teuer waren, sie starben auch weg wie die Fliegen. Leise fluchend suchte Ernesto nach einem Putztuch, hob die Katze, die noch warm und weich war, vorsichtig an, wickelte sie in das Tuch und verstaute beides fürs Erste in Natashas Hauswirtschaftsraum. Hauptsache, seine Mutter entdeckte das neuerliche Katzenmalheur nicht schon in dieser Nacht. Obwohl sie vermutlich in der Zwischenzeit längst schlief. So war es immer, wenn Natasha kam. Sie war die Beste darin, seine Mutter zu beruhigen. Und morgen würde die Haushälterin das Tier in aller Ruhe entsorgen, wie sie es immer tat, und seine Mutter vorsichtig über den Stand der Dinge informieren. Hinterher wischte Ernesto rasch noch den Mageninhalt der toten Katze weg. Dabei drehte sich ihm fast selbst der Magen um. Sein mitternächtlicher Hunger hatte sich jedenfalls in Luft aufgelöst.

Was für eine beschissene Nacht. Während er zurück in sein Zimmer ging, wanderten seine Gedanken zu Liberty Bell. Wie es ihr wohl in der Zwischenzeit ergangen war? War sie immer noch vollkommen still und stumm? Oder hatte sein Singen etwas bewirkt? Dr. Bolino – und vermutlich ebenso Dr. Oakville, das Ekel, hatten sich seinen Einsatz mit Sicherheit inzwischen auf dem Videoband angesehen: die Sache mit den tanzenden Augenbrauen, sein Gitarrenspiel und seinen Gesang. Okay, es war nichts Weltbewegendes gewesen, aber da waren Liberty Bells Tränen. Er *hatte* sie erreicht, irgendwie. Wenn es auch nur für einen Moment gewesen war.

Ernesto drosselte sein Lauftempo, während er um die Ecke der Aberdeen Road joggte und die Georgia Avenue erreichte. Er stoppte vor der Tür zu *Tenenbaum's Famous*, an der das aktuelle Titelblatt der *Daily News* ausgehängt war.

Wer ist das unbekannte Mädchen aus den Wäldern?, stand da in großen Lettern. *Wer kann Hinweise auf ihre Herkunft geben?* Daneben prangte eine aktuelle Fotografie von Liberty Bell: geschlossene Augen, zusammengepresste Lippen, ein gespenstig blasses schmales Gesicht, nach hinten gekämmt Haare, das Krankenhausbett.

Ernesto schluckte. Genau in dem Moment vibrierte das Telefon in seiner Hosentasche. Er zog es heraus und warf einen prüfenden Blick auf das Display. Eine unbekannte Nummer. Wer rief ihn denn schon um diese Zeit an? Es war gerade erst acht.

»Hallo?«, fragte er misstrauisch, und weil es sein erstes, gesprochenes Wort des Tages war, klang seine Stimme noch etwas belegt. Rasch räusperte er sich.

»Ernesto? Sind Sie das?«, fragte eine weibliche Stimme, die er auf die Schnelle nicht gleich einordnen konnte.

»Ja?«

»Ah, gut, hier spricht Bethany Bolino – Sie erinnern sich?«

Ernestos Herz begann, schneller zu schlagen. »Ja, natürlich«, sagte er. »Was gibt es denn? Ist – ist etwas passiert? Mit Liberty Bell?«

Warum, um alles in der Welt, rief ihn die Ärztin in aller Herrgottsfrühe an? In dem Moment entdeckte Ernesto Jaden, der mit seinem Bike die Georgia Avenue hinunterkam. Was war heute früh nur los? Jaden war ein absoluter Langschläfer, ähnlich wie Darayavahush. Außerhalb der Schulzeit bekamen ihn normalerweise keine zehn Pferde vor dem Mittag aus dem Bett.

»Nein, es ist nichts passiert«, beantwortete Dr. Bolino seine Frage. »Nur, dass wir uns in der Zwischenzeit ein paarmal die Aufnahme deines Überraschungsbesuches hier im Krankenhaus angesehen haben.« Sie machte eine Pause.

»Und?«, fragte Ernesto eine Spur beklommen und runzelte gleichzeitig die Stirn, weil Jaden ihm Zeichen machte. Er war einen Schlenker gefahren und stand nun ein paar Meter weiter wartend am Straßenrand, einen Fuß noch auf dem Pedal seines Rades, den anderen wippend am Bordstein.

»Nun, wir sind uns letztlich immer noch nicht ganz einig, was den Umgang mit dem Mädchen betrifft, Dr. Oakville, Dr. Walther und ich, aber …« Wieder machte Dr. Bolino eine Pause.

»Können wir mal reden?«, fragte Jaden in diesem Moment leise und trat an Ernesto heran. Er roch verschwitzt. Sein Gesicht war rot und seine Augen irgendwie ruhelos. »Ich hätte gerne deinen Rat, Ern. Denn ich habe …«

Ernesto drehte sich unwillig weg.

»Es … wäre aber – wichtig«, beharrte der hagere, pickelige, ellenlange Sohn von Mrs Franklin, der guten, alten Miss Peach.

»Nein, jetzt nicht«, zischte Ernesto und ging ein paar Schritte weiter.

»Warum ich anrufe«, fuhr Dr. Bolino unterdessen fort, Ernesto presste das kleine Telefon fest an sein Ohr. »Du hast mir doch diese Notiz dagelassen und – ja – ich halte das für eine gute Idee, wenn du sie noch einmal besuchst. Ich glaube, das wäre eine – Chance für Liberty.«

Ernesto sah sich über die Schulter um. Erleichtert registrierte er, dass Plagegeist Jaden ihm nicht weiter gefolgt war.

»Wow, ja! Das ist toll. Und wahnsinnig – nett von Ihnen«, sagte er und fühlte sich auf einmal ganz leicht. »Wann – wann könnte ich denn kommen?«

Sie verabredeten einen Termin am Nachmittag.

Als Ernesto nach Hause kam, war seine Mutter schon aufgestanden. Sein Vater war ebenfalls noch zu Hause – und mit ihm laute Brahmsklänge. Ernesto wollte gerade anfangen, sich zu wundern, als er sah, dass sie Besuch hatten. Heute Morgen war, wie es aussah, halb Old Town auf den Beinen.

»Hey Chazza«, sagte Ernesto und betrat lächelnd das Esszimmer. Der Ewig Summende war jetzt schon eine Weile in der Stadt, aber Ernesto hatte ihn immer wieder verpasst.

Er saß kerzengerade am langen Esstisch, sein Blindenstock lag auf seinen Knien. Er trug, obwohl es jetzt schon heiß war, dunkle Cordhosen und ein abgetragenes schwarzes Hemd. Und darüber eine bestickte dunkelrote Weste.

Ernestos Mutter wuselte um ihn herum. Wie es aussah, hatte sie das mit der toten Katze noch nicht mitgekriegt. Katze eins und Katze zwei hatten sich längst frühstückshungrig im Esszimmer eingefunden und strichen jedem, den sie erreichen konnten, maunzend um die Beine. Katze drei fehlte deutlich sichtbar, nur Ernestos Mutter schien das nicht wahrzunehmen.

Chazza Blume stammte aus derselben Kleinstadt wie Mrs Merrill. Ernesto wusste das, weil er eines Tages ein altes Jahrbuch seiner Mutter im Keller entdeckt hatte und darin das Bild eines wahnsinnig jungen Chazzas, untertitelt mit dem Namen *Charles Hammond*. Von selbst hatte seine Mutter kein Wort darüber verloren, wie lange sie Chazza schon kannte.

»Ist das nicht der Ewig Summende?«, fragte Portia, die an diesem Tag bei ihm hereingeschneit war, um sich seine DVD-Sammlung anzusehen, und tippte auf Chazzas Gesicht. Zufällig war an diesem Tag auch Sally Hensley da gewesen, es war ein paar Monate vor ihrer kurzen Romanze. Und so hatte es sich ergeben, dass beide Mädchen das Jahrbuch seiner Mutter durchblätterten.

Ernesto hatte genickt.

»Himmel, seine Augen«, sagte Portia. »So aufgerissen und leer und grotesk. Warum trägt er bloß keine Sonnenbrille, wie es andere Blinde tun?«

»Warum sollte er?«, fragte Sally und runzelte die Stirn.

»Na, weil es – eklig aussieht, oder?« Portia verzog das Gesicht und betrachtete das Bild aus allernächster Nähe.

»Finde ich nicht«, sagte Sally. »Warum sollte ein Blinder seine Augen verbergen? Sie gehören doch genauso zu ihm wie unsere Augen zu uns, oder?«

Ernesto mochte sie für dieses Statement.

Charles Hammond stammte jedenfalls aus ähnlich armen, trostlosen Verhältnissen wie Ernestos Mutter, aber er hatte, anders als sie, ein riesiges Talent: Klavier spielen.

Er konnte jede Melodie binnen Sekunden und aus dem Stegreif aufgreifen und nachspielen. Egal, ob man ihm eine Liedzeile vorsummte oder er irgendwo einen Liedfetzen einfing, Chazza konnte ihn augenblicklich so umsetzen, dass man eine Gänsehaut davon bekam. Und es schien, als gäbe es kein Musikstück auf der Welt, das er nicht kannte. Man konnte ihm zurufen: »Hey Chazza! Spiel mal *In der Halle des Bergkönigs* von Edvard Grieg. Oder *Arminius* von Max Bruch. Oder das – äh –*Trinklied* von Verdi...«

Genauso konnte man sagen: »Chazza, wie wäre es mit *Call me Al* von Paul Simon? Oder *Babylon's Burning* von The Ruts? Oder *Power in the Darkness* von der Tom Robinson Band? Oder *All cried out* von Alison Moyet?«

»Er ist ein Genie«, sagte Ernestos Mutter oft. Für niemanden wurde ihre Stimme so warm wie für Charles Hammond, ihren alten, treuen Schulfreund aus traurigen Tagen. Und als sie Ernestos Vater heiratete und nach Old Town zog, folgte Chazza ihr sogar dorthin. Seitdem geisterte er immer mal wieder durch die Stadt. Am liebsten war er in der Nähe seiner Mutter, allerdings nicht hier im Haus, das Rampenhaus mochte er aus irgendeinem Grund nicht. Ersatzhalber ging er alleine für sich draußen durch die Wälder, die ja praktisch unmittelbar vor der Stadtgrenze zu Old Town begannen. Chazza Blume liebte die Natur und die Stille des Waldes. Stundenlang lief er dort kreuz und quer durchs Unterholz, tastete sich seine Wege, ließ sich von seinem inneren Auge treiben und hielt seine blinden Augen in den warmen Sonnenschein. Er sagte oft, er fühle sich weniger blind, wenn er sich im Sonnenlicht aufhielt.

»Er ist geistig nicht in Ordnung, Sondra«, sagte Ernestos Vater einmal, als seine Frau wieder davon anfing, welch ein Genie Chazza war. »Er ist nicht nur blind. Er ist kognitiv behindert.

Seine Fähigkeit, Klavier zu spielen, ist eine Inselbegabung, nichts weiter! Sieh doch, was für ein Leben er führt. Nichts an ihm tickt normal. Zuerst einmal diese ewige Summerei! Außerdem zieht er sich an wie ein Bettler, führt dabei große Reden und ist in Wirklichkeit nichts als ein einsamer, armer, impotenter Schlucker...«

»Stan, bitte... Denk an den Jungen«, stotterte seine Mutter und deutete in seine Richtung.

Sein Vater lachte nur. »Ich bin sicher, in seinem Alter wissen Jungen ziemlich genau, was Impotenz bedeutet. – Hab ich recht, Ern?«

»Warum redest du immer so schlecht über Chazza?«, fuhr Mrs Merrill bedrückt fort. »Er... er hat kein leichtes Leben. Stell dir vor, du wärst – blind...«

»Ich. Habe. Das. Hier«, war die leise Antwort seines Vaters. Er deutete auf seine Beine. »Aber ich habe dennoch eine Frau. Ein Kind. Behindert sein bedeutet nicht, *ein Versager, ein Sonderling* zu sein, Sondra!«

Für einen Moment musste Ernesto wieder daran denken, wie seine Mutter und Chazza sich einmal in Natashas kleinem, unscheinbarem Hauswirtschaftsraum geliebt hatten. Denn im Grunde war es nur dieses eine Mal gewesen, das Ernesto mitbekommen hatte. Okay, seinen Freunden gegenüber hatte er gesagt, seine Mom hätte *hin und wieder* Sex mit dem Ewig Summenden, aber das war ein Bluff gewesen, damit die Geschichte nach mehr klang. Vielleicht war es wirklich nur dieses eine Mal gewesen, wer wusste das schon. Doch wie man es auch drehte und wendete, *impotent* war Chazza mit Sicherheit nicht... Aber dennoch war es merkwürdig, dass er so gar niemanden hatte, der ihm etwas bedeutete, mal ausgenommen seine Mom. Warum legte er sich keine Freundin/Ehefrau zu? Das war in der Tat eigenartig. Und immer dieses Summen...

Ernesto schob diese Gedanken zur Seite, trat an Chazzas Seite und ließ es zu, dass der Ewig Summende sein Gesicht berührte, wie er es immer tat, wenn er nach längerer Abwesenheit zurückkam.

»Schön, dich zu sehen«, sagte der blinde Musiker leise und lehnte sich gegen die Stuhllehne zurück. »Aber du hast Sorgen, mein Junge, habe ich recht?«

Ja, die hatte er und es war typisch, dass der Einzige in der Runde, der das *sah,* ein Blinder war.

Als er gegen Mittag für eine Weile alleine mit Chazza im hinteren Teil des großen Gartens war, sprach er es aus. Diesmal ging es nicht um Liberty Bell, sondern um seine Mutter.

»Warum ist sie so, Chazza?«, fragte er. »Was hat sie? Warum ist sie immer so abwesend? Fast schon gleichgültig...«

»Sie ist nicht – gleichgültig, Ernesto«, antwortete Chazza leise. »Sie ist... traurig. Und krank – ja, vielleicht kann man es krank nennen...«

»Aber *was* hat sie?«, drängte Ernesto und kam sich für einen Moment wieder wie der Fünfjährige vor, der auf Chazzas Knie geklettert war und seine Hände behutsam auf Chazzas blinde Augen gelegt hatte.

»Tja, das ist eine lange Geschichte, fürchte ich«, antwortete Chazza Blume in sein eigenes Summen hinein.

»Eine Geschichte? Okay, dann erzähl sie mir. Bitte«, sagte Ernesto ungeduldig.

Chazza Blumes Augäpfel zuckten, die milchigen Pupillen darin schwammen nervös hin und her.

»Ich weiß nicht«, sagte er leise. »Ja, eines Tages, Ernesto.

Aber – aber... es ist *ihre* Geschichte, verstehst du. Ich... ich kann sie ihr nicht... wegnehmen. Sie muss – den Zeitpunkt... bestimmen. Bis dahin... musst du warten... Ich – habe wirklich oft versucht, sie... dazu zu bringen, endlich...«

Abermals brach er ab.

Ernesto war schlagartig wieder siebzehn, fast achtzehn. Er fuhr sich eine Spur gereizt durch die Haare. Was, wenn sein Vater doch recht hatte? Wenn Chazza Blume tatsächlich einfach nur verrückt und durchgeknallt war?

»Kannst du es mir nicht doch jetzt schon – erklären?«, beharrte Ernesto. »Weißt du, früher dachte ich einfach nur, sie mag – mich nicht besonders. Aber inzwischen... inzwischen mag ich sie, glaube ich, auch nicht mehr besonders... Und das ist ein Scheißgefühl, verstehst du, Chazza?«

»Hmmmmmmmm, hhhmmmmmmmm«, summte Chazza. »Es ist ihr Leben, Ernesto. Sie ist kein Kind und sie will nicht an die sprichwörtliche Hand genommen werden.«

»Ich versteh's einfach nicht«, murmelte Ernesto, während Chazza reglos dasaß, die großen, leeren Augen in die Ferne gerichtet. »Wenn sie krank ist, muss man doch etwas tun können, oder? Was soll das für eine Krankheit sein? Depressionen? Dagegen gibt es Medikamente...«

Der Ewig Summende machte seinem Namen alle Ehre, aber seine Hand tastete dabei nach Ernestos Hand und drückte sie sanft.

»Chazza, da ist noch etwas«, fuhr Ernesto zögernd fort und schüttelte alle Gedanken an seine Mutter ab, so gut es ging. »Hast du von dem Mädchen aus dem Wald gehört, das wir entdeckt haben? Sie heißt Liberty Bell. Kann ich – kann ich dir von ihr erzählen?«

Chazza Blume nickte und lächelte und summte. Und sowohl

das Nicken, als auch das Lächeln und Summen, alles wirkte traurig.

Trotzdem begann Ernesto zu erzählen …

»Dr. Bolino?« Ernesto klopfte an das offen stehende Schwesternzimmer der neurologischen Station und spähte hinein.

Dr. Bolino erwartete ihn bereits. Wie es aussah, waren Dr. Oakville und Dr. Walther an diesem Nachmittag beide nicht im Dienst. Probte Dr. Bolino etwa einen Alleingang? Ernesto war das nur recht. Auf die beiden konnte er gut verzichten.

Vor ein paar Tagen hatte Baz ihm und Salva in seiner Mittagspause im *Ed's* erklärt, dass Liberty Bell ab jetzt einen Vormund bei der hiesigen Jugendschutzbehörde hätte.

»Zwei Sozialarbeiterinnen kümmern sich um sie und ihre Belange«, hatte Baz berichtet. »Aber bisher konnten sie nicht viel ausrichten, obwohl sie eine Menge Zeit bei Liberty Bell verbracht haben.«

Er hatte geseufzt und einen Schluck Ginger Ale getrunken. »Ich habe die Berichte gelesen. Sie sind nicht sehr mutmachend. Liberty Bell zeigt wohl nach wie vor so gut wie keine Reaktion. Es ist, als stelle sie sich tot.«

Nacheinander betraten Ernesto und Dr. Bolino Liberty Bells Zimmer.

»Hi Liberty Bell. Ich bin es …«, sagte Ernesto leise und starrte in ihr reglos blasses Gesicht, nicht wirklich hoffend, dass sie reagieren würde. Und natürlich, da war nichts.

Verdammt, wie oft sollte er noch bei null anfangen? Was hatte sein Vater gesagt, als er nach der Nacht im Wald nach Hause gekommen war? Er solle aufhören, den barmherzigen Samariter zu spielen? Vielleicht war da doch etwas dran.

»Wir sind so pervers wohlhabend, Dad«, hatte er vor nicht allzu langer Zeit zu seinem Vater gesagt. »Warum geben wir unsere Kohle nur für Müll aus?«

»Müll?«, fragte Dr. Merrill und zog eine Augenbraue hoch.

Ernesto nickte. »Dieses Riesenhaus, deine wahnsinnige Musikanlage, die Autos, ein Pool mit olympischen Ausmaßen, Klamotten, Reisen ...«

»Was sollten wir stattdessen damit machen, Ern?«

»Ich weiß nicht genau. Gutes tun«, antwortete Ernesto.

Sein Vater lächelte. »Ich spende für die Aidsforschung. Ich unterstütze ein Schulprojekt in Venezuela. Ich spende für *Smiling Children*, eine Kinderhilfe in Afrika. Ich bin einer der Finanziers für Ärzte ohne Grenzen und engagiere mich gegen die Todesstrafe in diesem Land. Was soll ich noch tun? Was schlägst du vor?«

Beide sahen sie zu den Mädchen aus Xi'an hinüber.

Sein Vater rollte geräuschlos zu seinem Schreibtisch im Nebenzimmer und zog eine Mappe aus einer der vielen Schubfächer. Ernesto folgte ihm langsam.

»Sie schreiben mir regelmäßig«, sagte sein Vater lächelnd und winkte Ernesto an seine Seite. »Hier, sieh dir ihre Briefe an. Sie sind jetzt acht und natürlich schreiben sie auf Mandarin, aber die Briefe werden übersetzt. Da, lies. Ich habe immer viel Spaß mit dieser Post. Schau dir ihre vielen, fröhlichen Zeichnungen an. Und Fotos liegen auch bei. Mein Kollege aus X'ian legt sie dazu ...«

Ernesto lächelte den lächelnden Zwillingen einen Moment zu.

Merkwürdig, wenn er seine Mutter gedanklich ausklammerte, mochte er seinen Vater hin und wieder. Es war die Kombination aus beiden, die alles vermieste.

Sicher, man hätte ihm natürlich vorwerfen können, dass all die Spendenaktionen und guten Taten ihn ja lediglich einen Bruchteil seines Geldes und seiner Zeit kosteten. Aber andererseits spürte Ernesto, dass sein Vater nicht einfach nur spendete, wie es sich für einen wohlhabenden Amerikaner gehörte. Ihm ging es um die Sache. Ihm ging es immer um die Sache.

»Darf ich dich was fragen, Dad? Es ist allerdings etwas ziemlich – Persönliches …«

Sein Vater hob den Kopf. »Fragen kannst du alles. Ich weiß nur nicht, ob ich alles beantworten möchte …« Er grinste schief. »Also, schieß schon los, Ern.«

Ernesto hatte sich einen Ruck gegeben. »Liebst du Mom eigentlich?«, fragte er schnell, bevor er es sich doch anders überlegte und die Frage über den Jordan kickte, weil sie schwachsinnig und lächerlich war.

»Was ist das für eine Frage? Natürlich liebe ich deine Mutter«, antwortete Dr. Merrill erstaunt, während er die Briefe der chinesischen Zwillinge zurücklegte.

»Okay, was ist dann Liebe für dich?«, hakte Ernesto nach. »Ich meine, woran merkst du, dass du sie liebst?«

»Ich bin froh, sie um mich zu haben. Ich liebe den Duft ihrer Haare. Ich mag den tiefen Blick ihrer Augen. Etwas in der Art. Reicht das, Ern?«

Dr. Bolino räusperte sich und holte Ernesto in die Gegenwart zurück. »Ich lass euch beiden ein bisschen Raum, in Ordnung?«, fragte sie leise.

Sie zog sich in Richtung Tür zurück, verließ aber nicht das Zimmer.

Ernesto sah Liberty Bell an. »Wie geht es dir? Etwas besser?«

Stille. Ihre Augen waren geschlossen, der Atem ging flach. Unveränderter Zustand nannte man das wohl.

»Das ist alles eine ziemliche Scheiße... ich meine, ein ziemlicher Mist, was?«

Ernesto setzte sich wieder auf die Kante des traurigen Besucherstuhls. Ohne Dr. Bolinos Erlaubnis einzuholen, befreite er Liberty Bells Arme von den Mullbinden. Trotzdem veränderte sie ihre Position um keinen Millimeter. Nicht mal ihre Fingerspitzen zuckten heute.

»Soll ich dir ein bisschen was erzählen über – über die letzten Wochen? Was so passiert ist, meine ich?«

Stille. Bis auf das Piepsen und Summen der medizinischen Geräte.

Er begann zu reden. Wieder mal. Über sich selbst, seine Freunde, Cal Wyludda. Die Aufregung, die es gegeben hatte, als bekannt wurde, dass Liberty Bell dort mitten im Wald gehaust hatte – wie es schien, sehr, sehr lange. Ihr Sturz von dem hohen Stein auf der kreisrunden Lichtung, der Krankenwagen, diese Klinik, die Untersuchungen.

»Hey Liberty Bell, ich weiß nicht genau, was sie alles mit dir gemacht haben, aber ich hoffe, sie haben dir nicht zu sehr wehgetan?«

Stille.

»Bestimmt haben sie dir Blut abgenommen und solche Sachen. Ich bin mir sicher, sie haben ganz schön an dir rumgedoktert, was?«

Sie öffnete ihre Augen. Einfach so öffnete sie ihre Augen und sah ihn an.

Ernesto wagte kaum zu atmen. Was sollte er tun? Etwas sagen? Oder war es besser zu schweigen, still zu sein? Am Ende erschrak sie, wenn er sie jetzt ansprach. Er traute sich kaum, sie direkt anzusehen. Aber er tat es trotzdem, schaute stumm in ihre ernsten hellen Augen, die von wahnsinnig schönen Wimpern eingerahmt waren. Wenn sie nur nicht so traurig ausgesehen hätten.

»Hey Liberty Bell«, flüsterte Ernesto schließlich.

»Ernesto?«, sagte Dr. Bolino in diesem Moment leise und betrat das Geschehen wieder. »Ich glaube, das war schon sehr gut. Aber bestimmt ist Liberty Bell jetzt ... ziemlich erschöpft. Könntest du vielleicht morgen Nachmittag wiederkommen? Würdest du das tun?«

Ernesto nickte und fühlte sich auf irgendeine Weise ebenfalls ziemlich erschöpft. Alles in ihm war aufgewühlt und wackelig. »Klar. Klar, das mache ich«, sagte er leise

Würde sie eine Reaktion zeigen, wenn er ging?

»Mach's gut, Liberty Bell. Bis morgen. Wir kriegen das – alles hin, versprochen ...«

Keine Reaktion. Ihre Augen waren wieder zu. Verdammt, das Leben war kein langer, ruhiger Fluss.

11

Auf nach Banff«, sagte Ronan vergnügt. In einer Stunde würden er und seine Familie sich auf den Weg nach Portland machen, wo am frühen Nachmittag ihr Flieger nach Kanada startete.

»Ich wünschte, ich könnte mit dir tauschen, Alter«, seufzte Darayavahush finster. »Wie wär's? Ich heute für dich mit deinen Alten zu den Rockies und du nächste Woche für mich mit meiner Sippe nach Mohammadschahr?«

»Mohammad-was?«, wiederholte Ronan und stopfte Sachen in seinen Koffer.

»Hey, das Kaff, in dem meine Cousine unterjocht wird«, erklärte Darayavahush mit Weltuntergangsmiene. »Ist prima da. Heiß und so. Nette Leute. Gutes Essen. Bestimmt gibt's Kaviar bis zum Abwinken. Also, echt zu empfehlen, die Reise ...«

Ronan lachte. »Nächstes Mal, vielleicht. Okay?«

»Wo bleibt denn Ernesto?«, fragte Mose und schaute auf die Uhr. »Wollte er nicht auch Verabschiedungskomitee spielen?«

Salvador zuckte mit den Achseln. »Eigentlich schon. Er hat mir gestern Abend noch eine Mail geschickt. Er will heute Nachmittag wieder ins Krankenhaus zu Liberty Bell, aber vorher wollte er herkommen. Natasha hat mir allerdings vorhin am Telefon gesagt, er sei schon in aller Herrgottsfrühe verschwunden. Sie hatte keine Ahnung wohin.«

»Dieses Waldmädchen beutelt ihn emotional irgendwie, kann das sein?«, fragte Mose.

»Die Lyfords kommen übrigens heute hierher«, sagte Salvador unvermittelt und sah aus dem Fenster. Im Gegensatz zu der Villa, in der Ernesto lebte und von der aus man einen irren Blick über Wälder und den Salmon River hatte, konnte man von Ronans Zimmer aus fast die ganze Stadt sehen.

»Die wer?«

»Die Familie von dieser Frau, die *nicht* Liberty Bells Mutter war«, fuhr Salvador fort. »Mein Dad hat mir erzählt, dass sie heute Vormittag in die Stadt kommen. Formalitäten und so. Baz ist mit von der Partie. Schließlich war Annabelle Lyford fast zwanzig Jahre verschwunden. Das muss man sich mal vorstellen ...«

»Und jetzt wollen sie hier und heute feierlich ihre Knochen umarmen, oder was?«, fragte Darayavahush. Er imitierte eine Frauenstimme. »Oh, Annabelle, du hast dich ja gar nicht verändert. Deine Schädelknochen sind noch genauso apart wie früher! Wie schaffst du es bloß, so wahnsinnig schlank zu bleiben?«

»Lass das, Idiot«, fuhr ihn Salvador an. »Das ist nicht witzig. Sei froh, dass Ern das nicht gehört hat.«

»Sabber nicht, Dalí«, gab Dara Salvas Anschiss an dessen Hund weiter. »Ich möchte Ronans Bude nicht in Hundespucke schwimmend verlassen, okay?«

Genau in diesem Moment schaute Ronans Vater zur Tür herein. Er war der kleinste Mann von Old Town und Ronan hatte seine Kindheit über eine Menge Hänseleien deswegen hinnehmen müssen.

»Wie schafft ihr es eigentlich, dass dein Dad euch nicht verloren geht?« und »Kauft dein Vater seine Anziehsachen eigentlich in der Kinderabteilung?« und solche Sachen. Ein beliebter Spruch war auch gewesen: »Hey, da kommt Mr Horace, der laufende Meter-fünfzig …«

»Ja, fertig, Dad«, sagte Ronan und verschloss seinen Alukoffer.

»Na, dann kann es ja losgehen. – Schade, dass ich hierbleiben muss. Aber die Bank hat eben keine Sommerferien.« Mr Horace lächelte in die Runde. Man sah ihm den Bankdirektor nicht wirklich an. Er steckte zwar in teuren, maßgeschneiderten Anzügen und vergaß nie seine Manschettenknöpfe und eine teure Krawatte und die passende Krawattennadel dazu, aber er ging gerne barfuß, auch draußen. Dabei schaffte er das Unglaubliche: niemals sichtbar schmutzige Füße zu haben.

»Er muss zwischendurch dauernd Boxenstopp in Toilettenräumen machen, seine Haxen ins Waschbecken manövrieren und dort abseifen. Anders kann es nicht funktionieren«, hatte Darayavahush einmal gemutmaßt, als sie über Mr Horace Barfußgeschäftsgänge gesprochen hatten.

Auch heute hatte Mr Horace keine Schuhe an. »Wo stecken denn Jaden und Ernesto?«, fragte er leutselig.

»Jaden schmollt irgendwie – und Ern ist irgendwie verschollen«, war Ronans achselzuckende Antwort. Mr Horace lachte zu diesem Wortspiel wider Willen.

»Verdammt, nun hab dich nicht so, du blödes Biest«, knurrte Ernesto erschöpft. Zuerst hatte er gedacht, diese Viecher seien generell wild, dann hatte er durch die Nacht in Liberty Bells Hütte gelernt, dass sie durchaus zahm sein konnten, dennoch waren sie alle wild genug, um, ohne mit der Wimper zu zucken, in ihr altes Leben zurückzukehren, nachdem ihre Brotgeberin so plötzlich abtransportiert worden war. Dann wiederum hatte Ernesto ein einzelnes verbliebenes Vieh entdeckt, das so zahm war, dass es im Vertrauen darauf, Liberty Bell eines Tages wiederzusehen, still und ergeben in der kleinen Hütte auf diese Rückkehr gewartet hatte. *Nä? Nä? Nä?* hatte es hoffnungsvoll gequäkt, als Ernesto sich ihm leise näherte. Jetzt aber, in Ernestos Obhut, war das Vieh wilder denn je. Es musste eines der Kleinen sein, Eve war es jedenfalls nicht, die war auf und davon. Aber ein Eve-Nachkomme war besser als nichts, hoffte Ernesto. Auch wenn er schon drei Bisse abbekommen hatte von dem rattigen, struppigen Vieh. Zwei davon bluteten.

In der vergangenen Nacht war ihm dieser Einfall gekommen.

Wieder war es eine blöde Nacht gewesen. Seine Mutter weinte um die gestorbene Katze Nummer drei – ah, endlich bemerkt –, Natasha hatte einen ihrer düsteren Momente und es dauerte darum länger, bis sie es schaffte, Mrs Merrill zu beruhigen. Dr. Merrill war außer Haus und Chazza Blume war von seinem letzten Waldgang noch nicht zurückgekehrt.

Mitten in dieser unruhigen Nacht war Ernesto Eve eingefallen. Eve und ihre hässlichen Nachkommen. Wo waren sie jetzt? Immer noch in Liberty Bells Hütte? Unwahrscheinlich, bei den Massen an Menschen, die dort ständig einfielen. Aber vielleicht noch in der Nähe? Am Ufer dieses Tümpels? Oder in dessen Tiefen? Was war mit den anderen Biberratten? Hatte man sie freigelassen? Und wie stand es überhaupt um die Hütte? War sie nach wie vor Sperrgebiet?

Um fünf hielt Ernesto es nicht mehr länger aus, schlich sich aus dem Haus und machte sich auf den Weg. Nicht mal Radio hören konnte er vor lauter Nervosität. Er fuhr mit überhöhter

Geschwindigkeit den Chinook Drive entlang und betete, dass so früh am Morgen noch keine Polizisten in den Büschen am Wegrand lauerten, die darauf aus waren, Verkehrssünder auszubremsen.

Die Hütte war verschlossen, aber sie hatten sie nicht umsonst Bruchbude getauft. Ernesto schaffte es spielend, die altersschwache Holztür zu öffnen, die Tür fiel einfach an der gegenüberliegenden Seite aus den Angeln, als Ernesto ihr einen Stoß verpasste.

Es war sehr dämmrig im Inneren von Liberty Bells altem Zuhause. Der Schemel, der alte Holzpflock, auf dem die Pfanne mit den Essensresten gestanden hatte, ebenso wie das Kochgeschirr, die Bücher und die alte, platt gelegene Matratze, alles war verschwunden. Die Hütte roch nach Wald und altem Holz und sonst nichts, und es kam Ernesto unvorstellbar vor, dass Liberty Bell in diesen engen dunklen Wänden vielleicht ihr ganzes, Leben zugebracht hatte. Wenn das wirklich so war, kannte sie keine Straßen, keine Autos, kein Fernsehen, keine Schule, keine Musik. Nichts. Obwohl, Bücher kannte sie. Und Musik. Ihre Mom, falsch, Annabelle Lyford, hatte für sie gesungen. Wer wusste schon, wie viele Lieder in Liberty Bells Kopf stecken mochten. Wenn sie nur je wieder den Mund aufmachte.

Dann hatte Ernesto die kleine Biberratte entdeckt und sie eingefangen.

»Los, du bissiger, ekliger Sergeant Pepper«, murmelte er und nahm außer dem Biberrattenjungen noch ein paar Tannenzapfen, einen Stein vom umgewälzten Steinwall, der einmal Annie Lyfords Grab gewesen war, sowie eine langstielige lila blühende Blume mit, die er aus Liberty Bells Blumenbeet abbrach.

Dann erst überstieg er erneut die weiß-rote Polizeiabsperrung und machte sich auf den Rückweg in die Stadt.

Besuchszeit. Die Klinik war voller Menschen, die kamen und gingen. Auf dem gewundenen Kiesweg vor dem gläsernen Eingang stieß Ernesto ausgerechnet auf Roy Edwards und seinen Kameramann.

»Was für ein glücklicher Zufall«, schnarrte Roy.

In Ernestos Rucksack rumorte der Eve-Nachkomme. Pinkeln, Kacken, er konnte darin eine Menge Sauerei anrichten, aber es schien Ernesto ratsam, ihn verborgen zu halten, solange es ging. Bestimmt wären Riesenschwester und Konsorten nicht sehr begeistert von der Idee, Ratten anstelle von Blumen ins Krankenhaus mitzubringen.

»Na, besuchst du etwa deine kleine Freundin? Wie geht es ihr denn inzwischen, wenn man fragen darf?«, hakte Roy nach.

Gab der Typ denn niemals auf? Campte er etwa auf dem Klinikgelände?

»Keine Zeit, sorry«, murmelte Ernesto und versuchte, einen Bogen um dieses Presseepizentrum zu schlagen.

»Geheimnisvolle Angelegenheit, was?«, rief Roy herausfordernd, während sein Kameramann am Aufnahmegerät herumfummelte, die Aufnahmelampe leuchtete voyeuristisch. »Hat das Mädchen dir gegenüber das Geheimnis ihrer Herkunft gelüftet? Wer oder was ist sie? Was wusste Flavio Fabiani? Starb er ihretwegen? Was will die Polizei draußen in Wood Green bei der Familie Kyriacou? Und was weiß Bart Coleman, der Leiter des Sozialamtes von Old Town, von der Sache?«

Endlich schaffte Ernesto es, die beiden Männer abzuschütteln. Herbeigeeiltes, ärgerliches Sicherheitspersonal und der große Besucherlift, in den er floh, leisteten ihm dabei gemeinsame Dienste.

Dann war er da.

»Hi Liberty Bell.«

Diesmal öffnete sie beim Klang seiner Stimme gleich die Augen. Ihre Handgelenke waren wieder fixiert, Ernesto runzelte die Stirn, wickelte die Binden ab, knüllte sie zusammen und steckte sie in seine Jeanstaschen.

Sekunden später tauchte Dr. Bolino auf. Natürlich, sein Kommen konnte dank Dr. Oakvilles Kamera nicht unentdeckt bleiben.

»Ernesto«, sagte sie freundlich, aber sie war nervös, das war nicht zu übersehen. »Dr. Walther wird gleich vorbeischauen. Es – es steht eine neue Untersuchungsreihe an, von der – ich gestern leider noch nichts wusste.«

»Was wollen Sie schon wieder mit ihr machen, verdammt?«, fuhr Ernesto auf.

»Nichts Schlimmes, keine Sorge«, war Dr. Bolinos Antwort. »Nur eine weitere craniale Computertomografie, also eine Röntgenaufnahme ihres Kopfes. Sie ... sie hat das schon einmal mitgemacht. Es ist völlig schmerzlos. Allerdings ...«

Sie schwieg.

»Allerdings?«, wiederholte Ernesto misstrauisch.

»Nun, ich weiß nicht, ob du dieses Verfahren kennst. Der – der Patient wird bei dieser Untersuchung auf einer Untersuchungsliege in das Innere einer Aufnahmeröhre geschoben, und da die Röntgenaufnahmen sehr genau sind, dauert diese Art der Untersuchung eine Weile.«

»Und?«, fragte Ernesto.

»Viele Patienten fühlen Beklemmungen, während sie in dieser recht engen Aufnahmeröhre liegen. Liberty Bell jedenfalls hatte beim letzten Mal – große Angst, anders kann man es nicht nennen. Darum wird Dr. Walther ihr diesmal ein etwas – stärkeres Beruhigungsmittel als beim letzten Mal verabreichen, verstehst du? Sie wird dann während der Untersuchung schlafen.«

Plötzlich drehte sie den Kopf, und als Ernesto ihrem Blick folgte, sah er den Kollegen seines Vaters aus dem Ärzteaufzug treten, der Liberty Bells Zimmer schräg gegenüber lag.

»Verdammt, nein«, fauchte Ernesto. »Bis vor ein paar Wochen war sie ein gesunder, selbstständiger Mensch. Seht ihr nicht, was ihr aus ihr macht? Eine Schwerkranke!«

Dr. Walthers Gesicht war wie aus Stein gemeißelt, während er die Floskeln abspulte, die Ernesto erwartet hatte: Unsinn, medizinische Notwendigkeit, ärztliche Verantwortung, ich werde wohl deinen Vater einschalten müssen, diese Art Aussagen waren es.

»Ich lasse nicht zu, dass sie weiter mit diesem Beruhigungsscheiß vollgepumpt wird!«, schrie Ernesto, ohne auf den spindeldürren, baumlangen Dr. Walther zu achten, von dem er durch seinen Vater wusste, dass er als Kind mal Kinderlähmung gehabt und privat ein extrem introvertierter Einzelgänger war. Als Arzt jedoch fühlte er sich sichtbar mächtig und unantastbar.

»Ich habe in der verdammten Schule gelernt, dass dies ein verdammt freies Land ist!«, brüllte Ernesto. »Ein Land, in dem jeder sein verdammtes Recht auf Selbstbestimmung hat! Auch jemand wie Liberty Bell! Sie ist, verdammt, außerdem kein Kind mehr!«

Mit bebenden Händen öffnete er seinen Rucksack, alles ging

wahnsinnig schnell, und das war seine einzige Chance, das spürte er deutlich.

»Liberty Bell, sieh – guck hin – verdammt – was ich dir mitgebracht habe…«, schnaubte er atemlos. Die Blume, die ihre beste Zeit hinter sich hatte, der Stein und die Tannenzapfen rollten auf Decke, Matratze und Klinikboden, aber der Eve-Nachkomme landete zum Glück, wo er landen sollte: auf Liberty Bells Körper, in einer weichen Deckenkuhle auf ihrem Bauch. Er machte seine typischen Klagelaute und sah grotesk aus: zerstrubbelt, gesträubt, verschreckt, bissig und außer sich.

»Herrgott, nein!«, sagte Dr. Walther angewidert.

Rattenexkremente kullerten auf das graue Linoleum, es roch säuerlich.

»Eve…«, flüsterte Liberty Bell in diesem Moment für alle vernehmlich und ihre Hände schlossen sich um das zappelnde Tier.

»Nein, leider nicht Eve. Aber eines von ihren Kindern, schätze ich«, sagte Ernesto und ging neben Liberty Bell in die Hocke. Seine Hand berührte ihre, als er sich vorbeugte und das kleine Tier, Liberty Bell zuliebe, vorsichtig mit dem Zeigefinger streichelte. »Es… es war das Einzige, das noch da war, als ich… heute früh dort war.«

»Dort war«, wiederholte Liberty Bell.

Ernesto nickte und hatte das Gefühl, die Zeit würde zur gleichen Zeit stehen bleiben und weiterrasen.

Eine ganze Weile geschah nichts, außer dass Liberty Bells Finger die kleine, hässliche Biberratte streichelten.

»Ich habe ihn Sergeant Pepper genannt«, sagte Ernesto schließlich in die Stille hinein. Er war sich der lauschenden Ärzte im Hintergrund deutlich bewusst, aber er ignorierte sie.

»Sergeant Pepper«, wiederholte Liberty Bell schließlich mühelos die unbekannten Worte.

»Ja, nach einer alten Schallplatte von den Beatles. *Sergeant Pepper's Lonely Hearts Club Band.* Schöne Musik. Ich werde sie dir vorspielen, sobald – dieser Unsinn hier vorbei ist, versprochen!«

»Dort war?«, sagte Liberty Bell in diesem Moment noch einmal. Ihre weit geöffneten Augen schienen etwas zu fragen, während sie Ernestos Blick suchten, der sofort und auf Anhieb verstand.

»Hey, willst du wissen, ob – ob dein Wald, deine Hütte weit weg sind von hier? Oder noch erreichbar? Ist es das, was du wissen willst?«

Liberty Bell nickte kaum merklich. Ihre hellen Augen hatten einen entrückten, verwirrten Ausdruck.

»Erreichbar!«, sagte Ernesto schnell.

»Ich muss nun wirklich...«, setzte Dr. Walther an, aber Dr. Bolino schaffte es, ihn mit einem »Pst, bitte« tatsächlich zum Schweigen zu bringen. Wenigstens für den Moment. Ernesto atmete innerlich auf. Verdammt, warum nur war er nicht alleine mit Liberty Bell?

Die kleine Ratte pinkelte unterdessen auf die weiße Krankenhausdecke, mitten hinein in die weiche Kuhle.

»Igitt. Warte, ich mach das schon«, sagte Ernesto, griff nach einer Packung Kleenex, die auf dem Nachttisch stand, zupfte Papier und reichte es an Liberty Bell weiter, die den Eve-Nachkommen inzwischen hastig zu sich unter die Decke genommen hatte und jetzt versuchte, möglichst viel Rattenpisse mit dem Kleenexknäuel aus dem Deckenbezug zu rubbeln.

Dazu hatte sie sich leicht aufgerichtet. Zum ersten Mal! Zum ersten Mal! Zum ersten Mal!

Dr. Bolino flüsterte mit Dr. Walther und machte verstohlene Notizen in ihre Unterlagen.

Ernesto und Dr. Walther musterten sich einen Moment feindselig.

»Das … Tier kann aber unter keinen Umständen hierbleiben, dass das klar ist«, sagte der Arzt schließlich knapp und machte Anstalten, den weißen Raum zu verlassen. Im Hinausgehen bückte er sich, hob den Stein auf, legte ihn auf Liberty Bells Nachttisch, dann erst ging er davon.

»Keine Untersuchung heute?«, fragte Ernesto hoffnungsvoll.

Bethany Bolino lächelte in Liberty Bells Richtung. »Vorerst nicht, wenigstens«, sagte sie, was besser als nichts war.

»Sag, hast du wirklich dein ganzes Leben dort draußen zugebracht?«, fragte Ernesto leise, als er und Liberty Bell tatsächlich für einen Moment alleine waren. Dr. Bolino hatte ihnen diesen Freiraum erkämpft und, ehe sie die beiden verließ, selbst eine Vase mit Wasser für die ramponierte lila Blume gebracht. Liberty Bells Blick hing eine ganze Weile daran. Ernesto betrachtete sie besorgt: Versank sie etwa schon wieder in Schweigen? Hastig wiederholte er seine Frage.

»Ich … ich glaube schon«, antwortete Liberty Bell schließlich flüsternd. Ihre Stimme klang rau und gepresst. »Ich … ich kann mich … jedenfalls … an nichts anderes erinnern. Da waren immer nur … meine Mom und ich.«

Annie Lyford …

»Und dein – Dad?«, fragte Ernesto vorsichtig.

»Ein – Dad? Ich hatte Dad nicht.« Das war sehr schnell gekommen.

Liberty Bells Augen hefteten sich an das große Klinikfenster.

Draußen schien die Sonne, aber die Aussicht war trotzdem nicht die beste. Im Reisekatalog hätte stehen müssen: kein Meerblick.

In der Ferne lag der graue Highway, dazu die große Ausfahrt, der Klinikparkplatz, ein kleines Kinderspielareal auf einer winzigen Wiese neben dem Parkplatz. Der Spielplatz war von McDonald's gesponsert und aus diesem Grund sehr mcdonald'slastig ausgestattet: von hier oben sah man eine Ronald-McDonald-Rutsche, eine Ronald-McDonald-Schaukelanlage und eine ebensolche Kletteranlage.

Warum hatten sie Liberty Bell ausgerechnet in diesem Zimmer untergebracht? Die Fenster, die zur entgegengesetzten Richtung gingen, zeigten Wald, Wiese, Weite. Meerblick, sozusagen. Dazwischen ab und zu ein paar Häuser und Straßen, okay, aber immerhin. Wäre es nicht sensibler gewesen, Liberty Bell, dem *Mädchen aus dem Wald,* wie die Zeitungen sie nannten, einen Raum mit wenigstens diesem Ausblick zuzuteilen?

»Liberty Bell?«, sagte Ernesto, als er sah, wie ihr Blick wieder verschwamm und sie sich abwandte. »Liberty Bell?«

»Ich... ich kann nicht...«, flüsterte das Mädchen.

»Was – was kannst du nicht?«

»Wach bleiben...« Ihre Stimme war schwach und voller Angst. Vor allen Dingen voller Angst.

Ernesto hob die Hand und in seinen Gedanken berührte er ganz leicht ihr Gesicht. Oder wenigstens ihren Arm. Aber er tat es nicht, weil er sie nicht erschrecken wollte.

»Hey, das ist normal, Liberty Bell«, sagte er stattdessen nur beruhigend. »Das sind die Medikamente, die sie dir geben. Sie machen dich müde. – Bald wirst du wieder völlig okay sein. Versprochen!«

Verdammt, konnte er das versprechen? Vor gefühlter Hilflosigkeit ballte er für einen Moment die Hände zu Fäusten.

»Meine Mom ... sie sagte«, flüsterte Liberty Bell plötzlich, ohne ihn anzusehen. Es war, als spräche sie mit geschlossenen Augen zur Zimmerwand. »... sie sagte oft, dass Männer – Müll sind. Nur Müll. ›Männer sind Müll, Liberty Bell‹, sagte sie. Aber du bist auch ein – Mann, oder?«

Ehe Ernesto diese Frage beantworten konnte, fuhr Liberty Bell fort: »Wenn ... du ... auch ... ein Mann ... bist ... dann – dann hat meine Mom sich geirrt. Denn du ... du bist nicht schlecht, glaube ich ...«

Ernesto lächelte eine Spur verlegen, während sich plötzlich wieder Stille ausbreitete. Er hatte ihr Vertrauen eigentlich nicht wirklich verdient. Hätten er und seine Kumpel sie doch bloß in Ruhe gelassen, nachdem sie Ronans Videoaufnahme gesehen hatten.

»Du ... du musst nicht ewig hierbleiben, Liberty Bell«, sagte Ernesto schließlich, um etwas Tröstliches von sich zu geben. Er betrachtete sie. Man hatte ihr alles genommen: ihre Freiheit, ihre Selbstbestimmung, ihren Wald, ihr Zuhause. Verdammt, wie sollte sie klarkommen? Ernesto sah den dünnen Plastikschlauch, der unter ihrer Bettdecke hervorlugte, und wusste, was er bedeutete: Es war ein Blasenkatheter. Sogar die Möglichkeit, alleine pinkeln zu gehen, hatten sie ihr genommen.

»Werden ... werden sie mich ... zurückgehen lassen? Nach ... Hause?«

Liberty Bells vom langen Schweigen heisere Stimme klang ängstlich und hoffnungsvoll zur gleichen Zeit. Ernesto dachte an die leer geräumte Hütte, an die Polizeiabsperrung, an das Steingrab, das keines mehr war. Annie Lyfords sterbliche

Überreste waren jetzt Leihgut der unter Hochdruck arbeitenden Kriminalpolizei. Und anschließend würden die Knochen ihren Angehörigen übergeben werden, damit sie sie ordentlich beerdigen konnten. Wo auch immer. Wie sollte er das alles Liberty Bell erklären? Und war überhaupt er der Richtige, das zu tun?

»Liberty Bell, weißt du, *warum* ihr da draußen gelebt habt, deine – Mom und du?«, fragte er schließlich und umschiffte die Antwort, auf die sie wartete. Verdammt, was für eine bescheuerte Frage war das denn? Ernesto hätte sie am liebsten zurückgenommen und in kleine Fetzen gerissen.

Erstaunlicherweise aber nickte Liberty Bell.

»Mom sagte immer, die Welt ist schlecht. Der große Vater hat die Schattenmenschen aufgegeben, weil sie voller Gewalt und Traurigkeit sind.«

Ernesto betrachtete Liberty Bells Gesicht. Es war immer noch schrecklich bleich und tiefe bräunliche Schatten lagen unter ihren Augen, aber sie war irgendwie wieder da. Und das hatte er geschafft, auch wenn das kaum zu glauben war!

In dem Moment schaute Dr. Bolino zur Tür herein. »Ernesto?«, sagte sie leise.

Ernesto drehte sich zu ihr um. »Was ist?«

»Könntest du …?« Sie machte ein vages Zeichen mit der Hand, seine Sachen zusammenzupacken, Rucksack, Jacke, Baseballkappe – und mit Sicherheit auch Sergeant Pepper. Ihr Gesichtsausdruck war unergründlich, aber irgendetwas stimmte nicht. War es wieder Dr. Walther? Hatte er sein Veto eingelegt gegen Ernestos unkonventionellen Besuch mit Ratte bei seiner wichtigsten Patientin?

»Liberty Bell, ist es in Ordnung, wenn er morgen wiederkommt?«, fragte die Ärztin, indem sie sich direkt an das Mädchen wandte, und es war gut zu hören, dass sie mit Liberty Bell jetzt wie mit einem ganz normalen, gesunden Menschen sprach. »Bei ihm zu Hause hat es… sagen wir, einen kleinen Unfall gegeben. Er wird dort gebraucht.«

12

Im Haus war es still, als er die breite Haustür hinter sich schloss.

»Mom? – Dad? Natasha?«, rief Ernesto.

Er war sofort aufgebrochen und aus der Klinik nach Hause gefahren. Liberty Bell hatte stumm angefangen zu weinen, aber er hatte ihr versprochen, dass er wiederkommen würde, bald schon. Da hatte er noch gar nicht gewusst, was passiert war, das hatte Dr. Bolino ihm erst auf dem Flur draußen vor Liberty Bells Tür erzählt.

Verdammt, Chazza. Guter, alter Chazza Blume.

Er war im Wald draußen gestürzt, sie hatten ihn im verlassenen Steinbruch von Santa Clara Valley gefunden, mit einem schweren Schädelbruch. Die Ärzte hatten ihn operiert und in ein künstliches Koma versetzt, aber er war noch nicht außer Lebensgefahr.

Ernesto dachte daran, wie er gestern noch Klavier gespielt hatte, Klavier gespielt und seine aufgelöste Mutter wegen der toten Katze getröstet. Dann war er aufgebrochen zu einem seiner Waldspaziergänge.

»Dad? – Natasha? – Hallo, ist denn keiner zu Hause?«, rief Ernesto wieder.

Er schaute sich um. Der Salon lag wie ausgestorben da, klimaanlagengekühlt, sonnendurchschienen. Eine der beiden verbliebenen Katzen rekelte sich zwischen den beiden Marmorskulpturen, die vor dem großen Panoramafenster standen. *Die Liebenden* hießen sie und sie gehörten seinem Vater. Er hatte sie sich von einem Mailänder Künstler anfertigen lassen, als Ernesto noch ein Baby gewesen war, nach eigenen Entwürfen, teuer wie verrückt, aber Geld spielte ja nie eine Rolle.

Ernesto versorgte Sergeant Pepper, indem er ihn erst einmal in einer Katzentransportkiste seiner Mutter verstaute und ihm von dem Meerschweinchenfutter gab, das er besorgt hatte. Dann ging er ins erste Stockwerk hinauf. War seine Mutter in der Klinik bei Chazza? Die Tür zu ihrem Schlafzimmer stand jedenfalls offen, er warf einen Blick in den Kühlschrank, wie er das Zimmer seiner Mutter seit Jahren gedanklich nannte. Es war der kälteste Raum des ganzen Rampenhauses, Mrs Merrill pflegte ihr Thermostat nie höher als auf maximal achtzehn Grad Celsius einzustellen. Sie hasste Wärme. Aber auch architektonisch war der Raum eine schauderhaft kalte Angelegenheit.

»Mom?«

Sie war da. Sie schlief fest, lag dabei auf dem Rücken, die Arme links und rechts neben sich ausgestreckt. Sogar schlafend wirkte sie wie nicht von dieser Welt. »Hey Mom! – Sondra!«

Ernesto berührte ihren Arm, aber sie wachte nicht auf, murmelte nur etwas Unwilliges und drehte das Gesicht weg. Ihr Mascara war verlaufen, allein daran war ersichtlich, dass sie von der Sache mit Chazza wusste und die Tragödie tatsächlich wahrgenommen hatte.

Ernesto fröstelte. Draußen war es sommerheiß, ein krasser Gegensatz zur Temperatur im Kühlschrank. Ein Zimmer weiter lebte Natasha. Darayavahush hatte diesen Raum *Polen* getauft: Natasha benutzte den Temperaturregler ihres Zimmers gar nicht. Sie konnte Klimaanlagen nichts abgewinnen. Dafür konnte sie polnischem Nippes sichtlich eine Menge abgewinnen. Ihr Zimmer sprach Bände davon. Schwere polnische Möbel, Zierdeckchen in Hülle und Fülle, eine polnische Fahne als Mittelpunkt an den über und über mit Bildern behängten Wänden. Ein Bild der Warschauer Seejungfer, Natashas Vater stammte aus der Stadt, dazu eine wahre Flut von Bildern, die Krakau darstellten, wo auch Bartosz, Natashas Sohn, lebte.

»Nat? Bist du da?«, rief Ernesto probeweise und klopfte. Es gab eine direkte Verbindungstür zwischen Polen und dem Kühlschrank. In diesem Moment summte sein Handy. Ernesto zog es aus der Tasche und warf einen Blick darauf. Die Nachricht stammte von Dara und hatte zwei Inhalte. Erstens: Dara, Salva und Mose waren im *Ed's* und wünschten, ihn zu sehen, falls er »noch nicht mit Liberty Bell, der nackten Schönen, durchgebrannt sei«. Zweitens: »Es gibt Wahnsinnsneuigkeiten, Alter! Ich habe *es* getan!«

Ernesto schob sein Smartphone stirnrunzelnd zurück in die Hosentasche. Wie es aussah, hatte Chazzas Unfall noch nicht die Runde in Old Town gemacht, was merkwürdig war.

»Natasha?« Er klopfte ein zweites Mal und öffnete dann vorsichtig die Verbindungstür.

Sie war da, aber er begriff sofort, warum sie ihm nicht geantwortet hatte. Natasha hatte einen ihrer Durchhänger, wie sein Vater es nannte. Es waren diese Stunden oder, wenn man Pech hatte, auch mal ein bis zwei Tage, an denen die Haushälterin in ein düsteres Loch aus Schwermut sank. Dann saß sie einfach nur da, mit hängenden Schultern, krummem Rücken und gesenktem Kopf. Tränen rannen aus ihren Augen, liefen über ihr Gesicht und tropften von dort über ihr Kinn in ihren Schoß und auf ihre Hände, die sie gefaltet hatte, als würde sie beten.

»Ist es wegen Chazza. Oder wegen Mom? Hat sie dich – beschimpft?«

Das tat Mrs Merrill manchmal und es waren schreckliche Momente. Ernesto versuchte jedes Mal, die Erinnerung an dieses Geschrei so rasch wie möglich aus seinen Gedanken zu tilgen. »Du hast mir Unglück gebracht! Bestie in Menschengestalt! Wünsche dich tot und begraben!« Solche Sachen hatte Sondra Merrill ihrer polnischen Haushälterin schon an den Kopf geworfen. Hinterher weinte seine Mutter und ließ sich ausgerechnet von Natasha trösten und beruhigen.

»Soll ich… soll ich Bartosz anrufen, Nat? Möchtest du ihn sehen? Würde dir das helfen?«, fragte Ernesto leise. Er warf einen prüfenden Blick auf seine Armbanduhr. In Krakau war es jetzt früher Morgen. Möglich, dass er Bartosz aus dem Bett warf, wenn er jetzt via Skype bei ihm anrief, aber falls es Natasha nützen würde, war es das wert. Diese Skypeverbindung war im letzten Jahr sein Geburtstagsgeschenk für Natasha gewesen, eine einfache Sache, ein simples Geschenk, aber es war ihr Geheimnis, warum auch immer. Ernesto hatte nun mal das vage Gefühl, es sei besser, Bartosz-Zlotsky-via-Skype-in-Old-Town nicht an die große Glocke zu hängen.

Natasha gab keine Antwort, nur ihr Weinen wurde etwas heftiger. Das bedeutete ein Ja, das wusste Ernesto.

»Warte. Ich hole meinen Laptop«, sagte er.

Die Verbindung war schnell aufgebaut und funktionierte an diesem Spätnachmittag zum Glück bestens.

»Hier… hier ist er, Nat«, sagte Ernesto behutsam, fuhr der Haushälterin, die früher seine Kinderfrau gewesen war, über die weiche, runde Schulter und verließ den Raum. Er hatte schon miterlebt, wie diese Gespräche um den halben Erdball herum abliefen. Bartosz war als Kleinkind einmal sehr krank gewesen und darum war er klein und schmächtig geblieben, er sah der runden rosigen Natasha nicht ähnlicher als ein irgendwie abgenagter Apfel einem Marshmallow. Sie sprachen miteinander, indem sie sich hauptsächlich ansahen. Ab und zu sagte Bartosz ein paar polnische Sätze, mit leiser, atemloser, tröstender Stimme, aber Natasha antwortete kaum. Meistens weinte sie nur, während sie ihren Sohn mit aufgerissenen Augen anstarrte. Hinterher ging es ihr allerdings meistens deutlich besser. Natashas Sohn war nur ein Jahr älter als er selbst, jedenfalls sagte sie das, aber er sah viel älter aus. Darayavahushs Kommentar zu einem Foto von ihm war mal gewesen: »Dieser, sagen wir mal, *Herr in mittleren Jahren* soll der *Sohn* von Sweetie-Nat sein? Niemals! Sie bindet euch einen Bären auf! Der Kerl ist ihr Briefträger oder so …«

»Bis später dann, Nat, okay?«, sagte Ernesto leise und machte sich auf den Weg ins *Ed's Corner* zu den anderen. Einen Moment lang hatte er überlegt, ob er nicht noch einmal zurück ins Krankenhaus fahren sollte, um zu versuchen, Chazza zu sehen, aber Dr. Bolino hatte ihm wenig Mut gemacht, dass man ihn auf die Intensivstation lassen würde. Langsam kam es ihm so vor, als wäre die Klinik mehr eine Festung als ein Krankenhaus.

In seinem Kopf herrschte Chaos. Die Dinge liefen irgendwie aus dem Ruder. Nichts war so, wie es sein sollte. Okay, er machte sich schon länger Sorgen: Seine Mutter entglitt ihm, nachdem er ihr entglitten war, wann auch immer, sein Vater zog sich mehr und mehr zurück, anders konnte Ernesto sich seine Arbeitswut auf der einen und seine einsamen Doktor-Schiwago-Orgien und sein Aus-dem-Fenster-in-die-Ferne-Starren, eingehüllt in klassische Musik, auf der anderen Seite nicht erklären. Natashas merkwürdige düstere Stimmungen häuften sich ebenfalls.

Aber in den letzten Tagen hatte das Chaos Oberhand genommen. Flavio krass ermordet – und jetzt stand auch noch Chazzas Leben auf der Kippe. Verdammt, was würde als Nächstes kommen? Das einzig Positive in seinem Leben war, wenn man so wollte, Liberty Bell.

Es hatte angefangen zu regnen, auf der Georgia Avenue standen Pfützen und große, schwere Wolken hingen wie schmuddelige Wäsche tief über den Dächern.

»Hi Hush, Salva, Mose«, sagte er erschöpft, als er das *Ed's* betreten hatte. Er setzte sich zu seinen Freunden und spürte deutlich, wie sehr er es vermisste, dem alten Flavio einen Gruß zuzuwinken.

»Hast du es schon gehört?«, fragte Mose in seine trüben Gedanken hinein.

»Das mit Chazza? Üble Sache, ja...«, antwortete Ernesto und bestellte bei Ed ein Ginger Ale.

Ginger Ale hatte er als Kind oft mit Chazza getrunken. Chazza war ein großer Fan von allem, was Ingwer enthielt. Ingwer-Bonbons, -Tee, -Schokostäbchen, die ganze Palette.

»Eine Pfütze, Chazza«, hatte Ernesto einmal begeistert gerufen, als er noch ziemlich klein gewesen war. Sie waren zusammen im Wald unterwegs gewesen.

»Tief?«, erkundigte sich Chazza.

»Mittel«, schätzte Ernesto und sprang mitten hinein. Bei Chazza durfte er in Pfützen planschen, anders als bei seinem Vater, der es ihm verboten hatte, nachdem er ihn einmal bespritzt hatte.

Hinterher, als beide sehr nass waren, hatten sie zusammen heißen Ingwertee getrunken, in der kleinen Wohnung am Aberdeen Plaza, die Chazza damals gemietet hatte, und Chazza Blume hatte *Singin' in the rain* für ihn gesummt.

Mose sah ihn verwundert an. »Was soll mit Chazza sein?«, fragte er. »Ich meinte eigentlich die Sache mit den Kyriacous draußen in Wood Green…«

Ernesto berichtete rasch von dem Unfall am Santa-Clara-Steinbruch und davon, dass Chazza in diesem Moment schwer verletzt im *General Hospital* lag.

»So ein Mist«, sagte Darayavahush hinterher kopfschüttelnd. »Der Ewig Summende hat aber auch immer ein Pech. Blind, eheweiblos – und jetzt auch noch einen gespaltenen Schädel…«

»Und sie haben ihn im Santa-Clara-Steinbruch gefunden?«, fragte Salva in diesem Moment nach und hob den Kopf. »Ist dein Dad nicht damals auch dort abgestürzt, Ern?«

Ernesto nickte.

»Wird Zeit, dass da mal ein Zaun hinkommt«, sagte Mose. »Wie viele Leute soll es denn noch treffen?«

»Das sieht Baz genauso«, erwiderte Salva. »Die Stelle zieht auch Selbstmordgefährdete an…«

»Was meintest du eigentlich eben mit den komischen Kyriacous?«, hakte Ernesto schließlich nach.

»Pscht, nicht so laut«, murmelte Salvador und deutete auf den kleinen Nebenraum des *Ed's*, wo die beiden Billardtische standen. »Sam und Justin sind gerade da und nicht unbedingt bester Stimmung, würde ich sagen…«

Sam und Justin Kyriacou waren Teil eines großen, deprimierenden Familienclans, die alle zusammen draußen in Wood

Green in einem heruntergekommenen Jahrhundertwendehaus lebten.

»Iss nicht wie ein Kyriacou«, war ein allgemein üblicher Seitenhieb auf alle Menschen in und um Old Town, denen beim Essen ein Rülpser entfuhr oder die sich irgendwie bekleckerten oder mit vollem Mund sprachen. Und wenn irgendwo über Nacht wilder Sperrmüll auftauchte, ein Mülleimer angezündet wurde oder etwas in dieser Art passierte, sagten die Leute ebenfalls: »Oh, die Kyriacous gehen mal wieder um ...«

Salvadors Vater kümmerte sich seit Jahren um die *Misery-Familie,* wie Ernesto und die anderen die Familie Kyriacou heimlich nannten. Alkoholexzesse, Drogen, Schlägereien mit anderen oder untereinander, Vernachlässigung, Tierquälerei – sogar ein vor Jahren abhandengekommenes Kind gab es in der Familie.

»Ich sage nur *Dumbo, der fliegende Elefant«,* erklärte Darayavahush kryptisch und mit erhobenem Zeigefinger. Dann runzelte er die Stirn. »Eigentlich wollte ich dir ja zuerst von meiner *phänomenalen* Nacht mit Portia Jenkins berichten, aber okay, dann palavern wir eben zuerst über Dumbo mit den Flatterohren, die komische, verschwundene Dicke – und dein Waldmädchen ...«

Ernesto runzelte die Stirn. »He, was hat denn Liberty Bell damit zu tun?«

»Eine ganze Menge, würde ich sagen«, antwortete Darayavahush, setzte seine Colaflasche an, trank einen Schluck und reichte sie dann an Ernesto weiter.

»Da, Bruder, trink mal was Vernünftiges. Ginger Ale ist doch nur gruselig! Aber echt! – Und wenn du deine Kehle ausreichend mit Cola ummantelt hast: Hör zu!«

Salvador fuhr sich durch die hellen Haare. »Klappe, Hush, die Sache ist nicht witzig«, sagte er, während Ernesto Darayavahush seine Cola zurückgab. Der legte den Kopf in den Nacken und trank sie selbst aus. Mit einem diabolischen Grinsen deutete er dabei auf einen deutlich sichtbaren Knutschfleck an seinem Hals.

»Die Sache ist die, Ern«, begann Salva. »Erinnerst du dich daran, dass die Cops diese Briefe bei Flavio gefunden haben, nach seinem Tod? Die, auf dem *Empfänger unbekannt* stand…«

»Ja, und?«, fragte Ernesto ungeduldig.

»Tja, diese Briefe waren wohl erstaunlicherweise an jemanden aus der Misery-Familie adressiert. Genauer gesagt, an *Ruby Kyriacou…«*

»Die Verschwundene – du erinnerst dich?«, unterbrach Mose. »Miss Peach hat uns doch jedes Jahr am Jahrestag ihres Verschwindens eine Kerze für sie anzünden lassen. Ich glaube, das müssen die Grundschulkinder heute noch tun.«

»Ja, klar erinnere ich mich. Aber warum…?«

Ernesto schaute seine Freunde der Reihe nach an.

»Ern, irgendwie hängt das zusammen«, fuhr Salvador fort. »Flavio – und diese verschwundene Ruby aus der Miserysippe, die er unbedingt sprechen wollte. Er soll ein paar komische Andeutungen in seinem Brief gemacht haben. – Jedenfalls waren die Cops draußen und haben sich umgesehen. Und sie haben einen alten Spielzeugelefanten mitgenommen, der Ruby gehört hat.«

»Wieso das denn?«

Ernesto spürte, wie sich ein Ring aus Kopfschmerz um seinen Kopf spann. Salvador sah ebenfalls bedrückt aus.

»Sie haben den Spielzeugelefanten komplett auseinandergenommen und DNA-Spuren gefunden«, sagte er leise. »Also, DNA-Spuren von der verschwundenen Ruby Kyriacou – und dann haben sie das Material mit dem von Liberty Bell verglichen. Und jetzt, halt dich fest, sieht es ganz so aus, als sei Ruby Kyriacou die leibliche Mutter von ...«

»Und sie wäre erst vierzehn gewesen, als sie – das Baby bekommen hat«, warf Mose dazwischen. »Denn jetzt müsste sie, wenn sie überhaupt noch am Leben ist, einunddreißig sein ...«

»Die Cops sind natürlich komplett aus dem Häuschen. Was hatte Flavio mit der Verschwundenen zu schaffen? Was wusste er und so ...«, fügte Dara hinzu.

Ernesto schwieg verwirrt. Konnte das stimmen? Konnte es sein, dass Liberty Bell tatsächlich von den – Kyriacous abstammte? Etwas mit ihnen zu tun hatte? Er warf einen verstohlenen Blick in den Nebenraum, wo Sam und Justin Kyriacou den üblichen Miserylärm veranstalteten. Sie mussten schon eine Menge Alkohol intus haben, dabei hatte der Abend noch nicht mal richtig angefangen. Ihre Sätze begannen üblicherweise mit *Fuck* und endeten mit demselben Wort. Sie waren grobschlächtig und größtenteils unterbelichtet.

Er erinnerte sich an die gerahmte Fotografie auf Mrs Franklins Wandregal, neben dem die Grundschullehrerin einmal im Jahr die Gedenkkerze für das vermisste Mädchen aufzustellen pflegte: ein dickes, hässliches, ungepflegtes Kind, weiter nichts ...

»Das ... das kann einfach nicht stimmen«, sagte Ernesto und schob diesen ganzen Blödsinn gedanklich weit von sich. Dann machte er es wie Darayavahush vor ihm: Er schnappte sich seine Trinkflasche, lehnte den Kopf zurück und leerte sein Ginger Ale in einem langen Schluck.

Sein iranischer Freund verzog angewidert das Gesicht, während Salvador sagte: »Verwandt *müssen* sie laut DNA-Test aber sein. Das steht angeblich fest, sagt Baz. Und diese Muttersache ist auch nahezu belegt. Fehlt zum Hundertprozenthaken nur noch der – na ja, eben der – Erzeuger von deinem Waldmädchen ...«

»Das ist doch alles Schwachsinn«, entfuhr es Ernesto wütend.

»Das ist eher ziemlich gruselig, würde ich sagen«, verbesserte Darayavahush. »Immerhin war diese Ruby damals erst vierzehn. Aber glaubst du wirklich, das alles ist ein Zufall? Denk doch mal nach. Punkt eins: Flavio fährt mit uns raus zum Waldmädchen. Punkt zwei: Er schreibt gleich danach einen Brief an ein jahrelang verschollenes Mädchen, woraufhin ihm, Punkt drei, schließlich jemand brutal die Kehle durchschneidet? Hey, selbst du kannst nicht leugnen, irgendwas ist übel faul an der Sache.«

»Hier bin ich wieder.« Ernesto schloss die Tür hinter sich und sperrte den Klinikalltag auf diese Weise, so gut es ging, hinter ihnen aus. »Wahnsinn, du bist aufgestanden ...«

Okay, aufgestanden war vielleicht nicht das richtige Wort. Liberty Bell saß in ihrem Kliniknachthemd, dazu einem schürzenartigen Krankenhausmorgenmantel und eingehüllt in ihre Klinikdecke in einem Rollstuhl am Fenster. Ihre Füße steckten in einem Paar Wollsocken. Aber sie hatte sich bewegt und Überwachungsmonitor und Blasenkatheter waren verschwunden.

»Ich ... kann ... nicht gut ... laufen.«

»Das wird wieder, versprochen«, sagte Ernesto schnell und zog den Besucherstuhl an ihre Seite. Einen Moment schwiegen sie beide. Liberty Bell im Rollstuhl und Ernesto auf der Kante des Besucherstuhls.

»Das ist also – die Schatten-... deine Welt...«, sagte Liberty Bell dann und ihre Stimme klang dünn. Ernesto spürte ihren sekundenlangen Blick auf ihm ruhen. Dann sah sie wieder aus dem Fenster. Ihre schmalen Finger waren ineinander verschlungen, als betete sie, und ihr Profil war wahnsinnig zart.

»He nein. Das ist nicht die Welt. Das hier ist nur – Bullshit...« Ernesto machte eine vage, wegwerfende Bewegung mit der Hand.

»Bullshit?«

»Naja, Mist eben. Ich meine die Klinik. Und diesen Ausblick. Und Dr. Walther. Und all das. – Die Welt dagegen ist riesig, Liberty Bell. Ozeane, Meere, Flüsse, Seen, Bergketten, Vulkane, Wälder, Wüsten, Städte... Dörfer... Einöden... Der ganze Wahnsinn eben. Es gibt echt alles. – Bücher, Filme, Nächte am Strand, Sonnenuntergänge...«

»Ist sie... schlecht, Er... Ernesto?«

Hey, sie wusste seinen Namen und sie sprach ihn aus. Und es hörte sich schön an, wie sie ihn aussprach. Etwas holprig, aber auch weich.

»Wer? Die Welt? Nein, die Welt ist nicht schlecht«, antwortete er. »Höchstens, na ja, es gibt gute und schlechte Menschen, Dinge, Vorkommnisse. So halt. Aber es gibt auch verdammt tolle Sachen, echt!«

Wieder schwiegen sie.

»Am liebsten würde ich dich hier rausholen und dir alles zeigen, Liberty Bell. Am liebsten sofort, jetzt...«

Ernesto lächelte ihr zu.

»Meine Mutter... kannte die Welt... auch«, sagte Liberty Bell unvermittelt, ohne auf seinen euphorischen Satz einzugehen, wandte den Blick ab und betrachtete wieder den grauen Highway, den Klinikparkplatz und den verlassen daliegenden McDonald's-Spielplatz, auf dem ein grotesk anmutender Plastik-Ronald-McDonald alleine auf der einen Seite einer Spiralwippe saß und einladend seinen dicken bunten Plastikarm schwenkte. »Sie sagte, sie sei voller... Schattenmenschen, die böse und verdorben seien. Sie hat mich immer wieder vor ihnen gewarnt...«

»Was bedeutet das eigentlich genau: Schattenmenschen?«, erkundigte sich Ernesto vorsichtig, nachdem ihm klar geworden war, dass sie im Grunde doch auf seinen Satz eingegangen war.

»Gott ist Sonne«, erklärte Liberty Bell leise. »Er hat die Welt... hell gemacht. Aber dann kam die Sünde und hat Dunkelheit gebracht. Manches, was schlecht ist, kann man gleich erkennen, weil es im Finsteren liegt. Manches ist nur im... im Schatten. Dann erkennt man nicht, dass man bereits im... im Reich des Bösen ist. Man denkt: Alles ist gut. Aber der Schatten ist der Vorbote der Dunkelheit. Sie... sie lauert dahinter. Und sie verschlingt einen. Und vernichtet das Leben. Sie tötet...«

Ernesto nickte langsam. »Hat – deine Mom das so erlebt?«, fragte er behutsam.

Liberty Bell schüttelte den Kopf, dann nickte sie, dann schüttelte sie wieder den Kopf. »Nein, sie... sie war fröhlich. Sie war Lachen. Sie konnte laut lachen. Sie machte mich... fast immer – froh... Nur in der Nacht hat sie geweint. Manchmal. Wegen Robby.«

Ernesto erinnerte sich, dass Liberty Bell diesen Namen schon einmal gesagt hatte.

»Wer war Robby, Liberty Bell?«

Ihre Augen wurden dunkel vor Traurigkeit, während sie weitersprach. »Annies anderes Kind«, sagte sie so leise, dass Ernesto den Atem anhielt, um sie zu verstehen. »Ihr Kind *vor* mir. Es ist mal gestorben.«

Ernesto war verwirrt. Noch ein Kind? In diesem Wald? Warum hatte Annie Lyford sich mit ihren Kindern im Wald versteckt? Und vor wem? Aber – halt! – Liberty Bell war ja angeblich nicht einmal ihr leibliches Kind gewesen.

Ganz deutlich sah Ernesto auf einmal Mrs Franklins Fotografie von Ruby Kyriacou vor sich: dieses unansehnliche Mädchen, deren Gesicht so dick gewesen war, dass ihre Augen in all dem Fett nur Schlitze bildeten. Schon in der Grundschule hatte sie eine Klasse wiederholen müssen. Und dann, als sie es mit Miss Peachs Hilfe endlich auf die Junior-Highschool von Old Town geschafft hatte, war sie von einem Tag auf den anderen verschwunden ...

Hat Ruby K. (damals vierzehn) in den Wäldern von Old Town ein Baby bekommen, ehe sich ihre Spur bis zum heutigen Tag verliert?

So stand es in der heutigen Ausgabe der Tageszeitung. Und statt Antworten zu bekommen, tauchten immer neue Fragen auf. Es war zum Aus-der-Haut-Fahren.

»Hat – Robby mit euch zusammen in dieser Hütte gelebt, Liberty Bell?«, fragte Ernesto.

Liberty Bell schüttelte den Kopf.

»Er starb ... in der Schattenwelt«, sagte sie. Mehr nicht.

Verdammt, so hatte Jaden sich die Sache nicht vorgestellt. Alles war schiefgegangen. Warum ging bei ihm nur immer alles schief?

Er hätte längst mit den anderen sprechen sollen, von Anfang an hätte er das tun sollen. Und er hatte es ja auch vorgehabt. Aber die Idioten hatten überhaupt nicht zugehört.

Selbst schuld, also.

Jaden presste die Augen zusammen. Hinter seinen Schläfen hämmerte ein dumpfer Schmerz und das Licht heute Morgen erschien ihm unnatürlich hell.

Er dachte zurück an den Abend, als er die Garage hatte aufräumen sollen und an den darauffolgenden Morgen. Er hatte Ernesto getroffen. In der Georgia Avenue. Bei Tenenbaum's. Aber Ernesto hatte ihn abgeschüttelt, als sei er nichts weiter als – ein lästiges Insekt.

Jaden fühlte, wie die Wut wieder in ihm hochkochte und in seinem Bauch landete, in dem es übel rumorte.

Er zwang sich, tief ein- und auszuatmen. Er war am Zug. Alles war okay. Er hatte die Macht. Endlich hatte er mal die Macht.

Eigentlich war es der pure Zufall gewesen. Erst hatte er es nicht kapiert, hatte es einfach nicht gesehen, so dermaßen viel Zeug war in der Garage gewesen, Überreste von den letzten hundert Pfadfinder-B-&-K's, die er und Otis entsorgen sollten. Doch dann hatte er entdeckt, was hinter diesem scheußlichen Mona-Lisa-Druck klemmte.

Ja, er hatte eine Menge herausgefunden. Über Ruby Kyriacou. Über einen geheimnisvollen Panther. Über die Vorkommnisse vor fast zwanzig Jahren.

Am Anfang hatte er sich gefragt, ob er zur Polizei gehen sollte. Aber dort saß dick und rund und selbstzufrieden Deputy Chief Bill Abbott herum, der verdammte Onkel von Mose Meyerowitz ...

Sollte er etwa an *den* seinen Triumph abtreten? Sollte sich ausgerechnet dieser Wichtigtuer an seiner Stelle stolz der Presse präsentieren? Am Ende würde sich auch noch Mose in die Geschichte reinhängen. Er kannte doch Mose.

Immer und überall kamen ihm seine sogenannten Freunde in die Quere. Ronan, Salva, Dara und Mose.

Und Ern. Ern, der es noch bereuen würde, dass er ihm nicht zugehört hatte.

Wenn ihm nur nicht so beschissen schlecht gewesen wäre...

Sein Kopf dröhnte, als arbeiteten hundert wild gewordene Maschinen darin. Dazu war ihm schwindelig. Außerdem waren seine Arme irgendwie zu lang. Und zu weit vom Rest seines Körpers entfernt. Was war nur los mit ihm? Wenigstens ließ der Krach in seinem Schädel allmählich nach. Dafür schien er sich mit Watte zu füllen – irgendwie aufzuquellen...

Er brauchte etwas zu trinken, das war es. Seine Zunge war staubtrocken. Und dick. Sie drückte gegen seinen Gaumen. Besser, er ließ den Mund leicht offen. Atmen. Luft holen. Einatmen. Ausatmen. Den Kopf oben halten. Was war mit seinem Hals? Warum schaffte er es immer schlechter, seinen Kopf gerade zu halten? Konnte man einen Fadenhals haben? Einen Hals, dünn wie einen Faden? Seine Finger, die sein Fahrrad schoben, waren auch Fäden... Lange, dünne Fadenfinger. Wie von einem Weberknecht...

Was, zum Teufel, war nur los mit ihm?

Irgendetwas schleuderte ihn zur Seite. Ein Schlag gegen seinen Brustkorb, als wollte jemand die ganze Welt zertrümmern. Wahnsinn, was für eine Kraft, was für ein Lärm. Und er flog, flog, flog...

Auf einmal war ihm leichter.

Fast zum Lachen.

Sein Kopf war wieder in Ordnung. Seine Arme, Hände und Finger ebenfalls. Nur das Atmen tat immer noch weh. Einatmen. Ausatmen. Einatmen. Ausatmen.

Wo um alles in der Welt war überhaupt sein Fahrrad?

Hey, es hatte fast siebenhundert Dollar gekostet...

Klar, für Leute wie Ronan oder Ern war das ein Pappenstiel, aber er hatte einen ganzen Sommer dafür in einem Donut-Laden geschuftet...

Er sollte mal wieder raus in die Wälder fahren.

So wie Ronan es tat.

Ironman.

Irgendwie liebten alle die Wälder.

»Jaden?«, schrie eine Stimme über ihm.

Wieso bloß *über ihm?*

Und noch mal: »Jaden...!«

Warum brüllte Portia so? Weinte sie? Es sah in der Tat so aus, als würde sie weinen...

Portia Jenkins. Auch so eine Sache.

So. Eine. Sache.

Er hatte sie immer gerne gemocht. Aber sie hatte mit Ern herumgemacht. Und jetzt mit Darayavahush. Was wollte sie speziell mit Letzterem? Hush war nichts als ein Idiot. Sie alle waren bessere Freunde gewesen, ehe Darayavahush zu ihnen gestoßen war mit seinem Sexgelaber und seiner Wichtigtuerei.

»Hochmut. Kommt. Vor. Dem. Fall«, sagte Jaden mühsam. »Und... und richte ihm aus, dass ich die wichtigen Stellen – natürlich – kopiert – habe...«

Dann schloss er die Augen.

13

Bullshit. Bullshit. Bullshit. Bullshit. Bullshit. Bullshit. Bullshit. Bullshit … schrieb Ronan via E-Mail aus Kanada. Wer hätte denn so einen Scheiß angenommen? Warum, zum Teufel, läuft der Trottel einfach vor ein Auto? Könnt ihr mir das mal sagen? Ich bin fix und alle und völlig sprachlos, Leute! Bis so bald wie möglich … Hier war es bisher prima, aber jetzt ist alles Mist …

Ernesto saß stumm da, die Hände an die Stirn gepresst und starrte auf seine Knie. Wahrscheinlich überforderte er Liberty Bell. Warum erzählte er auch gerade ihr von Jadens schrecklichem Unfall? Irgendetwas hatte ihn ins *General Hospital* getrieben, in Liberty Bells Patientenzimmer, das wie immer in letzter Zeit ganz leicht nach Lindenblütentee roch. Erschöpft schloss er für einen Moment die Augen. Und in diesem Moment berührte ihn Liberty Bells Hand. Sie schob ihm eine Haarsträhne aus der Stirn. Ernesto öffnete die Augen, während Liberty Bell rasch ihre Hand zurückzog. »Er war … dein Freund. Dein Gesicht ist … sehr traurig heute«, sagte sie leise und wie, um zu rechtfertigen, warum sie ihn berührt hatte.

Ernesto nickte langsam. Ja, Jaden war – trotz allem – sein Freund gewesen. Merkwürdig, dass Liberty Bell ausgerechnet ihn kennengelernt hatte. Nicht Salva, Mose, Ronan oder Dara, die alle so wahnsinnig harmlos waren, hatte sie zu Gesicht bekommen, stattdessen *Jaden*, zusammen mit Ekel Cal.

Ernesto fühlte sich wie im Nebel. Wie konnte Jaden tot sein? Ein kanadischer Tourist hatte ihn auf der Georgia Avenue mit seinem Rent-a-car-Leihwagen erfasst. Der Mann war noch an der Unfallstelle zusammengebrochen und seitdem nicht vernehmungsfähig. So hatte es ihnen Portia berichtet. Und so stand es in der Zeitung.

Er vergrub den Kopf in den Händen. Das war doch alles nicht wahr!

Irgendwann spürte er abermals Liberty Bells Fingerspitzen auf seinem Unterarm. Ernesto hob den Kopf. Diesmal zog sie die Hand nicht sofort zurück. Einen winzigen Moment verharrten ihre Fingerspitzen, wo sie waren. Dann erst zog sie die Hand zurück und verknotete sie wieder in ihrem eigenen Schoß, wie sie es die meiste Zeit über tat.

»Das ... Lied«, sagte sie leise. »Das Lied über die Schleife in der alten Eiche. Ich wollte Danke sagen dafür ... Es machte, dass ich ... aufwachen konnte ...«

Ihre Blicke trafen sich.

»Es war nur ein Versuch«, sagte Ernesto mit einem Lächeln, das, er fühlte es selbst, kläglich geriet. »Du hattest diesen Song in dieser Nacht gesungen, als ich bei dir war ...«

»Ich erinnere ... mich.« Liberty Bell sah ihn halb an und halb nicht an, während sie weitersprach. Wie immer suchte sie eine Weile nach den richtigen Worten. »Ich habe ... nicht geschlafen, weißt du. Ich war ... aufgeregt, weil du – gekommen warst. Ich war sehr lange alleine, musst du wissen ...«

Etwa drei Jahre, schoss es Ernesto durch den Kopf. So hatte es in der Zeitung gestanden. So hatten es die Pathologen anhand von Annie Lyfords Skelett ausgerechnet.

»... und dann kamst ... du. Wie aus dem Nichts ... Ich hatte so lange mit niemandem mehr gesprochen. Außer mit meinen Tieren ...«

Ernesto wünschte sich, sie hätte ihre Fingerspitzen auf seinem Arm gelassen, und er schaute auf ihre jetzt fest ineinanderverhakten Finger. Heute trug sie einen wenig ansehnlichen hellbeigen Jogginganzug. *General Hospital* stand auf einem kleinen angenähten Schild.

»Zuerst hatte ich schreckliche Furcht vor dir. Ich dachte an das, was meine Mutter mir ... über die Menschen draußen in der Welt gesagt hatte. Sie war immer mal wieder in den Schatten, musst du wissen. Dann kam sie zurück mit fremden Dingen. Medizin. Werkzeug. Aber auch Bücher. Und jedes Mal hat sie mir erzählt, wie sehr ich mich hüten muss vor ihnen ... Aber ich hab sie bei dir nicht gesehen, verstehst du? Die Schatten, meine ich.«

Die junge Nutriaratte schien es mittlerweile zu bereuen, dass sie als Letzte in der Hütte auf Liberty Bells Rückkehr gewartet und so in Ernestos Hände geraten war. Vielleicht war sie es aber auch einfach nur leid, in einem schnöden Katzentransportkorb ihr Dasein zu fristen. Jedenfalls revoltierte sie an diesem Vormittag enorm mit irren Klagelauten und wildem Gekratze an den Plastikwänden der Box.

»Sie muss zurück«, sagte Liberty Bell. »Kannst du sie für mich – zurück in ... den Wald bringen, Ernesto?«

Ernesto warf ihr einen Blick zu.

»Okay«, sagte er dann leise und nickte.

»Wenn ich nur mitkönnte«, flüsterte Liberty Bell. »Was wird

mit mir? Was haben – sie mit mir vor? Weißt du das?« Angst schwang in ihrer Stimme mit. »Gestern waren – *sie* wieder da …«

»Wer war da?«

Liberty Bell biss sich auf die Lippen. »Die Frauen … die sich um mich kümmern sollen. Essence und … Leslie …«

Ernesto erinnerte sich vage, Baz hatte irgendwann davon gesprochen, in einem Leben vor Jadens Tod. Liberty Bells Sozialarbeiterinnen. Oder Integrationshelferinnen, wie Baz sie nannte.

»Es … es war schrecklich, Ernesto. Ich musste nach – draußen. Sie sagten, ich müsse mutiger werden.« Liberty Bells Gesicht war blass geworden. Noch blasser als sonst. »Ernesto! Ich war *immer* mutig. Aber – ich wollte nicht in diesen – Kasten mit den Türen steigen. Sie bewegen sich.« Tränen traten in ihre Augen. »Diese Türen … woher weiß ich, dass sie mich … nicht zerquetschen?«

Ernesto betrachtete Liberty Bell einen Moment, ehe er sie wegen der Fahrstühle beruhigte. Himmel, war sie rührend. Und hübsch. Aber so hilflos und am Rande von allem. Wie sollte sie nur klarkommen in dieser stressigen, komplizierten Welt? YouTube, Bankautomaten, Straßenverkehr? Beruf, Mobbing, Supermärkte oder Horrorszenarien wie … wie, keine Ahnung, Amokläufe und solche Sachen? Und nicht zuletzt tragische Unfälle wie Jadens Tod? Und Morde – wie der an Flavio …? Die ganze, verdammte *Schattenwelt* eben, vor der Annie Lyford sie vermeintlich geschützt hatte – draußen in den tiefen Wäldern …?

»Was … was wird nur mit mir?«, fragte Liberty Bell in diesem Moment erneut.

Ernesto schwieg noch einen Augenblick und dachte an das Gespräch, das er an diesem Morgen mit seinem Vater geführt hatte, ehe der in seine Klinik aufgebrochen war.

»Wie geht es weiter mit ihr, Dad?«, hatte er gefragt. Immerhin war sein Vater am Abend zuvor mit Dr. Walther zum Golfen gewesen.

»Mit wem?«, fragte Dr. Merrill zerstreut und betrachtete ein paar Röntgenaufnahmen.

Sie redeten eine Weile hin und her. Über Liberty Bells Möglichkeiten, über Dr. Walthers Prognosen, sogar über die Sache mit Ruby Kyriacou.

»Glaubst du, die Sache stimmt?«, fragte Ernesto.

Sein Vater glaubte es, weil er die Wissenschaft für unfehlbar hielt. Die Sache mit den DNA-Spuren an Ruby Kyriacous Stoffelefanten und die daraus hervorgehende Übereinstimmung mit Liberty Bells Genen waren für ihn unumstößlich.

»Aber das ist unmöglich«, erwiderte Ernesto ärgerlich. »Du kennst doch die Miseryfamilie... Wie sie aussehen...Wie sie *sind*... Wie könnte Liberty Bell von ihnen abstammen?«

Sie redeten noch eine kurze Weile, aber Dr. Merrill fing an, unruhig auf seine teure Armbanduhr zu schauen. Ernesto wusste, was das bedeutete.

»Okay, eins noch«, sagte er hastig. »Sie, ich meine Liberty Bell, hat doch niemanden. Könnte sie nicht eine Weile – bei uns wohnen, wenn sie aus der Klinik kommt? Wir haben doch wirklich massenhaft Platz...«

War es, weil Jaden am Tag zuvor ums Leben gekommen war und Dr. Merrill einen guten, mitleidigen Tag hatte? Jedenfalls sagte er nicht, wie Ernesto es von seinem kafkaesken Vater erwartet hatte, sofort Nein. Stattdessen sagte er: »Wir werden sehen, Ern. Die Sozialgerichte haben da auch noch ein Wörtchen mitzureden. Und Anwälte. Und, ich nehme an, das Vormundschaftsgericht.«

Mit diesen Worten hatte er das Rampenhaus letztlich verlassen.

»Du kannst erst einmal bei uns wohnen, Liberty Bell«, sagte Ernesto jetzt und fühlte sich auf einmal fast verlegen. »Wenn du willst, meine ich natürlich.« Er holte tief Luft. »Okay, ich habe dir gesagt, dass es ein blödes, kaltes Haus ist. Aber zusammen ist es auszuhalten. Und wer weiß, wie es weitergeht. Schließlich haben wir tausend Möglichkeiten, oder?«

Liberty Bell sah ihn an und zum ersten Mal, seit sie in dieser verdammten Klinik war, huschte so etwas wie ein Lächeln – oder wenigstens der Anflug davon – über ihr Gesicht.

»Warum hat der Idiot sein Rad bloß über die Kreuzung geschoben, ohne zu gucken, verdammt?«, stöhnte Darayavahush, der wegen Jadens Begräbnis in Old Town geblieben war. »Das war doch sonst nicht seine Art. Ich meine, er hielt vielleicht nicht wahnsinnig viel von sich selbst, okay, aber sein Bike war ihm doch wohl heilig, oder?«

»Es war furchtbar«, sagte Portia leise. »Ich wünschte, ich hätte es nicht gesehen. Er flog richtig durch die Luft und prallte dann kopfüber auf den Gehweg.«

Ernesto, der erst vor einer Weile nach Hause gekommen war, starrte vor sich hin. Seine Freunde hatten auf ihn gewartet. Irgendwie wollte wohl keiner alleine sein. Ernesto erinnerte sich an das kurze Gespräch, das er mit Jaden im Cedar Park geführt – oder besser gesagt – abgewimmelt hatte. Jaden hatte sich entschuldigt wegen der Sache mit Cal und Liberty Bell.

Aber er hatte es abgelehnt, sich mit ihm zu versöhnen. Und dann das letzte Zusammentreffen beim Joggen, als Jaden auf seinem Bike zu ihm hinübergekommen war. Auch da hatte er ihn abblitzen lassen. Verdammt und jetzt war er tot...

»Wie geht es eigentlich Chazza?«, erkundigte sich Salvador in diesem Moment.

Überall, wo man hinschaute, Elend. Ernesto zuckte düster mit den Achseln.

»Unverändert. Er ist immer noch bewusstlos. Ich war ein paarmal da, aber er scheint nichts mitzubekommen. Meine Mutter besucht ihn oft.«

»Schöne Kacke, das alles«, murmelte Dara und hatte nicht mal den Elan, Dalí zur Seite zu schieben, der angesteckt von der allgemein schlechten Stimmung deprimiert auf Darayavahushs Hosenbein sabberte, auf das er seinen schweren Schädel gebettet hatte.

»Was für ein mieses Jahr«, sagte Mose.

In diesem Moment klingelte irgendwo im riesigen Rampenhaus eine Türglocke. Ernesto rührte sich nicht. Sie waren schließlich alle hier... alle, er schluckte, bis auf Jaden, der nie mehr kommen würde.

»Ern, für dich!«, rief Nat gleich darauf jedoch aus dem Erdgeschoss. Sekunden später klopfte es an seine Schiebetür. Ernesto war verwundert aufgesprungen und öffnete.

»Sally? Hallo...«, sagte er und trat einen Schritt zurück, um sie hereinzulassen. Sally Hensley, die Veganerin, mit der er sozusagen seine Jungfräulichkeit verloren hatte, war seit einer halben Ewigkeit nicht mehr bei ihm gewesen.

»Hey Sal«, sagte jetzt auch Salvador und bemühte sich um ein Lächeln.

»Schlimme Sache, das mit Jaden Franklin«, sagte Sally als Erstes. »Hi Portia.«

Sie streichelte Dalí, der angetrottet kam, und setzte sich anschließend neben Mose. »Eigentlich bin ich aus einem bestimmten Grund hier«, sagte sie. »Aber mittlerweile sind es schon zwei Gründe.«

Wäre alles in Ordnung gewesen, hätte Darayavahush jetzt mit Sicherheit einen Witz gemacht. In Bezug auf Sally hatte er grundsätzlich ein paar Sprüche auf Lager. Er witzelte über ihre Art, sich zu kleiden, und über ihre vegane Ernährungsweise und über ihre buddhistische Ader, immer und überall das Gute zu sehen. Aber die Sache mit Jaden hatte sogar Dara aufs Gemüt geschlagen und darum sagte er gar nichts, sondern schaute nur weiter nachdenklich vor sich hin.

»Erst einmal: Habt ihr schon von Chazza Blume gehört? Er ist aufgewacht.«

»Woher weißt du das?«, fragte Mose.

Ern winkte ab. »Ihre Mom arbeitet im Krankenhaus«, erklärte er den anderen. »Wann denn?«, wandte er sich an Sally.

»Vor ein paar Stunden. Er hat sogar schon gesprochen. Allerdings noch nichts wirklich Zusammenhängendes, wie ich gehört habe. Doch die Ärzte sind jetzt so gut wie sicher, dass er wieder in Ordnung kommen wird.«

Ernesto atmete bei diesen Worten auf. Eine Welle aus Erleichterung strömte durch seinen Körper. Er musste seiner Mom Bescheid sagen. Sie war heute noch nicht einmal aus ihrem Zimmer gekommen.

»Aber das ist nicht der eigentliche Grund, warum ich gekommen bin ...« Sally schaute Ernesto an. »Weißt du schon von dem geplanten Besuch der Lyfords bei Liberty Bell?«

»Was? – Wer? Nein.«

Ernesto schüttelte überrumpelt den Kopf und versuchte sich zu konzentrieren.

»Das dachte ich mir«, sagte Sally. »Ich hab's ebenfalls von meiner Mom. Im Grunde kann ich es ja verstehen. Sie wollen natürlich so viel wie möglich über das erfahren, was mit ihrer Tochter passiert ist. Und da kann ihnen nur Liberty Bell ...«

Ernesto fuhr auf. »Das bedeutet, sie werden ihr sagen, wer sie in Wirklichkeit ist? Dass sie gar nicht Annie Lyfords Kind war? Verdammt, das dürfen sie nicht! Sie weiß doch gar nicht ...«

Er war aufgesprungen und dabei versehentlich auf eine der drei verbliebenen Hundepfoten Dalís getreten. Der Hund sprang gekränkt zur Seite, aber Ernesto achtete nicht auf ihn.

»Ich muss los«, sagte er aufgebracht. »Sie ... sie soll nicht nur Dr. Walther oder Dr. Oakville an ihrer Seite haben, wenn diese Lyfords auftauchen!«

Er schnappte sich seine Autoschlüssel, riss die Tür auf und war schon die Rampe hinunter, als er hörte, wie Sally hinter ihm herkam. »Warte«, rief sie. »Ich ... ich dachte, es wäre gut, wenn sie etwas anderes zum Anziehen hätte als diese hässliche Klinikkluft. – Vielleicht würde sie sich dann – besser fühlen.«

Ernesto lief durch die Küche hinüber in die Garage. Er öffnete die Wagentür seines Beetles. »Willst du mitfahren?«, fragte er und lächelte Sally trotz seiner Sorge um Liberty Bell und trotz seines Kummers wegen Jaden zu.

»Okay«, sagte Sally und lächelte zurück.

Es war ein olivgrünes Strickkleid. Und dazu ein grüngoldenes Tuch, das Liberty Bell sich um den Hals wickeln konnte. Außerdem ein paar gelbe Riemchensandalen aus Sallys eigenen Beständen.

»Ich hoffe, sie passen einigermaßen«, sagte Sally.

»Hey, toll. Hast du das Kleid selbst gemacht?«, fragte Ernesto.

Sally nickte. »Ich dachte, Grün würde ihr bestimmt gut stehen. Ich habe mir die Aufnahmen in der Zeitung noch einmal angesehen. Und die Bilder, die Channel 77 gebracht hat...«

Ernesto runzelte die Stirn, während der Klinikaufzug sie ins sechste Stockwerk hinauffuhr. Die Aufnahmen, er hatte sie sich schließlich widerwillig ebenfalls angesehen, waren die, die Cal Wyludda, das Ekel, gemacht – und dafür sicher eine Stange Geld abkassiert hatte: Liberty Bell, überrumpelt in ihrer Hütte, nachdem Jaden und Cal gerade hereingestürmt waren. Liberty Bell, die versuchte, sich in einer Ecke vor den beiden zu verbergen, mit den Händen vor dem angstverzerrten Gesicht. Liberty Bell, schließlich weinend und zusammengekauert, als Cal näher kam.

So gut jeder in und um Old Town kannte diese Aufnahmen in der Zwischenzeit. Channel 77 hatte sie oft genug ausgestrahlt.

»Und das Tuch?«, fragte Ernesto jetzt und ließ es sich durch die Hände gleiten.

»Gebatikt. Gestern«, erklärte Sally . »Ich fand Grüngold eine positive Kombination. Gefällt es dir?«

»Ja. Es ist... großartig, Sal. Tausend Dank, echt.«

Sie lächelten sich erneut zu. Dann waren sie da.

»Willst du – vielleicht mit reinkommen?«, fragte Ernesto. Vielleicht würde es Liberty Bell guttun, eine Freundin zu finden. Und Sally Hensley wäre mit Sicherheit eine gute Wahl.

»Okay«, sagte Sally. »Geh rein und frag sie. Ich warte hier.«

»Hi Liberty Bell«, sagte Sally.

»Guten Tag... Sally...«, sagte Liberty Bell vorsichtig.

Es klappte besser, als Ernesto zu hoffen gewagt hatte. Während die Mädchen sich erst zögernd unterhielten und Liberty Bell sich schließlich in ihrem kleinen Badezimmer, das an ihr Krankenzimmer angrenzte, umzog, hing Ernesto seinen Gedanken nach.

Einmal kam ein Krankenpfleger herein und nahm Dr. Oakvilles Kamera von der Wand.

»Na, endlich«, murmelte Ernesto erleichtert. Der Pfleger nickte und lächelte. Er schien es genauso zu sehen.

Und dann kam Dr. Bolino, zusammen mit Dr. Walther. Auch Dr. Oakville und eine der beiden Sozialarbeiterinnen hatten sie ärgerlicherweise mit im Schlepptau.

Es war genau der Moment, als Liberty Bell und Sally zusammen aus dem Badezimmer zurückkehrten.

Ernesto lächelte Liberty Bell an. »He, du siehst wunderschön aus...«, hätte er gerne gesagt, aber er kam nicht zu Wort, denn das Reden übernahmen Dr. Bolino und Dr. Walther.

»Oh, Liberty Bell, wie schön...«, sagte Dr. Bolino nämlich lächelnd. »Wo hast du denn das fantastische Kleid her? – Darauf hätten wir wirklich schon eher kommen sollen, dir etwas Eigenes zum Anziehen zu besorgen, was?«

Die letzte Frage richtete sie auch an ihr Kollegenteam und an Leslie, die Frau vom Sozialdienst.

Dr. Walther nickte und gestattete sich ein dünnes, unbeeindrucktes Lächeln. Man sah deutlich, dass es ihm völlig egal war, was Liberty Bell oder irgendjemand anderes in diesem Raum oder sonst wo auf der Welt trug.

Dr. Oakville nickte zerstreut, nachdem er ebenfalls einen

kurzen Blick riskiert hatte, während er weiter in seinen Unterlagen blätterte.

Leslie murmelte etwas von *Reihenfolge einhalten, Einkäufe sind eigentlich noch nicht dran...*

»Kommen wir zur Sache«, sagte Dr. Oakville in diesem Moment. Und die Sache war, wie es aussah, der unmittelbar bevorstehende Besuch von Mr und Mrs Spencer Lyford.

»Was? Sie sind schon hier?«, sagte Ernesto und warf Sally einen dankbaren Blick zu. Wäre sie nicht gekommen, um ihn einzuweihen, säße er jetzt immer noch untätig und niedergeschlagen mit seinen Kumpels zu Hause und hätte von nichts eine Ahnung, während Liberty Bell...

Er wollte den Gedanken gar nicht zu Ende denken.

»Ja, alles hat sich etwas überstürzt entwickelt«, erklärte Dr. Bolino hastig und hauptsächlich in Ernestos Richtung. Ihre vorstehenden Augen schienen um sein Verständnis zu bitten. »Aber Mr Lyford ist eben schon sehr alt – und will heute Abend bereits zurück nach Los Angeles fliegen...«

»Mr... – *Lyford?«*, sagte Liberty Bell in diesem Moment und ihr Blick flog von Dr. Bolino zu Ernesto und wieder zurück. »Wer... wer ist...?«

»Hey, ja, du hast richtig gehört, Liberty Bell«, sagte Ernesto leise. »Es sind – ihre Eltern. Ich meine, die Eltern deiner... Mom.«

»Allerdings...«, begann Dr. Oakville geschäftsmäßig, aber Dr. Bolino ließ ihn nicht aussprechen.

»Alles andere können wir später klären«, sagte sie bestimmt, dann wandte sie sich direkt an Liberty Bell. »Hör mal, sie wollen dich schrecklich gerne kennenlernen. Sie sind froh, dass es dir wieder besser geht. Sicherlich wollen sie dir auch ein paar Fragen über Annie … über deine – Mom stellen. Meinst du, du schaffst es, mit ihnen zu sprechen? Sie sind freundlich, Liberty Bell. Und Mr Lyford ist wirklich schon sehr alt, musst du wissen …«

Liberty Bell nickte langsam, aber sie hatte die Augen gesenkt und schien nach Worten zu suchen. So machte sie es oft. Ernesto hatte immer das Gefühl, dass sie sich das, was sie sagen wollte, immer erst ganz und gar im Kopf zurechtlegte und den Satz dann zum Schluss rasch und in einem Atemzug ausstieß. Im Normalfall klang das charmant, jetzt aber schien Liberty Bell sich mit etwas zu quälen, während sie in ihrem Inneren nach Sätzen suchte.

»Meine Mom … sie mochte sie nicht, ihre … Eltern …«, murmelte sie schließlich hastig und bedrückt. »Sie haben sie … im Stich gelassen.«

Dr. Bolino seufzte zu diesen Worten, während Dr. Oakville wohl vor allen Dingen fand, dass es an der Zeit war, Ernesto und Sally loszuwerden.

»Es ist keine reguläre Besuchszeit mehr«, erklärte er ungeduldig. »Wenn ich also bitten dürfte …«

Er deutete auf die Tür.

»Oh. Halt … nein«, sagte Ernesto. »Dr. Bolino …« Er warf der Ärztin einen Blick zu. »Bitte«, fügte er leise hinzu.

»Er … er soll nicht weggehen«, sagte nun auch Liberty Bell. »Und, bitte, Sal – Sally soll auch bleiben … Sie – hat mir das Kleid gebracht. Und dieses Tuch. Und die Schuhe …«

Ernesto sah Liberty Bell an und zum ersten Mal hatte er das Gefühl, wieder die Liberty Bell aus dem Wald in ihr zu sehen. Die echte Liberty Bell. Sie war vielleicht klein und schmal für ihr Alter, aber sie war eine Persönlichkeit. Und sie hatte Mut. Sogar jetzt, umringt von diesem engstirnigen Ärzteteam.

»Nein, das ist ganz und gar unmöglich. Alleine aus Datenschutzgründen…«, feuerte Dr. Oakville gereizt in Dr. Bolinos Richtung, aber da machte Dr. Walther eine überraschend harsche Geste. »Die beiden bleiben«, beschied er kurz und unmissverständlich und Ernesto blieb keine Zeit, sich darüber zu wundern, da klopfte es bereits an die Tür.

»Dr. Bolino?«, fragte eine Mitarbeiterin der Krankenhausverwaltung und streckte den Kopf durch den Türrahmen. »Wären Sie dann so weit?«

Spencer Lyford war ein kleiner, hagerer Mann. Phyllis Lyford glich das aus, indem sie groß und kräftig und voluminös schien, obwohl sie ebenfalls schon über achtzig Jahre alt war, wie Ernesto aus der Zeitung wusste.

Mrs Phyllis Lyford (81), eine trauernde Mutter: »Es ist nun schon so lange her, dass sie aus unserem Leben verschwand…«, hatte die Old Town *Daily News* vor einigen Tagen geschrieben.

»Hab keine Angst. Es… es wird schon gut gehen. Denk positiv«, flüsterte Sally Liberty Bell halb laut zu.

Mr Lyford tappte bedächtig näher. Sein Gesicht war fast so grau wie der Anzug, den er trug. Unter seinen Augen hingen tiefe, faltige Tränensäcke. Seine Frau folgte ihm dicht auf den Fersen.

Ernesto hatte den Eindruck, der Raum platze aus allen Nähten. Die drei Ärzte, die Sozialarbeiterin, das Ehepaar Lyford, die Klinikmitarbeiterin, er selbst, Sally – und Liberty Bell, die reglos neben ihrem Bett stand und die Besucher anblickte wie ein Kaninchen die Schlange, aber so wahnsinnig hübsch in Sallys grünem Strickkleid aussah.

Sicher wäre es das Beste gewesen, in einen der beiden Besucherräume zu gehen, die es auf der Station gab, aber niemand sprach es an. Die Klimaanlage im Raum gab unterdessen ihr Bestes, indem sie kontinuierlich immer neue, kühle Luft gegen die unterschiedlichen, angespannten Schweißausdünstungen der Versammelten nachschob. Ernesto spürte sie dankbar in seinem Gesicht.

»Das ist also das – Kind?«, fragte Spencer Lyford schließlich.

»Ja, das ist sie«, antwortete Dr. Walther.

»So, so.« Mr Lyford sank auf den Besucherstuhl.

»Ein dünnes Ding …«, sagte Mrs Lyford und Ernesto konnte nicht heraushören, ob sie es freundlich oder geringschätzig meinte. Dr. Bolino brachte unterdessen einen zweiten Besucherstuhl von irgendwoher.

»Liberty Bell«, sagte Mr Lyford langsam. »Freiheitsglocke … Ein – verrückter Name, aber – nun gut.«

»Meine … meine Mutter hat ihn für mich … ausgesucht …«, antwortete Liberty Bell leise. »Ich – ich mag ihn …«

Die Worte hingen im Raum, während Mrs Lyford leise zu weinen begann.

»Nun lass das doch mal, Phyllis«, sagte Mr Lyford halb laut zu seiner Frau, die, trotz des angebotenen Stuhles, wie angeklebt hinter ihm stand. Dann wandte er sich erneut an Liberty Bell, die ebenfalls immer noch reglos vor ihrem Bett verharrte. Sally war an ihrer Seite und Ernesto sah, wie sie Liberty Bells Hand nahm und festhielt. Er spürte einen leisen Stich Eifersucht. Gerne wäre er an Sallys Stelle gewesen.

»Mein Kind, kannst du uns erzählen … hat unsere Tochter – jemals mit dir über uns gesprochen? Über ihr Leben in Los Angeles? – Und über … Robert?« Mr Lyford ließ Liberty Bell nicht aus den Augen. Er erinnerte Ernesto in diesem Augenblick an ein Raubtier, das den passenden Moment abwartete, um seine Beute anzuspringen und mit einem Bissen zu verschlingen.

Liberty Bell nickte, aber sie schien keine Worte zu finden. Unter dem Blick von Mr Lyford wurde sie noch kleiner und dünner.

Die Klimaanlage summte, Mrs Lyford schluchzte leise vor sich hin, Mr Lyford atmete keuchend und Liberty Bell versuchte mühsam, Worte zu formen, die sie über ihre blassen Lippen manövrieren konnte. Alle anderen waren still.

»Sie… schloss Sie in ihre Gebete mit ein«, brachte Liberty Bell schließlich hervor und schaute dabei Mrs Lyford an. »Mehr könne sie nicht für Sie tun. So sagte sie…«

Einen Moment war es völlig still.

»So. Mehr konnte sie nicht tun«, wiederholte Mr Lyford dann und seine Stimme klang wie ein Konglomerat aus Bitternis, Enttäuschung, Wut und Frustration. »In ihre *Gebete?* Und mehr hat sie nicht von uns erzählt?«

Liberty Bell sah ihn ängstlich an und wäre wohl gern zurückgewichen, wenn nicht das Bett sie daran gehindert hätte. Selbst wenn ihr Annie mehr gesagt hatte, es war ganz offensichtlich, dass sie viel zu eingeschüchtert war, um darüber zu sprechen. Und warum auch? Die Leute waren völlige Fremde für sie. Fremde in einer fremden Welt, dachte Ernesto.

Der alte Mr Lyford schien keine Antwort mehr zu erwarten. »Sie hatte es nicht nötig, von uns zu erzählen«, knurrte er wütend. »Dass wir ihr alles gegeben haben. All ihre Launen aushielten! Ihre Herumtreibereien! Die abnormen Partys, die sie feierte, wenn wir außer Haus waren! Der Pool, in dem Erbrochenes und andere Fäkalien schwammen, wenn sie mit ihren sogenannten Freunden dort ihre Orgien abhielt! Die Drogen, mit denen sie sich vergiftete! Stück für Stück! Tag für Tag! Aber hatte sie es auch nicht nötig, dir VON ROBERT ZU ERZÄHLEN?«

Spencer Lyford war laut geworden, während ihm Tränen über sein eingefallenes Gesicht liefen.

Liberty Bells Augen waren weit aufgerissen. »Meine Mutter war ein guter Mensch«, presste sie hervor. »Sie liebte den Wald. – Das Leben. – Unseren Herrgott. – Die Tiere. – Die Stille. – Und Robby.« Plötzlich ging ein Ruck durch sie und sie richtete sich kerzengerade auf. »Keiner soll schlecht von ihr sprechen!«, sagte sie und Ernesto zuckte zusammen, so zornig klang ihre Stimme plötzlich.

Mr Lyford war kalkweiß im Gesicht geworden. Dr. Oakville trat an seine Seite und griff nach seinem Arm.

»Sie sollten sich besser etwas beruhigen, Mr Lyford«, sagte er besorgt und tastete nach Mr Lyfords Pulsfrequenz. Wahrscheinlich hatte er Angst, demnächst einen weiteren Patienten zu haben. Oder einen Toten.

»Lassen Sie mich los«, schnaubte Mr Lyford und zog so würdevoll wie möglich seinen Arm zurück.

Da trat Dr. Bolino einen Schritt vor. »Mr Lyford, so war das nicht abgesprochen. Wir haben Ihnen das Besuchsrecht gewährt, aber wenn Sie weiter so außer sich geraten, müssen wir Sie bitten zu gehen«, sagte sie mit fester Stimme und Ernesto bewunderte sie für ihren Mut und ihre Gelassenheit. »Liberty Bell ist noch längst nicht stabil genug, um einer derartigen Konfrontation ausgesetzt zu werden.«

Dr. Walther und Dr. Oakville waren da ganz offensichtlich anderer Meinung, aber sie besaßen wenigstens den Anstand, ihrer Kollegin nicht in den Rücken zu fallen. Die Sozialarbeiterin lächelte Liberty Bell beruhigend zu, aber Liberty Bell sah es nicht einmal.

Der alte Mann sackte unterdessen in sich zusammen und ließ sich auf den Besucherstuhl zurückfallen. Die Tränensäcke unter seinen Augen wirkten in diesem Moment wie bleischwere Taschen für diese ganze Traurigkeit und Empörung, die in seinem Kopf scheinbar keinen Platz mehr gefunden hatten.

»Jetzt will ich mal etwas erzählen.« Plötzlich war er ein ganz anderer Mensch, schwach und aller Macht beraubt. »Wir hatten nur dieses eine Kind«, flüsterte er. »Leider. Die anderen – *verlor* meine Frau dummerweise jedes Mal lange vor der Zeit. Aborte, nennt man so etwas. Schlimme Sache. – Wir lebten lange in Japan, eine Weile in den arabischen Emiraten, außerdem in Europa. Unserer Tochter mangelte es an nichts. Sie hatte Kinderfrauen, sie hatte Au-pairs, wir lasen ihr jeden Wunsch von den Lippen ab. Sie hatte ein großartiges Leben, sie hätte alle Chancen gehabt. Stattdessen wurde sie eine Herumtreiberin, eine Querulantin, eine Schulversagerin. Und dann fing sie mit den Drogen an. Wir schafften sie in eine Klinik. Und dann in noch eine. Wir schämten uns in Grund und Boden. Wir wussten nicht ein noch aus. Und schließlich lachte sie sich dieses Unglückskind, dieses Halbnegerkind an, und nannte es *Robert.* Ausgerechnet Robert! So hieß mein Vater, der ein redlicher Mann war, Gott hab ihn selig …«

»He Liberty Bell …«, flüsterte Ernesto in diesem Moment. Liberty Bell schwitzte. Auf ihrer Stirn hatte sich ein glänzender Schweißfilm gebildet. Ihre hellen Augen, die an Mr Lyford hingen, glänzten fiebrig. »Soll ich machen, dass er aufhört, Liberty Bell? Möchtest du, dass alle gehen? Ich … ich bringe sie alle raus, wenn du willst.«

Fast unmerklich schüttelte sie den Kopf.

»Dieses – Kind, dieser kleine Junge, den sie nur bekommen hatte, um uns eins auszuwischen, da bin ich mir sicher...«, fuhr Mr Lyford fort und inzwischen war seine Stimme kaum noch zu verstehen, »dieses Kind war wider Erwarten ein lustiger, kleiner Kerl. Ich begann, ihn erst gernezuhaben. Und dann... ihn zu lieben, verdammt noch mal!«

Es war ein ungeheuer leises »Verdammt-noch-mal« und ging in Mrs Lyfords ebenso leisem Weinen fast unter.

»... aber dann starb er...«, flüsterte Liberty Bell und zum ersten Mal schien sie tatsächlich so etwas wie ein Teil der Familie Lyford zu sein.

»Ja, allerdings, dann starb er...«, sagte Mr Lyford heiser. »Sie... ließ den Kleinen einfach sterben, während ihr Kopf voller Drogen war. Robert hatte einen schweren Asthmaanfall in dieser schrecklichen Nacht, er war ein anfälliges Bürschchen... Sie lebten in einer heruntergekommenen Wohnung, wir hatten nicht einmal die genaue Anschrift... Sie kam eben nur ab und zu mit dem Kleinen vorbei, wenn sie uns um Geld anging... Sie hatte uns mehrfach versichert, keine Drogen mehr zu nehmen. Ja, das hatte sie uns glauben lassen...«

»Robby ist eines Nachts gestorben, das stimmt – und meine Mutter legte Blumen auf seine geschlossenen Augen«, erwiderte Liberty Bell mit zusammengebissenen Zähnen und sank auf die Kante ihres Bettes. »So ließ sie ihn beerdigen. Sie – hat – ihn – sehr – geliebt.«

»So ließen *wir* ihn beerdigen«, verbesserte Mr Lyford und klang dabei ungeheuer erschöpft. »Annie? Sie tat gar nichts. Sie saß nur da wie erstarrt, nachdem wir sie eingesammelt hatten, und versuchte zu begreifen, was sie da getan hatte. Ihr eigenes Kind sterben lassen, während sie direkt danebenlag und es einfach nicht mitbekam, weil ihr der Drogenrausch, ohne den sie ja nicht sein konnte, derart den Kopf vernebelt hatte, dass sie übersah und überhörte, was passierte. Dass Robert um sein Leben kämpfte, dass er weinte und schrie, während er versuchte, zu atmen, zu überleben…«

Zum ersten Mal ließ sich Mrs Lyford vernehmen. »Und dann verschwand sie«, sagte sie laut und deutlich, es klang beinahe sachlich, das Weinen war vorbei. »Bei Nacht und Nebel. Es war die Nacht nach der Beerdigung. Sie verließ unser Haus. Und kam nie wieder.« Ihre Stimme klang bitter. »Wir ließen sie natürlich suchen. Jahrelang. Es kostete Unsummen. Irgendwann fanden wir uns dann damit ab, dass sie tot sein musste. Niemand hörte je wieder von ihr…«

Liberty Bell schüttelte den Kopf. »Nein, nein, nein«, flüsterte sie, sank auf die Kante ihres Klinikbettes, presste die Hände auf ihr Gesicht und begann, sich langsam hin und her zu wiegen. »Sie war ein guter Mensch, wirklich. Sie machte… ihren Frieden mit – Gott… Sie las viel in der Bibel. Sie ließ die – böse Schattenwelt hinter sich zurück. Sie sagte, es wäre der einzige Weg. Nur so konnte sie ein neuer Mensch werden!« Liberty Bell nahm die Hände aus dem Gesicht. »Sie *litt* wegen Robert, der sterben musste! Sie litt! Sie litt! Sie litt! Aber Gott *verzieh* ihr schließlich! Weil sie *bereute!* Und dann machte sie *alles* besser!«

Liberty Bells Stimme war laut geworden, fast schrill. »Sie bekam mich! Sie gab mir all ihre Liebe! Sie hütete mich wie einen Schatz! Sie brachte mir Lesen und Schreiben bei, als ich klein war! Sie sang für mich! Sie gab mir all ihren Schutz! Mir geschah niemals – etwas Böses!«

»Ganz ruhig, Liberty Bell«, sagte Leslie in diesem Moment

begütigend und trat an ihre Seite. Ernesto schloss unterdessen die Augen und versuchte, sich zu sammeln, Ordnung in seine Gedanken zu bringen.

»Einmal, als ich schlimme Ohrenschmerzen hatte«, fuhr Liberty Bell etwas leiser fort, »legte sie mir stündlich heiße, frisch zubereitete Zwiebelumschläge auf die Ohren, die ganze Nacht lang, und wiegte mich in ihren Armen, bis es hell wurde.«

»Verrückt, das alles für ein – Findelkind. Und ihr eigenes Kind ließ sie einfach so sterben...«, murmelte Mr Lyford. Er erhob sich mühsam und schlurfte hinüber zum Fenster. »Im Grunde hätte sie dieses Mädchen gar nicht behalten dürfen. Sie hätte es der Fürsorge übergeben müssen. Nach allem, was mit Robert geschehen war...«

Liberty Bell hatte den Kopf gehoben.

»Findelkind?«, wiederholte sie mit hohler Stimme.

14

Du hast es gewusst. Alle wussten es. Die Leute hier. Diese … Ärzte … Leslie, die immer nett tut. Die Krankenschwestern … Alle. – Nur ich nicht …« Liberty Bells Stimme verlor sich und sie schlug die Hände vors Gesicht.

Vor dem Klinikfenster zog eine schwächliche Abenddämmerung auf, der Himmel sah aus, als hätte er blaue Flecken nach einer Rauferei abbekommen. Lange rötliche Streifen verschmierten die Oberflächen der Wolken wie blutige Kratzer. Die Lyfords waren gegangen. Das Ärzteteam und die Sozialarbeiterin hatten sich ebenfalls zurückgezogen. Allein Dr. Bolinos Einsatz war es zu verdanken, dass Ernesto noch bleiben durfte.

»Ich … mag es hier nicht«, flüsterte Liberty Bell tonlos. »Ich muss fort. Wer bin ich? Warum bin ich – allein?«

In Ernestos Kopf tobte ein Kampf. Die Geschichte entwickelte sich viel komplizierter, als er gedacht hatte. Wie es aussah, war es seine Aufgabe, Liberty Bell zu erklären, wie der Stand der Dinge war. Aber wie würde sie reagieren? Würde sie aufhören – ihn zu mögen, ihm zu vertrauen, wenn er ihr von Ruby Kyriacou und der Miseryfamilie aus Wood Green und all den irren Vermutungen erzählen würde, die täglich durch die Medien schwirrten? Dass alle Welt darüber nachdachte, wer wohl der Kerl gewesen war, mit dem die kleine, fette Ruby Kyriacou ein Verhältnis mit ungeahnten Folgen gehabt hatte? Dass *sie* diese Folge war, wenn man so wollte? Dass Ruby Kyriacou sie, so mutmaßte die Polizei, gleich nach der Geburt im Wald ausgesetzt hatte und danach spurlos verschwunden war?

»Zuerst dachte ich, Mr Lyford lügt. Über Annie«, sagte Liberty Bell in diesem Moment, den Kopf auf den angewinkelten Knien. »Aber es – es war eine große Traurigkeit in ihr. Eine alte Traurigkeit. Sie war immer um sie. – Jetzt verstehe ich es. Sie hat früher selbst schlechte Dinge getan. Schattenweltdinge. Aber dann hat sie ihren Frieden mit Gott gemacht. Und sie hat versucht, bei mir alles gut und richtig zu machen. Sie war immer da. Seit ich denken kann.« Liberty Bells Stimme war wieder lauter geworden. »Aber warum ist jetzt alles *falsch?* Warum hat sie mir Falsches gesagt? Warum weiß ich nicht, *wer ich bin?«*

Ernesto stieß sich mit dem Fuß von dem Luftschacht der Klimaanlage ab, die sich unter dem Fenster befand, vor dem er gelehnt hatte, um Liberty Bell nicht zu bedrängen in ihrer Verwirrung. Vorhin, nachdem die anderen gegangen waren, hatte er versucht, sich ihr zu nähern, aber sie war zurückgewichen.

»Nicht«, hatte sie heftig gesagt. »Bitte. – Ich... ich kann nicht... Niemand soll mich... anfassen, berühren... Niemand. Ich will nicht... hier sein. Verstehst du?...«

Irgendwann war Sally aufgebrochen, weil sie an diesem Wochenende an einem Ausdruckstanzkurs teilnahm und sowieso schon spät dran war.

»Soll ich – auch gehen?«, hatte Ernesto vorsichtig gefragt.

Aber Liberty Bell hatte reglos den Kopf geschüttelt. Wenigstens das. Und darum war er geblieben und hatte stumm abgewartet.

Zwischendurch hatte sein Mobiltelefon mehrfach gesummt, aber Ernesto ließ es unbeachtet.

»Was… ist das immer für ein Ton?«, fragte Liberty Bell jetzt ungeduldig, gerade als Ernesto zu reden beginnen wollte.

»Du meinst – das da?«, gab er verwirrt zurück und zog sein Handy aus der Hosentasche. Es summte tatsächlich schon wieder.

Liberty Bell nickte eine Spur gereizt.

»Tja, das ist… ein Telefon«, sagte Ernesto und wusste nicht so richtig weiter. Wollte Liberty Bell jetzt etwas über ihre komplizierte Herkunft erfahren? Oder tat es auch erst einmal ein profanes Gespräch über den kommunikationstechnischen Standard von heute, den sie, weil sie schließlich das medienbekannte *Waldmädchen* war, verpasst hatte?

»Die Leute können sich damit anrufen. Von überall her. Praktisch jeder hat so eins«, sagte Ernesto vage.

Ernesto hatte Liberty Bell das kleine schwarze Gerät in die Hand gelegt und sie betrachtete die spiegelnde Oberfläche. Verrückt, dieser Anblick. Wahrscheinlich war Liberty Bell das einzige Mädchen von ganz Nordamerika, das noch nie ein Mobiltelefon in den Händen gehalten hatte.

»Man kann auch Musik mit dem Ding hören. Und Fotos machen. Und Filmaufnahmen. Und ins Internet gehen…«, erklärte Ernesto, bevor er sich ins Gedächtnis rief, dass sie natürlich auch nicht wusste, was das Internet war.

Aber Liberty Bell nickte nur langsam. »Der böse Mann, der mit deinem Freund Jaden in meine Hütte kam, er hatte auch so etwas dabei«, sagte sie und für einen Moment wurden ihre Augen dunkel.

Der böse Mann war Cal Wyludda und Ernesto musste wieder an das denken, was Annie Lyford Liberty Bell über Männer gesagt hatte. Dass sie Müll seien. Verachtenswert. Jetzt, nachdem er die Geschichte ihres Lebens kannte, oder doch zumindest Fragmente daraus, verstand er diese Aussage besser. Annie Lyfords Vater, der ihn fatal an seinen eigenen erinnerte, dann ihre Freunde, mit denen sie Drogen genommen hatte und die darum keine wirklichen Freunde gewesen sein konnten. Außerdem die Dealer, bei denen sie sich ihren Stoff besorgt haben musste. Irgendwie war ein großer Teil von Annie Lyfords Lebens verpfuscht gewesen, keine Frage, aber Liberty Bell kannte als Einzige das andere Leben, das sie geführt hatte.

»Hey Liberty Bell«, sagte Ernesto nun leise und legte das Telefon, das sie ihm vorsichtig zurückreichte, rasch auf dem Kliniknachttisch ab. Ihre Hände hatten sich sekundenlang berührt dabei. Ihre Finger waren fest. Man sah und fühlte ihnen an, dass sie schwere Arbeit verrichtet hatten. Dennoch waren sie weich und schmal, wahnsinnig schmal. Plötzlich hatte er auch ihren Geruch wieder in der Nase. Sie duftete nach ... Ja, wonach eigentlich? Ihre Haut roch einfach gut, klar und rein und irgendwie aufregend.

»Hey Liberty Bell ...«

Ganz langsam und vorsichtig legte er seine Hände um ihr Gesicht und küsste sie.

Hinterher wendete Liberty Bell sich ab und schlug die Hände vors Gesicht, ohne sich zu rühren. Lange saß sie so da. Wie erstarrt. Ohne einen Ton von sich zu geben.

»Es ... es tut mir leid, wenn ich einen Fehler gemacht habe«, sagte Ernesto irgendwann leise. Immer wieder schaute er zur Tür hin und hatte Angst vor dem Moment, an dem eine Krankenschwester hereinschauen und ihn auffordern würde zu gehen. Nichts, nichts sollte diesen Moment unterbrechen. Es war das dünnste Eis, auf dem er je gestanden hatte, das spürte Ernesto deutlich. Jeder falsche Schritt konnte den Einbruch bedeuten. Und es durfte, durfte, durfte nicht einbrechen, dieses Eis.

»Nein. Kein... Fehler«, antwortete Liberty Bell nach einer weiteren Ewigkeit. »Ich bin nur... erschrocken über das, was ich – in mir... gefühlt habe.«

»Was... was hast du denn gefühlt?«, fragte Ernesto so leise, dass er sich nicht sicher war, ob sie ihn überhaupt gehört hatte. Aber dann antwortete sie doch.

»Das – das kann ich nicht sagen... Denn ich – verstehe es nicht. Ich habe... so was noch nie... gefühlt...«

Liberty Bell nahm schließlich die Hände von ihrem Gesicht und schenkte ihm ein ganz kurzes Lächeln. Einen Moment saßen sie beide beklommen da, dann hob sie den Kopf.

»Zeigst du es mir?«, fragte sie.

Ernesto war für einen Moment irritiert. »Was denn?«

»Das da«, sagte sie und wies auf das glänzende Mobiltelefon auf ihrem Nachttisch.

Und so fingen sie an, sein Smartphone zu durchforsten.

»Das da ist Salva«, sagte Ernesto und suchte im Bilderordner nach einer schon etwas älteren Aufnahme. »Er ist mein bester Freund, glaube ich. Und das ist Dalí, sein Hund. Er hat nur drei Beine und irren Mundgeruch, aber ohne Dalí ist Salvador nun mal nicht zu haben...«

Liberty Bell saß dicht neben ihm. Ernesto spürte ihre Körperwärme und hatte das Gefühl, dass es das Beste war, was er jemals gefühlt hatte.

»Und wer ist das?«, fragte sie und deutete auf eine weitere Aufnahme.

»Tja, das ist – Darayavahush. Er ist auch ein Freund von mir. Ich habe dir schon von ihm erzählt. Diese Aufnahme war… nur – Blödsinn, halt.«

Auf dem Bild hielt sich Dara mit triumphierender Miene einen riesigen Kürbis vor die Hose, so als wäre das Ding ein gigantisches, aufgerichtetes Geschlechtsteil. Mit den Fingern der anderen Hand zeigte er das Victory-Zeichen.

»Zeig noch mehr, bitte«, drängte Liberty Bell. Ihre Köpfe beugten sich gemeinsam über das kleine Gerät. »Hast du auch ein Bild von – deinem Freund, der gestorben ist?«

Klar hatte er Aufnahmen von Jaden. Im vergangenen Jahr hatte er ihm eine Weile den Spitznamen *Legs* verpasst, weil Jaden damals wie ein Irrer joggen gegangen war und immer und überall nur in Leggins aufgetaucht war. Verdammt und jetzt war er tot, nur weil er über diese wahnsinnig befahrene Straße gelatscht war, ohne nach links und rechts zu schauen. Warum nur hatte er diesen Blödsinn gemacht?

In diesem Moment erinnerte Ernesto sich an einen Satz, den Jaden einmal im letzten Jahr gesagt hatte, als er an einem Samstagnachmittag in seinen Laufklamotten unterwegs gewesen war und vor dem *Ed's* beinahe in Ernesto und Salva hineingerannt wäre. Es war einfach zu eng gewesen auf dem Gehweg: Ernesto und Salva standen herum und quatschten, ein fremder Radfahrer schob sein Bike umständlich über den Bordstein und Jaden kam unverhofft um die Ecke gejoggt.

»Wie kann man sein Bike nur *schieben?«*, hatte Jaden kopfschüttelnd bemerkt und dem Mann verwundert hinterhergeschaut. »Also ich *laufe,* wenn ich zu Fuß unterwegs bin. Und ich *fahre,* wenn ich mein Bike dabeihabe! Alles andere ist doch Blödsinn! Mit seinem Bike geht man doch nicht *spazieren!«*

Ernesto fröstelte für einen Moment, während er an Jadens Worte zurückdachte, aber dann riss er sich zusammen. Über was zerbrach er sich da nur den Kopf? Klar konnte sogar jemand wie Jaden sein Bike ausnahmsweise mal über eine Straße schieben, daran war nichts verkehrt. Nur das Ergebnis war in diesem Fall eben verheerend gewesen.

»Da – das ist Jaden«, sagte Ernesto jetzt leise und tippte auf ein Foto von Jaden in Sportklamotten.

»Da sieht er nett aus«, stellte Liberty Bell fest, nachdem sie das Foto eine Weile betrachtet hatte. »Man verschwindet, wenn man stirbt«, sagte sie leise. »Ich habe es bei… bei Annie gesehen. Kleine Tierchen krabbelten über sie und sie verschwand unter ihnen. Jeden Tag verschwand ein bisschen mehr von ihrer Hülle.«

Ernesto schauderte leicht unter diesen Worten. Liberty Bell sah es und warf ihm einen fast sanften Blick zu. »Aber es bleibt auch etwas. Der Geist, die Seele. Sie verschwinden nicht…«

Ernesto nickte.

»So war es auch mit – mit meiner…« Diesmal sagte sie *Mom* und betonte das Wort nachdrücklich, wenigstens kam es Ernesto so vor. »Ich weiß nicht genau, was passierte. Eigentlich ging es ihr ganz gut. Aber sie hatte mir erzählt, dass sie manchmal Kummer mit ihrem… ihrem Herzen hatte. Das war schon lange so. Manchmal war ihr ein paar Tage lang nicht wohl deswegen. Dann legte sie sich hin und ruhte aus.«

In diesem Moment öffnete sich die Patientenzimmertür und eine Krankenschwester schaute herein. »Da ist ja immer noch jemand«, sagte sie überrascht und leicht vorwurfsvoll. »Junger Mann, die Besuchszeit ist aber schon sehr lange um.«

»Einen Moment noch. Nur einen kurzen Moment. Bitte«, sagte Liberty Bell. Die mexikanisch aussehende Krankenschwester nickte glücklicherweise und stellte im Hinausgehen ein Fünfminutenultimatum.

»Sie hatte manchmal schlimme Schmerzen tief in ihrer Brust und konnte dann für eine Weile nur schlecht atmen«, fuhr Liberty Bell hastig fort, nachdem die Schwester die Tür hinter sich zugezogen hatte. »Sie sagte dann traurig, dass sie früher nicht sehr gut auf sich geachtet hätte – und jetzt sei sie eben manchmal schwach deswegen...«

Liberty Bell schaute einen Moment vor sich hin. »Nicht auf sich geachtet...«, wiederholte sie dann mit einem bitteren Unterton. »Drogen genommen, hat ihr Dad gesagt. Was sind Drogen, Ernesto? – Gift? Ich habe so etwas in einem der Hefte gelesen, die Leslie und Essence mir gegeben haben.«

Sie wartete auf eine Antwort, das war nicht zu übersehen. Ihr Blick bohrte sich in seinen. Ernesto seufzte. Verdammt, warum war es ausgerechnet seine Sache, Liberty Bell so viele schreckliche Dinge erklären zu müssen? Aber es gab kein Drumherum. Darum nickte er langsam.

»Ja, Drogen sind Gift. Das ist ein... Riesenproblem in der Welt. Drogen. Mist. Eine Menge Leute nehmen solches Zeug. Und es macht krank und kaputt, Liberty Bell. Man... man sollte natürlich die Finger von solchem Zeug lassen, da hat Mr Lyford schon recht gehabt...«

Liberty Bells Blick hing an seinen Lippen. Sie schwieg und sah schrecklich traurig und mitgenommen aus. Ernesto nahm seinen Mut zusammen und legte den Arm um ihre schmale Schulter.

»Eines Morgens jedenfalls...«, fuhr Liberty Bell fort, ohne daran Anstoß zu nehmen, und Ernesto atmete innerlich auf, »ging es ihr gar nicht gut. Sie war sehr blass und sie hatte wirklich starke Schmerzen diesmal.«

»›Was ... was ist mit dir, Mom?‹«, fragte ich.

»›Oh, Liberty Bell‹«, sagte sie nur. Mehr nicht.

Ich sah, dass ihre Ohren ganz grau waren. Außen. Am Rand. Es sah – schrecklich aus ...«, flüsterte Liberty Bell und einmal mehr wünschte Ernesto das verdammte Krankenhaus weit weg. Jeden Moment würde die mexikanische Nachtschwester wiederkommen und dieses Mal würde er gehen müssen, so viel stand fest. Plötzlich hatte er seinen Lieblingsplatz am Cedar Creek vor Augen. Das Bachbett im Sonnenlicht, die hohen Kiefern, der nadelübersäte Waldboden, auf dem helle Lichttupfen tanzten. Dorthin wollte er mit Liberty Bell gehen. Dort würde es ihr bestimmt gefallen. Und der Cedar Creek war gar nicht so weit von hier entfernt ...

»Und dann starb sie einfach«, sagte Liberty Bell in diesem Moment und legte wieder ihre Hände vor ihr Gesicht. »Sie sagte noch, ich solle auf mich aufpassen und sie nicht vergessen. Und sie war irgendwie unruhig, weil da noch etwas wäre, wofür keine Zeit mehr wäre. Sie hatte auf der Wiese im halbhohen Gras gesessen, aber jetzt legte sie sich hin und rollte sich wie ein Tier zusammen. Wie ein krankes Tier.

»›Bete für mich. Und für Robby. Er war dein Bruder und ein wunderbares Kind – so wie du ein wunderbares Kind bist. Zwei Geschenke Gottes‹, sagte sie ganz zum Schluss«, fuhr Liberty Bell mit erstickter Stimme fort. »Sie hat noch für mich gesungen, zum letzten Mal das Lied von der alten Eiche, weil es mein Lieblingslied war. Ihre Stimme klang ganz schwach. Und dann hat sie zum allerletzten Mal ihre Augenhärchen für mich tanzen lassen, wie sie es so oft getan hatte, als ich noch sehr klein gewesen bin.

»›Schau nicht so verzweifelt‹, bat sie mich, fing aber selbst an zu weinen, ganz leise. Sie sagte ein paarmal, dass sie mich nicht alleine lassen wolle, es aber wohl nicht verhindern könne. – Und dann flüsterte sie, sie würde sich jetzt auf den Weg zu Robby machen. Und dann schloss sie die Augen und verließ mich…«

Es war eine Entführung, anders konnte man es nicht nennen. Während die Welt scheinbar in zwei Hälften gespalten war – auf der einen Seite blühten sämtliche Sommerazaleen in ganz Oregon, wie sie es jeden Sommer taten, und auf der anderen Seite fand auf dem alten Friedhof von Old Town Jadens schreckliche Beerdigung statt –, schlichen Ernesto und Liberty Bell sich aus dem Krankenhaus ins Freie. Es funktionierte überraschend gut. Marylin Long, die Riesin am Empfang, schaute nicht mal auf, als Ernesto und Liberty Bell hoch erhobenen Hauptes an ihr vorübergingen.

»Dreistigkeit siegt«, murmelte Ernesto, als sie draußen waren, und atmete auf.

»Kommst du nicht mit?«, hatte Salvador ihn erstaunt am Morgen am Telefon gefragt.

»Nein, ich muss mich… um Liberty Bell kümmern«, hatte er erwidert. »Sie ist sehr durcheinander, weißt du, seit sie erfahren hat, dass Annie Lyford gar nicht ihre wirkliche Mutter war…«

»Ah, okay«, murmelte Salva.

Das musste reichen als Grund. Ernesto war froh, dass er nicht zusätzlich erwähnt hatte, wie sehr ihm die Sache mit Jaden an die Nieren ging, und dass er den Gedanken, Mrs und Mr Franklin in ihrer Trauer zu begegnen, nicht gut ertrug.

»Baz sagt übrigens, sie wollen Liberty Bell in einem Mädchenwohnheim in Village unterbringen, oder so. Weißt du da was von?«, hakte Salva zuletzt noch nach.

Ernesto schluckte. »Nein, nix«, sagte er erschrocken. »Was soll denn der Mist? In ein *Heim?* Dazu wird es nicht kommen, Salva, das schwöre ich dir ...«

»Sie werden sicher bald merken, dass ich einfach so fortgegangen bin, Ernesto«, sagte Liberty Bell in diesem Moment besorgt.

»Sollen sie ruhig«, antwortete Ernesto und öffnete für Liberty Bell schwungvoll die Beifahrertür seines Beetles. Liberty Bell schaute sich betroffen um.

»He, du bist gesund«, fuhr Ernesto unterdessen fort. »Du hast in einem Krankenhaus definitiv nichts zu suchen. Wird Zeit, dass sie das kapieren. Sie dürfen dich nicht einfach einsperren. Dazu haben sie kein Recht.«

Liberty Bell war vorsichtig niedergekniet und betastete den Boden mit ihren Händen. »Überall diese ganz glatten Steine. – Oder woraus ist dieser Erdboden gemacht?«

Ernesto lächelte. »Asphalt heißt das«, sagte er. »Mit glattem Stein liegst du nicht ganz falsch.«

Liberty Bell erhob sich wieder. »Nicht so schön wie weicher Boden. Manchmal tun mir die Füße weh beim Gehen auf diesem harten Stein.«

Ihre Hand glitt über den roten Beetle.

»Und – Autos«, murmelte sie. »Diese wahnsinnig vielen, vielen Autos. Ich habe sie beobachtet, von meinem Fenster aus. Leslie hat mir gesagt, die meisten Menschen haben Autos. Wie ist es, in einem zu fahren? Ich kann es mir nicht vorstellen, obwohl ich lange nachgedacht habe. Man schwebt darin und das Auto rast unter einem dahin, ohne dass man etwas tut, ja? Hat niemand – Angst davor?«

Ihr Blick hing unsicher an Ernesto.

»Probier es aus«, lächelte er und machte eine einladende Geste mit dem Arm in Richtung Autoinneres.

Liberty Bell nickte, holte tief Luft – presste etwas wie »Mut fassen…« durch die Zähne – und stieg ein.

Ernesto bewunderte sie, sie war blass, aber sie zögerte nicht mehr. Wenn Liberty Bell sich etwas vorgenommen hatte, dann tat sie es auch, zumindest sah es so aus.

»Oh. Es ist… großartig…«, murmelte sie, nachdem Ernesto ihr das Anschnallsystem erklärt hatte, und hielt sich an beiden Seiten ihres Sitzes fest, während sie sehr aufrecht dasaß.

Ernesto warf ihr einen Blick zu. Wie schön sie aussah. Er hatte ihr ein dünnes helles Baumwollkleid mit kleinen Blümchen darauf gekauft, in einer sündhaft teuren Boutique am Fuß des West End Hill, in der Liza Rodriguez oft einkaufte. Auch ein paar neue Sandalen hatte er besorgt, weil Liberty Bells Füße eine ganze Nummer kleiner waren als Sallys. Ihre weichen, an den frisch geschnittenen Spitzen gelockten Haare glänzten.

»Oh. So schnell. Ahhh…« Sie hielt sich immer noch an den Kanten des Sitzes fest, aber sie lächelte, während ihr Blick hin und her flog. »Schneller als Tiere rennen… Und ich muss gar nichts tun… Ich kann einfach sitzen wie auf einem Stuhl… Es ist verrückt! – Und so viele Straßen und Autos und Häuser.«

Liberty Bells Stimme klang beinahe andächtig. »Hohe Häuser. Höher als Bäume – Stürzen sie nicht um, wenn es stürmt? Oder stürmt es hier nie?«

»Doch, es stürmt schon«, antwortete Ernesto und verließ den Highway. Noch nie in seinem Leben war er so vorsichtig, so behutsam gefahren. Er nahm die Kurve, als sei der Beetle mit einer Ladung roher Eier beladen. »Aber sie stürzen dennoch nicht um. Sie halten eine Menge aus, weißt du.«

»Autofahren ist merkwürdig, aber... schön. Ich mag es, die Bäume so vorbeifliegen zu sehen«, rief Liberty Bell, als sie an einigen hohen Gebäuden vorüberkamen, wurde ihre Miene angespannt.

»Meine Mom hat mir nie erzählt, dass es so hohe Häuser gibt.« Sie schüttelte den Kopf. »Sie gefallen mir nicht. Wohnen da wirklich Menschen drin? So weit oben? So nah am – Himmel?«

»Sie sind daran gewöhnt, schätze ich«, antwortete Ernesto und warf Liberty Bell einen prüfenden Blick zu. Sie hatte die Augen geschlossen, als er in rascher Folge einige laut dröhnende Trucks überholt hatte.

»Oh... oh... oh«, sagte sie leise und legte die Hände vors Gesicht.

»Keine Angst, Liberty Bell. Es passiert dir nichts. Nicht, wenn du – mit mir zusammen bist. Versprochen.«

Ernesto fuhr ihr mit der rechten Hand für einen Moment tröstend über das Bein und fühlte Schmetterlinge im Bauch, als Liberty Bell den Moment nutzte, eine ihrer eiskalten Hände in seine warme Hand zu schieben.

Und dann waren sie da. In einem Bogen waren sie um die Stadt gefahren. In der Ferne konnte Ernesto wieder seine alte Grundschule erkennen und die Sportplätze, auf denen er früher mit Ronan, Salva, Mose und Jaden Baseball gespielt hatte. Das war während ihrer Zeit auf der Junior High gewesen, die sich noch hinter der Grundschule befand.

Wie lange das alles her war.

»Hier ist es besser. Schöner...«, sagte Liberty Bell aufatmend, als sie die Stadt hinter sich gelassen hatten und Ernesto den Wagen parkte. Ihre Miene entspannte sich. Kaum, dass sie aus dem Wagen gestiegen waren, kniete sie sich ins Gras und fuhr wieder und wieder mit den Händen darüber. Sie befühlte den trockenen, warmen Waldboden, ihre Finger fanden Moos und strichen auch darüber. Sie schloss die Augen und atmete tief ein und aus. Ernesto gab keinen Ton von sich, um sie nicht zu stören. Wie gut, dass sie hierhergekommen waren.

Anschließend liefen sie eine Weile schweigend über Waldwege und Gras. Liberty Bell schlüpfte aus ihren Sandalen und ging barfuß.

»Dahinten ist der Cedar Creek«, sagte Ernesto schließlich und deutete zum Wasser. »Bisher bin ich immer alleine hergekommen. Hier kann ich fast alles abschütteln, was mich bedrückt.«

Liberty Bell nickte und schaute sich um. »Er ist anders als mein Wald«, sagte sie schließlich. »Heller. Lauter. Aber schön.«

In einer kleinen Talsenke setzten sie sich nebeneinander ins Gras und lauschten den Zikaden. Ungefähr jetzt beerdigten sie in Old Town gerade Jaden. Ernesto versuchte, nicht daran zu denken. Hoffentlich nahm Miss Peach es ihm nicht übel, dass er weggeblieben war. Aber vielleicht fiel es ihr in ihrer Trauer auch gar nicht auf.

Liberty Bell streckte ihre Beine lang aus und bewegte ihre Zehen im trockenen Gras.

»Erzähl mir von diesem ... Mädchen«, sagte sie nach einer Weile.

»Du meinst – Ruby Kyriacou?«, fragte Ernesto vorsichtig zurück und öffnete dabei seinen Rucksack. Er hatte Sandwiches dabei, Hühnchensandwiches und Avocadosandwiches, dazu Weintrauben, Möhrensticks und Vollkorn-Rosinen-Kekse.

Bisher aß Liberty Bell, wie Dr. Bolino ihm gesagt hatte, nicht gut. Sie tat sich schwer mit dem Krankenhausspeiseplan.

»Ja«, sagte Liberty Bell leise.

Ernesto begann zu reden, während Liberty Bell die Knie anzog und ihre Arme um ihre Beine schlang.

Er umschiffte Ruby Kyriacous unansehnliches Äußeres, erzählte aber von Mrs Franklins gerahmtem Bild und ihrer Tradition, jedes Jahr mit ihren Schülern eine Kerze für das verschwundene Mädchen anzuzünden.

»Du meinst, *Jadens Mutter* war die Lehrerin von – *ihr*... von Ruby, meine ich?« Liberty Bell sah ruckartig hoch, während sie das fragte. Ernesto nickte und deutete gleichzeitig auf die ausgebreiteten Lebensmittel. »Willst du was?«, fragte er.

Liberty Bell nahm sich vorsichtig einen der Möhrensticks, biss aber nicht hinein.

»Und sie verschwand mit *vierzehn* Jahren?«, fragte sie leise.

Wieder nickte Ernesto.

»Wie können die Ärzte dann wissen, dass sie... meine – Mutter ist?«

Liberty Bell machte ein ratloses, ablehnendes Gesicht.

Gerade, als Ernesto ansetzen wollte, ihr etwas über Vererbungslehre und DNA-Gesetze zu erklären, vibrierte sein Telefon. Er konnte sich denken, wer der Anrufer war, und warf einen prüfenden Blick auf das Display. Er hatte sich nicht geirrt.

»Dr. Bolino«, informierte er Liberty Bell seufzend und nahm das Gespräch an. Was blieb ihm anderes übrig? Sie würden nicht lockerlassen, ehe er sich ihnen stellte, so viel stand fest.

»Ist Liberty Bell bei dir, Ernesto?«, fragte die Ärztin denn auch sofort ohne Umschweife.

»Ja. Ist sie«, antwortete Ernesto knapp.

Es folgte das zu erwarten gewesene Szenario. So geht das nicht. Unverantwortlich. Mangelnder Versicherungsschutz. Regresspflichtig. Der ganze Wahnsinn.

»Bei allem Verständnis, ihr müsst sofort zurückkommen, Ernesto. Das Mädchen ist noch nicht *entlassen*...«

»Und dann?«, fuhr Ernesto auf. »Dann verfrachtet ihr sie nach Village in ein... Heim, oder was?«

Ohne eine Antwort abzuwarten, schaltete er sein Telefon aus und schleuderte es weit von sich in die Wiese.

Liberty Bell schaute ihn stumm an.

Und dann brauchte es keine Worte mehr. Kein einziges. Liberty Bells Lippen berührten Ernestos Wange, dann suchte sie seinen Mund und küsste ihn voller Zärtlichkeit.

Ernesto legte seine Arme um sie. Sie hatte warme, feste Lippen und Ernesto wollte nie mehr aufhören, sie zu küssen. Wusste sie, was sie tat, als sie beide sich ins hohe Gras fallen ließen? Sie hatte niemals mit jemandem außer Annie Lyford gesprochen. Und Annie hatte die Welt gehasst. Oder sich vor ihr gefürchtet. Oder beides.

Sie kannte so vieles nicht.

Ihre Leidenschaft jedoch und seine Verwunderung darüber würde Ernesto niemals vergessen – nie, so lange er lebte!

Libellen tanzten über den Himmel, sammelten sich am Bach, stoben wieder auseinander und nahmen den Himmel erneut ein.

Liberty Bells Hände glitten immer wieder über sein Gesicht, fuhren dann durch seine Haare, streichelten seinen Hals und seinen Nacken.

Durfte er das tun? Durfte er? In seinem Kopf drehte sich alles.

Er atmete schnell und auch Liberty Bells warmer Atem beschleunigte sich. Er spürte ihn in seinem heißen Gesicht und seine Hände fuhren zögernd unter das helle Kleid, das er erst heute früh für sie gekauft hatte. Sie trug keinen BH darunter, das war ihm schon aufgefallen, als sie aus dem Badezimmer ihres Klinikzimmers getreten war. Dabei hatte Essence, die jüngere der beiden Sozialarbeiterinnen, ihr in der Zwischenzeit drei Büstenhalter vorbeigebracht, aber Liberty Bell hatte sie nicht angezogen. Ernestos zitternde Finger fuhren über ihre kleinen, festen Brüste und streichelten gleich darauf über ihren dünnen, glatten samtweichen Bauch.

Wie konnte sie von den Kyriacous abstammen? Das war doch ganz und gar unmöglich. Die Ärzte, die diese DNA-Analyse vorgenommen hatten, mussten sich irren. Wer wusste schon, was es mit diesem uralten Stofftierelefanten auf sich hatte.

Liberty Bell drängte sich immer näher an ihn, immer intensiver.

»Willst du – willst du das wirklich?«, fragte er mit leiser, rauer Stimme, aber sie gab keine Antwort. Wusste sie überhaupt, was er da fragte? Worum es ging? Alles passierte ganz von alleine. Und Liberty Bell war nicht nervös und fahrig, wie Sally und er es im vergangenen Jahr gewesen waren, als sie zum ersten Mal miteinander geschlafen hatten. Nein, Liberty Bell war so – so offen wie der Himmel. Sie umarmte ihn fest und öffnete sich ihm ohne Angst. Für einen Moment erinnerte er sich an ihre Worte *Ich bin immer mutig*... Ja, das war sie. In der Tat.

»He, du Blumenkind«, flüsterte Ernesto überrumpelt, aber stopp – sie war in Wirklichkeit kein Kind mehr. Sie war fast erwachsen, genau wie er. Mit bebenden Händen streichelte er ihre hellen Haare, die nach ihr und nach Sommer und nach erkämpfter Freiheit rochen, und schob ihr – endlich – wie in seinem Traum, eine Haarsträhne aus der Stirn. Fest presste er anschließend seine eigene Stirn gegen ihre und hielt sie in seinen Armen.

»Ich … ich habe Angst, dir wehzutun«, flüsterte er.

»Das brauchst du nicht«, sagte Liberty Bell.

Hinterher, nachdem sie miteinander geschlafen und zusammen gegessen hatten und Ernesto seine Gitarre aus dem Wagen geholt und das Lied von der alten Eiche für Liberty Bell gespielt hatte, immer wieder, standen sie nebeneinander oben auf dem Cedar Hill und schauten über die Landschaft, während ihre Sachen und Haare im Wind flatterten.

»Hey, du bist das Beste, was mir je passiert ist«, sagte Ernesto leise und nahm Liberty Bells Hand in seine.

Wieder schwiegen sie lange.

»Wie heißt das, was wir gemacht haben, Ernesto? Hat es einen Namen?«, fragte Liberty Bell irgendwann und sah ihn aus allernächster Nähe an. Noch nie hatte er so große blaue – so offene Augen gesehen.

Ernesto nickte und war auf einmal fast etwas verlegen, warum auch immer. Wahnsinn, diese Frage.

»Man nennt es Liebe machen. Oder auch Sex. – Oder miteinander schlafen …«, erklärte er leise und legte seine Hände an ihre Wangen.

Wieder blickte Liberty Bell direkt in seine Augen, aus allernächster Nähe. Im Blau ihrer Iris waren ein paar sternförmige gelbliche Flecken. Vage hatte er das Gefühl, schon mal ähnliche Augen gesehen zu haben, aber er konnte sich nicht erinnern, wo das gewesen sein könnte.

»Aber… wir haben nicht geschlafen«, sagte Liberty Bell in diesem Moment lächelnd.

»Nein, das haben wir wirklich nicht«, stimmte Ernesto zu und lächelte ebenfalls. »Im Gegenteil. So wach wie eben war ich überhaupt noch nie in meinem Leben…«

»Der Song, Liberty Bell, über die Eiche mit den gelben Schleifen. Er ist schön. Ich kannte ihn früher nicht, hatte ihn noch nie gehört…«

Liberty Bell lehnte ihren Kopf gegen Ernestos Schulter. Sie waren immer noch am Cedar Creek und verspürten beide nicht den Wunsch zurückzufahren.

»Es ist mein Lieblingslied. Meine Mutter…«, sie seufzte leise, »… hat es oft für mich gesungen. Sie sang auch andere Lieder. *Morning has broken* und *Here comes the sun* und *Colours* und *California Dreaming* und noch viele andere. Aber das Lied von dem Baum mit den vielen gelben Schleifen mochte ich immer am liebsten. Ich stellte ihn mir vor, den Mann, der seine Liebste verlassen hat, um ins Gefängnis der Schattenwelt zu gehen. Und der dann – Jahre später – einen Brief an sie schreibt, in dem er ihr berichtet, dass er nun endlich entlassen wird, aber nicht wisse, ob sie ihn noch liebe und zurückhaben wolle…«

Ernesto malte mit dem Zeigefinger unsichtbare Blumen in Liberty Bells Gesicht. »… ja und dann bittet er sie, eine gelbe Schleife in die Eiche zu binden, an der er mit dem Bus vorüberkommt, zum Zeichen, dass er austeigen soll, weil sie ihn immer noch liebt…«, zitierte er dabei lächelnd und zwinkerte Liberty Bell zu, die ernsthaft nickte.

»Ja. Denn sonst würde er gar nicht aussteigen. Sondern fortfahren und niemals zurückkehren.«

»Aber als er dann kommt, sieht er, dass im Baum nicht nur eine, sondern hundert gelbe Schleifen für ihn hängen ...«

Ernesto konnte sich ein Grinsen nicht verkneifen. »Okay, Kitsch pur und eigentlich zum Davonlaufen, aber irgendwie hat es was. Seit ich dich kenne, hat es was ...«

»Kitsch?«, wiederholte Liberty Bell verwirrt. »Was ist *Kitsch?«*

Da schlang Ernesto seine Arme um sie. »Kitsch, Internet, American Idol, Andy Warhol, Casablanca, Windsurfen, Schlittschuhlaufen am Rockefeller Center in New York ... – Hey Liberty Bell, das machen wir alles zusammen, okay?«

»Ja, das klingt gut«, antwortete sie leise. »Was auch immer das alles ist ...«

15

Ich fasse mal zusammen«, sagte Darayavahush. Sie waren bei Salvador zu Hause. Es war ein wahnsinnig heißer Nachmittag, Dara lag lang ausgestreckt auf Salvadors breitem Futonbett, die anderen saßen hier und dort herum. Portia und Sally waren ebenfalls gekommen. Salvas altersschwacher Ventilator lief scheppernd auf Höchsttouren. Sie konnten an diesem Tag nicht in den Garten hinunter, weil Baz dort einen Tai-Chi-Kurs für Kinder mit Konzentrationsschwierigkeiten gab.

»Sie lassen dich also – erstens – wegen eures verbotenen Ausflugs zum Cedar Creek nicht mehr in Miss Walds Nähe –, zweitens soll sie so bald wie möglich in ein Heim für Irre und Durchgeknallte nach Village gebracht werden. Und das hat dir – drittens – Dr. Bolino gesteckt, die aber auch nichts ändern kann – oder will…«

»Kein Heim für Irre. – Es ist angeblich ein Wohnheim für Jugendliche, die aus den verschiedensten Gründen nicht zu Hause leben können«, korrigierte Ernesto düster. »Ich hab's gegoogelt. Kinder von Drogenabhängigen, Kinder von psychisch Kranken, Kinder von Leuten, die zum Beispiel wochen- und monatelang am PC herumkleben und dabei ihren Nachwuchs fast verhungern lassen… So Typen, halt.«

Sie schwiegen alle einen Moment.

»Keine speziell tolle Idee, würde ich sagen«, murmelte Mose dann.

»Schon gehört? Baz sagt, die Kyriacous hätten ebenfalls ihr Interesse an Liberty Bell angemeldet«, steuerte Salva kopfschüttelnd hinzu.

Ernesto runzelte die Stirn, erwiderte aber nichts.

»Sie berufen sich auf dieses Genanalyse-Gutachten«, erklärte Salvador weiter. »Demnach ist Liberty Bell eben eine von ihnen. *That's it.*«

»Dann wohl doch lieber das Heim für Irre und Durchgeknallte«, murmelte Darayavahush, »als in diese versoffene, destruktive Misery-Familie ...«

»Sie suchen auch wieder nach ihr. – Nach Ruby Kyriacou, meine ich«, sagte Mose da. »Mein Onkel hat es mir erzählt. Bisher sind ja alle davon ausgegangen, dass sie längst tot und begraben ist, aber jetzt fragen sie sich, ob sie nicht doch noch am Leben sein könnte. Seit sie diesen Brief gefunden haben, den der alte Flavio an sie abgeschickt hatte, haben sie die alte Geschichte jedenfalls noch mal aufgerollt. Sie gehen nämlich davon aus, dass der alte Flavio etwas wusste.«

»Unsere Putzfrau sagt, es hätte damals Gerede gegeben«, fuhr Mose fort. Er seufzte. »Ein paar Leute haben gemunkelt, dass Ruby Kyriacou ziemlich übel sexuell missbraucht wurde und so. Und deswegen verschwunden sei. Umgebracht. Oder eben abgehauen.«

»Igitt«, sagte Portia leise.

»Klar, igitt. – Aber he, ausgerechnet Ruby Kyriacou?«, fragte Dara verwundert.

»Wie meinst du das?«, hakte Sally nach und zog eine Augenbraue in die Höhe.

Dara rollte sich ächzend auf den Bauch und stützte sein Kinn in die Hände. »Na ja«, sagte er abschätzend. »Ich will ja nicht kleinkariert sein und Kindesmissbrauch ist natürlich eine tierisch üble Sache, aber ...«

»Aber – was?«

Sallys Blick schien Darayavahush zu durchbohren.

»He, starr mich nicht so böse an, Sal, fleischlose Heilige«, schnaubte Dara gekränkt. »Aber mal ehrlich: Würde man sich – wenn man schon auf perversen Abwegen unterwegs ist – ausgerechnet Ruby Kyriacou aussuchen? Ich meine, du kennst doch auch ihr Foto, um das die gute, alte Miss Peach immer so ein Tamtam macht, oder?«

»Sie sah nicht immer so aus«, warf Mose ein. »Nein, im Gegenteil, sie war ... früher mal – ziemlich, na ja, niedlich ...«

»Woher willst du das wissen?« Dara machte ein ungläubiges Gesicht.

»He, was redet ihr da eigentlich?«, regte sich Sally auf, ehe Mose eine Antwort geben konnte. Ihr Blick flog durch Salvas Zimmer und feuerte in alle Richtungen. »Geht es etwa darum, *wie ein Mädchen aussieht,* das sexuell missbraucht wird? Meint ihr, Ruby Kyriacou war einfach *nicht sexy, nicht niedlich genug* dazu?«

Stille breitete sich aus.

»Was seid ihr nur für Kotzbrocken!«, rief Sally Hensley in diese Stille hinein und ging.

Ernesto sprang auf, um sie einzuholen.

Dara seufzte, enthielt sich aber ausnahmsweise mal eines Kommentars.

»Meine Tante Phoebe hat da jedenfalls ein paar alte Bilder«, sagte Mose und vertrieb Dalí, der es sich unmittelbar vor dem

Ventilator gemütlich gemacht, und damit die Kühle-Luft-Zufuhr für alle anderen Schwitzenden unterbrochen hatte. »Sie ist mit Ruby Kyriacou in dieselbe Grundschulklasse gegangen. Die beiden waren Freundinnen, na ja, so gut man eben mit jemandem aus der Miserysippe befreundet sein konnte. Man konnte sie da draußen in Wood Green natürlich nicht besuchen gehen oder so – außer man nahm in Kauf, sich von ihren besoffenen Brüdern den Bauch aufschlitzen zu lassen. Aber Ruby war damals ein paarmal bei meiner Tante zu Besuch. Sie war so acht, neun Jahre, schätze ich.«

»Und?«, hakte Portia nach.

»Ja, damals sah sie eben noch völlig anders aus als auf Mrs Franklins komischem Foto.«

»Ich hab mit ihr geschlafen, Sally«, sagte Ernesto leise. »Es ist einfach so passiert. Draußen am Cedar Creek, letzte Woche…«

Sally schob sich die glatten braunen Haare aus dem Gesicht. »Ich habe mir so was schon gedacht. Also, dass es dazu kommen würde. Ich meine, ich habe gesehen, dass du in sie verliebt bist. Ziemlich heftig sogar, oder?«

Sie saßen an einem Uferstück des Salom River im Gras. Sonnenschein, Libellen, blauer Himmel.

»Ich wünschte, sie wäre bei… mir«, murmelte Ernesto und starrte in die Ferne. »Stattdessen sperren sie sie in der Klinik ein wie ein Tier und lassen mich nicht zu ihr. Sie haben ihr sogar ein neues Zimmer gegeben, damit ich sie nicht finde. Kannst du dir das vorstellen?«

Sally drückte für einen Moment tröstend seinen Arm.

»Ich meine, sie tun, als wäre ich ein Schwerverbrecher. Oder Liberty Bell. Wie können sie sie so wegsperren? Dazu haben sie, verdammt noch mal, kein Recht. Sie ... sie ist so gut wie erwachsen.«

In diesem Moment summte Ernestos Mobiltelefon. Zögernd nahm er das Gespräch an.

»Wer? Ja ...? Oh, okay. Ich komme. Klar, ich beeile mich ...«

Sally machte ein fragendes Gesicht.

»Eine Schwester aus der Klinik«, erklärte Ernesto und sprang auf.

»Ist ... ist etwas mit Liberty Bell?«, fragte Sally besorgt und erhob sich ebenfalls. Ernesto schüttelte den Kopf. »Nein, es – es geht um Chazza Blume. Er ... er will mich sehen. Dringend sehen, sagte die Schwester. Dr. Bolino hat ihr deshalb meine Nummer gegeben.«

Nebeneinander liefen sie zu Ernestos Wagen zurück, aber sie brauchten durch den Nachmittagsverkehr fast eine halbe Stunde, bis sie den Parkplatz der Klinik erreichten.

»Hast du ihn schon einmal besucht, seitdem er wach ist?«, fragte Sally nach.

Ernesto nickte, während sie durch die Lobby hasteten. »Ja, am Tag nachdem die Lyfords hier waren. Die Schwestern sagten, es ginge ihm besser, aber er hat die ganze Zeit geschlafen.«

Sie nahmen den Aufzug und gelangten in den vierten Stock, wo die Intensivstation untergebracht war.

»He, was ist denn hier los?«

Ernesto und Sally blieben erschrocken stehen, als sie die Menschentraube vor Chazza Blumes Krankenzimmer sahen. Ärzte, Pfleger und Schwestern und sogar zwei Policeofficer. Der enge Gang war voller Menschen, die aufgeregt durcheinandersprachen.

»Bist du vielleicht – Ernesto Merrill?« Eine herbeieilende Krankenschwester schaute ihn aufmerksam an.

Ernesto nickte stumm und zog rasch seine Baseballkappe vom Kopf.

»Sag mal, bist du nicht zufällig auch der Junge, der dieses Waldmädchen…?« Sie sprach den Satz nicht zu Ende. Was hatte sie wohl sagen wollen, schoss es Ernesto durch den Kopf.

Der Junge, der das Waldmädchen kennt? Gefunden hat? Aus der Klinik entführt hat? Liebt? Geschändet hat?

Ernesto spürte, wie ihm der Schweiß ausbrach.

»Gut, dass du gekommen bist«, sagte die Schwester in diesem Moment. »Mr Hammond geht es wieder schlechter, aber er wacht ab und zu auf. Und jedes Mal, wenn er bei Bewusstsein ist, fragt er nach dir.«

»Was – was ist denn passiert?«, fragte Ernesto stockend. »Es hieß doch, es ginge ihm besser.«

»Ja, aber jetzt hat sich dieser Infusionsschlauch gelöst und wir wissen nicht, wie lange er ohne Sauerstoff…«

Eine Klinikmitarbeiterin unterbrach das Gespräch mit ein paar harschen Worten, die die Krankenschwester rot anlaufen ließen. Hastig nickte sie Ernesto zu und eilte davon.

Ernesto sah Sally ratlos an. Was war das für eine Sache mit dem Schlauch? Und was wollten die vielen Menschen hier? Er sprach einen der uniformierten Officer an, der ihn schließlich in Chazzas Zimmer ließ. Sally durfte allerdings nicht mit hinein.

»Wir sehen uns dann später, Ernesto. Ich warte unten«, flüsterte sie. »Denk positiv. Gib Chazza Kraft. Du wirst sehen, das geht…«

Der Polizist blieb dicht hinter ihm, aber gleichzeitig außerhalb von Chazzas Blickwinkel, sollte er die Augen öffnen. Er hatte keine von Ernestos drängenden, besorgten Fragen beantwortet.

»Hallo, Chaz – ich bin es, Ernesto«, sagte Ernesto leise. Er sank auf einen grünen Besucherstuhl aus Plastik, der neben Chazzas Bett stand. Wieder ein Klinikzimmer, ein Klinikstuhl, ein Klinikfenster. Chazza Blumes Aussicht war allerdings deutlich besser als Liberty Bells, so viel stand fest. Dies war die Guteaussichtseite. Der Blick in die Natur.

Ernesto blieb über eine Stunde, in der Chazza sich nicht rührte, genau wie die letzten Male, die er hier gewesen war. Er dachte an früher zurück, daran, wie der Ewig Summende ihm beigebracht hatte, auf die Stimmen der Vögel zu hören, die Stimmen des Wassers, die Stimmen der Bäume, draußen am Cedar Creek. Wie Liberty Bell und er sich wohl verstehen würden, wenn es jemals dazu käme, dass sie sich kennenlernten? Chazza würde wissen, wie sie sich fühlte, auch er war ein Außenseiter und Liberty Bell hatte etwas in ihrer Art, das seiner eindeutig ähnlich war. Diese kerzengerade Art zu gehen. Die schmalen Hände, das Sanfte, aber dennoch Beharrliche.

Ernesto rieb sich die Stirn, er fühlte sich auf einmal schrecklich müde. Der Polizist hinter seinem Rücken wurde durch einen anderen ausgetauscht, Krankenpfleger kamen und gingen, überprüften Sauerstoffgerät, Pulsfrequenz und die verschiedenen Infusionen. Tür auf, Tür zu. Tür auf, Tür zu. Am noch hellen Himmel tauchte eine halbe Mondscheibe auf.

Eine Weile redete er leise mit dem schlafenden Chazza über Liberty Bell, über Jaden, über seine Mutter, die seit Chazzas Unfall noch stiller, noch ferner und entrückter wirkte als sonst. Aber als keine Reaktion kam, verstummte er schließlich.

Irgendwann steckte eine Krankenschwester ihren Kopf durch die Tür, es war eine andere als die von vorhin. Sie machte eine Kopfbewegung auf den Gang hinaus und tippte auf ihre Uhr.

Ernesto seufzte. »Hey Chazza, sie wollen mich mal wieder rausschmeißen«, sagte er. »Ich fürchte, ich muss bald gehen.« Er legte seine Hand auf die langen, schmalen Finger, die so gut Klavier spielen konnten, und in fast dem gleichen Moment sah er, dass Chazza mühsam seine blinden, irgendwie blutunterlaufenen Augen geöffnet hatte. Die blassen Pupillen darin zuckten und rotierten orientierungslos.

»Chazza«, sagte Ernesto erleichtert. »Hey Chazza. Da bist du ja ...«

Chazza reagierte, indem er Ernestos Namen flüsterte, ein paarmal hintereinander. Auf einmal wünschte sich Ernesto sehnlich, Chazza summen zu hören. Dabei war ihm das früher so oft auf die Nerven gefallen, dieses Gesumme vor und nach jedem Satz, den er von sich gab.

»Ernesto?«, sagte Chazza wieder, seine Stimme klang belegt und heiser. Er schien in seinem verletzten Kopf nach Worten zu suchen. »... Santa ... Clara ...«, nuschelte er schließlich mühsam.

»Ja?«

»Die Katze ...«

Chazzas Stimme war nur ein Hauch.

»Die Katze? Welche Katze?«, fragte Ernesto verwirrt. Fantasierte der Ewig Summende vielleicht?

»... nicht natürlich ...«

Chazzas Stimme gewann einen Hauch an Ton. »Nicht natürlich ...«, wiederholte er und tastete mit seinen dünnen Klavierspielerhänden nach Ernestos Hand. »Hörst du?«

»Ja, klar. Ich höre«, antwortete Ernesto angespannt.

»... gestoßen ... die Katze ... nicht natürlich ...« Damit schlossen sich Chazzas Augen wieder. Seine ädrigen Lider zuckten noch einen Moment, dann hörte auch das auf. Starb er etwa? In Filmen starben die Leute immer nach dramatischen, letzten Sätzen – aber in diesem Fall waren Chazzas Worte wohl eher wirr als dramatisch gewesen.

Eine Krankenschwester kam herein und warf einen Blick auf Chazzas reglose Gestalt.

»Ist er ...?«, begann Ernesto, aber das war Unsinn, denn Chazzas Herzfunktion war auf dem Monitor weiterhin als rote Zickzacklinie deutlich sichtbar.

Ernesto fuhr sich über die Stirn und tauschte das *Ist* seiner Frage gegen ein *Wird* aus. »Wird er ...?«

»Nein, wir hoffen nicht«, war die knappe Antwort der Schwester, während sie mit ein paar schnellen Handbewegungen eine leer gelaufene Infusion austauschte. »Aber Sie müssen jetzt wirklich gehen.« Mehr Worte hatte sie anscheinend nicht für ihn und schon gar keinen Trost. Stattdessen drehte sie irgendeinen Regler hoch.

Der Polizist nickte Ernesto zu, als er schließlich aufstand und sich zur Tür wandte. Noch einmal dachte er über das nach, was der blinde Musiker zu ihm gesagt hatte. Die Katze. Nicht natürlich. Santa Clara. Gestoßen ...

Wollte Chazza ihm *das* sagen? Dass jemand ihn gestoßen hatte in dieser Nacht, als er in den Wald gegangen war? Am Santa-Clara-Steinbruch? Dort, wo auch sein Vater vor vielen Jahren verunglückt war?

Und dieser Infusionsschlauch, der sich gelöst hatte und der für die Verschlechterung von Chazzas Zustand verantwortlich war? Wäre wirklich die Polizei hier, wenn das ein Zufall gewesen wäre?

»Bewachen Sie ihn ab jetzt?«, fragte er leise, die Hand schon an der Türklinke.

Der Polizist nickte. »Vorerst jedenfalls«, sagte er und war damit nicht gesprächiger als die Krankenschwester.

»Verdammt«, murmelte Ernesto und zog die Tür hinter sich ins Schloss.

Der Tag war vorüber, die Hitze des Tages hing allerdings noch wie ein schwerer, schwüler Vorhang über dem Abend, der gerade begann. Es hatte leicht angefangen zu regnen, Ernesto spürte es mehr, als er es sah, während er ins Freie trat. Irgendwo in diesem miesen Kasten, den er gerade verlassen hatte, versteckten die Ärzte Liberty Bell vor ihm. Okay, nicht nur vor ihm, auch vor Roy Edwards und Konsorten, aber das tröstete nur wenig.

»Ernesto«, sagte da plötzlich eine Stimme hinter ihm. »Warte doch.«

Ernesto fuhr herum. »Sally? Du bist noch da?«

»Wie du siehst. Das hat ja ewig gedauert. Ist Chazza wach gewesen? Was wollte er von dir?«

Ernesto hob die Schultern. »Er ist erst ganz zum Schluss aufgewacht. Und er hat auch nicht viel gesagt, wirres Zeug...« Ernesto wiederholte Chazzas Worte.

Sie standen sich im Nieselregen gegenüber.

»Das klingt nicht gut, oder?«, sagte Sally schließlich. »Korrigiere mich, wenn du es anders siehst, aber mir kommt es so vor, als habe Chazza dir eben mitgeteilt, dass er nicht versehentlich über den Rand des Santa-Clara-Steinbruchs gefallen sei...«

Ernesto hob den Kopf und tauchte seinen Blick in Sallys. »Aber das ist doch… verrückt«, sagte er und trat von einem Bein auf das andere. »Warum sollte jemand Chazza den Steinbruch hinunter*stoßen?* Kannst du mir das mal sagen?«

»Warum sollte jemand dem alten Flavio die Kehle durchschneiden?«, fragte Sally zurück. »Kannst du mir *das* mal sagen?«

»Du meinst – das hängt vielleicht alles irgendwie… zusammen?«

Sally antwortete nicht. Stattdessen sagte sie: »Ach ja, ehe ich es vergesse. Station R 1, Zimmer 101. – Besser jetzt?«

Ernesto machte ein ratloses Gesicht.

»Was…?«, fing er an, aber Sally unterbrach ihn.

»Ich habe ein bisschen recherchiert.« Sie lächelte. »Ich kenne da einen ehrenamtlichen Helfer in der Verwaltung, er ist Veganer wie ich. Wir mögen uns… Liberty Bells neue Station. *Rehabilitation 1, Zimmer 101.* Das ist in diesem würfelförmigen Anbau hinter der Neurologie.«

Sie deutete auf einen verchromten Anbau am linken Giebel des großen Hauptgebäudes, von dem man von hier aus nur ein kleines Stück sehen konnte.

Ernesto spürte eine Flutwelle aus Erleichterung durch seinen Körper strömen. Verrückt, dass es ihm schon eine Zentnerlast von den Schultern nahm, überhaupt zu wissen, wo Liberty Bell sich aufhielt.

»Danke, Sal«, sagte er leise und versuchte, sich zurückzuerinnern, warum die Sache zwischen ihnen beiden im vergangenen Jahr eigentlich nicht funktioniert hatte. Jetzt hätten sie eine zweite Chance, das spürte er auf einmal mit großer Deutlichkeit – aber jetzt gab es eben auch Liberty Bell und durch sie war alles anders geworden.

»Ach ja«, sagte er hastig, weil die Gedanken in seinem Kopf immer noch wirr hin und her sprangen. »Stell dir vor, Chazza hat jetzt sogar Polizeischutz ...«

Sally machte ein verwirrtes Gesicht. »Ich denke, die Sache mit dem Santa-Clara-Steinbruch hat er dir gerade eben erst gesagt? Wie kann er da jetzt schon ...?«

Ernesto schüttelte den Kopf. »Nicht deswegen«, erklärte er. »Sondern weil – angeblich jemand an seinem Infusionsschlauch herumgemacht haben soll ...«

»Was?«

Sallys Blick sprach Bände.

»Das Tier hat üble Depressionen, darauf wette ich«, sagte Darayavahush. »Es sehnt sich einfach irre nach Schlamm, Sex und artgerechtem Futter. Man muss echt kein studierter Rattenpsychologe sein, um das zu sehen, oder?«

»Kann es sein, dass du mal wieder von dir und deinen Bedürfnissen ausgehst, Hush?«, fragte Mose mit hochgezogener Augenbraue. »Schlammcatchende Frauen im Sportkanal, Sex mit Portia in der Garage, dazu jede Menge Junkfood bei *Clark & Sons?* Das sind doch, wenn ich mich nicht irre, alles deine Spezialgebiete ...«

Ernesto schloss nervös die Augen. Seit der Sache mit Jaden waren seine Freunde, wenn möglich, noch anhänglicher als früher. Dauernd schneiten sie ins Haus. Salvas Besuche waren in Ordnung, aber auf Dara und Mose hätte er in der letzten Zeit gerne ab und zu verzichtet.

»Morgen kommt übrigens Ronan zurück«, sagte Mose in diesem Moment. »Er hat nach dem, was Jaden passiert ist, wohl keine Lust mehr auf die Rockies.«

Dara, der weiterhin versuchte, Sergeant Pepper mit Crackerkrümeln aus der offen stehenden Katzenkiste zu locken, hob den Kopf. »Ich wollte euch noch etwas erzählen. Ich weiß es von Portia. Jaden ... Jaden hat noch etwas zu Portia gesagt, ehe er – na ja, ehe er ... eben gestorben ist ...«

Darayavahush schluckte und räusperte sich.

»Er hat nach seinem Unfall noch etwas zu Portia *gesagt?«*, wiederholte Salvador in die plötzliche, wahnsinnige Stille hinein.

Darayavahush nickte und wischte sich einmal mit dem Handrücken über die Augen. »Ja, sie ist neulich noch einmal von der Polizei befragt worden und da hat sie sich wieder dran erinnert. Vorher war es irgendwie weg gewesen. Mann, Portia stand echt unter Schock nach der – Geschichte ... Ich meine, sie hat das alles haarscharf gesehen, Leute. Das muss man sich mal vorstellen.«

»Dara! Bleib bei einer Sache: *Was* hat er gesagt?«, beharrte Salva, während Ernesto sich auf einmal ganz eigentümlich fühlte.

»Es war merkwürdig ...« Er nagte gedankenverloren an seinem Daumenknöchel herum und starrte für einen Moment aus dem großen Fenster in die Ferne. Ein Krähenschwarm flog da draußen herum und machte den üblichen Hitchcockkrach dabei. »Er sagte so was wie Hochmut käme vor dem Fall ...«

»Hochmut kommt vor dem Fall?«, zitierte Mose das Sprichwort.

Dara nickte. »Ja. Genau das. – Und dann sagte er, dass er etwas kopiert hätte.«

»Kopiert? Was meinte er damit?«, unterbrach Salva ihn und

vertrieb gleichzeitig Dalí vom Teller Cracker mit Erdnussbutter, den Natasha vor einer Weile vorbeigebracht hatte.

»Was hat euer klasse Rasseweib denn in der letzten Zeit?«, hatte Dara mit gedämpfter Stimme gefragt, nachdem Natasha wortlos und blicklos wieder hinuntergegangen war, kaum dass der Teller abgestellt gewesen war. Diese Art Fragen waren es, die Ernesto wünschen ließen, sein iranischer Freund würde nicht unbedingt jeden Tag im Rampenhaus vorbeikommen.

»Es geht ihr eben gerade nicht sehr gut«, hatte er Daras Frage dennoch beantwortet.

»Was hat er *kopiert?«,* wiederholte Salvador in diesem Moment noch einmal.

»Ich versteh ehrlich gesagt nur Bahnhof...«, murmelte Mose.

Salva sah nachdenklich aus. »Hast du nicht erzählt, Jaden habe vor einer Weile mal unbedingt mit dir reden wollen?« Er warf Ernesto einen fragenden Blick zu. »Du warst früh zum Joggen gegangen und da ist dir Mr Exlegs in aller Herrgottsfrühe über den Weg geradelt.«

Ernesto nickte. »Ja, ich hab ihn abgeschüttelt, weil ich immer noch sauer auf ihn war wegen der Sache mit Cal Wyludda. Ich bin nicht stolz drauf, okay?«

»Er wollte etwas von dir persönlich?«, hakte Salva nach. »Oder hat er einfach nur wieder Anschluss an die Clique gesucht?«

»Keine Ahnung. Verdammt, ich war wegen der Sache mit Cal einfach nur total angepisst von ihm.«

In dem Moment klingelte Ernestos Telefon.

»Hat das Waldmädchen in der Zwischenzeit gelernt, statt Buschtrommeln ein Kliniktelefon zu bedienen, um endlich auch ihren Herzbuben anrufen zu können?«, fragte Dara grinsend.

Aber so war es nicht. Es war Bethany Bolino, die von Ernesto wissen wollte, ob Liberty Bell bei ihm war.

Denn sie sei spurlos aus dem Krankenhaus verschwunden.

16

Wo kann sie sein? Was hat diese Ärztin dir gesagt?«, erkundigte sich Salvador, als sie bereits draußen waren.

»Nicht viel. Nur dass Liberty Bell sehr niedergeschlagen war. Und dann war sie plötzlich nicht mehr da ...«

Ernesto startete den Motor seines Wagens und fuhr viel zu schnell die Auffahrt hinunter. Kies wirbelte auf und prasselte gegen die Windschutzscheibe.

»Sally ...«, sagte er dabei plötzlich. Ihm war ein Gedanke gekommen.

»Was ist mit ihr?«, erkundigte sich Salva, während Ernesto bereits sein Mobiltelefon aus der Hosentasche zog und es Salvador in den Schoß warf.

»Ruf sie mal an. Sie ist eingespeichert. Ich will sie was fragen ...«

Salvador nickte, stellte die Verbindung her und gab Ernesto das Telefon zurück.

Nur Sekunden später berichtete Ernesto Sally hastig, was vorgefallen war. »Du hast doch erzählt, du kennst dort Leute«, sagte er hinterher. »Meinst du, du könntest mal nachhaken, ob jemand ...? – Hey, danke, Sal, du hast was gut bei mir, echt.«

Er fuhr in Richtung Cedar Creek. Es war nur eine schwache

Hoffnung. Im Grunde genommen konnte er sich nicht vorstellen, dass sie es alleine bis dorthin geschafft haben könnte, aber es war der einzige Anhaltspunkt, den er überhaupt hatte.

Als sie eben den Highway erreichten, rief Sally bereits zurück.

»Ja?«, fragte Ernesto nervös und presste das kleine Telefon fest an sein Ohr.

»Ziemlicher Mist…«, antwortete Sally prompt.

»Wieso? Was ist passiert, Sal?« In Ernestos Stimme schwang Panik.

»Ich habe gerade mit Karl gesprochen, Ern. Er ist der Kumpel, von dem ich dir erzählt habe. Und Karl hat mitbekommen, dass Liberty Bell gestern ziemlich lange mit Brian geredet hat…«

»Brian?«, wiederholte Ernesto verwirrt.

»Ja, offenbar so ein punkig angehauchter Weltverbesserer«, erklärte Sally seufzend. »Er arbeitet zurzeit als Hilfspfleger in der Klinik. Jedenfalls tat Brian heute früh wohl sehr geheimnisvoll in Bezug auf sein gestriges Gespräch mit Liberty Bell. Karl wurde nicht schlau daraus… Aber Fakt ist, dass er jetzt jedenfalls genauso verschwunden ist wie sie. Und so eine aufgelöste pakistanische Schwesternschülerin glaubt nun, sie hätte die beiden heute früh zusammen draußen rumlaufen sehen, sich aber nichts dabei gedacht. – Und Brians alter Buick ist eben auch weg…«

Irgendetwas an Sallys Stimme klang so, als käme das dicke Ende erst noch. Ernesto nahm den Fuß vom Gaspedal, blinkte und fuhr an den Straßenrand. Die Sache mit dem Cedar Creek konnte er, wie es aussah, vergessen.

»Sally, da ist doch noch was, oder?«, fragte er leise und stellte den Motor aus. Bis auf Dalís Hecheln war es still im Wagen.

»Allerdings«, tönte Sallys Stimme durch sein Sony Ericsson. »Karl sagte, er habe mal Brians letzte Eingabe am Computer auf Station R1 nachgesehen...«

»Und?«

Ernestos Stimme war zum Zerreißen angespannt.

»Wood Green, Ern. – Delancey Street. – Brian hat sich offenbar die Route dorthin ausgedruckt. Sieht ganz so aus, als spiele Mr Haschischkopf so etwas wie den Chauffeur für Liberty Bell, die es – zur Delancey Street zieht.« Sally schwieg einen Moment. »Du – du weißt, wer dort... lebt?«

»Verdammt. – Die Familie Kyriacou«, sagte Ernesto leise.

Keuch, keuch, keuch, der Köter.

»Ern? Was ist los? Nun sag doch mal was Vernünftiges...« Darayavahushs Stimme von der Rückbank.

Delancey Street... Ernesto schloss für einen Moment die Augen. Das *Anwesen* der Familie Kyriacou hatte nicht mal eine Hausnummer nötig, denn die abgründige Miseryfamilie war, so weit er wusste, die einzige dort.

»Danke, Sally«, sagte Ernesto zum Schluss. »Ich... ich denke, ich fahre raus...«

»Versuch, es locker anzugehen, Ern«, erwiderte Sally, die sich mal wieder treu blieb. »Denk dran, das sind auch Menschen mit einem guten Kern. Ganz sicher. Sie... sie hatten einfach schon viel Pech im Leben. Sie sind keine Monster. Egal, was die Leute aus Old Town über sie reden.«

Sie fuhren relativ schweigsam.

»Was will das Waldmädchen da draußen nur, zum Teufel?«, murmelte Dara bloß einmal.

»Schätze, sie will was über Ruby Kyriacou erfahren«, sagte

Mose, nachdem über Daras Frage praktisch schon wieder Moos gewachsen war.

Ernesto hatte gewendet, sie fuhren eine Weile den Chinook Drive entlang, bogen dann aber in westlicher Richtung ab und fuhren über die Interstate.

Ein paar Kilometer nach einem kleineren Industriepark nahmen sie bereits die erste ungepflasterte Straße, die sich durch immer dichter werdenden Wald einen Hügel hinaufschlängelte und in andere schlecht oder nicht gepflasterte Straßen überging.

Der Weg endete schließlich sackgassenartig vor dem auf seine Weise eindrucksvollen Haus der Familie Kyriacou. Zwei heruntergekommene Pick-up-Trucks parkten dort. Ebenso ein alter Volkswagen und ein überraschend intakt wirkender Daihatsu, der vermutlich Diebesgut jüngerer Art war, schoss es Ernesto durch den Kopf. Schräg davor stand tatsächlich ein giftgrüner Buick, dessen Rückscheibe mit diversen Aufklebern diverser Punkbands versehen war.

»Das muss die Karre von diesem Brian sein«, murmelte Salvador. »Verdammt, Liberty Bell … ist also wirklich hier.«

Er hob den Kopf und schaute sich um. *»Irgendwo* hier.«

Auf der Pritsche des einen Pick-up-Trucks saßen Justin und Sam Kyriacou und ließen die Beine baumeln. Sie sahen aus wie immer. Obwohl sie beide erst Anfang zwanzig waren, hatten sie etwas Düsteres und Verlebtes an sich. Zusätzlich waren sie stark tätowiert – auf Justins Stirn prangte der deprimierende Schriftzug *HASS!* und Sams Gesicht war voller Piercings. Direkt vor dem Wagen hockten zwei Kleinkinder auf ramponierten Plastikstühlchen und untersuchten neugierig den Lauf einer Schrotflinte.

»Hoffen wir mal inständig, dass das Ding *nicht* geladen ist«, murmelte Dara, während er aus dem Auto stieg. »Habe echt keine Lust, ausgerechnet von einem Vierjährigen vor der Zeit in den Lustgarten Allahs geballert zu werden ...«

Sowohl Justin und Sam, als auch die beiden Kinder trugen Hosen und Hemden in Tarnfarben.

»Spielen die hier Afghanistan oder was?«

Dara schien sich äußerst unwohl zu fühlen.

»Hey, verschwindet mal besser, ihr Wichser«, rief Justin Kyriacou in aller Seelenruhe und spuckte etwas Undefinierbares in Ernestos Richtung. Es klatschte schaumig auf den Boden und sah modrig aus. War das Kautabak? Wahrscheinlich eher Reste von psilocinhaltigen Pilzen. Sie würden die leicht glasigen Blicke der beiden Brüder erklären. Ernesto gab sich Mühe, nicht das Gesicht zu verziehen.

Sonnenstrahlen kletterten über den Hang und er rief sich Sallys Worte ins Gedächtnis.

»Wir ... wir wollen nicht lange stören, aber wir – suchen jemanden«, sagte er zögernd und so freundlich wie möglich.

»Such woanders, *Motherfucker.*« Justin sprach mit schleppender Stimme, aber ebenfalls nicht unfreundlich, wenn man mal von den Wörtern absah, die er gebrauchte, um seine Aussagen miseryartig abzurunden.

»Wollt ihr das Mädchen haben, das zu uns gekommen ist? Das mit den runden blauen Augen?«, insistierte eines der beiden kleinen Kinder beinahe hilfsbereit. Es hatte eine ähnlich nuschelige Aussprache wie Justin, aber es sah nicht verschlagen, sondern nur ungepflegt aus.

Salvador nickte ihm lächelnd zu. »Genau«, sagte er freundlich und ging in die Hocke. »Kannst du mir vielleicht sagen, wo sie ist?«

»Könnte er. Tut er aber nicht«, sagte diesmal Sam Kyriacou. »Maul halten, Booh! Verstanden?«

Sie redeten noch eine Weile hin und her, weil Justin und Sam ihnen rundheraus verboten, auch nur einen Schritt weiterzugehen. Da drang plötzlich aus dem Inneren des unheimlichen Hauses undefinierbarer Lärm.

Ernesto, Salva, Dara und Mose zuckten zusammen.

»Geht euch der Arsch auf Grundeis, ja?«, prustete Justin und schlug sich auf die Knie. »Was glaubt ihr, was da drin grad passiert, he? Unsere Brüder Abel, Tiger und Dave sind nämlich schwer angetan von der Kleinen, die mal ein Braten in Rubys Röhre gewesen sein soll, ehe die spinnerte Fette plötzlich spurlos verschwand... Hat niedliche Spitztitten und so. Nicht zu glauben, dass sie Rubys Tochter sein soll.« Er zog ein paar neue Psilos aus der Jackentasche und steckte sie in den Mund.

Hinterher, auf der Heimfahrt, stritten sich Dara und Mose darüber, wer es letztendlich gewesen war, der Liberty Bell in diesem Moment gerettet hatte: Ernesto, Brian oder die alte Mrs Kryriacou, die verwirrte, betrunkene Mutter von Ruby.

»Es war Ern, keine Frage«, sagte Mose. »Mich hätte fast der Schlag getroffen, als er einfach so losstürmte zum Haus, ohne Rücksicht auf Verluste...«

»Zumal die Flinte tatsächlich geladen war, wie Ekel Justin uns bewies, indem er sie dem kleinen Miserykind aus der Hand nahm und mit ihr losballerte...«, schnaubte Dara. »Mann, das hätte böse ins Auge gehen können, ehrlich, Ern!«

Dara schaute eine Weile vor sich hin. »Aber dieser Punk-Brian war auch nicht übel. Okay, gerade fühlt er sich mies, aber selbst wenn seine Nase wirklich gebrochen ist, hat er sich wie ein Held geschlagen. Ein Kampf gegen zwei Miserys gleichzeitig: Hut ab!«

Ernesto dachte an den Moment zurück, als er ins Haus kam. Es war fast wie ein Déjà-vu gewesen, nur dass statt Jaden und Cal diesmal Abel und Tiger Kyriacou an Liberty Bell zerrten.

»Zeig uns deine Nippel, zeig uns deine Nippel ...«, grölten sie im Duett. In dem stickigen, unaufgeräumten Raum roch es nach Zigarettenqualm, Schweiß und Alkohol. Ein großer Fernseher lief in ohrenbetäubender Lautstärke.

Ernesto packte Liberty Bell, der Tiger Kyriacou gerade das geblümte Kleid hochzuzerren versuchte, am Arm, während Brian Dave einen mittelgeschickten Schlag ins Gesicht verpasste und sich dafür einen nasenbruchverdächtigen Schlag von Abel einfing, der ihn zu Boden warf.

»Pfoten weg von ihr«, sagte in diesem Moment eine heisere Stimme. Es war die alte Mrs Kyriacou, die ins Zimmer gewankt kam. Noch nie hatten Ernesto, Dara und Mose eine derart dicke Frau gesehen. Nur Salva kannte sie bereits, weil sein Vater oft hier draußen war und er ihn ein paarmal begleitet hatte.

»Hi Mrs Kyriacou«, murmelte er.

»Hi Junior«, gab sie zurück. »Na, heute ohne Baz unterwegs?« Ächzend sank sie auf ein malträtiert aussehendes Sofa. »Hat eine Weile gedauert, Schätzchen«, sagte sie entschuldigend in Liberty Bells Richtung und verzog das Gesicht, als sie sah, dass Ernesto seinen Arm um sie gelegt hatte.

»Pfoten weg von ihr, hatte ich gesagt«, fauchte sie. »Und damit meine ich jeden. Das hier ist eine Familienangelegenheit. – Da stört ihr nur, verdammt. Komm, Kleine ...«

Ihre Arme waren so dick und ihr Oberkörper dazwischen so ein gigantischer Wulst, dass sie es nur mit Mühe schaffte, das dicke, speckig wirkende Album in ihren Händen gerade zu halten.

»Bilder«, sagte sie. »Ich musste sie erst suchen. Ist ja nicht so, dass ich nichts anderes zu tun hätte, als Tag für Tag die alten Aufnahmen der Kleinen im Auge zu behalten ...«

»Liberty Bell«, sagte Ernesto, während Mrs Kyriacou das Album aufschlug und mühsam darin herumblätterte. Liberty Bell zitterte in seinem Arm, Schweißperlen standen auf ihrer Stirn. Sie hatte noch kein Wort gesprochen, seit er im Raum war.

Abel, Tiger und Dave öffneten sich unterdessen geräuschvoll Bierdosen und warfen sich auf ein zweites Sofa, das mitten im Raum herumstand, weil es zum Fernseher hin ausgerichtet war. Salvador hatte Brian, der stöhnte und sich die Nase hielt, ins Freie begleitet, während Mose und Dara sich dicht neben Ernesto hielten.

»Ich ... ich musste sie einfach sehen«, sagte Liberty Bell leise und wand sich aus Ernestos Arm. »Kannst du das – verstehen?«

Ehe Ernesto eine Antwort geben konnte, erklang erneut Mrs Kyriacous Stimme. »Schätzchen, was ist nun?«, sagte sie und auf einmal klang ihre Stimme belegt. Sie drehte den Kopf und deutete schwerfällig mit dem Kinn neben sich auf das winzige Stück Sofa, das noch übrig war. »Komm, setz dich zu mir. Ich bin deine Grandma, es ist also nichts dabei, wenn du dich neben mich setzt. Fremde mag ich nicht, aber du gehörst ja wohl zur ... Familie.«

Plötzlich rollten Tränen über ihr aufgedunsenes Gesicht, rieselten über das Kinn und tropften auf ihr gigantisches T-Shirt. »Macht mal den Fernseher leiser, Jungs. Seid so gut.«

Erstaunlicherweise gehorchten sie.

Ernesto sah Liberty Bell von der Seite an. Ihre Ohrläppchen

waren zart und angewachsen, ihr Gesicht immer noch blass, aber nicht mehr so krankhaft blass wie vor zwei Wochen. Unter den Augen waren sogar schon wieder ein paar vereinzelte Sommersprossen zu erkennen. Die tiefen Schatten waren verschwunden. Ihre Nase war schmal und gerade, ihr Mund wunderschön, aber in diesem Moment ein Strich. Sie sah wahnsinnig ernst und angespannt aus. Ernesto sehnte sich danach, sie zu umarmen, mit ihr draußen in der freien Natur zu sein, ihr zu sagen, dass es im Grunde doch völlig egal sei, von wem man abstamme, und dass es doch nur auf das Jetzt ankam.

Aber er schwieg und sah zu, wie sie sich schon im nächsten Moment mit entschlossener Miene in die winzige Lücke neben der dicken, atemlosen Frau quetschte, deren Gesicht voller Schweiß und Tränenspuren war.

»Was bist du für ein – dünnes Persönchen«, murmelte Mrs Kyriacou und versuchte, sich mit einem ihrer schwammigen Handrücken hastig den strömenden Schweiß von der Stirn zu wischen. Dabei geriet sie ins Schwanken und lehnte mit einem Mal schwer gegen Liberty Bell. Gleichzeitig rutschte ihr das Fotoalbum aus der anderen Hand. Liberty Bell fing es auf und hielt es fest.

»Sorry, mein Schätzchen. Sorry. Sorry. Sorry«, flüsterte Mrs Kyriacou, die jetzt um einiges blasser war als Liberty Bell an ihrer Seite.

»Ist schon gut«, antwortete Liberty Bell.

»Ekele dich bitte nicht vor mir, Kleine«, bat Ruby Kyriacous Mutter. »Ich… ich war auch mal jung und hübsch wie du. Kannst du mir das glauben? Es ist nämlich die Wahrheit, Schätzchen. Aber dann habe ich vierzehn, nein, sogar fünfzehn Kinder bekommen…«

Fünfzehn Kinder. Und eins davon war Ruby Kyriacou gewesen.

»Ruby *Rain* Kyriacou«, erklärte Mrs Kyriacou. »Ich habe allen meinen Kleinen zwei Vornamen gegeben, weißt du. Falls ihnen der erste später mal nicht gefallen könnte.«

Liberty Bell nickte. »Das ist eine... eine nette – Idee«, sagte sie leise. »Rain...«

»Da. Das ist sie. Schau«, fuhr Mrs Kyriacou fort und platzierte schwerfällig einen Finger auf einer alten Aufnahme, auf der ein kleines Mädchen in rosa Badesachen in einem Planschbecken saß. »Meine kleine Ruby.«

»Das ist sie?«, wiederholte Liberty Bell und beugte sich leicht nach vorne, um das Bild besser sehen zu können.

Mrs Kyriacou nickte. »Auch so ein dünnes Persönchen wie du, nicht wahr?«, sagte sie.

»Ernesto, sieh mal«, bat Liberty Bell leise und drehte sich nach Ernesto um. Von hinten beugte er sich über das alte, zerbeulte Sofa.

»Hey Mom, ist doch noch gar nicht raus, ob die Kleine wirklich von Fatty abstammt«, rief einer der Miserybrüder auf dem Sofa mürrisch.

»Klappe, Tiger«, schnaubte Mrs Kyriacou. »Klar gehört sie zu uns. Das sieht doch ein Blinder mit Krückstock. Sie ist praktisch mein jüngeres Ich, hat meine Augen, meinen Blick... Lacht nicht, Idioten! – Kümmere dich nicht um sie, Libby. Ich darf dich doch Libby nennen? Dieser andere Name, den du da hast, ist nicht so mein Ding...«

Liberty Bell nickte abwesend. Sie hatte im Album weitergeblättert und betrachtete Aufnahme um Aufnahme.

»Da ist sie auch. Und da. Und da.« Mrs Kyriacou tippte auf verschiedene Bilder und schnäuzte sich.

»Du klingst wie ein verdammtes Tier, Mom«, rief Abel angewidert. »Heul doch nicht rum wegen der verschwundenen Fetten!«

»Warum wurde sie eigentlich – immer dicker?«, fragte Liberty Bell nach einer Weile.

»Vielleicht, weil sie einen Braten in der Röhre hatte, von dem keiner was wusste?«, schlug Dave Kyriacou vor und lachte dröhnend. »Wer weiß, wer sie geschwängert hat, die hässliche Dicke. Kam doch im Grunde nie irgendwohin, wo es Kerle gab.«

Liberty Bell betrachtete ein Bild. »Wie – wie alt ist sie da?«, fragte sie, ohne den Blick von Ruby zu wenden, die kaum noch wiederzuerkennen war. Auf dem ersten Bild war Ruby ein schmales, blondes Mädchen gewesen, mit großen hellen Augen. Sie hatte in die Ferne geschaut und etwas in ihrem Blick war feenhaft gewesen, sanft, sehnsüchtig, vielleicht. Ein hübsches Kind, keine Frage.

Aber auf dem Bild, das Liberty Bell jetzt vor sich hatte, war ein dickes, schwerfälliges und feindseliges Mädchen mit verschränkten Armen abgebildet, das ins Leere starrte, als würde es dort etwas sehen. Etwas Schreckliches, wie es schien.

»Da... da war sie elf, glaube ich«, murmelte Mrs Kyriacou vage. »Ja, das muss gewesen sein, als Justin gerade geboren war. Damals hatte sie diesen Spleen mit dem Panther. Kaum auszuhalten war das...«

»Panther?«, wiederholte Liberty Bell und machte ein verwirrtes Gesicht.

Mrs Kyriacou nickte. »Ja, allerdings. Das verrückte Kind wurde von Tag zu Tag rätselhafter. Stiller. Verstockter. Aber wenn sie mal den Mund aufmachte, außer zum Essen, redete sie immer von diesem Panther. Er sei wieder da gewesen. Er beiße.

Er sei böse. Er käme angeschlichen, um sie hinzustoßen und ihr wehzutun. Er sei grausam. – Irgendwann gewöhnten wir uns an ihre Fantasiegeschichten und ließen sie einfach plappern. Es war ihr sowieso nicht zu helfen. Sie war ein eigenbrötlerisches Kind. Trieb sich stunden- und tagelang im Wald herum und so. Kein Wunder, dass sie sich ausgerechnet einen Panther ausdachte. Abel versuchte, ihr manchmal klarzumachen, dass es in unseren Wäldern zwar wilde Tiere, aber keine Panther gäbe, aber sie blieb dabei... Stur war sie auch noch...«

Liberty Bell saß still da.

»Wollen wir nicht allmählich mal...?«, fragte Darayavahush ungeduldig und trat von einem Bein auf das andere.

»... und dann ihr Schuhtick«, fuhr Mrs Kyriacou fort, ohne auf Dara zu achten. Sie blätterte eine Weile in dem Fotoalbum herum und deutete schließlich auf eine einzelne Aufnahme ganz am Ende des Buches. »Da, siehst du diese Turnschuhe, Libby? Sie fing an, sie Tag und Nacht zu tragen. Sie war verrückt nach Schuhen und schien sich vor nackten Füßen regelrecht zu ekeln...«

Mrs Kyriacous Miene verfinsterte sich. »Dann tauchte eines Tages dieser einbeinige Säufer hier auf«, berichtete sie. »Er machte einen ziemlichen Zirkus und wollte unbedingt mit Ruby sprechen, warum auch immer. Aber Ruby lag oben im Bett und war krank. Kotzte sich die Seele aus dem Leib und hatte Fieber. Dieser Mr Fabiani war wie eine Klette. Lungerte den ganzen Tag hier draußen herum und...«

Plötzlich wurde es draußen laut.

»Verschwinde, Baz!«, rief Justin Kyriacou ärgerlich. Oder war es Sam? »Heute ist nicht einer deiner beschissenen, sogenannten Betreuertage, also verpiss dich...«

Die Tür flog auf und Sam Kyriacou polterte über die Schwelle. Er sah sich um, als hätte er ein anderes Szenario erwartet. Hinter ihm tauchten Salva, Brian und die beiden vor sich hin plappernden Kleinkinder auf. Danach kam Baz.

Argwöhnisch schaute Sam zwischen seinen fernsehschauenden Brüdern und seiner Mutter, die Liberty Bell neben sich hatte, hin und her.

»Liberty Bell, da bist du ja! Gott sei Dank. Alles in Ordnung?«, fragte Baz als Erstes. »Hallo, Mrs Kyriacou«, fügte er dann hinzu und kam näher. »Wie ich sehe, haben Sie unerwarteten Besuch bekommen.«

Mrs Kyriacou nickte. »Ja. Hm. Rubys ... Kleine«, sagte sie und drückte Liberty Bells Hand, während Sam und Justin sich lautstark mit Abel, Tiger und Dave zu streiten begannen, und die beiden Kleinen unbeeindruckt von dem ganzen Emotionsdurcheinander einen Kinderkanal einschalteten. Das Kleinere der beiden erklomm anschließend Mrs Kyriacou, als sei sie mindestens die Rocky Mountains und streichelte ihr dickes, rot geflecktes Gesicht.

Baz schaffte es schließlich, das ganze Chaos irgendwie in den Griff zu kriegen, und eine halbe Stunde später konnten sie, unbehelligt von weiteren Attacken der Kyriacou-Brüder, mit Liberty Bell das Haus verlassen.

Nun kauerte sie auf dem Beifahrersitz neben Ernesto. Dieses Mal hatte sie keine Augen für die vorüberfliegenden Bäume zu beiden Seiten der Straße. Dieses Mal saß sie mit geschlossenen Augen da, den Kopf starr gegen die dunkle Kopfstütze gepresst. Wie beim letzten Mal hielt sie sich an den Rändern des Sitzes fest.

Salvador war mit Dalí und Brian bei Baz mitgefahren.

»Du bringst sie auf dem direkten Weg zurück in die Klinik,

Ern? Versprochen?«, hatte Baz beim Losfahren eindringlich an Ernesto gewandt gesagt.

»Muss das sein? Was soll sie da? Sie ist nicht mehr krank, oder? Die Kopfverletzung ist längst verheilt«, stieß Ernesto unwillig hervor. Er dachte an das, was Salva ihm über die geplante Heimunterbringung von Liberty Bell in Village erzählt hatte. Liberty Bell selbst schwieg und schaute immer noch zu dem Kyriacou-Haus hinüber, das sie gerade verlassen hatten. Sie sah blass und erschöpft aus.

Baz seufzte. »Ja, aber darum geht es nicht alleine«, sagte er und half Brian, der sich schützend die angeschwollene Nase hielt, auf den Beifahrersitz. Dalí erklomm unterdessen die Rückbank.

»Worum geht es dann?«, hakte Ernesto ärgerlich nach.

Baz' Antwort drehte sich dann hauptsächlich um Liberty Bells fehlende Papiere. Dass es sie, laut amerikanischem Recht, streng genommen immer noch gar nicht gab, sie hatte ja nicht mal eine Sozialversicherungsnummer, und natürlich um die fehlenden Entlassungsunterlagen, die von Dr. Walther unterschrieben werden mussten.

»Das sind doch Bullshitgründe, weiter nichts«, murmelte Ernesto ärgerlich.

»Da bin ich ganz bei dir, Ern«, sagte Baz. »Aber dran halten musst du dich trotzdem, okay? So ist eben die Gesetzeslage.«

Ernesto hatte widerwillig genickt. Was hätte er sonst tun sollen?

Und nun saßen sie hier zusammen im Beetle und Ernesto fuhr schweigend in den Abend hinein. Seine Hand lag vorsichtig auf Liberty Bells Bein, während Liberty Bell immer noch die Augen fest geschlossen hielt.

Es war natürlich Dara auf der Rückbank, der das Schweigen brach. »Vielleicht hat er mich doch angelogen«, sagte er plötzlich.

»Wer oder was hat dich angelogen?«, fragte Mose neben ihm. »Sprich nicht in Rätseln, Dara, sei so gut.«

»Der alte Flavio natürlich, als er behauptete, vietnamtechnisch impotent zu sein. – Ich meine, das ist doch sonnenklar, dass er der Kerl war, der Ruby damals ...«

Dara hielt inne und warf einen entschuldigenden Blick nach vorn zu Liberty Bell.

Mose schüttelte unterdessen den Kopf. »Das glaube ich nicht.«

»Aber es passt. Er hatte was mit der Kleinen. Warum sonst sollte er damals bei den Kyriacous aufgetaucht sein? Und dann noch der Brief von vor seinem Tod, der zurückgekommen ist. Das ist doch eindeutig.«

»Hush, der alte Flavio doch nicht!«, regte Mose sich auf. »Hast du vergessen, *wie* er war? Er hätte *niemals* etwas mit einer *Vierzehnjährigen* angefangen. – Hallo? Und er hätte auch *nie* ein – neugeborenes Kind im Wald zurückgelassen.«

»Damals war er noch ein Säufer«, sagte Dara leise. »Und Säufer sind – unberechenbar, oder?«

Mose wollte etwas erwidern, aber Ernesto warf ihm einen bösen Blick zu. Liberty Bell war erstarrt, man konnte ihre Anspannung förmlich spüren.

»Klappe«, zischte er.

Wie, um Himmels willen, musste sich das alles für sie anfühlen? Wie ertrug sie den ganzen Mist? Das zurückgelassene Neugeborene eines missbrauchten Mädchens zu sein, das mit Sicherheit längst tot war? Wie musste es sein, in völliger Einsamkeit aufzuwachsen, die Pflegemutter, den einzigen

Menschen, den sie gekannt hatte, sterben zu sehen, dann der Tag, drei Jahre später, als Jaden und Cal ihr so brutal im Wald aufgelauert hatten, die Fernsehsender in dröhnend lauten Hubschraubern, die über sie hergefallen waren, der Unfall und der Sturz, die verzweifelte Zeit im Krankenhaus, als die Ärzte sie per Magensonde ernährt hatten, das heutige Zusammentreffen mit der Miseryfamilie und schlussendlich das Wissen, dass, seit all das geschehen war, die Unglücksfälle in Old Town sich häuften?

Er hätte sie gern gefragt. Es gab so vieles, was er sie gern gefragt hätte. Aber er wusste, er würde sich gedulden müssen.

»Bitte, es ist wichtig, Mrs Kyriacou«, drängte er und fuhr sich durch die wirren Haare.

»Warum? Warum willst du die Kleine sprechen?«, fragte Mrs Kyriacou misstrauisch. Sie hielt einen leicht dunkelhäutigen Säugling auf dem Arm, der leise quengelte. Mrs Kyriacou klopfte ihm den Windelpo und schuckelte ihn auf ihrer Schulter hin und her. Ihre Haare waren mindestens so zerzaust wie Flavios, sie roch nach Schnaps und sah genervt und gereizt aus.

»Ich will – mich vergewissern, dass alles in Ordnung ist mit ihr, dass es ihr gut geht.«

Der alte Flavio trat von seinem gesunden Bein auf sein Holzbein und verlagerte sein Gewicht anschließend wieder zurück.

Mrs Kyriacou kniff die Augen zusammen. »Hast du – ihr etwa was getan? Ist es das? Hast du ... irgendwas ... Ich meine ...«

Sie hielt inne.

Der alte Flavio schüttelte hastig den Kopf und schaffte es endlich, still stehen zu bleiben.

»Na also. Wenn du keinen Dreck am Stecken hast, weiß ich

nicht, was du von ihr willst«, sagte Mrs Kryriacou müde. »Im Übrigen ist Ruby krank. Sie schläft… Und wenn sie zwischendurch mal die Güte hat, wach zu werden, dann pinkelt sie die Laken voll oder redet wirres Zeug, wie üblich. Ich glaube immer mehr, dass sie einfach nicht alle Tassen im Schrank hat. Auch wenn man das über sein eigenes Kind eigentlich nicht sagen soll…«

Zwei Tage später hatte Flavio mehr Glück.

»Da… da bist du ja«, sagte er und trat schwerfällig aus dem Dickicht. Ruby fuhr zusammen. Es war fast dieselbe Stelle wie die, an der sie vor ein paar Tagen gegen ihn geprallt war, mit diesem entsetzten Ausdruck in ihrem schneeweißen Gesicht…

»Geht es dir wieder besser? Deine Mutter sagte, du seiest krank gewesen?«

»Ich… ich…«, stammelte sie und verstummte wieder. Ihr Blick war gehetzt. Sie erinnerte den alten Flavio an ein verängstigtes, verletztes Tier.

»Ich tue dir nichts, Ruby«, sagte er und hörte selbst, wie unsicher seine Aussprache klang. Das kam nur vom vielen Alkohol. Er war im Grunde nicht besser als dieser verdammte Kyriacou-Clan. Auch er ertränkte seine Gefühle, seine Ängste, seine Wut in Alkoholfluten. Obwohl er an diesem Nachmittag nüchtern war. Es war ihm schwergefallen, aber er hatte sich vorgenommen, Ruby Kyriacou zu finden. Und dazu hatte es einen klaren Kopf gebraucht.

»Was – was wollen Sie von mir?«, flüsterte Ruby und knetete ihre dicken Finger. Sie sah immer noch elend aus, die Augen in tiefen Höhlen, die Haare strähnig und sie ging leicht vorn-

übergebeugt, als habe sie Schmerzen. Gespenstig fern schien dem alten Flavio die Erinnerung an das kleine, feenartig blonde Mädchen, das Ruby einmal gewesen war.

Er überlegte einen Moment, ehe er antwortete. »Es ist wegen neulich Abend«, sagte er dann schlicht. »Du – du sahst so verzweifelt aus, als wir uns – begegnet sind. So erschrocken. Ich wüsste gerne, ob...«

»Sie tun mir – nichts?«, flüsterte Ruby und unterbrach so seine angefangene Frage.

»Nein. Nichts. Ganz sicher nicht«, sagte Flavio leise, verzichtete auf seine Frage und wartete fast eine Stunde. Wolken zogen über den Himmel, Krähen krächzten, Wind kam auf und verging wieder. Flavio rührte sich nicht vom Fleck, während Ruby ein paar Meter weiter auf einem Stein saß und durch ihr zu langes, fettiges Stirnpony ins Leere stierte.

Und auf einmal konnte sie reden.

»Im Grunde ist jetzt sowieso schon alles egal...«

Damit begann sie.

Sie gab nicht alles preis, aber Flavio konnte sich ein vages Bild machen. Der Panther. Nackte Füße. Gewalt. Sonnenschein. Die Lichtung im Wald.

»Du lieber Himmel...«, sagte er, als sie schließlich verstummte.

Ruby hob den Kopf. »Der Himmel ist nicht lieb«, sagte sie heftig.

Ihre Blicke trafen sich und Flavio sah seine Bilder aus Vietnam, Bilder von sterbenden Kindern, an deren Tod er mitschuldig war, Kinder so alt wie das hier, während Ruby Kyriacou den Panther und diesen Wald vor Augen hatte.

»Nein«, räumte er ein und versuchte, die Floskel zu erklären.

»Der Himmel, Gott… Wahrscheinlich müssen wir unser Leben letztlich selbst in die Hand nehmen. Gott hat uns bloß ein paar grobe, ungehobelte Bausteine zur Verfügung gestellt. Den Rest müssen wir irgendwie alleine hinkriegen. Verstehst du, was ich meine?«

Ruby nickte langsam und Flavio nahm Anlauf für eine Frage.

»Wer, Ruby?«, fragte er schließlich leise. Denn das hatte sie ihm nicht gesagt.

Krähen krächzten, auf einmal schob sich die Nachmittagssonne brüsk durch die vielen Wolken und sorgte für grelle, klare Helligkeit, Bäume und Büsche waren zu riechen.

Sie schwieg und schaute vor sich hin.

»Willst du es mir nicht sagen? Ich – ich würde dafür sorgen, dass du vor – diesem Mann nie mehr Angst haben musst, Ruby. Er wird dir dann nie mehr etwas tun können, verstehst du?«

»Und wenn man mir – nicht glaubt?« Das fragte sie.

Und dann sagte sie, er habe ihr hundertfach versichert, dass niemand ihr Glauben schenken würde. Und er würde ihre Mom töten, wenn sie jemals davon erzählen würde.

»Deine Mom töten?«, wiederholte Flavio.

Ruby nickte, während Tränen über ihre Wangen liefen. Sie sah viel jünger aus als vierzehn in diesem Moment. »Er sagte… das sei ein – Klacks für ihn. Er… er wüsste, wie man Menschen zum Schweigen bringt. Auf die eine oder andere Weise…«

Flavio schluckte und in dem Moment wusste er, dass er einen anderen Weg gehen musste. Den sterbenden Kindern von Hanoi konnte er nicht mehr helfen. Aber wenigstens der kleinen Ruby Kyriacou. Sie sollte sich nicht länger vor einem Mann fürchten müssen, der sie Sonne nannte, während er sie vergewaltigte, und der ihr damit drohte, ihre Mutter zu töten…

Und für diese Mission schaffte er es, mit dem Trinken aufzuhören, einfach so. Flavio Fabiani verdankte das Ruby Kyriacou und ihrem Schicksal. Er vergaß es und sie nie.

17

Und was jetzt?«, fragte Dara, als sie die Lichter der Stadt in der Ferne sahen. »Klinik? Wie Baz befohlen hat?«

»Nein«, sagte Liberty Bell da. Sie war aus ihrer Erstarrung erwacht und schüttelte den Kopf. »Nein, nicht in die Klinik. Ich gehe nicht mehr zurück. Auf keinen Fall. Egal, was alle sagen ...«

»Hey. Sie spinnt. Das geht nicht«, rief Mose hastig. »Ihr habt gehört, was Baz gesagt hat. Gesetzeslage und so. Das gäbe einen Riesenärger für uns alle.«

»Rede doch nicht immer in der dritten Person, Mo«, sagte Ernesto und fuhr vom Highway ab.

»Und komm außerdem nicht mit Gesetzen, Mr Meyerowitz, also wirklich! Gesetze können der größte Bockmist der Welt sein. Denk an deine Landsleute in Europa vor sechzig Jahren ... Gesetze ... Also wirklich!«, regte sich Dara auf.

»Aber wohin dann?«, feuerte Mose zurück. »Etwa zu Ern nach Hause? *Oh, hi Mr Merrill, machen Sie mal die Glotzpickel zu, wir wollen nur rasch einen Überraschungsgast zu Ihnen ins Rampenhaus schmuggeln. Geht auch ganz schnell ...* Oder wie stellt ihr euch das vor?«

Liberty Bells Blick traf ihn wie ein Schwerthieb. »Das ist kein Spaß. Es ist *nicht* lustig!«, rief sie zornig und Tränen blitzten in ihren Augen. »Es geht um mein Leben! Ich bin auch ein Mensch! Keine – keine… Puppe! Ich habe ein Recht auf… auf…« Sie suchte nach Worten.

»Selbstbestimmung?«, schlug Dara vorsichtig von hinten vor.

»Ja! So etwas! *Ich* bestimme über mich! Das habe ich immer getan! Früher konnte ich machen, was *ich* wollte! Und jetzt? Jetzt soll ich nur noch tun, was andere sagen!«, schrie Liberty Bell außer sich vor Wut.

Ernesto versuchte nicht, sie zu beruhigen. Verdammt noch mal, sie hatte ja recht. Es war so absolut richtig, was sie sagte. Und auch wenn unter ihren Augen wieder tiefe Schatten lagen und der Tag in Green Wood sichtbare Spuren hinterlassen hatte, Liberty Bell fing damit an, ihr Leben wieder in die Hand zu nehmen. Das hatte sie auch heute Morgen schon bewiesen, als sie es geschafft hatte, auf eigene Faust hinaus zu den Kyriacous zu fahren, und jetzt bewies sie es wieder. Für einen Moment sah Ernesto einen Hauch von Licht am Horizont. Hoffnung, dass doch noch alles in Ordnung kommen würde, irgendwie.

Mose und Dara hinten auf der Rückbank waren verstummt. Ernesto warf Liberty Bell einen kurzen Seitenblick zu. Ihre Wut war so plötzlich verflogen, wie sie gekommen war, aber immerhin hatte sie sich nicht wieder in ihr Schneckenhaus verkrochen. Wenigstens das nicht. Stumm saß sie neben ihm und schaute vor sich hin.

Ernestos Hochgefühl verebbte nach und nach, während er ziellos eine lange, öde Straße entlangfuhr, die durch ein Nirgendwo zu führen schien. Und dann lenkte er den Wagen an der nächsten Auffahrt wieder auf den Highway, einfach weil er nicht wusste, was er sonst hätte tun sollen.

Schließlich hielt er in einer weitläufigen Haltebucht. Hier war der zweithöchste Punkt von Old Town; von hier aus hatte man einen fantastischen Blick über die Stadt. *Viewpoint* stand auf einem Schild, das sie vom Auto aus sehen konnten.

Ernesto spielte nervös mit dem Licht, schaltete es ein und aus und tauchte das Gestrüpp ein paar Meter weiter an der Mauer in gespenstiges Licht.

»Leute, fassen wir mal zusammen«, meldete sich Dara schließlich von hinten zu Wort. »Erstens: Liberty Bell muss, wenn sie nicht zurück ins Krankenhaus will, irgendwo, sagen wir mal, in Deckung gehen. Zweitens...«, seine Stimme wurde wieder selbstbewusster, ganz der alte Dara, »ich muss pissen wie ein Weltmeister und drittens wartet in einer Stunde Portia Jenkins im *Heartbreaker's* auf mich.«

»*Er* spricht auch in der dritten Person über sie, habt ihr gehört?«, warf Mose ein. »Aber der Mohammedaner wird deshalb nicht angeschnauzt, oder was?«

Sie lachten kurz, aber die Stimmung blieb angespannt. Liberty Bell starrte jetzt mit zusammengekniffenen Augen aus dem Fenster.

»Vielleicht zu euch, Dara?«, fragte Ernesto.

Dara schüttelte den Kopf. »Ihr wisst ja, bei uns ist immerzu der halbe Iran im Haus. Zu riskant. Egal wo wir – *dich* hinstecken würden, Liberty Bell, du würdest garantiert ständig über einen Moslem stolpern.«

Dara warf Mose einen triumphierenden Blick zu. »Zweite Person Singular, Alter – hast du's gehört? Der *Mohammedaner* ist eben lernfähig, liebenswürdig, immer höflich und ein Weltmann...«

»Und was ist mit euch, Mo?«, fuhr Ernesto fort, ohne Dara weiter zu beachten. Seine Nerven waren auf einmal zum Zerreißen gespannt. War es gut, was sie da machten? Würde es nicht alles noch viel komplizierter machen, wenn sie Liberty Bell jetzt praktisch *entführten?* Andererseits hatte sie es eben unmissverständlich ausgedrückt: Sie würde nicht zurück in die Klinik gehen. Und damit war die Entscheidung getroffen, so oder so.

Verstohlen betrachtete er sie aus den Augenwinkeln. Er konnte sich kaum noch daran erinnern, wie es gewesen war, ehe er sie gekannt hatte. Vorsichtig fuhr er mit den Fingern über ihren angespannten Oberschenkel, der schmal war, aber fester, als er Sallys in Erinnerung hatte, was kein Wunder war. Schließlich war Liberty Bell im Wald aufgewachsen. Sie konnte Bäume fällen, Tiere jagen, sie war mit Abstand der freieste Mensch, dem er je begegnet war. Und genau diese Tatsache berechtigte ihn, Liberty Bell dabei zu helfen, ihre Freiheit wiederzuerlangen. Oder etwa nicht?

»Du bist… wunderschön«, flüsterte er ihr ins Ohr und schloss für einen Moment die Augen, als ihre Haare sein Gesicht kitzelten. Aber Liberty Bells Stirn blieb gerunzelt.

Mose schüttelte den Kopf. »Sorry, Alter, aber meine Tante Phoebe, Onkel Bill und ihre beiden lauten Kleinkinder wohnen bis Rosch Haschana bei uns, weil ihr eigenes Haus renoviert wird. Und Bill ist schließlich der ermittelnde Policeofficer in der Angelegenheit. Ich wüsste nicht, wie wir dich vor ihm verstecken könnten, Liberty Bell.« Er lächelte ihr entschuldigend zu.

»Cedar's End fällt wohl auch aus«, murmelte Ernesto nachdenklich. »Oder – was meint ihr? Vielleicht wäre es gar nicht der schlechteste Schachzug, wenn wir dich direkt in der Höhle des Löwen, also bei Baz, verstecken würden. Da sucht garantiert keiner nach dir.«

»Alles ist schrecklich«, flüsterte Liberty Bell, ohne auf Ernestos verrückte Idee einzugehen. Starr schaute sie aus dem Fenster über die Stadt, die nur aus Lichtern und Autos zu bestehen schien. »Ich gehöre nirgends hin. Ich bin allen nur eine Last. – Am besten wäre es wohl, es gäbe mich gar nicht.«

Ernesto starrte sie erschrocken von der Seite an. »He, so ein Blödsinn«, stotterte er. »Was redest du denn da? Du... du bist niemandem eine Last. Und für mich bist du – das Beste, was mir passieren konnte.«

Genau in diesem Moment fiel Mose das Knock-Knock ein.

Handys aus, eine Dreiviertelstunde Fahrt lag vor ihnen, nachdem sie Dara in der Stadt rausgelassen hatten. An seiner Stelle hatten sie Ronan eingesammelt, der seit ein paar Tagen wieder zu Hause war. Er war nötig für das Knock-Knock. Aber vorher mussten sie noch Sergeant Pepper aus dem Rampenhaus schmuggeln.

»Das Vieh wird sich in den Wäldern rund um das Knock-Knock wohlfühlen, schätze ich, wenn es nicht gerade im Meer ersäuft«, hatte Dara zum Abschied gesagt. »Oder verfällst du ohne die struppige Ratte in deiner Nähe wieder in dumpfes Brüten.« Er zwinkerte Liberty Bell zu.

»Nein. Obwohl sie mir alle sehr – fehlen«, antwortete sie traurig. »Aber er muss zurück. – Wenigstens er...«

Sie schaute bedrückt nach draußen auf die dicht vorbeifahrenden Autos, auf Busse, Menschen und auf das lang gestreckte Gebäude am Rand der Hauptstraße, neben dem Ernesto für Dara angehalten hatte. Es war eine kleine heruntergekommene Ladenzeile, erst eine Tankstelle, dann ein Schnellimbiss, Friseurladen, Supermarkt, DVD-Verleih und ein paar andere, kleinere Geschäfte.

»Schattenwelt«, sagte sie leise und man sah ihr an, dass sie an Annie Lyford dachte.

»Ihr wartet hier«, sagte Ern, als sie kurz darauf die Einfahrt zur Villa seiner Eltern erreichten. »Ich beeile mich ...« Er schlug die Tür hinter sich zu. Insgeheim hatte er befürchtet, dass sie sich alle hier zusammengerottet hatten, um sie in Empfang zu nehmen: Baz, das Ärzteteam und – im schlimmsten Fall – die Bullen und Channel 77. Aber Baz vertraute ihm und seinem Versprechen, sie heil in die Klinik zurückzubringen, offenbar. Tja, Pech gehabt.

Ernesto betrat das Rampenhaus. Nirgends brannte ein Licht.

Eins, zwei, drei Katzen huschten vorüber, anscheinend hatte seine Mutter für Nachschub gesorgt. Sechs blaue Katzenaugen blitzten auf und verschwanden wieder. Mrs Merrill kaufte niemals Katzenbabys, jede gestorbene Siamkatze wurde durch eine ausgewachsene, teure Katze ersetzt, die aus den Niederlanden in Europa eingeflogen wurden. Ernesto betrat den Dachgarten, der in japanischem Stil hergerichtet war. Liberty Bells Ratte war in den letzten Wochen zu einem ewigen Streitthema im Haus geworden. Keiner wollte ihren Mief und ihr Gejammer ertragen, aber auch im japanischen Garten war sie nicht gerne gesehen, obwohl man ihren strengen Geruch und den Krach, den sie machte, dort oben kaum wahrnahm.

Ernesto passierte den Bewegungsmelder, der Dachgarten erhellte sich wie durch Geisterhand und war gleich darauf in ein warmes oranges Licht getaucht.

»Mom ...?«, stotterte Ernesto überrumpelt, als er seine Mutter entdeckte, die in einen Morgenrock gehüllt am Rand des Gartens stand. Ihr Gesicht war blass, die Augen waren weit aufgerissen, aber trotzdem merkwürdig ausdruckslos. Sie stand an einen der gedrechselten Außenpfeiler gelehnt und starrte in die Ferne.

»Mom, was machst du denn hier? Du solltest nicht alleine hier oben sein. Wo ist denn Nat? Ist sie nicht im Haus?«

»Ich ...«, sagte Mrs Merrill, die herumgefahren war. »Er ... Ich meine ...«

Sie bewegte sich wie in Trance. Zweimal schluchzte sie auf, aber es kamen keine Tränen und eigentlich auch kein wirkliches Weinen. »Er ... es ... geht ... ihm ...endlich ... besser ...«, sagte sie schließlich mühsam. Ihre Zähne schlugen aufeinander und sie schwankte leicht.

»Mom, was hast du? Wem geht es besser? Chazza? Aber das ist doch eine gute Nachricht!«

Ernesto machte einen raschen Schritt auf seine Mutter zu. Verdammt, wie leicht konnte sie vom Dach hinunterstürzen. Der Zaun aus Bambusrohr war jedenfalls kein wirkliches Hindernis.

Sie nickte schwach. »Ja. Chazza Blume, der mein – Freund ist. Aber sie haben ihn ... weggebracht ... Weit weg ... Sie sagen mir nicht, wohin ...«

Ernesto nahm seine Mutter am Arm.

»Sie werden ihn von der Intensivstation verlegt haben, wenn es ihm besser geht«, sagte er behutsam. »Mach dir keine Sorgen. Komm, ich bringe dich zurück nach unten, okay?« Der Arm seiner Mutter fühlte sich zerbrechlich an. Er dachte an Jadens Mutter, an Darayavahushs, an Moses. Keiner hatte eine Mutter wie er. Eine Mutter, die ein Gespenst war, statt ein Mensch aus Fleisch und Blut.

»Ich ... ich glaube, ich weiß, wer ... du bist«, sagte Mrs Merrill in diesem Moment mit einem traurigen Lächeln. Das Sprechen fiel ihr sichtlich schwer. »... Bartosz, nicht wahr? Natashas – kleiner Sohn. Geht ... es ... dir ... endlich ... besser? All die Operationen ... Dein kleines ... Herz ...«

»Mom«, fragte Ernesto hilflos.

Sie sah ihn an. »Ich hatte auch mal ein ... Kind. Einen kleinen Sohn ... Ernesto hieß er ... Sie – haben ihn mir weggenommen ... damals, als alles so leer wurde. In mir. Ich erinnere mich wieder, verstehst du? An ihn ... Aber ich finde ihn nicht mehr. – Weißt du vielleicht, wo er ist, Bartosz, Lieber?«

Zum Glück betrat in diesem Moment Natasha den Dachgarten.

Ernesto holte tief Luft, dann flüsterte er erleichtert: »Gott sei Dank, Nat, dass du da bist. Es geht ihr sehr schlecht heute Abend. Irgendwas mit Chazza. Und dazu ist sie wahnsinnig verwirrt. Viel schlimmer als sonst ... Sie ... sie erkennt mich nicht, Natasha ...«

Nat, die hübsche, weiche Nat, war ebenfalls nicht wie sonst. Kein Lächeln huschte über ihr rundes, sommersprossiges Gesicht. Kein beruhigendes Kopfnicken, keine beschwichtigende Geste. »Ich weiß«, sagte sie nur brüsk und ohne ihn anzusehen. »Kommen Sie, Sondra ... Nun kommen Sie! Ich – werde Ihnen helfen, wie immer ...«

Ernesto runzelte die Stirn.

»Natasha, ist mit dir denn alles in Ordnung?«, fragte er vorsichtig, während er zusah, wie die polnische Haushälterin seine Mutter eine Spur ungeduldig am Arm nahm und den leicht abschüssigen Rampenweg hinunterführte wie ein Kleinkind, das die ersten wackeligen Schritte lernt.

»In Ordnung? Nein, nichts ist in Ordnung, Ern. Wie sollte

es auch?«, antwortete Natasha Zlotsky leise, dann sprach sie polnisch weiter und Ernesto kam es aus irgendeinem Grund so vor, als ob sie betete und dabei weinte. Und außerdem hatte er das schreckliche, aber sichere Gefühl, dass alles um ihn herum in winzig kleine Stücke zersplitterte, die nicht mehr zusammenzufügen waren.

Es war Nacht. Mitternacht war längst vorüber. Sie zitterte. Wenn doch schon alles vorüber wäre. Wie lange sollte dieser Albtraum noch dauern? Würden überhaupt noch mal Tage kommen, die frei von dieser andauernden Angst sein würden? Dem Leid, das über allem lag – immerzu?

Einmal, vor vielen Jahren, hatte es einen Wintertag gegeben, an dem alles überfroren war. Erst hatte es den ganzen Tag geregnet, aber am Abend war plötzlich eine große Kälte gekommen, die die Welt glasiert hatte. Jedes Blatt, jeder Halm, jedes noch so kleine Ästchen bekam eine durchsichtige Eisschicht, und als der Wind durch die Straßen geweht hatte, klirrten die einzelnen Nadeln der Kiefern des Kiefernwäldchens aneinander.

»Sternenmusik«, hatte der alte Flavio wehmütig gesagt. Jeder Stein auf der Straße war wie aus Glas gewesen. »Jedes Klingeln bedeutet das Aufsteigen einer Kinderseele, die zum Himmel fährt. Ach, ich habe so viele Kinder sterben sehen – damals in Vietnam... Niemand hatte mich auf dieses große, entsetzliche Sterben vorbereitet – niemand...«

Eine Träne war über sein verlebtes Gesicht gelaufen. »Aber nicht alle sterben. Nein, nicht alle. Manche bekommen ihre Chance, Gott sei Dank.«

Diese Worte hatten sie, die jetzt im Schutz der Dunkelheit die Georgia Avenue entlangeilte, mitten ins Herz getroffen.

Ja, manche bekamen ihre Chance. Aber der Preis dafür konnte hoch sein... So hoch...

Sie erreichte Flavios kleines, geducktes Haus am Ende der langen Straße. Ein Zweitschlüssel für das marode Türschloss lag, wie sie wusste, in einer kleinen Pappschachtel auf dem obersten Regalbrett eines Werkzeugregals im Schuppen, der sich im Schatten des Hauses an dessen Giebel anzulehnen schien und noch baufälliger aussah als das Haus. Im Inneren des Hauses war es dunkel und die Luft roch leicht muffig. Sie bewegte sich so leise und schnell wie möglich. Und weil sie Flavios Behausung kannte, kam sie gut zurecht. Ein paar Bodendielen waren lose, aber sie knarrten nur schwach und Flavio hatte, wenn er erst einmal schlief, einen gesunden Schlaf, auch wenn er das regelmäßig bestritt und über Schlaflosigkeit klagte. Da – da lag er in seinem alten Bett, die Jalousie war nicht ganz heruntergelassen, weil der alte Mann sich vor der totalen Finsternis fürchtete. Sie trat näher, ihre Hände bebten. Sie wusste, was zu tun war. Alles war sorgfältig geplant. Sie betrachtete einen Augenblick sein altes, eingefallenes Gesicht und fühlte, wie sich ihr Magen vor Angst hob.

Später, als alles vorbei war, sah sie noch einen Moment lang auf ihn herunter. »Verzeih mir, Flavio«, sagte sie, dabei wusste sie, dass ihr Vergebung in diesem Leben nie mehr vergönnt sein würde. »Bitte, verzeih mir«, flüsterte sie trotzdem noch einmal und ging schwerfällig davon.

»Jetzt kennst du uns also alle«, sagte Ronan, nachdem Ernesto ihn abgeholt hatte, und lächelte Liberty Bell zu. Er war sonnengebräunt und sah, trotz der schrecklichen Geschichte mit Jaden, die ihn nach Hause getrieben hatte, erholt aus.

Ernesto musste daran denken, dass es ursprünglich ja Ronan gewesen war, der Liberty Bell entdeckt hatte. Ob er die Aufnahme noch besaß, die er damals von ihr gemacht hatte? In ebendiesem Moment lauschte Ronan konzentriert Mose, der ihm alle Neuigkeiten berichtete, die in den letzten Tagen vorgefallen waren.

»Was hast du, Ernesto? Was ist mit dir?«, fragte Liberty Bell unterdessen mit gedämpfter Stimme. Auf ihren Knien stand die zweckentfremdete Katzenkiste mit der Ratte. »Du bist ganz anders, seit du in deinem Haus gewesen bist.«

Zuerst schüttelte Ernesto nur den Kopf, aber dann sagte er doch: »Meine Mutter. Es ist wegen meiner Mutter. Es geht ihr nicht gut. Ich mache mir Sorgen, weißt du.«

»Was – was ist mit ihr? Ist sie – krank?«

Liberty Bell hielt sich bei dieser Fahrt zum ersten Mal nicht mehr an ihrem Sitz fest. Das war doch schon einmal ein Fortschritt, oder? Und jetzt, unterwegs Richtung Küste, mit ihr, kam Ernesto die Situation auf dem Dachgarten auf einmal völlig irreal vor. Er winkte ab. »Ein andermal, okay?«, sagte er. Liberty Bell nickte und lehnte in der Dunkelheit ihren Kopf leicht gegen seine Schulter. »Kannst du fahren, wenn ich so nah bei dir bin?«, fragte sie leise.

»Am liebsten nur noch so«, antwortete Ernesto ebenso leise.

Mose und Ronan taten ihnen den Gefallen und schliefen sehr bald auf der Rückbank ein. Ernesto warf einen Blick über seine Schulter.

»Woran denkst du?«, fragte er, weil Liberty Bell wieder schwieg. Ihr Blick war nach vorn auf die dunkle Straße gerichtet.

»An ... Annie. – Immer noch will ich *Mom* sagen«, antwortete Liberty Bell leise. »Und das wird sie für mich auch bleiben: meine Mutter. Trotzdem, es ist so merkwürdig. Annie muss – früher – in ihrem alten Leben doch auch so in Autos gefahren sein. So, wie wir jetzt. Unterwegs nach ... irgendwohin. – Warum ist sie in dieser Welt so unglücklich geworden? – Nahm diese Gifte? – Hasste die Menschen um sich herum?« Sie sah zu ihm hinüber und in ihren Augen standen Ratlosigkeit und Trauer.

Ernesto streichelte für einen Moment mit einem Zeigefinger ihr kühles Gesicht. »Ich weiß es nicht«, sagte er dabei. »Leider nicht. Sie – hat einfach Pech gehabt, schätze ich. Zuerst ihre Eltern, die sie anders wollten, als sie war. So was ist immer Mist. – Und dann wohl auch falsche Freunde, schlechte Ratgeber. Und wenn man einmal drin ist in diesem Teufelskreis aus Drogen ... Es ist ganz schwer, da wieder rauszukommen.«

Liberty Bell nickte bedrückt. »Sie sagte oft, wie froh sie über unser verborgenes Leben im Wald sei. Und sie hatte schreckliche Angst davor, dass jemand uns eines Tages entdecken könnte.« Liberty Bell seufzte. »Wenigstens das ist ihr erspart geblieben ...«

Ernesto dachte an Annie Lyfords Grab. Ob er es wagen konnte, danach zu fragen? Aber ehe er auch nur den Ansatz einer Frage formuliert hatte, sprach Liberty Bell ganz von selbst.

»Als sie starb, saß ich drei Tage einfach nur neben – ihr. Ich war wie gelähmt vor Entsetzen. Ich sah zu, wie sie sich veränderte. Am ersten Tag war sie noch ganz sie selbst. Aber dann muss ihre Seele davongeschwebt sein. Ihr Gesicht sah am dritten Morgen ganz ... anders aus. Leer. Abwesend. So, als ... als wäre sie bereits weit, weit weg.«

Liberty Bells Stimme zitterte leicht. »Ich ... ich konnte sie nicht heben. Es… es gelang mir einfach nicht. Zum Schluss zog ich sie nur ein paar Meter weiter. Mehr schaffte ich nicht. Es war schrecklich, es zu tun. Und dann, als immer mehr – kleine Tiere kamen und… und über sie krabbelten, begrub ich sie mit diesen Steinen…«

Liberty Bell öffnete die Hand. Darin lag der kleine Stein, den Ernesto ihr in die Klinik gebracht hatte. »Aber ich schaffte es nicht, sie ganz und gar – einzusperren«, fuhr sie flüsternd fort. »Ich ließ ein Fenster offen, um sie nicht ganz – zu verlieren…«

Ernesto warf Liberty Bell einen Blick zu. Er selbst hatte damals das Gleiche gedacht, an jenem Abend, als er Annies Grab entdeckt hatte. Ein Fenster für die Tote.

Der Highway war jetzt wie ausgestorben, der Mond schien hell, der Himmel war indigoblau und Liberty Bells Profil sah rührend aus. Irgendwie kindlich und gleichzeitig völlig zeitlos. Sie hatte in diesem Augenblick einen Ausdruck im Gesicht, den auch ein uralter Mensch hätte haben können.

»Hey…«, sagte Ernesto behutsam, um sie zurückzuholen. Und es gelang. Liberty Bell wandte langsam den Kopf. »Ich überlege oft, was passiert wäre, wenn ihr nie gekommen wärt. Vielleicht wäre ich für immer – dort geblieben. In dieser Hütte. In diesem Wald. Er… er war meine ganze Welt…«

»Warst du nicht sehr einsam, nachdem Annie tot war?«, fragte Ernesto.

Liberty Bell zögerte. »Manchmal, ja«, sagte sie schließlich. »Ich merkte, wie ich Worte und Gedankengänge einfach vergaß. Aber ich hatte auch Angst. Vor dem, was hinter meinem Wald sein könnte. Es war merkwürdig. Solange Annie lebte, hatte sie Angst vor… Eindringlingen. Ich war damals gar nicht ängstlich. Eher hoffte ich, dass mal jemand kommen würde.

Aber dann... als Mom tot war, übernahm ich ihre Angst. Ich... ich zitterte beim Gedanken an Menschen, die mich finden könnten... – Und dann, kamst du...«

Sie lächelte. »Zuerst fürchtete ich mich sehr. Aber...«

Sie schwieg.

»Aber?«, wiederholte Ernesto und hatte auf einmal Herzklopfen.

Liberty Bell lächelte. »Du hast wahnsinnig viel zu mir gesagt. Und dabei so schnell gesprochen. Ich konnte dich zu Beginn kaum verstehen. Aber deine Augen...«

Wieder hielt sie inne.

»Was war mit meinen Augen?«, fragte Ernesto verwirrt.

»Sie waren so blau wie der Himmel an guten Tagen.«

Mehr sagte sie nicht. Stattdessen schob sie ihre Hand in Ernestos und den Rest der Fahrt steuerte er den Beetle einhändig.

Irgendwann stellte Liberty Bell dann die Frage, die Ernesto schon viel eher erwartet hatte.

»Ernesto, was bedeutet eigentlich Knock-Knock? Wo genau fahren wir hin?«

Das Knock-Knock war ein altes Ferienhaus, weiter nichts. Es gehörte Ronans Eltern, aber sie fuhren nicht mehr hin, denn sie hatten inzwischen drei andere Ferienhäuser, die neuer, komfortabler und besser gelegen waren. Aber Ronan mochte das Knock-Knock, das so hieß, weil Ronan als Kleinkind mit seinem Vater dort etwa eine Million Mal das *Knock-Knock-Spiel* gespielt hatte, an der hinteren Fliegengittertür, die in den Garten hinausführte. Jetzt wurde das Knock-Knock von einer alten Verwalterin bewohnt und gehütet und Ronan konnte jederzeit kommen und dort Zeit verbringen, wenn er Lust dazu verspürte.

»Geraldine, das sind Mose, Ernesto und – äh, Tiffy, Freunde von mir«, erklärte Ronan, als sie die alte Mrs Blue an diesem Abend praktisch überfielen. »Ern und Mose kennst du ja schon. Nur – Tiffy ist sozusagen ein Neuerwerb ... Sie – sie ist ... ja, ich glaube, sie ist tatsächlich Erns Freundin.«

Hinterher erklärte Ronan, dass es besser sei, die alte Verwalterin nicht in einen Gewissenskonflikt zu stoßen.

»Wenn wir ihr gesagt hätten, dass du Liberty Bell bist, bekannt aus Funk und Fernsehen sozusagen, hätte sie sich vielleicht verpflichtet gefühlt, meine Eltern anzurufen.«

Liberty Bell biss sich auf die Lippen. »Ich bin so ... eingesperrt. Dabei habe ich – doch gar nichts ... getan ...«, sagte sie bedrückt.

»Das wird schon ... Tiffy«, erwiderte Mose beruhigend und grinste leicht. »Wenn du endlich einen amerikanischen Ausweis hast, können sie dir alle nichts mehr, denke ich.« Dann wandte er sich an Ronan. »He, warum eigentlich ausgerechnet – *Tiffy?* Warum nicht Kyla oder Mandy oder etwas in der Art?«, erkundigte er sich und nahm sich ein weiteres Stück Hühnchenfleisch. Mrs Blue hatte ihnen ein rasches Abendessen gemacht, ehe sie sich zurückgezogen hatte, nicht ohne Mose zu versichern, dass es koscher sei. Mrs Blue hatte ebenfalls jüdische Wurzeln.

Ronan grinste. »Es war einfach der erstbeste Name, der mir in den Sinn kam. Mein Meerschwein, das ich früher hatte, hieß so.«

Sie machten es sich im Garten gemütlich. Ronan hatte sich bei seinen Eltern über Nacht abgemeldet, aber Mose rief erst jetzt zu Hause an und behauptete, bei Ernesto zu schlafen. Ernesto und Liberty Bell ließen unterdessen die Ratte frei.

»Leb wohl, Kleiner«, sagte Liberty Bell sanft. Sie sahen dem

Tier, das eilig davonhuschte, lange nach. Sein dicker, behaarter Schwanz raschelte im Gras.

»Hoffentlich passiert ihm nichts«, sagte Liberty Bell schließlich. »Er ist ja völlig fremd hier.«

Ernesto nickte.

»So wie ich. Ich fühle mich immer noch überall fremd«, fügte Liberty Bell hinzu. »Danke, dass du ihn mir ins Krankenhaus gebracht hast, Ernesto. Das werde ich nie vergessen. Der Moment, als du mir das alles schenktest: die Blume, den Stein, den Tannenzapfen. Es war, als hättest du mir ein Stück Leben zurückgebracht.«

Sie redeten lange. Zuerst noch mit Mose und Ronan, und als die beiden sich schlafen legten, ohne sie. Zwischendurch schaltete Ernesto sein Telefon wieder ein.

»Und?«, fragte Liberty Bell besorgt. »Suchen sie uns?«

Ernesto nickte, während er die Liste der Anrufer durchging. »Baz, natürlich, und Dr. Bolino, Leslie, mein Vater – und Sally und Darayavahush ...«

Sally hatte außerdem eine längere Nachricht via SMS geschickt.

Ich nehme an, ihr seid so was wie untergetaucht?, schrieb sie. *Vielleicht besser so. Leute vom Jugendamt waren in der Klinik. Und die Polizei. Und Salvadors Vater. Sie ahnen natürlich, dass L. B. mit dir unterwegs ist! Wenn sich was Neues ergibt, melde ich mich! – Und da ist noch was, Ern: Ich habe zufällig Otis getroffen, Jadens Bruder. Er hat mir was sehr Merkwürdiges erzählt! Ruf dringend mal an ... Sal*

»Ein Brief am Telefon«, staunte Liberty Bell, als Ernesto ihr den Text vorgelesen hatte. »Es gibt so viel, was ich nicht weiß.«

Ernesto warf einen Blick auf seine Armbanduhr. »Mist, es

ist weit nach Mitternacht. Zu spät zum Zurückrufen. Was Otis wohl erzählt hat?«

Sie begannen, über Jaden zu reden.

»Er wollte ... etwas von dir?«, fragte Liberty Bell nachdenklich. »Kurz bevor er – gestorben ist?« Noch immer sprach sie mit dieser seltsam gepressten Stimme, aber inzwischen waren ihre Sätze so flüssig, dass Ernesto leicht hätte vergessen können, wie sie aufgewachsen war. Und einige ihrer sprachlichen Eigenarten machten die Gespräche mit ihr sogar zu etwas ganz Besonderem.

»Ich mag es, dass sie so oft den erzählenden Imperfekt benutzt«, hatte er Sally vor ein paar Tagen anvertraut. »Ich könnte ihr stundenlang zuhören.«

Sein Kopf lag in ihrem Schoß. Sie waren auf der Veranda, dicht an Ronans Knock-Knock-Tür. Die Nacht war warm, aber windig.

»Ich dachte die ganze Zeit, Jaden ginge es immer noch um die Sache mit Cal Wyludda«, erwiderte er. »Dass er sich einfach wieder bei uns einklinken wollte. Aber vielleicht war es auch etwas anderes ... Je länger ich darüber nachdenke, desto sicherer bin ich mir, dass da noch etwas anderes gewesen sein muss ...«

Ernesto musste wieder an die Sache mit Jadens Rad denken ... *also ich laufe, wenn ich zu Fuß unterwegs bin. Und ich fahre, wenn ich mein Bike dabeihabe! Alles andere ist doch Blödsinn! Mit seinem Bike geht man doch nicht spazieren ...*

Genau das hatte er gesagt – und dennoch hatte Jaden sein Rad an diesem Tag über den Gehweg geschoben, die ganze Straße lang, mindestens zwölf Blocks weit, das hatten Passanten berichtet. Und auf diese Weise hatte er auch die Straße überquert. Warum hatte er nicht auf den Verkehr geachtet? Warum war er einfach losgelaufen und praktisch ins erstbeste Auto gerannt, das ihn erwischen konnte? Das ergab doch keinen Sinn... Verdammt, Jaden fehlte ihm. Und er wünschte sich sehnlichst, dass er ihm damals wenigstens einen Moment zugehört hätte.

Liberty Bell streichelte Ernestos Stirn und berührte seine Wimpern mit den Fingerspitzen, aber auch sie schwieg und war in Gedanken versunken. Wahnsinnig gerne hätte er seine Arme um sie geschlungen wie an diesem Nachmittag am Cedar Creek, hätte seinen Mund auf ihren gelegt, sie geküsst, gespürt – und mehr. Aber erstens schliefen Mose und Ronan nur ein paar Meter weiter, im ersten Zimmer gleich hinter der hölzernen Veranda, und auch Mrs Blues Zimmer war nicht viel weiter weg. Und im Grunde war es nicht das... Es waren vielmehr Ernestos Gedanken, die kreisten und kreisten und sich in seinen Kopf bohrten, als hätten sie dort irgendwo einen eisernen Widerhaken.

Seine Mutter – verdammt, was war wirklich los mit ihr? Und Chazza? *Was* hatte er genau sagen wollen, als er im Krankenhaus aufgewacht war und so dringend nach ihm verlangt hatte? Er hatte vom Santa-Clara-Steinbruch gesprochen, in den er gestürzt war, ebenso wie vor vielen Jahren sein Vater, aber Chazza hatte eindeutig das Wort *gestoßen* gebraucht in diesem Zusammenhang. Und immer wieder hatte er gestammelt: *nicht natürlich...* und dann hatte er noch von einer Katze gesprochen.

Hatte er doch nur fantasiert? Oder verbarg sich hinter diesen Wortfetzen eine Botschaft, die etwas bedeutete? Außerdem war da die Sache mit dem Sauerstoffschlauch an seinem medizinischen Versorgungsapparat. Was, wenn es doch nur ein Versehen gewesen war? Möglich war das. Ernestos Vater stöhnte oft über die Nachlässigkeit einzelner Krankenschwestern, besonders wenn es ungelernte Hilfskräfte waren, und genau die gab es im *General Hospital* zuhauf. – Andererseits schien die Polizei den Vorfall ernst zu nehmen. Warum sonst hätten sie Chazza seit diesem Vorfall bewachen lassen?

Und wieder – immer wieder Jadens idiotischer, entsetzlicher, kaum zu fassender Unfall… Was genau hatte Jadens Bruder Otis zu Sally gesagt, dass sie es merkwürdig fand und deshalb um Rückruf bat? Und – vielleicht die wichtigste Frage von allen – was war dem alten Flavio zugestoßen? Sein ganzes Zimmer war voller Blut gewesen, hatte Baz berichtet. Bis an die Zimmerdecke war es gespritzt. So hatte es auch in der Zeitung gestanden. Und daneben hatte eine lächelnde Fotografie von Flavio geprangt. *Wer hasste den guten Menschen von Old Town so sehr, dass er ihn auf diese Weise tötete?* So war der Artikel über den Mord an Flavio betitelt gewesen.

»Ernesto, was ist?«, fragte Liberty Bell in diesem Moment erschrocken und betrachtete die Tränenspur, die plötzlich über sein Gesicht lief.

Ernesto zuckte wie ertappt zusammen, richtete sich auf und fuhr sich mit dem Handrücken über die Augen.

»Ich weiß nicht. Alles ein bisschen viel, vielleicht«, murmelte er verlegen. »Jadens Tod. Meine Mom, die inzwischen völlig abdriftet. Manchmal habe ich das Gefühl, sie wird tatsächlich allmählich verrückt… Und dann der alte Flavio, der so schrecklich abgeschlachtet wurde. Das alles…«

Irgendwann gingen sie schlafen. Mrs Blue hatte für Liberty Bell das kleine Gästezimmer im Obergeschoss zurechtgemacht und für Ernesto eine Besucherliege in den Wohnraum hinter der Veranda gestellt, aber Liberty Bell wollte nicht alleine schlafen. Stumm legte sie sich neben Ernesto auf das schmale Ausklappbett. Er lächelte ihr eine Spur beklommen zu und schaltete ebenso stumm das kleine Nachtlicht aus, das Mrs Blue für ihn auf den Wohnzimmertisch gestellt hatte. Schon im nächsten Moment spürte er Liberty Bells warme Hände, die sich tastend unter sein T-Shirt schoben. Ihre Lippen suchten sein Gesicht.

Von einer Sekunde zur nächsten spürte Ernesto seinen Herzschlag im ganzen Körper. Jetzt alles vergessen. Einfach passieren lassen, was passieren würde. Liberty Bell – wie an diesem Nachmittag am Cedar Creek – ganz nah kommen. Erneut ihren Körper spüren, ihren Atem in seinem Gesicht. Den Duft ihrer Haut...

Aber: Nein, es ging nicht. – Ernestos Herz krampfte sich zusammen. Verdammt, was war nur los mit ihm? Die Sache mit Sally Hensley im vergangenen Jahr war gescheitert, weil... Ja, warum eigentlich? Irgendwie hatte er nicht so wahnsinnig viel für sie empfunden. Dabei mochte er sie, mochte sie wirklich gerne. Aber er war nicht verliebt gewesen. Sally und er waren einfach nur gute Freunde. Und sie hatten miteinander geschlafen, einmal, und es war okay gewesen. Das erste Mal für sie beide. – Doch mit Liberty Bell war es anders. An sie dachte er Tag und Nacht. Immerzu. Warum nur spürte er auf einmal diese merkwürdige Distanz? Es war wie ein Kampf zwischen seinem Kopf und seinem Körper.

Was war da nur ins Rollen gekommen, seit Ronan Liberty Bell im vergangenen Frühling auf einer seiner einsamen Radtouren durch das Chinook Valley mitten im Wald aufgespürt hatte?

»Gute Nacht, Waldmädchen«, flüsterte Ernesto schließlich mit heiserer Stimme in die Dunkelheit hinein, die sie jetzt umhüllte. Er schob mit kalten Fingern Liberty Bells Hände zurück. »Ich ... ich schwöre dir, alles wird gut. Irgendwie und irgendwann ... Ich bin einfach im Moment ...«

Liberty Bell richtete sich auf. »Was ist los? Warum – schiebst du mich von dir?«, flüsterte sie zurück. Ihre Stimme klang betroffen und verletzt.

Ernesto blieb liegen, ohne sich zu rühren.

»Ernesto? Bitte. Sag etwas.« Jetzt klang ihre Stimme flehend.

Ernesto suchte nach den richtigen Worten, wenn es die überhaupt gab. »Es ist nicht, wie du denkst«, sagte er schließlich leise. »Ich meine, es ist nicht, dass ich dich nicht will, das wäre ja völlig verrückt. – Aber ...«

»Was aber?«, drängte Liberty Bell verwirrt.

Ernesto presste in der Dunkelheit fest die Handballen gegen seine brennenden Augen. Eine gefühlte Ewigkeit war es ganz still.

»Ich ... ich verstehe es selbst nicht ...«, sagte er schließlich. »Ich ... Verdammt, Liberty Bell, ich weiß auch nicht, was los ist mit mir ...«

Mehr sagte er nicht.

Kurz vor dem Morgengrauen wachte Ernesto auf, weil es kalt im Zimmer war. Die beiden kleinen Fenster, die sie am frühen Abend geöffnet hatten, um die stickige Luft aus dem Raum zu vertreiben, standen immer noch offen, ebenso die Tür zur Veranda, und jetzt wehte die Nachtluft kalt hindurch. Ernesto zog die Decke, die zu Boden gefallen war, wieder hoch, legte sie sorgfältig über Liberty Bell, die tief schlief, und nahm sich selbst eine dünne, mehr fadenscheinige Wolldecke, die über einer Lehne des alten Sofas lag, das in einer Ecke stand. Er wickelte sie, so gut es ging, um seinen verspannten Körper und war froh um jede Distanz, die er zwischen sich und das schlafende Mädchen schaffen konnte. Dabei sehnte er sich so danach, sie zu berühren, seinen Arm um ihre schmale Taille zu legen, ihre weichen sandfarbenen Haare zu berühren …

Auf einmal war er sehr wach. – Denn in diesem Moment kam er darauf, was es war, was da die ganze Zeit in ihm bohrte, warum er sich auf einmal so beklommen fühlte, wenn Liberty Bell in seiner Nähe war, wenn sie ihn berührte oder ansah …

Ja, ansah …

Es waren ihre Augen.

18

Um acht Uhr hielt Ernesto es nicht mehr aus und rief Sally an. Er hatte es nicht mehr geschafft einzuschlafen, nachdem er gegen vier Uhr frierend aufgewacht war. Wenn es stimmte, was er annahm … – Aber nein, das konnte einfach nicht sein, war völlig unmöglich …

Er fühlte sich völlig verspannt, sein Nacken schmerzte bei jeder Bewegung.

»Habe ich dich geweckt, Sal?«, erkundigte er sich mit gedämpfter, hastiger Stimme, als Sally das Gespräch annahm, und rieb sich mit der freien Hand den Nacken.

»Nein, ich bin schon lange auf«, antwortete sie und pfiff. »Ich bin mit Butterfly unterwegs, wir können reden …«

Und dann berichtete sie ihm ohne lange Vorreden, was Jadens Bruder Otis ihr erzählt hatte.

Ernesto sank auf die niedrige Fensterbank, fuhr sich durch die wirren Haare und lauschte. Mose und Ronan schliefen noch, aber Liberty Bell war, wie es schien, draußen unterwegs. Sie musste aufgewacht sein und hatte sich angezogen und davongeschlichen, ohne dass er es mitbekommen hatte. Sie hatte ihm einen Zettel dagelassen und geschrieben, dass er sich keine Sorgen machen solle, sie sei Beeren sammeln zum Frühstück. Es sei jetzt eine gute Zeit für Beeren. Zum ersten Mal hielt er handgeschriebene Worte von ihr in der Hand ... Ihre Schrift war etwas eigenwillig, aber sie schrieb völlig fehlerfrei. Annie Lyford hatte vielleicht bei ihrem kleinen Sohn grauenvoll versagt, aber für Liberty Bell hatte sie, keine Frage, gut gesorgt. In jeder Beziehung.

»Jaden hat was gefunden?«, fragte er jetzt nach.

»Das Tagebuch«, sagte Sally. »Otis war ganz sicher. Ein Tagebuch von Ruby Kyriacou.«

Er konnte es nicht glauben. »Und wie, bitte sehr, soll dieses Tagebuch ausgerechnet in die Garage der Franklins gekommen sein? Hat Otis dafür vielleicht auch eine Erklärung?«

»B & K«, erklärte Sally. Windgeräusche drangen neben ihrer Stimme durch das kleine Telefon.

»B & K?«, wiederholte Ernesto. »Was zum Teufel ist das denn?«

»Bring und Kauf, das kennst du doch, oder?«, erklärte Sally. »Dieses Pfadfinderding, ein Wohltätigkeitsbasar. Man gibt seinen alten Kram ab und kauft dafür anderen alten Kram ...«

Ja, da war etwas ... Ernesto begann, sich schemenhaft zu erinnern. Es war Mrs Franklin höchstpersönlich, die diese B&K-Basare organisierte. Zu Ostern und zu Weihnachten, etwas in der Art.

»Ja und?«, hakte er nach.

»Mrs Kyriacou liebt diese Bring-und-Kauf-Basare, Ern«, fuhr Sally fort. »Sie spendet jedes Mal eine ganze Menge Kram aus ihrem Haus. Man kann ja alles geben. Möbel, Geschirr, Bilder, praktisch jeden Schnickschnack, und Otis sagte mir, auf der Rückseite von irgendeinem hässlichen Bilderrahmen, der beim letzten B & K übrig geblieben ist, klemmte eben dieses Schulheft. Rubys Name stand drauf. Sie muss es dort versteckt haben ...«

»… vor dem Rest der Miseryfamilie, natürlich«, murmelte Ernesto und nickte.

»Nenn sie doch nicht immer so«, sagte Sally eine Spur unwillig. »Und? Was stand drin?«

Ernesto streckte den Arm aus, als Liberty Bell ins Zimmer trat, und zog sie leicht an sich. Sie roch nach frischer Luft und fühlte sich kühl an. Ihre Fingerspitzen waren lila von Beerensaft und sie stellte einen Teller Brombeeren auf den Tisch. Sie lächelte ihm zu, während Ernesto beim Anblick ihrer Augen ein mulmiges Gefühl beschlich. Er versuchte, sie genauer zu fixieren und gleichzeitig, genau das zu vermeiden.

»Das weiß Otis leider nicht«, gab Sally in diesem Moment zu. »Er sagte nur, dass Jaden sich in das Heft ziemlich vertieft hat, und danach irgendwie – komisch war …«

»Irgendwie komisch? Inwiefern?«

»Das konnte Otis nicht so gut erklären«, sagte Sally und pfiff erneut nach ihrem Hund.

»Ist das Sally?«, flüsterte Liberty Bell fragend und wies auf das kleine Telefon in seiner Hand. Ernesto nickte, gerade als Mrs Blue ins Zimmer trat und begann, den Frühstückstisch zu decken.

»Otis sagte, Jaden wäre, nachdem er es gelesen hatte, wie elektrisiert gewesen«, fuhr Sally fort. »Genauso hat er es ausgedrückt. Irgendwie nervös und gleichzeitig in einer merkwürdigen Hochstimmung …«

Jaden. Immer wieder Jaden. Und jetzt war Jaden tot … So tot wie Flavio, der auch etwas gewusst hatte …

»Sally, hat Otis eine Ahnung, wo dieses – Tagebuch geblieben ist?«, fragte Ernesto. »Es … es könnte vielleicht sehr wichtig sein …«

Liberty Bell lauschte mit zusammengepressten Lippen und warf ihm einen langen, fragenden Blick zu.

»Später...«, flüsterte Ernesto und streichelte ihre lila Finger.

»Das ist es ja gerade«, sagte Sally. »Es ist verschwunden. – Zumindest sagt Otis das. Er hat letzte Woche zusammen mit Mr Franklin Jadens Zimmer ausgeräumt und es war nicht mehr da. Und die Polizei weiß auch nichts davon.«

Einen Moment herrschte Stille. In Ernestos Kopf wirbelte es und er schaffte es kaum, sich von Sally zu verabschieden und sich bei ihr zu bedanken. Langsam ließ er das Telefon sinken.

Was hatte Ruby bloß in dieses Buch geschrieben? Welche Enthüllungen enthielt es? Gab es womöglich den Namen ihres... Peinigers wieder?

Ernesto musste plötzlich wieder an den letzten Satz denken, den Jaden von sich gegeben hatte, ehe er gestorben war.

Hochmut kommt vor dem Fall...

Was hatte Jaden damit gemeint? Oder vielmehr, wen hatte er damit gemeint? – Etwa einen von ihnen? Das war doch irrwitzig!

Es war noch nicht mal zehn Uhr, als Salvador, Dalí und Baz vor der Fliegengittertür standen.

»Danke für eure Nachricht«, sagte Salva zu Ernesto, während sein Vater Mrs Blue begrüßte.

Salvador folgte Ernestos Blick.

»Ich weiß, du bist bestimmt angepisst, weil mein Alter mitgekommen ist«, sagte er schnell, »aber es gibt gute Neuigkeiten, Ern. Baz hat beim *Social Welfare Office* durchgesetzt, dass Liberty Bell so schnell wie möglich provisorische Papiere erhält –

und vorerst bei uns in Cedars End wohnen kann. Die Sache mit dem Heim in Village ist damit vom Tisch.«

Baz Coleman, der zugehört hatte, nickte. »Das heißt natürlich auch Schule im Herbst, damit du so schnell wie möglich deinen Highschoolabschluss machen kannst, Liberty Bell«, fügte er lächelnd hinzu, während Mrs Blue den hungrig winselnden Dalí mit Frühstückshäppchen versorgte.

»Das ... das ist – gut ... Danke«, sagte Liberty Bell nach einer Weile. Mehr sagte sie nicht. Die anderen redeten dafür eine Menge. Ernesto schwieg ebenfalls. Es war, als hätte er eine schwere, unsichtbare Last auf den Schultern. Liberty Bell suchte immer wieder seinen Blick und was tat er? Er wich ihrem aus.

Verdammt, warum konnte er sich nicht freuen wie alle anderen? Er verstand es selber nicht. Baz erklärte Mrs Blue unterdessen, wer Tiffy wirklich war, was die alte Frau, wie es zu erwarten gewesen war, in große Aufregung versetzte. Sie warf Liberty Bell in der Folge eine Menge verstohlene, scheue Blicke zu, als habe sie es mit einem äußerst seltenen, womöglich wilden Tier zu tun.

»Ich kann es kaum glauben, Mr Coleman«, flüsterte sie einmal kopfschüttelnd, als sie annahm, dass keiner es hörte. »Sie kam mir eigentlich ganz – normal vor. Ver-versteht sie denn alles, was man sagt? Kann sie einem Gespräch folgen wie ein – normaler Mensch?«

»Verdammt, ich glaub's nicht! Natürlich kann sie das. Schließlich ist sie kein Yeti!«, schnaubte Ernesto, der auf einmal wahnsinnig gereizt war, sprang auf und ging hinaus ins Freie, um durchzuatmen. Liberty Bell folgte ihm und hockte sich still neben ihn auf die Steintreppe.

»So ein Mist alles, Liberty Bell«, sagte Ernesto leise. »Sorry, dass ich so schlecht drauf bin, aber…«

Er sprach nicht weiter. Wieder nicht. Und sie sagte auch nichts.

»Otis? Ihr wollt zu Otis?«, fragte Mrs Franklin, die schrecklich aussah. Betroffen schauten Ernesto und Mose sie an. Sie hatten beschlossen, nicht alle zusammen bei den Franklins auf der Matte zu stehen. Darum waren nur Ernesto, Mose und Liberty Bell gekommen. Salvador, Dara, Ronan, Sally und Portia warteten im *Milk and Honey* auf sie.

Mrs Franklins Wangen waren eingefallen, um ihre Augen lagen dunkle Ringe und sie blickte wirr von einem zum anderen, wie jemand, der viele Nächte vergeblich nach Schlaf gesucht hat. »Otis ist nicht da. Er – er hat ein Baseballspiel in Village. Was – was wollt ihr denn von ihm?«

Ehe jemand dazu kam, eine Antwort zu geben, ging eine jähe Veränderung durch Mrs Franklin, die womöglich nie wieder jemand Ms Peach nennen würde. Alles Samtene, Weiche, Fröhliche an ihr schien für immer zerstört.

»Das Mädchen… Du bist – das Mädchen«, sagte Mrs Franklin jetzt. Ihre Stimme zitterte. »Die Tochter von Ruby. Du lieber Himmel…«

Liberty Bell schwieg und runzelte die Stirn. Ernesto warf ihr einen Seitenblick zu. Sie sah zart und zerbrechlich aus, eine Menge Zeitungen beschrieb sie so, praktisch ein labiles Porzellanfigürchen, aber das war sie in Wirklichkeit nicht. Ernesto wusste, dass da etwas anderes in ihr steckte. Laut und wild und wie ein gereiztes… Raubtier, vielleicht.

»Wollt ihr nicht hereinkommen?«, fuhr Mrs Franklin fort. Sie trat auffordernd einen Schritt zurück. Ernesto schluckte, während sie zum ersten Mal seit Jadens Tod das Haus betraten.

Wie oft waren sie hier gewesen? Zigmal. Zu Jadens Geburtstagsfeiern, zu vielen bunten Halloweenfesten und einfach so. Einfach so am meisten.

»Ich habe jede Zeile gelesen, die über dich geschrieben wurde«, fuhr Mrs Franklin fort und führte ihren Besuch ins Wohnzimmer. »Setzt euch doch.«

Ernestos Blick fiel auf eine Art Altar oder Schrein, den Mrs Franklin an der hinteren Wand errichtet hatte. Im Mittelpunkt stand eine große, gerahmte Fotografie, die Jaden am Tag seiner Konfirmation in der neuapostolischen Kirche von Wood Green zeigte. Darauf lächelte er sein typisches Jaden-Lächeln, ein bisschen großspurig und gleichzeitig verdammt unsicher. Dazu kam eine Menge weitere Aufnahmen, die an Jadens Leben erinnerten. Babybilder, Kleinkinderbilder, mit seinen Eltern, mit Otis und seiner Schwester, Aufnahmen während der Grundschulzeit bis hin zur – Gegenwart. An der Wand hing ein großes neuapostolisches Kreuz mit den üblichen, stilisierten Wellen und der neuapostolischen Sonne. Eine Menge Kerzen brannten. Im Raum stand warme, dumpfe Luft, als sei länger nicht gelüftet worden.

»Du – du bist ihr tatsächlich etwas ähnlich, Liberty«, sagte Mrs Franklin womöglich noch leiser, während sie Gläser und Seven up bereitstellte. Sie deutete auf ein weiteres, gerahmtes Bild. Es stand auf einer halbhohen Kommode und war die allseits bekannte, wenig ansehnliche Fotografie, die jeder Grundschüler von Old Town kannte.

»Ich weiß, was du jetzt denkst«, sagte Mrs Franklin hastig und stolperte fast über ihre eigenen Worte, während sie nach dem Bild griff und mit ihrer Hand darüberfuhr, als wolle sie es von einer unsichtbaren Schicht Staub befreien. Oder streicheln. »Aber du täuschst dich. Ruby Kyriacou war ein sehr hübsches Mädchen, ehe sie – ich meine, bevor …«

Sie schwieg und schien plötzlich weit weg zu sein.

»Äh? Mrs Franklin? Ist – ist alles okay?«, murmelte Mose nach einer Weile und räusperte sich, weil die Stille immer bedrückender wurde.

Mrs Franklin zuckte zusammen. »Ent…entschuldigt … Ich – ich habe nur … nachgedacht«, sagte sie dann und erhob sich erneut. »Wartet einen Moment, bitte«, murmelte sie und verließ ohne weitere Erklärungen den Raum. Ernesto, Mose und Liberty Bell hörten, wie sie hastig die Treppe ins Obergeschoss hinaufstieg.

»Arme, alte Miss Peach«, sagte Mose seufzend und drehte dem Jaden-Schrein und damit dem lebendigen, lächelnden Jaden den Rücken zu, der für immer verschwunden war.

Es dauerte eine ganze Weile, bis Mrs Franklin zurückkam.

»Ich habe nämlich – vielleicht einen Fehler gemacht«, sagte sie scheinbar zusammenhanglos und stellte eine Pappkiste auf den Couchtisch. »Man kann Schuld auf sich laden, müsst ihr wissen … Und Gott vergisst nie etwas …«

Ihre Stimme klang fahrig. »Seit – seit Jaden verunglückt ist, denke ich immerzu darüber nach. Über Ruby. Und über das, was sie mir vielleicht sagen wollte … Und über meinen Fehler, nicht genau genug – zugehört zu haben … – Vielleicht … vielleicht ist Jadens – Tod die Buße, die Gott mir auferlegt hat …« Wieder hielt sie inne. Dafür öffnete sie nun mit zittrigen Fingern den alten, zerbeulten Pappkarton. Er musste aus der Schule stammen, Ernesto erinnerte sich verschwommen an diese Art hellblauer Kartons, die in den Wandregalen der Grundschulklassen aufgereiht standen. Im Laufe des Schuljahres sammelten die Grundschüler darin ihre Zeichnungen und Texte, die im Kunstunterricht oder bei Projektarbeiten entstanden.

»Dies ist Rubys Karton aus der sechsten Klasse«, erklärte Mrs Franklin leise. Liberty Bell griff bei diesen Worten nach Ernestos Hand. »Dass er so voll ist, liegt daran, dass ich auch ihre Arbeiten aus der vierten und fünften Klasse dazugelegt habe«, fügte Jadens Mutter zerstreut hinzu. »Ich habe, nachdem sie verschwand, alles der Polizei zur Prüfung überlassen und später dann, als die Polizei die Sachen freigab, mit nach Hause genommen, weil für Ruby keiner kam, um die Sachen abzuholen.«

Jetzt wandte sie sich direkt an Liberty Bell. »Normalerweise nehmen die Eltern am Ende des Schuljahres die Arbeiten ihrer Kinder mit, aber Rubys Werke blieben jedes Jahr übrig. Ich denke, ihre Mutter – hatte wohl zu viel zu tun, um sich darum zu kümmern. Es waren einfach sehr viele Kyriacoukinder.«

Liberty Bell nickte schwach. »Darf ich …?«, fragte sie bedrückt und deutete auf den abgestoßenen, mitgenommen aussehenden Karton.

Mrs Franklin nickte traurig. »Ja, schau nur hinein. Wer, wenn nicht du … Obwohl ich immer noch nicht glauben kann, dass das alles wirklich geschehen ist. Dass Ruby damals, fast noch ein Kind, mitten im Wald ein Kind – geboren haben soll … dass du dieses Kind sein sollst …«

Liberty Bell griff nach dem zuoberst liegenden Bild. Es war eine einfache Buntstiftzeichnung. *Ruby K.* stand in kindlicher Schrift ganz unten auf dem Papier.

Liberty Bell schluckte.

»Bäume. Immer wieder Bäume«, erklärte Mrs Franklin und

für Sekunden huschte ein trauriges, verzerrtes Lächeln über ihr Gesicht. »Sie malte gerne Wälder. Schon seit der Vorschulklasse. Sie liebte die Natur.«

Ernesto nahm ein weiteres Bild aus dem Karton.

»Und was soll das darstellen?«, fragte er mit gerunzelter Stirn.

Mrs Franklin beugte sich vor und betrachtete die Zeichnung. »Das – ist eines ihrer Fantasiewesen«, sagte sie dann leise und verknotete ihre zitternden Finger ineinander. »Wenigstens – dachte ich das ... damals.«

Ernesto runzelte die Stirn. »Sieht aus wie ein dünner grauer Mensch mit einem zähnefletschenden Tierkopf«, sagte er kopfschüttelnd. »Ziemlich unheimlich, würde ich sagen. Er hat die Arme ausgestreckt, als wolle er etwas – packen ... Wie ein – Werwolf oder so.«

Einen Moment war es ganz still im Franklin-Wohnzimmer.

»Und – sieh mal, dieses hier«, sagte Mose dann betroffen und reichte Ernesto ein weiteres Bild. »Wieder so ein – Werwolfbild. Diesmal eins mit nackten Füßen. Hey, jede Fußzehe hat sie gemalt ... Mit gekrümmten Krallen ...«

Liberty Bell saß einfach nur da und rührte sich nicht. Ihr Blick hing an der geöffneten Kiste mit Rubys Bildern. Sie hielt sich sehr gerade und atmete ein und aus, ein und aus, ganz wach und still wie ein Tier, das eine Witterung aufnimmt, sich aber dennoch vor dem Kampf fürchtet.

Ernesto hob den Kopf. »Komisch«, sagte er langsam und wandte sich an seine alte Grundschullehrerin. »Mrs Kyriacou sprach auch über nackte Füße, als wir neulich bei ihr waren. Sie sagte, Ruby habe sich vor nackten Füßen ... regelrecht geekelt und eines Tages angefangen, sogar nachts beim Schlafen ihre Schuhe anzulassen. Wissen Sie etwas darüber?«

Mrs Franklin schaute vor sich hin, sodass Ernesto sich fragte, ob sie ihm überhaupt zugehört hatte. Gerade als er die Frage wiederholen wollte, flüsterte Mrs Franklin beinahe tonlos: »Ja … sie … sie hat darüber gesprochen … Ich – ich habe es einfach nicht verstanden – damals … Ich hatte so viele eigene Sorgen.

Ernesto wusste von Jaden, dass Mr Franklin seit Jahren Alkoholiker war.

»Sag's bitte keinem, Ern«, hatte Jaden gestottert, als das Ungeheuerliche geschehen war und Mr Franklin sturzbetrunken in Jadens Zimmer getorkelt war, einfach so an einem sonnigen Nachmittag vor ein paar Jahren, als Ernesto bei Jaden zu Besuch gewesen war.

»Versprochen«, hatte Ernesto gemurmelt und beklommen zugesehen, wie Jaden seinen Dad, der früher als Ingenieur in einer angesehenen Firma gearbeitet hatte, behutsam am Arm nahm und fortbrachte.

»Er ist schon seit ein paar Jahren – so …«, hatte Jaden hinterher erklärt. »Manchmal habe ich das Gefühl, das alles nicht mehr lange auszuhalten.«

Ja, Ernesto konnte sich vorstellen, dass Mrs Franklin Sorgen hatte. Vor allen Dingen, weil sie so wahnsinnig darauf bedacht war, immer und überall den Schein der heilen, normalen Familie zu wahren.

Wie telepathisch herbeigedacht, hörten sie genau in diesem Moment die Haustür und gleich darauf betrat Mr Franklin das Wohnzimmer.

Seine Frau zuckte zusammen und stand auf. »Basil …? Du – du bist schon da …?«

Basil Franklin runzelte die Stirn. Überrumpelt von so vielen Menschen blieb er einen Moment lang wie angewurzelt im

Türrahmen stehen. Seine Schuhe lagen auf der Schwelle neben ihm – und er stand gerade im Begriff, seine dunklen Socken von den Füßen zu streifen. Seine Arme sanken nach unten, mit letzter Kraft schlüpfte er aus der ersten Socke, griff dann haltsuchend nach dem Türrahmen und stellte den nackten Fuß zurück auf den Boden. Seine Zehen waren ungewöhnlich lang – beinahe wie Finger, dachte Ernesto fröstelnd – und sah schnell weg.

»Ernesto und Mose kennst du ja, Basil. – Und, stell dir vor, dies ist das Mädchen aus dem…«, begann Mrs Franklin.

»Ich weiß, wer das ist«, schnitt ihr Mr Franklin das Wort ab. »Ihr Bild war ja wochenlang in der Zeitung. – Aber jetzt würde ich gerne meine… Ruhe haben, wenn das möglich ist.« Seine Stimme klang leise und angestrengt.

»Natürlich«, erwiderte Mrs Franklin hastig, legte Rubys Zeichnungen zurück in den Karton und schob den Deckel darauf. »Es ist nur… wegen – wegen der kleinen Ruby Kyriacou. Ich… ich wünschte, ich könnte… Ich meine… Wenn ich nur…«

»Nun hör schon auf mit dem Blödsinn«, versetzte Mr Franklin knapp, durchquerte mit starrer Miene den Raum und sank in einen Sessel. Er sah aus, als sei er seit Jadens Tod um mindestens zehn Jahre gealtert. Er war schon Mitte sechzig, das wusste Ernesto, aber in diesem Moment wirkte er noch deutlich älter. Ein uralter, gebrochener Mann. Im Sitzen zerrte er an seiner zweiten Socke. Auf seinen dünnen, unnatürlich langen Zehen wucherten graue, widerspenstige Haare. Wie behaarte schlafende Tiere sahen sie aus.

»Aber…«, setzte Jadens Mutter ein weiteres Mal an. »Wenn ich damals nur…«

»Dich trifft keine Schuld, Pat. Wie oft soll ich dir das noch sagen?«, murmelte Mr Franklin abschließend, schloss die Augen und legte die Beine auf das sich selbst hochklappende Fußteil des Sessels. »Wo ist Otis? Wie ist sein Spiel ausgegangen? Das würde mich interessieren ...«

Mrs Franklin begleitete ihren Besuch eilig zur Tür.

»Mein Mann ist sehr verzweifelt, müsst ihr wissen«, sagte sie leise. »Wegen ... wegen ... Ihr wisst schon ...«

Ernesto warf einen letzten Blick zurück. Irgendein Detail, das er eben gesehen hatte, erinnerte ihn an – an etwas ... Oder an – jemanden? Aber an wen? Es hatte mit Mr Franklin zu tun. Oder?

Ernesto beschlich ein eigenartiges Gefühl. Nein, nicht Mr Franklin, sondern es erinnerte an ...

Verdammt, er kam nicht darauf.

An der Haustür drückte Mrs Franklin ihm den ausgebeulten, hellblauen Karton in die Hand. »Nehmt ihn mit, nehmt ihn in Gottes Namen mit. Natürlich macht das meine Schuld nicht kleiner, aber vielleicht ...«

Damit schob sie sie über die Schwelle und schloss leise die Tür hinter ihnen.

19

Ich ... ich kann jetzt nicht da reingehen, Ernesto«, sagte Liberty Bell leise, als sie das *Milk and Honey* erreichten, wo die anderen auf sie warteten. Ihr Blick war auf die hellblaue Kiste geheftet.

Ernesto nickte. »Klar, das verstehe ich.«

Er warf ebenfalls einen Blick auf Rubys Schulsachenkiste aus der sechsten Klasse, den Liberty Bell umklammert hielt. Es hatte angefangen, leicht zu nieseln.

»Wollen wir – vielleicht zu mir gehen und uns die Sachen in Ruhe ansehen?«, schlug er vor. Viel lieber wäre er eigentlich nach Cedars End gefahren, in Salvas gemütliches Haus, in dem Liberty Bell jetzt ein Gastzimmer hatte, aber dort war ausgerechnet heute Nachmittag ein Straßenfest, wie Salvador berichtet hatte.

»Barbecue bis zum Abwinken«, hatte Salvador seufzend erzählt. »Die ganze Straße mit all ihren *Desperate Housewives* ist auf den Beinen. Gruselig, echt.«

Darum hatte Ernesto das Rampenhaus vorgeschlagen. Denn im Regen hatte es auch keinen Sinn, raus zum Cedar Creek zu fahren oder in den Stadtpark zu gehen.

Liberty Bell nickte, während Mose aus dem Wagen stieg. »Ich gehe dann später mal mit Dara ins *Ed's* und sehe zu, dass ich Otis treffe«, versprach er. Er winkte ein letztes Mal und öffnete die Tür ins *Milk and Honey*, um fast gegen eine Frau zu prallen, die das Café eben verließ. Sie war groß und wahnsinnig gut aussehend und Ernesto überlegte einen Moment, wo er sie schon einmal gesehen hatte. Dann erinnerte er sich. Das war Mrs Franklins Kollegin Mrs Sengers. Wie hieß sie doch gleich? Es war irgendetwas Biblisches, Abgefahrenes gewesen. Ach ja, jetzt hatte er es wieder. *Seraphine.* Ein hebräischer Name. Wie die höchsten Engel der Engelshierarchie, wenn man so wollte. *Die Engel mit den sechs Flügeln, die den Himmel bewachten …* Mose, der immer alles wusste, hatte auch diese Details gewusst und mal zum Besten gegeben, als sie über Mrs Sengers gesprochen hatten.

»So sieht sie auch aus«, hatte Dara geseufzt. »So, als ob sie über allem steht. Die ist bestimmt nicht leicht zu knacken. Zugeknöpft bis obenhin. Warum die wohl ausgerechnet *Lehrerin* geworden ist? Und dann auch noch in Gähn-Old-Town. – Ich meine, sie würde locker als Model durchgehen, oder?«

Ernesto sah, wie Mose grüßte. Mrs Sengers grüßte zurück, ehe sie davoneilte.

»Ein Haus wie ein Tier«, murmelte Liberty Bell, als Ernesto die Auffahrt hinauffuhr.

»Was hast du gesagt?«

»Ein Haus wie ein riesiges Tier, das einen verschlingt«, sagte Liberty. »Das waren Annies Worte, als sie mir die Häuser beschrieb, in denen sie aufgewachsen ist.«

Ernesto nickte. »Ich verstehe, was sie gemeint hat«, sagte er leise und schaltete den Motor des Beetle aus.

»Warum sind die Häuser in eurer Welt alle so groß? Ich meine, unsere Hütte im Wald war vielleicht klein, aber es war alles darin, was wir zum Leben brauchen.«

Ernesto lachte leise, aber es klang nicht fröhlich. »Glaub mir, Liberty Bell«, sagte er. »Es gibt auch in *dieser* Welt kleine Häuser, aber je reicher die Leute sind, desto größenwahnsinniger und unersättlicher werden sie.«

Er parkte den Wagen und gemeinsam gingen sie die geschwungene Treppe hoch. Ernesto schloss die Tür der Villa auf.

»Es ist kalt hier…«, flüsterte Liberty Bell. Wie die meisten fröstelte auch sie einen Moment, als sie zum ersten Mal über die marmorne Schwelle des rollstuhlgerechten Hauses trat.

»Ich weiß«, seufzte Ernesto, während er das Licht einschaltete. Die Skulptur der beiden Liebenden leuchtete geisterhaft auf in dem jähen Licht. Liberty Bell blieb erschrocken stehen.

»Mom?«, rief Ernesto unterdessen vorsichtig. Sein Vater schien nicht da zu sein, sein behindertengerechtes Automatikauto stand nicht auf seinem Stammplatz in der Auffahrt. Der Honda Prelude seiner Mutter war fast immer in der Garage, man konnte also nicht unmittelbar voraussagen, ob sie da war oder nicht.

»Natasha? Hallo? – Ist irgendjemand zu Hause?«

Endlich drang aus dem Obergeschoss ein Geräusch. Schritte waren zu hören, dann schaute die Haushälterin über die Galerie zu ihnen nach unten.

»Hey Nat, das ist…«, begann Ernesto und deutete auf Liberty Bell, aber dann brach er ab. Natasha sah mittlerweile nicht viel besser aus als Mrs Franklin. Ihre Augen waren rot und geschwollen, ihre Augen grau umschattet, ihr Gesicht eigenartig starr.

»Nat – was ist los?«, fragte Ernesto. »Ist etwas passiert?«

»Nein, es ist nichts«, flüsterte Natasha. »Nur…«

»Nur, was?«, fragte Ernesto.

Aber die Haushälterin gab ihm keine Antwort, sondern schlug nur die Hände vor das Gesicht und eilte davon.

»Allmählich reicht es mir«, murmelte Ernesto. Er wandte sich an Liberty Bell. »Ich sehe mal nach ihr. – Willst du mitkommen?«

Liberty Bell nickte und zusammen gingen sie nach oben.

»Da lang«, sagte Ernesto.

»Was für ein merkwürdiges Gebilde. Warum – dieses Wasser? Warum diese Starre? Und warum dieser schräge Boden?« Das Mädchen fuhr mit den Fingerspitzen über das niedrige Geländer. Neben der breiten, glänzenden Rampe, die ins obere Stockwerk führte, rieselte ein künstlich angelegter Bachlauf. Diese Idee war Mr Merrill im vergangenen Frühling gekommen: Natur im Haus. Der japanische Garten auf dem Dach gehörte ebenfalls zu diesem Projekt.

»Mir… mir wird fast – schwindelig«, sagte Liberty Bell verlegen. Mit einer unbewusst anmutigen Bewegung blieb sie stehen und lehnte sich für einen Moment an die Wand.

Ernesto schob unterdessen beunruhigt die Schiebetür zum Zimmer seiner Mutter auf. Die übliche, kühle Luft, die ihm von dort aus entgegenschlug, roch heute schlecht – im wahrsten Sinne zum Kotzen.

»Mom?«, rief Ernesto erneut und spähte in das dämmrige Zimmer. Alle Jalousien des Raumes waren heruntergelassen, das anthrazitfarbene Zimmer grau in grau mit dünnen Lichtstreifen dazwischen.

»Sie schläft.« Natasha stand plötzlich wieder hinter ihm. Ernesto zuckte zusammen. Die Haushälterin konnte, wenn sie wollte, wahnsinnig leise sein. Dieses Phänomen kannte er seit seiner Kindheit.

»Sie muss sich den Magen verdorben haben. Sie übergibt sich ständig…«, fuhr Natasha fort und räumte hastig ein paar herumliegende Medikamente auf dem Nachttisch weg. Ihre Bewegungen waren fahrig. Neben dem eleganten Bett stand ein Plastikeimer, über dessen Rand ein Putzlappen hing.

Ernesto trat zögernd näher und warf einen prüfenden Blick auf seine still daliegende Mutter. Ungeschminkt sah sie älter aus, als sie war. Ihr Mund stand leicht offen, ebenso ihre Augen. Ihr Blick war glasig.

»Ernesto? Bist du das?«, flüsterte sie heiser. »Ich ... ich kann dich – kaum erkennen ...«

Sie atmete flach.

»Oh, verdammt, Mom«, gab Ernesto leise zurück. Vorsichtig setzte er sich neben sie. Ihr Gesicht sah geisterhaft aus und war von einer glänzenden Schweißschicht überzogen.

Ernesto hob unwillig den Kopf. »Nat? Sie muss sofort ins Krankenhaus«, entfuhr es ihm. »Siehst du nicht, dass es ihr wahnsinnig schlecht geht?«

Natasha zuckte zusammen. »Ja. Nein ...«, stammelte sie. »Dein Vater hat ausdrücklich gesagt, dass kein Grund zur Sorge besteht. Nur ein ... schwerer Magen-Darm-Infekt, nichts weiter ...«

»Hattest du nicht eben gesagt, sie hätte sich den Magen verdorben?« Ernesto warf der rothaarigen Haushälterin einen nervösen Blick zu. »Nat, was ist hier eigentlich los?«

Mrs Merrill stöhnte und Ernesto drehte sich zu ihr zurück.

»Chazza ...«, flüsterte sie mit verschwommener Stimme. »Das ... das Baby. Wo ist das Baby geblieben? Wie lange war ich fort? Waren es Jahre? Warum kann ich mich nicht erinnern? Ich fühle mich so leer ... so – unnütz ...«

»Das ist deine Mom? Was hat sie? Wovon spricht sie?«, flüsterte Liberty Bell erschrocken. Ohne dass Ernesto es gemerkt hatte, war sie an seine Seite getreten.

»... ich weiß, ich muss – schweigen. Darf nichts sagen«, fuhr

Mrs Merrill mit schleppender Stimme fort. »Zazie. Lynette. Macy. Cindy. Arielle. Emily, Charlotte...«

»Deine Katzen? Was ist mit ihnen, Mom?« Ernestos Stimme war lauter geworden.

Auch Chazza hatte Katzen erwähnt. Die Katzen seiner Mutter? Die *toten* Katzen? Die Namen, die seine Mutter eben aufgezählt hatten, waren, wenn er sich nicht irrte, alles Namen von gestorbenen Katzen. Verdammte Siamkatzen. Verdammte, überzüchtete Siamkatzen, die starben wie Fliegen... Kleine graue, zusammengekrümmte und erstarrte Tierkadaver in Pfützen von Erbrochenem. Wie oft war er über sie gestolpert in den vergangenen Jahren? Unzählige Male.

»Ern, komm später wieder«, bat Natasha in diesem Moment leise. »Ich werde deiner Mom etwas zum Schlafen geben, damit sie sich erholen kann.«

Natashas Hände zitterten, während sie Ernesto aus dem Zimmer schob. Liberty Bell war bereits zurückgewichen.

Ernestos Zimmer war so unordentlich und chaotisch wie immer.

»Ein erkämpftes Privileg«, murmelte er eine Spur verlegen und räumte für Liberty Bell rasch einen Stuhl frei. »Natasha weiß, dass ich komplett durchdrehe, wenn sie an meine Sachen geht. Früher sah mein Zimmer aus wie der Rest des Hauses. Keimfrei. Staubfrei. Wie ein Hotelzimmer... Zum Kotzen...«

»Fentanyl. Demerol. Morphin. Was ist das?«, sagte Liberty Bell da leise und scheinbar zusammenhanglos, während sie sich auf die Kante des Stuhls niederließ.

Ernesto drehte sich um. Er hatte nicht richtig zugehört, er

wusste von Sally, dass das Chaos in seinem Zimmer jeden unvorbereiteten Besucher erst einmal förmlich erschlug.

»Was? Was hast du gesagt?«, fragte er jetzt und verstaute ein Buch, eine DVD, eine Motorradzeitschrift und einen *Playboy*, den Dara vor ein paar Tagen vergessen hatte, wahllos auf einem bereits vollgestopften Regalbrett.

»Drei Schachteln. Weiß mit bunten Streifen. Diese Frau mit den roten Haaren hat sie mit dem Fuß unter einen Schrank geschoben, während du am Bett deiner Mutter gesessen hast. Sie wollte nicht, dass wir es sehen. Sie hatten Namen. Fantanyl, Demerol, Morphin.«

Einen Moment war es ganz still.

»Morphin?«, wiederholte Ernesto dann. Dieses eine Wort war in sein Bewusstsein gedrungen und dort hängen geblieben.

Liberty Bell nickte. »Was ist das, Ernesto? Warum hat sie die Schachteln vor uns versteckt?«

Ernesto starrte sie nur an. »Das – ist alles unmöglich«, flüsterte er. »Völlig unmöglich.«

Liberty Bell wandte sich ab und presste die Hände auf ihr Gesicht und er brauchte einen Moment, um zu begreifen, dass sie Angst vor seinem starren Blick hatte. Er versuchte, sich zusammenzunehmen.

»Wie waren noch mal die beiden anderen Namen?«, fragte er hastig.

»Fentanyl. Demerol«, wiederholte Liberty Bell leise.

Ernesto riss den Deckel seines Laptops hoch und schaltete ihn ein. Mit bebenden Fingern tippte er *Demerol* in die Suchmaschine. In einem Bruchteil von Sekunden hatte er etliche Treffer.

»Ein Opioid?«, flüsterte er. »Opioid? Opium? Ein Analgetikum?« Natasha gab seiner Mutter Opiate gegen eine Magen-

Darm-Grippe? Seine Blicke flogen über den Bildschirm. »Starkes Schmerzmittel? Verwandt mit dem besser bekannten *Morphin?* Kann Krampfanfälle auslösen?«

Ernesto hob den Kopf. »Aber…?«, murmelte er verwirrt. Liberty Bell sah ihn hilflos an, doch er konnte ihr jetzt nicht erklären, was er hier tat. Er tippte mit fliegenden Fingern bereits *Fentanyl* in eine zweite Suchzeile und merkte kaum, dass Liberty Bell hinter ihn getreten war und mitlas. In jeder anderen Situation hätte er wieder einmal über ihre Anpassungsfähigkeit gestaunt, die Dinge zu akzeptieren, wie sie waren. Sie, die noch nie einen Computer bedient, geschweige denn, etwas online gesucht hatte.

Aber jetzt kam es Ernesto nur darauf an, diesen Wahnsinn, der hier tobte, so schnell wie möglich zu durchblicken. Wenn es überhaupt gelingen konnte.

Fentanyl wirkt vorwiegend stark schmerzlindernd und beruhigend (sedierend). Es ist etwa 100-mal so stark wie Morphin (gemessen am Gewicht ist nur ein Hundertstel der Menge an Fentanyl nötig, um die gleiche Wirkung zu erzielen), besitzt außerdem eine höhere Wirksamkeit, während seine Wirkdauer in der Regel deutlich kürzer ist…

Ernesto fuhr sich über das Gesicht, ehe er weiterlas.

…abhängig von der Dosis und dem Gesamtzustand des Patienten beeinträchtigt Fentanyl die Wahrnehmungsfähigkeit, wirkt beruhigend und führt zu Bewusstseinstrübungen bis hin zu einem schlafähnlichen Zustand. Deshalb wird es im klinischen Bereich zur Anästhesie eingesetzt…

»Das ist Schwachsinn«, sagte Ernesto laut und brach damit wütend das Schweigen. »Warum sollte Nat meiner Mutter so ein – Zeug verabreichen? Sie… sie ist doch nicht übergeschnappt!«

Aber er konnte nichts dagegen tun. Sein Blick hing wie erstarrt an den Zeilen. *Bewusstseinstrübung … schlafähnlicher Zustand …*

In seinem Kopf begann sich alles zu drehen, dennoch zwang er sich weiterzulesen.

… zu den Nebenwirkungen zählt die Beeinträchtigung der Atmung bis hin zur Atemdepression, das Verkrampfen und Erstarren der Muskulatur, verlangsamte Herztätigkeit, verengte Pupillen, Euphorie oder Angstzustände, Übelkeit, Erbrechen und Verstopfung. Bei schneller Injektion kommt es gelegentlich zu kurzzeitigem Hustenreiz …

Hustenreiz …?

»Hustenreiz?«, flüsterte Ernesto. »Sie … sie hustet seit … seit Jahren …«

Was hatte das alles zu bedeuten?

Sein Blick hing an dem kleinen Gefahrstoffkennzeichen am Rande des Bildschirms: einem Totenschädel in einem Warndreieck. Gleich darunter stand: *Verschreibungspflichtig. Wird auch zum Strecken von Heroin eingesetzt.*

In diesem Moment öffnete sich hinter ihnen mit einem leisen Surren die Schiebetür.

Ernesto fuhr herum.

»Dad, zum Glück bist du da«, sagte er hastig und schob den Laptop zur Seite. »Verdammt, Mom geht es echt mies heute. Und ich habe da etwas sehr Merkwürdiges entdeckt …«

Er drehte seinen Laptop um. »Das hatte Natasha in Moms Zimmer«, sagte er atemlos.

Dr. Merrill zog die Augenbrauen nach oben. »Ich weiß«, sagte er mit einem traurigen Lächeln. »Ich weiß das, Sohn.«

Er rollte über die Türschwelle, mitten in das unordentliche Zimmer hinein. Dabei streifte sein Blick Liberty Bell.

»Was weißt du?« Ernesto spürte, wie er blass wurde, und schaute seinen Vater eindringlich an.

Dr. Merrill gab keine Antwort, sondern lächelte Liberty Bell vage zu.

Später wird Liberty Bell zu Ernesto sagen: »Wahnsinn, was er für Augen hat. Noch nie habe ich jemanden mit so sanften Augen gesehen. Wie tiefe Seen. »Jesusaugen«, hätte meine Mom sie genannt. Sie wollte immer einen Mann mit Augen wie Jesus haben. Sie sagte, solche Augen kann nur ein wirklich guter Mensch haben.«

»Du bist das Mädchen aus dem Wald.« Dr. Merrill fragte nicht, er stellte fest.

Liberty Bell nickte stumm.

»Es freut mich, dich kennenzulernen«, fuhr Ernestos Vater fort, aber der traurige Ausdruck in seinem Gesicht schwand nicht. Er drückte für einen höflichen Moment Liberty Bells dünne Hand. »Wenn ich mir auch einen besseren Zeitpunkt dafür gewünscht hätte ...«

»Was, Dad?«, fuhr Ernesto dazwischen und tippte mit den Fingern auf den Laptop. »Sag endlich, was ist hier los? Warum geht es Mom so schlecht?«

Dr. Merrill seufzte tief auf und fuhr sich mit der Hand über den Mund. »Eine Überdosis, Ernesto«, war seine knappe, aber unerbittliche Antwort.

»Eine Überdosis?«, wiederholte Ernesto und fühlte, wie er taumelte. »Was für eine Überdosis? Wovon?«

Dr. Merrill schüttelte den Kopf. »Ich dachte ... nun, ich war davon ausgegangen, dass du es inzwischen selbst gemerkt hättest.«

»Was soll ich gemerkt haben?«

»Tja…«, Dr. Merrill spreizte seine Hände. »Deine Mutter ist – abhängig.«

»Abhängig?« Ernesto starrte seinen Vater an. »Sie ist…« Er brach ab, versuchte zu begreifen, was sein Vater da eben gesagt hatte.

»Seit Jahren. Vorwiegend von starken Beruhigungsmitteln.«

»Hast du ihr etwa…?«

»Natürlich nicht!« Sein Vater schnitt ihm das Wort ab. »Aber deine Mutter hat selbst immer wieder Mittel und Wege gefunden.« Jetzt konnte man sie sehen, die Verbitterung, die sich deutlich in seiner Miene eingegraben hatte. »Jedenfalls hatten Natasha und ich es einigermaßen unter Kontrolle. Aber in der letzten Zeit ist es schlimmer geworden. Und heute muss sie irgendwie an meinen Tresorschlüssel gekommen sein und damit an die Narkotika.« Für eine Sekunde spiegelten sich Emotionen in Dr. Merrills Gesicht, was so gut wie nie vorkam. Hilflosigkeit und Trauer, echte Trauer.

Ernestos Blick glitt zu dem flimmernden Bildschirm vor sich. *Fentanyl… Atemdepression, verlangsamte Herztätigkeit, Übelkeit, Erbrechen…*

In diesem Moment stolperte Natasha zur Tür herein.

»Nein! Nein! Dr. Merrill! Nicht! Was… zu viel ist… Nein, nein, nein…«

Ihr Blick war wirr und ihre roten Haare, die Dara so sexy fand, obwohl sie schon auf die fünfzig zuging, standen ihr zerwühlt um den Kopf. Ein letzter Haarkamm baumelte losgelöst ein Stück hinter ihrem linken Ohr in einer filzig ineinander verwickelten Haarsträhne. Sie schien es nicht einmal zu bemerken.

»Natasha?«, stotterte Ernesto.

»Ern. – Ernesto. – Mein *lieber* Junge. – Mein *guter* Junge.

Es… es… es ist nur…«, flüsterte Natasha zurück und leckte sich über die trockenen Lippen. Es sah so aus, als suche sie nach Worten, aber Dr. Merrill kam ihr zuvor.

»Natasha, beruhige dich. Bitte«, sagte er leise und besänftigend. Sein Blick tauchte in ihren. »Alles. Wird. Gut. Das habe ich dir doch versprochen, oder? – Und denk an – *deinen* Jungen in Polen. Denk. An. Bartosz. Nat! Reiß dich – bitte - zusammen.«

Die Haushälterin zuckte bei diesen eindringlichen Worten zusammen und erstarrte. Vor dem Fenster flog ein Schwarm Oregon-Junkos vorüber, Ernestos Lieblingsvögel aus Kindertagen.

»Verdammt, Nat, warum hast du mir nie gesagt, dass – dass Mom so… krank ist?…«, fragte er leise in die Stille hinein, die den Worten seines Vaters gefolgt war.

Liberty Bell war aufgestanden. Verstand sie, was sein Vater gesagt hatte? Verstand sie, dass seine Mutter sich mit Drogen vollgepumpt hatte, ganz wie Annie Lynford früher? Die Vögel verschwanden unterdessen in der Ferne wie eine dunkle Wolke.

»Ich… ich wusste ja nicht… ich wusste nicht, wie…«, stammelte Natasha, schlug ein Kreuz und fing leise und in polnischer Sprache an zu beten.

»Ern, vielleicht sollte deine – kleine Freundin… an einem anderen, einem besseren Tag wiederkommen«, sagte Dr. Merrill jetzt und machte Anstalten, hinter Natasha herzurollen, die davoneilte, wahrscheinlich um nach Mrs Merrill zu schauen. Dabei fiel sein Blick auf den offen dastehenden Karton mit Ruby Kyriacous Schulbildern.

»Was… was ist denn das?«, fragte er und hielt mitten in der Bewegung inne. Seine dünnen Finger, die so wahnsinnig erfolgreich operieren konnten, schwebten für einen Moment unbeweglich über den schmalen Gummireifen seines Rollstuhls.

»Das sind nur… Rubys Sachen«, murmelte Ernesto zerstreut. »Mrs Franklin hat sie uns gegeben, weil sie fand, Liberty Bell sollte sie haben.«

Dr. Merrill betrachtete das zuoberst liegende Bild. Es war das mit dem barfüßigen Mann mit dem Pantherkopf und den ausgestreckten Armen.

»Du lieber Himmel…«, seufzte er und verzog das Gesicht. Seine Stimme klang betroffen und er legte die Zeichnung behutsam wieder an ihren Platz. »Das arme Mädchen. Ein Kind aus schwierigen Verhältnissen. Ich habe sie damals, ehe sie verschwand, ein paarmal mit diesem kleinen Mann getroffen, Ronans Vater, Mr Horace…«

Er drehte seinen Rollstuhl und rollte zur Tür, aber Ernesto nahm es kaum wahr. Wie aus weiter Ferne spürte er Liberty Bells Hand in seiner.

Mr Horace! Natürlich! *Er* ging immer barfuß. *Er* war ein kleiner Mann mit nackten Füßen in einem grauen Maßanzug… *Er* hatte ein spitzes Gesicht mit dunklen, ziemlich engstehenden Augen und einer eigenartig vorspringenden Nase. Wie oft hatte Dara seine Späße darüber gemacht und Ronan damit zur Weißglut gebracht… Mr Horace hatte ein Raubtiergesicht! Ein Panthergesicht.

Warum war ihm das nicht viel früher aufgefallen? *Ihn* hatte Ruby Kyriacou gemalt, wieder und wieder! Er musste ihr Peiniger sein, ihr Vergewaltiger! Er war einer der einflussreichsten Männer in Old Town, das erklärte auch, warum sie sich niemandem anvertraut hatte. Sie war einfach davon ausgegangen, dass man ihr nicht glauben würde.

Er schloss die Augen. Aber wenn das stimmte, dann war Mr Horace auch Liberty Bells ... *Vater!* Oh Gott! Warum war er darauf nicht schon eher gekommen?

Wenn er nur daran dachte, wie oft er bei der Familie Horace am Esstisch gesessen und mit Ronans Dad geflachst und gelacht hatte. Richtiggehend übel wurde ihm bei diesem Gedanken: Mr Horace' Hände, die ihm die Schüssel gebackene Kartoffeln – oder was auch immer – gereicht hatten, waren dieselben Hände, die die zehnjährige Ruby Kyriacou in den Wäldern von Old Town geschändet hatten ... Wieder und wieder!

Ernesto schwirrte der Kopf. Was sollte er jetzt tun? Seinem Vater hinterherlaufen und ihm von seinem Verdacht erzählen? Aber der musste ...

Seine Mutter.

Langsam sickerte ein, was ihm sein Vater erzählt hatte. Seine Mom medikamentenabhängig. Ihre Abwesenheit. Ihre Launen. Es passte, verdammt, es passte alles wie die Faust aufs Auge. Und er hatte es nicht gesehen. Hatte es nie sehen wollen?

Er atmete tief ein und aus. Okay, was war jetzt wichtiger? Sein Dad würde sich um seine Mutter kümmern. Er musste in die Stadt, musste der Polizei von seinem Verdacht erzählen, musste ...

Ein Geräusch ließ ihn innehalten.

Ein Stolpern, ein Stöhnen. Dann ein Flüstern.

»Nat? ... Natasha?«

Es war die Stimme seiner Mutter. Sie klang kaum noch menschlich.

»Mom?«, rief Ernesto alarmiert, rannte aus der Tür und überholte seinen Vater im Flur.

Mrs Merrill war nicht mehr in ihrem Bett, stattdessen lag sie zusammengekrümmt auf dem hellen, glatten Marmorboden vor ihrem Zimmer, beide Arme wie schützend um ihren dünnen Körper geschlungen. Ihre Nase stach spitz aus ihrem eingefallenen gelblichen Gesicht hervor. Aber das war längst nicht das Schlimmste.

Es war das Blut. Das viele Blut.

»Verdammt, Mom! Was ist passiert?«, brüllte Ernesto, machte einen Satz, und beugte sich über seine leise schluchzende Mutter. Das Blut war überall. Es tropfte und rann von ihren Händen und war über ihrem gesamten Nachthemd verschmiert.

»Mom? Bist du verletzt? Was – was hast du nur getan? Bitte, sag doch etwas …!«

»Ern, lass mich durch«, sagte Dr. Merrill schneidend und rollte neben seine fast bewusstlose Frau. Er beugte sich über sie und griff nach ihrer Hand. »Sondra?«, flüsterte er.

»Dad, was ist mit ihr? Hat sie – hat sie sich etwas – angetan?«

»Ernesto. – Ernesto, sieh …« Liberty Bell keuchte laut auf vor Entsetzen und Schreck. Sie deutete auf die offen stehende Tür unmittelbar hinter Mrs Merrills Zimmer.

»Nat? Oh Nat! Nein!«, schrie Ernesto und sprang auf.

Das Zimmer der Haushälterin, das Dara vor einer halben Ewigkeit mal *Polen* getauft hatte, war voller Blut. Und in einer großen Blutlache nahe der Zimmertür lag unübersehbar und grotesk zusammengekrümmt Natasha Zlotsky mit schneeweißem Gesicht und weit aufgerissenen Augen. Um sie herum herrschte ein Riesendurcheinander aus zerbrochenen Einwegspritzen, zerknüllten Spritzenschachteln, zertretenen Tabletten, umherrollenden Einmalkanülen, Wattetupfern und anderem ärztlichem Zubehör. Es sah aus, als hätte eine Wahnsinnige gewütet. Nat? Oder seine Mom?

Ernesto stolperte und taumelte und rutschte fast aus auf dem vielen Blut, während er auf Natasha losstürmte wie ein Ertrinkender.

Er schluchzte auf, während er Natashas leblose, schlaffe Hand entsetzt zurück zur Erde gleiten ließ, hinein in das schmierige leuchtend rote Blut, das überall war. An beiden Handgelenken klafften tiefe Schnitte, nicht quer zur Hand, sondern längs. In ihrer geöffneten, rechten Hand lag noch immer das blutige Skalpell. Sie musste es aus Dr. Merrills Büro genommen haben.

Vage nahm Ernesto wahr, dass Liberty Bell bei ihm war. Er spürte ihre zitternde Hand auf seinem Rücken. War das alles nur ein Albtraum? Wenn es so war, wünschte er sich nichts sehnlicher, als endlich aufzuwachen …

»Ern… Ernesto?«

Zum zweiten Mal erklang die schwache Stimme seiner Mutter.

»Mom?«

Ernesto hob den Kopf, sein Gesicht war voller Tränen. Verschwommen erkannte er, dass seine Mutter mühsam versuchte, sich aufzurichten. *Sie musste Natasha als Erste entdeckt haben – wenn es nicht SIE gewesen war, die die Haushälterin … Aber Unsinn, dazu hatte seine Mutter ja gar nicht die Kraft. – Aber was hatte sein Vater ihm vorhin gesagt? Dass er und Natasha die Sucht seiner Mutter einigermaßen unter Kontrolle hatten halten können. Hatte sie deswegen so oft über Natasha geschimpft? Immer wieder den Tag verflucht, an dem sie ins Haus gekommen war, herbeigeholt von seinem Vater, um seiner erschöpften Mutter mit ihm, dem neugeborenen Baby, zur Hand zu gehen? Oh Gott, wie lange ging das überhaupt schon?*

In Ernestos Kopf tobte ein Gedankenkarussell, während Mrs

Merrills Hände kraftlos in Richtung des niedrigen Chromgeländers griffen. Dabei stöhnte sie leise. Himmel!

»Warte, ich helfe dir, Mom«, flüsterte er, fuhr sich über das Gesicht und erhob sich. Er fühlte sich schwer wie ein Stein. Natürlich, *er* musste sich jetzt, da Natasha nicht mehr da war –, um seine Mutter kümmern, sein Vater war dazu nicht imstande.

Sosehr er auch seinen Vater verachtete, wie schlimm musste es sein, mitten in diesem Chaos hilflos im Rollstuhl zu sitzen und nichts aus eigener Hand tun zu können?

Und in diesem Moment sah er es. Sein Vater bedachte seine auf der Erde kauernde Mutter mit einem eigenartigen Blick. Seine dunklen Augen schienen sie sekundenlang zu durchdringen. Kein Leben war in diesen Augen, Ernesto hatte das Gefühl, niemals vorher einen so eisigen Blick gesehen zu haben.

Aber dann war der Moment schon vorbei, Dr. Merrills Miene entspannte sich und sein Blick war jetzt nur noch besorgt.

»Sondra ...«, flüsterte er. »Ich verspreche dir, ich kümmere mich um dich. Ich kümmere mich um alles. So wie ich es immer getan habe ...«

Aber – nein, halt – genau das war es.

Dieses Flackern.

Dieses Flackern in den Augen, während tief im Innern des betreffenden Menschen eine starke Gefühlsregung vor sich ging.

Es war nicht die Farbe der Augen.

Es war nicht die Form der Augen.

Es war dieses Flackern, während die Seele des Betreffenden starke Gefühle empfand.

Glücksmomente. Wut. Hass. Oder Angst. Aber eben auch ... Liebe.

Jedes Mal dieses Flackern. Den Bruchteil einer Sekunde bloß.

Und Ernesto wusste, dass er dieses Flackern nicht nur bei seinem Vater gesehen hatte.

Während er seine Mutter hochhob und in ihr Bett zurücktrug, war es ganz still. Eine Stille wie eine Wunde.

Flavio war gestorben. Jaden war gestorben. Und jetzt war auch Natasha tot…

Wenn ich mit dem Rad unterwegs bin, fahre ich Rad… hatte Jaden gesagt. Aber er war nicht mit seinem Rad gefahren, obwohl er es dabeihatte. Stattdessen war er vor ein Auto gelaufen und gestorben.

Liberty Bell und sein Vater waren Ernesto wie stille Schatten gefolgt. Dr. Merrill knipste das Deckenlicht an und schaute sich im Zimmer seiner Frau um, als suche er etwas.

Mrs Merrill hatte die Augen weit geöffnet, die dunklen Pupillen in ihren hellen Augen waren riesig, wie so oft. Sie schwieg, aber sie starrte Ernesto unverwandt an, als… – Ja, als was?

Als versuche sie, ihn mit ihrem Blick zu bewachen? Als versuche sie – eine… Gefahr zu… bannen? Oder war dieser Blick nur Teil ihrer furchtbaren Krankheit? Ihrer Sucht, ihrer Abhängigkeit?

Ernesto hörte seinen Vater atmen. Die Atemgeräusche schwebten seltsam lastend durch den jetzt hell erleuchteten anthrazitgrauen Raum.

»Was müssen… wir jetzt tun? Wegen Natasha?«, fragte er leise, um diese eigenartige Stille zu durchbrechen. »Die Polizei anrufen? Und dann… Bartosz? Und müsste nicht jemand kommen und – einen Totenschein, oder wie das heißt, ausstellen?«

Dr. Merrill hob den Kopf. »Das. Werde. Ich. Tun«, sagte er

leise. Mehr nicht. Mit einer seiner Hände fuhr er gedankenverloren über den antiken Nachttisch seiner Frau, der, bis auf eine Fotografie von Ernesto als Kleinkind, leer war. Genau dort hatten vorhin noch Medikamente gelegen. Mit einem Frösteln dachte Ernesto an die vielen zertretenen Glasspritzen und Tablettenkapseln, an die überall zerstreut herumliegenden Spritzenkanülen. Hatte seine Mutter all das wirklich aus dem Tresor seines Vaters? Wie weit konnte solch eine Sucht überhaupt gehen?

Immer noch fröstelnd schaute er von seiner Mutter zu dem leeren Nachtisch und wieder zurück zu seiner kranken Mutter, die ihn mit einem eigentümlichen Gesichtsausdruck anstarrte. Zum ersten Mal seit langer Zeit – wenn nicht überhaupt zum ersten Mal in seinem Leben – sahen sie sich so intensiv an. Aber etwas war in ihrem Blick… Etwas war fremd. Unheimlich. Etwas, das seinen eigenen Blick bannte. Festhielt.

Was war das nur? Wollte sie ihm etwas mitteilen? Etwas sagen? War es das? Ja, da war etwas…

Lauft, sagten ihre Augen nämlich.

Ernesto zwang sich, ruhig zu bleiben, während er den Blick nicht von seiner Mutter wenden konnte.

Lauft!

»Liberty Bell«, sagte Ernesto schließlich leise. Er konnte nicht verhindern, dass seine Stimme merkwürdig gepresst klang. »Komm. Gehen wir – in mein Zimmer. Du hast es – gehört. Mein Vater – kümmert sich um alles…«

Seine Augen sagten auch etwas.

Wir müssen hier weg!, sagten sie.

Aber es war zu spät.

Oregon 1995

Er war unterwegs zum Santa-Clara-Steinbruch, mal wieder.

Warum nahm er sich kein anderes Mädchen? Dieses erfüllte seinen Zweck nicht mehr. Sie war nicht länger seine Elfe. Sie war nicht mehr zart, nicht mehr licht. Im Gegenteil. Sie roch schlecht, sie wusch sich nicht mehr. Sie war aufsässig geworden. Kurz, es machte keinen Spaß mehr, sie zu lieben. Sie zu nehmen. Aber bisher war er dennoch nicht losgekommen von ihr. Es war ihr Gesicht. Ihre hellen, immer etwas entrückten Augen. Und ihre weiche Haut, diese festen Wangen, dieses betörende Stück Haut zwischen Unterlippe und Kinn, das er so gerne küsste und das sich anfühlte wie ein Pfirsich. – Und dann ihre Liebe zur Natur, die seiner glich. Dennoch: In der letzten Zeit hatte sie ihm wenig Freude bereitet. Sie versteckte sich vor ihm. Sie machte sich unsichtbar in ihrem gemeinsamen Wald.

Er ging barfuß über weiches Moos, über warme rostrote Kieferntannennadeln, badete seine Zehen einen betörenden Moment im murmelnden Cedar Creek, der hier ganz in der Nähe seine Quelle hatte. Das Wasser perlte liebkosend zwischen seinen Zehen hindurch. Er atmete tief ein und aus und lockerte seinen Krawattenknoten.

Die Quelle, der Anfang – ja, er wollte einen neuen Anfang. In jeder Hinsicht. Seine Frau, die von Tag zu Tag widerspenstiger wurde, seit sie sein Baby erwartete, hatte in der letzten Zeit begonnen, ebenfalls im Wald spazieren zu gehen.

»Deine Liebe zur Natur ist eben ansteckend«, hatte sie gesagt und ihn herausfordernd angesehen, den schweren, gewölbten Bauch vorgestreckt.

Seine Fee... sie war ebenfalls kräftiger, stämmiger geworden in den vergangenen Monaten. Tief in sich drin, wusste er, warum. Aber er zwang sich, nicht daran zu denken. Nein, eine Fee wurde nicht – schwanger.

Zum Teufel, die Sache musste ein Ende haben.

Heute.

Heute wollte er sie zum letzten Mal besuchen, ihre vertraute Nähe suchen. Und dann...?

Ja, was dann?

Es gab natürlich eine Menge... Mädchen in der Stadt. Aber sie alle interessierten ihn nicht sonderlich. – Höchstens vielleicht die kleine Phoebe Meyerowitz. Sie war vierzehn, wie seine Fee. Und sie hatte einen schönen, schlanken Körper, und dazu langes nachtschwarzes Haar. Ja, das wäre etwas Neues... Das wäre einen – Versuch wert.

Aber Ruby sollte nicht traurig deswegen sein. Ruby, seine Sonne, sein Rubin, wie er sie manchmal nannte, wenn sie sich liebten. Er würde es ihr erklären. Sie trösten.

Da – da vorne war sie.

Er kniff prüfend die Augen zusammen. Sie kam ihm wieder schmaler, schlanker vor. Langsam schlich er auf sie zu.

Ein Sonnentag, ein wahrer Sonnentag.

Sie schaute ihm entgegen – etwas herausfordernd, vielleicht? Aber jedenfalls lief sie nicht fort wie so oft in der letzten Zeit.

Er spürte, wie wilde Erregung in ihm aufwallte.

Alles in ihm war in Aufruhr. Was sollte er mit der kleinen Phoebe Meyerowitz, diesem aufgeputzten Stadtmädchen?

»Ich will immer noch nur dich«, flüsterte er heiser und beruhigend. Nein, sie musste nicht bange sein. Sie hatte ihn nicht verloren. »Ich will dich besitzen, kleine Ruby. Besitzen. Besitzen. Besitzen.«

Eine Sekunde reihte sich an die nächste. Sekunden, in denen er sie umarmte, ihren Kopf in seinen Händen hielt, sich an sie lehnte, sie an sich presste, wie er es so oft getan hatte…

Und dann…?

Dann fiel er.

Taumelte nach hinten ins Nichts hinein und fiel in die Tiefe des Steinbruchs wie ein Stein.

20

In Liberty Bells Blick stand blanke Angst geschrieben. Wie vorhin im Flur stand sie auch jetzt mit dem Rücken zu seiner Zimmerwand, als suche sie dort Sicherheit und Schutz.

»Ich will nicht hier sein«, flüsterte sie mit gepresster Stimme. »Bitte, Ernesto, was passiert hier?«

Ernesto griff nach seinem Schlüsselbund, der glücklicherweise auf dem zerwühlten Bett lag. »Ich erklär's dir später. Erst mal bring ich dich hier raus.«

Erklären? Was wollte er ihr erklären? Er verstand es ja selbst nicht. Es war zu viel, zu viel, zu viel.

Seine Mutter. Natasha.

Und dann die Sache mit Flavio. Jadens merkwürdiger Unfall – und dazu die Angelegenheit mit Chazza, der – genau wie sein Vater – beim Santa-Clara-Steinbruch verunglückt war.

Hatten sie alle etwas gewusst? Hatten sie den Vergewaltiger, den Kinderschänder erkannt und mussten sie deswegen sterben?

Liberty Bells Atem hinter ihm klang flach, als fürchtete sie, sich durch ihre eigene Geräusche zu verraten.

Mit halbem Ohr hörte er, wie sein Festanschluss klickte. Sein Vater hatte eins der anderen Telefone im Haus aktiviert. Rief er die Polizei an?

Oder aber...

Wenn man die Telefonanlage abschaltete, klickten die einzelnen Anschlüsse ebenfalls. Mit einem Satz war Ernesto an seinem Apparat. Wenn sein Vater an der anderen Leitung sprach, erklang in seinem Gerät solange ein monotoner Besetztton, aber wenn die Anlage aus war, hörte man Stille.

»Verdammt«, flüsterte Ernesto tonlos und legte den stillen Apparat zurück auf die Basisstation.

»Was ist?«, erkundigte sich Liberty Bell drängend, aber Ernesto gab ihr keine Antwort.

Wo war nur sein Handy? Er durchwühlte seine Hosentaschen. Schemenhaft erinnerte er sich daran, das kleine Telefon vorhin unten im großen Wohnzimmer auf der Anrichte neben der Tür abgelegt zu haben, wie er es oft tat, wenn er nach Hause kam.

Plötzlich hörte er ein leises Geräusch, kaum wahrnehmbar, nur ein leises Summen in den Tiefen des Rampenhauses, das jedem anderen gar nicht aufgefallen wäre. Aber er wusste, was es bedeutete. Mit einem Satz war er am Fenster und sah, wie alle Lichter ausgingen, das Licht am Pool, das normalerweise türkises Licht durch die Büsche und Sträucher warf, dazu die Lichter auf der Veranda, die Gartenbeleuchtung.

Liberty Bell stieß einen leisen, entsetzten Laut aus. Sie presste sich noch fester an die Wand. Ernesto lief zu ihr und griff nach ihrer Hand. »Hey, hab keine Angst«, flüsterte er beklommen, aber er spürte, dass sie ihm nicht glaubte. Gar nicht glauben konnte.

Verdammt, sein Vater war querschnittgelähmt. Er war vom Bauchnabel an bewegungsunfähig, seit dem Tag seines Unfalls am Santa-Clara-Steinbruch. Er war damals – wie er es oft getan hatte – zu nah am Abgrund gegangen. Dr. Merrill liebte den Steinbruch, weil er so unberührt, so naturbelassen, so wild und zugewachsen war. Und das war ihm eben eines Tages zum Verhängnis geworden, nur zwei Monate vor der Geburt seines Sohnes. Und seit damals saß er reglos im Rollstuhl. Sein silberner Jaguar war verkauft worden, stattdessen waren teure, behindertengerechte Autos angeschafft worden.

Wie immer man es drehte und wendete: Sein Vater konnte keinesfalls in Flavios schmuddelige Behausung eingedrungen sein und dort… Nein, es war Unsinn! Nichts als Unsinn! Der zweite Beweis war die Sache mit Chazza Blume. Niemals wäre es Dr. Merrill möglich gewesen, dem blinden Musiker in die Wälder zu folgen und ihn dort den Steinbruch hinunterzustoßen! Ein völlig abwegiger Gedanke.

Außerdem gab es da ja noch Mr Horace.

Aber trotzdem…

Ernesto hatte das Gefühl, sein Kopf müsse jeden Moment platzen vor Verwirrung und Sorge. Ein heißer, pulsierender Ring aus Schmerz schloss sich um ihn.

Liberty Bell legte ihre Arme um ihn und drängte sich dicht, viel zu dicht, an ihn.

»Es ist… es ist so still da unten«, flüsterte sie.

Ernesto nickte. »Ich weiß«, sagte er. Mehr nicht. Leise schob er die Tür seines Zimmers auf. Schwarze Finsternis schlug ihnen entgegen. Der hohe Flur, die gesamte Galerie, die breiten Rampen, die normalerweise von kleinen, runden, in die Wand eingelassenen Lichtern erhellt wurden, alles lag komplett im Dunklen.

Ernesto kannte die Erklärung dafür. Die große, gut einsichtige, gläserne Villa ließ sich durch einen einzigen Knopfdruck vollkommen einbruchsicher verschließen. Während elektrische Rollläden fast geräuschlos alle Fenster verschließen konnten, schlossen sich auch sämtliche Sicherheitstürschlösser: das zum Haupteingang, das zum hinteren Garteneingang, außerdem der Keller – und der Garagenzugang. Nur ein leises Summen verriet, was vor sich ging.

»Cool, Knast total«, hatte Darayavahush vor ein paar Jahren mal beeindruckt gesagt, als Ernesto ihm und den anderen das Szenario an einem fröhlichen Nachmittag vorgeführt hatte. Der Sicherungsknopf befand sich in einer abschließbaren Schublade im Schreibtisch seines Vaters.

»Und wie kommt ihr raus, wenn erst mal alles so pervertiert zu ist?«, hakte Mose mit einem nervösen Lachen nach. »Das ist ja schon recht klaustrophob hier.«

»Es gibt einen einzigen Notausgang, der noch manuell zu bewegen ist, wenn dieser Sicherungsknopf gedrückt ist«, hatte Ernesto seinen Freunden beruhigend erklärt. Und dann hatte er ihnen den Notausgang im Keller gezeigt.

»Warum ist es hier so dunkel?«, hauchte Liberty Bell.

»Ich... ich bin mir nicht ganz sicher... Es... es passt alles nicht richtig zusammen«, war Ernestos gepresste Antwort. Er hatte seinen Arm fest um Liberty Bell gelegt. Keine Taschenlampe, kein Feuerzeug, kein Handy, keine Lichtquelle... Aber Restlicht war da, seine Augen mussten sich nur erst an die Dunkelheit gewöhnen. Allerdings waren die Rollläden an den Fenstern der Villa extrem blickdicht, das wusste er. Und draußen war es längst Abend geworden, viel hereinsickerndes Licht war da nicht mehr zu erwarten.

»Komm«, flüsterte Ernesto und versuchte, seiner Stimme einen zuversichtlichen Klang zu geben. In Wirklichkeit stach ihn die Angst wie Nadeln in die Eingeweide. Langsam tasteten sie sich vorwärts. Wenn sie doch nur schon im Keller wären, wo sich die einzige, von Hand zu öffnende Tür befand, dachte Ernesto besorgt.

»Verdammt, wenn ich nur etwas mehr sehen könnte«, murmelte er.

»Ich… ich kann ganz gut sehen«, erklang Liberty Bells leise Stimme dicht neben ihm. »Meine Augen gewöhnen sich immer sehr schnell an die Dunkelheit.«

Genau in diesem Moment flammte plötzlich ein Licht auf.

»Ern?« Es war die Stimme seines Vaters.

Ernesto und Liberty Bell fuhren herum. »Dad? Verdammt, was treibst du hier?«, rief Ernesto wütend und versuchte mit aller Kraft, die lähmende Angst, die ihm im Genick saß, von sich zu schieben.

Dr. Merrill leuchtete sie mit einer großen, leistungsstarken Taschenlampe an, die den finsteren Flur in gespenstisches Licht tauchte. »Ernesto. Liberty Bell. Kommt bitte mit in mein Büro.«

»Was redest du da, Dad?«, schnaubte Ernesto und versuchte, die Panik in seiner Stimme zu unterdrücken. »Wir gehen nirgendwohin. Und was soll dieser groteske Lost-Verschnitt, den du uns hier vorspielst?«

»Mäßige deinen Ton, Ern«, sagte Dr. Merrill mit einiger Schärfe in der Stimme. »Wenn du wirklich wissen willst, was hier vor sich geht, dann komm bitte mit. Deine Mutter… sie befindet sich in diesem Moment in meinem Büro.«

»In deinem Büro? Wie… wie ist sie dorthin gekommen? Sie war doch völlig erschöpft, als ich sie vorhin in ihr Bett getragen habe.«

Dr. Merrill antwortete nicht. Stattdessen machte er nur eine Kopfbewegung, die unmissverständlich wirkte.

Ernesto zögerte. Liberty Bell hatte sich hinter ihn zurückgezogen, er spürte, wie sie am ganzen Leib zitterte. Alles in ihm schrie wegzulaufen, einfach mit ihr an seinem Vater vorbeizustürmen, raus, bloß raus aus diesem entsetzlich verbarrikadierten Haus, und dann später herauszufinden, was zum Teufel hier los war.

Aber er konnte es nicht. Er konnte doch seine Mutter nicht allein lassen.

Dr. Merrill war vorausgefahren, ohne sich umzusehen. Er beugte sich in seinem Rollstuhl vor und schob die Tür auf.

»Mom!«, rief Ernesto erschrocken und stolperte über die Schwelle. Seine Mutter lehnte in einem Behandlungsstuhl an der gegenüberliegenden Wand des großzügigen Raumes, ihr Gesicht war wächsern wie das einer Toten. Ihre Arme und Beine zuckten und ihre Finger waren grotesk gekrümmt. Spucke lief ihr aus dem Mund und ihre Lippen waren zu einer Grimasse verzerrt. Bräunlicher Gallensaft tropfte aus ihrem Mund. Ihr Blick war völlig abwesend.

»Was ... was ist mit ihr, Dad? Um Himmels willen, was ist mit ihr? Und sag mir, verdammt noch mal, die Wahrheit ...«

Ernestos Stimme überschlug sich.

Dr. Merrill sah ihn an. »Die Wahrheit? Du willst die Wahrheit wissen?« Plötzlich keuchte er. »Mein – Junge ... *Sie* war es natürlich. – *Sie* hat den alten Mr Fabiani ... getötet. Und jetzt erträgt sie es nicht mehr ...«

Ernesto starrte ihn nur an. »Was redest du da?«, sagte er verwirrt. »Mom soll ...? Was für ein Unsinn!«

Sein Vater lachte auf, es war ein furchtbarer Laut. »Unsinn? Nein, mein Lieber, das ist nicht das richtige Wort. Wohl eher ... lächerliche, verachtungswürdige, ekelerregende ... Liebe. – Oder das, was sie dafür hielt.«

Sein Gesicht hatte sich beim Wort *Liebe* schmerzhaft verzogen und Ernesto konnte sehen, dass er es nur unter Mühen aussprechen konnte.

»Sie hat es getan, Ern, um ihn zu schützen. Immer nur ging es um *ihn,* diesen blinden Irren. Sie hat ihn in Schutz genommen. Von jeher. Dabei war *er* es. Damals. *Er* hat die kleine Ruby Kyriacou – missbraucht. Und geschwängert.«

Ernesto spürte die Worte wie Schläge in seinem ganzen Körper. *Chazza* war das gewesen? Der Ewig Summende? War das überhaupt möglich? Chazza, der blind war? Und hilflos? Und *sanft?*

Ein Bild tauchte vor seinen Augen auf – Chazza im Krankenhaus, ein Gedanke, der ihm vage gekommen war, wie ähnlich er Liberty Bell in manchen Dingen war –, aber Unsinn, nein, nein, nein, doch nicht Chazza. Und dann seine Mutter, eine *Mörderin?*

Dr. Merrills Blick fixierte irgendeinen unsichtbaren Punkt an der gegenüberliegenden Wand. »Ich weiß, was du von mir denkst, Ernesto. Dass ich kaltherzig bin, dass ich deine Mutter nicht mehr liebe.« Er spreizte seine Finger. »Du tust mir unrecht. Hast es immer getan. Das, was die Sucht mit ihr angestellt hat – du hast ja keine Ahnung.« Er räusperte sich. »Jedenfalls kam sie nach Flavios Tod zu mir. Immer kam sie zu mir, wenn sie nicht weiterwusste.« Ein Hauch von leiser Genugtuung schwang für einen Moment in seiner Stimme mit. »Aber diesmal konnte ich es nicht unter den Teppich kehren. Es nicht wieder in Ordnung bringen.«

Ernesto versuchte, sich aus dem Dickicht dieser irren Gedanken in seinem schmerzenden Kopf zu befreien. Sein Gehirn fühlte sich wie blockiert an.

Seine Mutter hatte jahrelang davon gewusst, dass ihr bester Freund ein kleines, hilfloses Mädchen missbrauchte? Chazza? Der den Wald und die Natur und jedes Lebewesen liebte?

Mühsam öffnete er den Mund. »Was... was ist mit ihr los, Dad? Ich meine, jetzt, in diesem Moment?«

Einen Moment war es ganz still im Raum.

»Ich... ich habe ihr gesagt, dass ich sie nicht weiter – schützen kann. Daraufhin hat sie versucht, sich selbst zu töten.«

Die Worte verhallten, während Dr. Merrills Blick zwischen Ernesto und Liberty Bell hin und her wanderte.

Ernesto dachte an die vergangenen Jahre zurück. Seine Mutter, verschreckt, still, nie ganz und gar da, nur für die verdammten Katzen hatte sie sich aufgeopfert, hatte mit ihnen geschmust, ihnen Kosenamen gegeben und war in Tränen aufgelöst gewesen, wenn eine von ihnen starb. Und wenn Chazza gekommen war, meist unangemeldet, war sie jedes Mal wacher, einen Hauch optimistischer gewesen... Ja, Chazza... Immer wieder Chazza. Wie man es auch drehte und wendete.

Und dann die Sache mit Natasha. Hatte Natasha vielleicht Verdacht geschöpft? Das würde erklären, warum seine Mutter ihr so oft so viel Feindseligkeit entgegengebracht hatte. »Spiel dich hier nicht als Hausherrin auf, Nat!«, hatte sie mehr als einmal ärgerlich gesagt und war mit kalter Miene aus dem Zimmer gerauscht.

Aber was am Schlimmsten gewesen war in all den Jahren, war die Gefühllosigkeit zwischen seiner Mutter und ihm selbst. Das Rampenhaus war ein kaltes Haus gewesen, von jeher. Warum hatte seine Mutter nur so selten die Nähe zu ihm gesucht? Oft war es Ernesto so vorgekommen, als meide sie ihn bewusst. Immer war Natasha seine Ansprechpartnerin gewesen. Sie war nachts aufgestanden, wenn er krank war, sie hatte ihn getröstet, mit ihm gelacht, ihn umsorgt und gehätschelt...

»Er... lügt... – Ernesto.«

Alle zuckten zusammen. Ernesto hob den Kopf.

»Was hast du gesagt – Mom?«, wollte er mechanisch fragen, dabei hatte er sie durchaus verstanden, aber die Worte blieben ihm im Hals stecken, als sein Blick auf das halb abgewandte Gesicht seines Vaters fiel, der mit einem Mal unverwandt Liberty Bell anstarrte. Die Blässe seiner Haut hatte sich noch vertieft, sein eckiges Gesicht hatte etwas Totenkopfähnliches. Er atmete hörbar.

Sondras Stimme war so leise, dass Ernesto sich anstrengen musste, sie zu verstehen. Außerdem schien etwas mit ihrem Mund nicht zu stimmen. Ihre Lippen waren aufgedunsen und steif und die Zunge in ihrem Mund war angeschwollen und stakste wie ein Fremdkörper zwischen ihren verzerrten Lippen hervor.

»Er – lügt. – Er – ist – es – der...«

Und in diesem Moment begriff Ernesto, dass sie die Wahrheit sagte. Er hatte sich nicht geirrt, als er in ihrem Blick – als er sie zurück in ihr Bett getragen hatte – *Lauft!* gelesen hatte.

Sein Vater.

Die ganze Zeit sein Vater.

Der Barfußgeher.

Der Barfußgeher und die kleine Ruby Kyriacou in den Wäldern des Cedar Creek Valley.

Und der Panther?

Der Panther...

Der Panther...

Konnte der Panther – auch ein Jaguar sein? Ein silberner

Jaguar? Die Kühlerfigur auf der Motorhaube eines Jaguars, wie sein Vater ihn früher besessen hatte, ehe er verunglückt war… Hatte er den Wagen jeweils am Waldrand geparkt, ehe er zu Fuß losgelaufen war, um… um Ruby zu – treffen? Hatte sie das Auto mit dem sprungbereiten Tier gekannt? Gut gekannt? Schmerzhaft gut gekannt? Hatte sie einfach nur die Namen der beiden wilden Tiere verwechselt?

Dr. Merrill warf einen Blick in sein Gesicht, dann maß er seine zusammengekrümmt dasitzende Frau mit mitleidlosen Augen. »Na, fühlst du dich jetzt besser?«, fragte er fast freundlich. »Sondra? Ist es jetzt – endlich gut?«

Mrs Merrills Augen waren weit aufgerissen und grelle Panik stand in ihnen.

»Jahrelang habe ich es geschafft, dich ruhig zu halten.« Er lachte leise. »Musste nur warnend eines deiner lächerlichen – Schmusekätzchen töten, wenn du unartig werden wolltest, und schon warst du wieder still. Ach, die vielen, armen Tierchen, nicht wahr?«

Ernesto stand wie gelähmt da, während der Schock in Wellen über ihn hereinbrach.

Liberty Bells Hand war eiskalt geworden und sie klammerte sich an seiner Hand fest, dass es ihn geschmerzt hätte, wenn er nicht völlig starr und gefühllos gewesen wäre in diesem Moment. Ihre Fingernägel bohrten sich tief in das Fleisch seiner Haut.

»Lass sie los«, sagte sein Vater da leise und deutete auf Liberty Bells Hand. »Sie gehört dir nicht. Sie. Gehört. Mir.«

Die Worte hallten in Ernestos Ohren nach.

»Ich wusste es gleich, als ich zum ersten Mal von ihr hörte«, fuhr Dr. Merrill mit starrer Miene fort. »Dieses – dumme Mädchen, Ruby, wurde ärgerlicherweise fast zeitgleich mit deiner Mom, Ern, schwanger. Dabei habe ich immer aufgepasst, wenn ich... zu ihr ging... Aber eines Tages...«

Dr. Merrill schaute einen Moment gedankenverloren vor sich hin. Ein dünnes Lächeln huschte über sein Gesicht. »Sie... sie wehrte sich an diesem Tag heftig... Da – nahm ich sie in der Eile – ohne Verhütungsmittel. Und so passierte es eben...«

Ernesto wollte schreien, sich auf seinen Vater stürzen, ihn am Weiterreden hindern, aber er konnte sich nicht rühren. Wie erstarrt stand er da und die Worte seines Vaters hallten dröhnend wie Geschosse in seinem Kopf nach.

Das verschlossene Haus. Der einzig mögliche Ausgang aus diesem... Wahnsinn befand sich ein Stockwerk tiefer zwischen dem geräumigen Keller und der Garage. Wie sollten er und Liberty Bell dorthin gelangen? Und was war mit seiner kranken Mutter? Er konnte sie doch nicht einfach zurücklassen.

»Na, grübelst du bezüglich der Einzelheiten, Ern?«, fragte Dr. Merrill in diesem Moment und lächelte beinahe herzlich. Wenn er nicht so wahnsinnig blass gewesen wäre –, und wenn nicht dieses irre Flackern in seinen Augen gewesen wäre – hätte man meinen können, dem ganz normalen, erfolgsverwöhnten Dr. Stanley Jonathan Merrill in seinen vertrauten, privaten Behandlungsräumen gegenüberzustehen.

»Was... was hast du mit ihr gemacht?« Ernesto wies mit einer Kopfbewegung auf seine halb besinnungslose Mutter. Seine Stimme klang gepresst und gefährlich nah am Weinen.

Dr. Merrill zuckte mit den Schultern. »Mach kein so böses Gesicht, Ern. Es war nur ein – sagen wir – kleines, feines Nervengift, um sie... ruhigzustellen. Ich kann ihr jederzeit das Gegenmittel spritzen, dann wird sie – wieder einigermaßen zu sich kommen, denke ich. Dann hätte sie die Chance zu überleben. Und Ern – denk bitte daran, dass nur ich weiß, wo dieses Gegengift ist. Für den Fall, dass du glaubst, die Sache hier mit roher körperlicher Gewalt lösen zu können. Denn du bist mir ja leider nun etwas überlegen.«

Er rollte auf seine Frau zu und fuhr ihr beinahe liebevoll über das zerwühlte, strähnige Haar.

»Rühr sie nicht an!«, schrie Ernesto außer sich vor Wut und Angst.

Dr. Merrill ließ die Hand sinken und fing an zu lachen.

»Das ist lustig. Das ist sogar sehr lustig«, sagte er und wischte sich ein paar Lachtränen aus den Augen. »Pass auf, ich will dir erklären, warum: Genau dasselbe hat deine Mutter nämlich damals auch gesagt. Mit ihrem dicken, unansehnlichen Bauch stand sie vor mir wie eine Rachegöttin, oder besser: wie eine Furie. Und schrie genau dasselbe: ›Rühr sie nie mehr an...!‹«

Liberty Bell hatte angefangen zu zittern. Schweiß glänzte auf ihrem blassen Gesicht. Instinktiv griff Ernesto nach einem Stuhl und sie sank darauf nieder.

Die Augen.

Er hatte es gewusst.

Tief in sich drin hatte er es gewusst. Die ganze Zeit.

Es war dieses Flackern.

Dr. Merrills Augen flackerten wütend, hasserfüllt, herrisch.

In Liberty Bells Augen, die eine andere Form und eine andere Farbe hatten als die Augen seines Vaters, flackerte ein weiches Leuchten auf, wenn sie sich freute, wenn sie vergnügt war, zum Beispiel, wenn sie – Ernesto geküsst hatte. Aufgefallen war es ihm an diesem sonnigen Nachmittag am Cedar Creek, als sie... zum ersten Mal miteinander geschlafen hatten. Hinterher hatten ihre Augen hell geglitzert – und es war dieses Flackern in ihnen gewesen, das ihn an etwas, an – jemanden erinnert hatte.

Dr. Merrill rollte auf Liberty Bell zu.

»Wage es ja nicht, sie anzurühren«, brüllte Ernesto noch einmal warnend. Sein Vater beachtete ihn nicht. Ernesto warf sich zwischen seinen Vater und Liberty Bell und schlug Dr. Merrill heftig ins Gesicht, schlug mit aller Kraft zu. Es war das erste Mal in seinem Leben, dass er – so etwas tat.

Das Gesicht seines Vaters flog zur Seite, aber er stöhnte nicht mal auf. Stattdessen drehte er ihm den Kopf wieder zu, als sei nichts geschehen. »Das war dumm von dir, mein Junge. Äußerst dumm«, sagte Dr. Merrill leise und bedeutsam. Aus seiner Nase lief Blut. Wieder flackerte sein Blick.

»Dumm von mir? Willst du uns auch noch töten, ja? Wie Flavio? Und Natasha? Wie – Mom? Und was ist mit Chazza? Wie hast du es gemacht? Und was ist mit JADEN? Verdammt, was ist mit ihm?«

Dr. Merrill wischte sich das Blut aus dem Gesicht. »Mein Junge. Sieh mich an. Und hör mir zu. Genau zu. Natasha Zlotsky habe ich nicht getötet. Das schwöre ich, so wahr ich hier vor dir – nun ja – sitze. Das, was da in ihrem Zimmer vorgefallen ist, hat sie ganz alleine vollbracht, die dumme, arme Person.«

Er hielt einen Moment inne.

»Das Leben ist wundervoll«, sagte er dann sinnend. »Es gibt Augenblicke, da möchte man sterben. Aber dann geschieht etwas Neues und man glaubt, man sei im Himmel.«

Er rollte einmal durch den Raum, verharrte einen ersten Moment vor seiner Frau, die mit glasigem Blick seinen Bewegungen folgte, und einen zweiten vor Liberty Bell, die immer noch reglos auf dem Stuhl verharrte, wie ein Tier, das in eine Schockstarre gefallen war.

»Das ist nicht von mir, sondern von einer Französin. Edith Piaf. Ein billiges, aufgedonnertes Weib, wenn ihr mich fragt. Aber ihre Lyrik: brillant.«

»Hör auf zu reden und zu reden ...«, flüsterte Ernesto mühsam. Seine Zähne schlugen hörbar aufeinander. Seine Hand pulsierte schmerzhaft von dem Schlag. Wie lange waren sie schon in diesem Raum? Er hatte jedes Zeitgefühl verloren. Waren es erst ein paar Minuten? Oder war schon eine Stunde – wenn nicht gar Stunden vergangen? Warum hatte er bloß seine Armbanduhr nicht um?

»Es besteht absolut kein Grund zur Eile, Ern«, antwortete Dr. Merrill tadelnd. »Du hattest nach Jaden gefragt? Jaden Franklin? Nun ja ...«

Er seufzte. »Eine traurige Sache, wirklich. Er kam zu mir. Er war hartnäckig, als ich versuchte, ihn abzuwimmeln. Erst vermutete ich, er wolle mich um einen kleinen, privaten Kredit bitten, um sein Image euch gegenüber etwas aufzupolieren. Aber nein, es kam schlimmer: Er wollte mich tatsächlich erpressen! Wollte hunderttausend Dollar von mir haben.«

Dr. Merrill schüttelte betrübt den Kopf. »Ich sagte natürlich Nein.« Wieder schwieg er einen Moment.

»Rubys Tagebuch«, fuhr er dann fort. »Es wimmelte nur so von Schreibfehlern. Sie hatte alles aufgeschrieben. Unser Geheimnis. Unser. Ganzes. Süßes. Geheimnis.«

Er fuhr sich über die Augen, ehe er seinen Blick wieder Ernesto zuwandte. »Jaden sagte, er habe das – lächerliche Heftchen rein zufällig bei einer dieser Kirchenbasarverkäufe seiner Mutter entdeckt. Er gab sich sehr cool bei unserem Zusammentreffen. Aber ich sah, wie er innerlich bebte und zitterte. Kein Rückgrat. Der arme, dumme Junge. Er begriff gar nicht, wie ihm geschah, ich war um meinen Schreibtisch herumgerollt und hatte vermeintlich mein Scheckheft geholt. Dabei hatte ich ihn schon auf fünfzigtausend Dollar heruntergehandelt... Dann setzte ich rasch die Spritze. Sein freier Nacken erschien mir günstig...«

Dr. Merrill lehnte sich in seinem Rollstuhl zurück. »Den Rest kennst du. – Es war ein Unfall, Ern. Er verlor einfach die Kontrolle über seinen Körper und stürzte vor dieses fahrende Auto. Es tat mir wirklich sehr leid, das kannst du mir glauben. Vor allen Dingen für seine Eltern. Es ist mit Sicherheit – schlimm, ein Kind – zu verlieren...«

Er schaute vor sich hin, während Schweigen sich ausbreitete.

Mrs Merrills Augen waren zugefallen, sie atmete stoßweise.

»D... Dad – sie... stirbt...«, sagte Ernesto schließlich verzweifelt. Seine Stimme bebte, er konnte nicht mehr denken. Jaden, seine Mutter... War es das gleiche Gift, das sein Vater verwendet hatte? Und hatte sein Vater ihn angelogen mit dem Gegengift?

Eine Entscheidung, er musste eine Entscheidung treffen! Er wusste es und doch steckte er fest in diesem Gedankenschlamm, der es ihm unmöglich machte, sich zu bewegen, sich irgendwie zu rühren.

Liberty Bell schluchzte leise auf.

»Dein... Schluchzen gleicht ihrem Schluchzen«, bemerkte Dr. Merrill, drehte sich um und lächelte ihr freundlich zu, den Hass, der ihm entgegenschlug, nicht im Geringsten bemerkend.

»Wie... schön du bist«, fuhr er gleich darauf fort. Ungeniert betrachtete er sie. Liberty Bell saß wieder wie erstarrt, aber irgendwann schloss sie unter seinem Blick die Augen. »Eindeutig schöner als sie. Du hast sehr harmonische Gesichtszüge, mein Kind. Weißt du, mein Beruf bringt es mit sich, dass ich so etwas sehr genau einschätzen kann: der Abstand zwischen den Augen. Der Schwung der Brauen. Die Höhe der Nasenwurzel. Deine Maße sind beinahe vollkommen – Liberty Bell. Das gefällt mir. Das gefällt mir sehr…«

Wieder schaute er nachdenklich vor sich hin.

»Was… was soll das, D… – Stan? Hör auf, Mist zu reden, verdammt… Hilf meiner Mutter!«, stieß Ernesto angewidert hervor. Stan statt Dad. Nie wieder würde er seinen Vater mit diesem Attribut ansprechen. Wenn dieser Albtraum doch nur vorbei wäre. Wenn sie doch nur endlich aus diesem Haus herauskämen. Ernestos Augen flogen über die auch hier fest verschlossene Fensterfront.

Dr. Merrill wendete sich ihm zu.

»Ich sprach eben über – Genetik, Er – nes – to«, sagte er leise und betonte Ernestos Namen in einer eigenartigen Weise. »Du hättest zuhören sollen. Dann hättest du etwas lernen können: die Form des Schädels, die Linie der Wangenknochen, des Kinns… Alles entspringt im – Mutterleib, die Gene formen uns aus. Unerbittlich. – Und in diesem Mädchen erkenne ich…«

Er lächelte und warf Liberty Bell erneut einen Blick zu, in dem ganz eindeutig Wahn stand. »… wahrhaftig Spuren meiner selbst, meiner Mutter, sogar meiner Großmutter, die starb, als ich noch ein halbes Kind war… Wer hätte gedacht, dass mein kleiner – Rubin mir einmal so ein – fantastisches Geschenk machen würde?«

Er runzelte die Stirn. »Du, Ern, gleichst hingegen deiner Mutter. Lange, weibliche Wimpern, eine zu schmale Nase, ein unsteter Blick, ein schmaler Mund, helles, lockiges Haar, eine hohe Stirn. Vielleicht fragst du dich mal, warum ich mich nie in dir gesehen habe? Gar nicht sehen konnte?«

In diesem Moment huschte eine von Mrs Merrills Katzen zur Tür herein und maunzte leise. Vielleicht war sie verwirrt über die absolute Dunkelheit im ganzen Haus, normalerweise sprangen ja selbst mitten in der Nacht immer mal wieder die Bewegungsmelder an, die rund um die Villa installiert waren.

Jetzt durchquerte Dr. Merrill geräuschlos den Raum, beugte sich vor, packte die junge Katze mit festem Griff am Nacken, nahm sie hoch, setzte sie auf seine Knie und brach ihr in aller Seelenruhe das Genick. Es knackte vernehmlich, das grausame Geräusch hing in der Luft und schien nachzuklingen.

Liberty Bells Gesicht war wie eine Maske. Sie hatte die Augen wieder geöffnet. Regungslos betrachtete sie, was Dr. Merrill da tat.

»Ich habe von jeher eine Abneigung gegen Hauskatzen. Ein solch wunderbares Tier gehört in die freie Natur, es braucht hohe Bäume, Wälder, Höhlen, Schlupfwinkel…«, erklärte Dr. Merrill an sie gewandt fast reumütig. »Und dennoch… Seht, so schnell und mildtätig ist der Tod, wenn man es richtig anstellt.«

Er rollte zu seiner Frau hinüber und legte ihr den Katzenkadaver nachlässig auf die Beine. Mrs Merrill öffnete mühsam die verquollenen Augen, gab aber keinen Ton von sich.

»Es reicht! Verdammt, es reicht! Es reicht! Es reicht!«, schrie Ernesto außer sich, sprang auf, nahm die schlaffe, warme Katze mit dem grotesk verdrehten Kopf und legte sie außer Sichtweite seiner Mutter, die die Augen aber schon wieder geschlossen hatte, in ein offenes Regal auf ein paar medizinische Fachzeitungen. Verdammt, wie oft hatte er das schon getan? Lauter

Katzen, die keineswegs an Überzüchtung gestorben waren, wie alle immer angenommen hatten – sondern lauter Opfer seines wahnsinnigen Vaters. Wie hatte er es sonst getan? Hatte er sie totgespritzt wie …? Abermals musste Ernesto an Jaden denken und jähe Übelkeit wallte in seinem Inneren auf. Er würgte und spuckte einen Schwall Mageninhalt auf den hellen Dielenboden. Es roch schrecklich und Ernesto spürte einen gallebitteren Geschmack in Hals und Mund. Für einen Moment benommen, wischte er sich den Mund mit dem Hemdärmel ab.

»Dieses hysterische Überreagieren hast du auch von ihr«, sagte Dr. Merrill missbilligend. »Von ihm sicher nicht. Dazu ist er zu zurückgeblieben.«

Ernesto hob den Kopf. »Von ihm?«

»Mein Gott, was hast du denn gedacht«, flüsterte Dr. Merrill mit heiserer Stimme. »Dass du mein Sohn bist? Ein Wunder, dass du überhaupt über Augenlicht verfügst, Ern!«

Die Worte sickerten ein, wie all die Worte zuvor, aber sie waren es, die zu viel waren, die Ernesto von den Füßen rissen und ihn wanken ließen.

Dr. Merrill lächelte sanft Liberty Bell zu, die begonnen hatte, sich fast unmerklich hin und her zu wiegen, vor und zurück, als sei sie gar nicht mehr anwesend.

Im gleichen Moment ging in Ernestos Mutter eine Veränderung vor sich. Zu der zunehmenden Starre in ihrem Gesicht kam ein eigenartiges Zittern und Zucken, das immer wieder durch ihren verkrampften Körper ging.

Und da traf Ernesto seine Entscheidung. Er versetzte dem Rollstuhl seines Vaters einen heftigen Stoß, sodass er umkippte. Dr. Merrill stürzte, ohne Widerstand zu leisten, ohne auch nur mit den Armen zu rudern, zu Boden. Er begann, leise zu lachen.

Ernesto warf sich über ihn und presste ihn fest auf den harten Boden. »Ich werde nicht zulassen, dass du sie sterben lässt. Wo ist dieses … dieses Gegengift?«, keuchte er und riss seinen Vater an den Schultern. »Sag es mir, du … perverses Dreckschwein!«

Dr. Merrills Augen verengten sich, keine Jesusaugen … wohl eher Osama-bin-Laden-Augen. Die Augen eines Wahnsinnigen, während er schwer in Ernestos Gesicht atmete: »Wie ist dein Gefühl, Ern? Denk nach. Denk scharf nach und sei ehrlich zu dir: Ich war dir ein guter Vater. Hab dir alles gegeben. Hab dich in meinem Haus groß werden lassen, obwohl du nicht mein Sohn bist. Aber deine Mutter? Was ist mit ihr? Hat sie dich je wirklich geliebt? Hat sie sich dir gegenüber wie eine Mutter, wie eine *gute Mutter* benommen?«

Ernesto spürte, wie eine verzweifelte Schwäche ihn übermannte. Er wollte etwas erwidern, wollte schreien, wollte sich wehren, aber kein Wort drang über seine Lippen.

Dr. Merrill übernahm die Antwort für ihn. »Nein, denn sie ist nichts als ein kaltes, berechnendes Luder, Ern, die sich niemals – hörst du –, niemals um dich gekümmert hat.« Er schob seinen Sohn mit seinen kräftigen, trainierten Armen so weit von sich, dass er freikam. Ohne sich zu schämen, robbte er zu seinem Rollstuhl, der umgekippt im Raum lag, brachte ihn mit einem Griff wieder in die richtige Position, zog sich mühelos hoch und rutschte ebenso mühelos zurück in seinen Sitz. Beinahe liebevoll rückte er seine gelähmten Beine zurecht und klickte die Haltehebel vor seinen Füßen wieder fest. Seiner Frau warf er einen kalten, angewiderten Blick zu. »Ein Kind zu versorgen – dazu war sie gar nicht in der Lage. Für sie waren bald ganz andere Dinge wichtig.« Er zog die Augenbrauen hoch. »Du solltest sie mal sehen, wie sie nach ihren Drogen winselt, wenn sie in etwas besserer Allgemeinverfassung als heute ist. *Bitte, Stan. Bitte. Ich halte es nicht mehr aus... Die Spritze. Gib mir meine Spritze.*« Wieder lachte er leise. »Nun, sie hatte sich all das selbst zuzuschreiben. Sie wusste eben nicht, wann sie – demütig zu sein hatte. Die kleine Ruby Kyriacou dagegen – in ihr pulsierte Leben, Liebe, Licht. Und dabei war sie klein, schwach, mir ergeben... Das machte sie zu meinem Kraftquell. Ich – tauchte in sie ein wie ein König...«

Plötzlich durchbrach ein Schrei den Redefluss seines Vaters. Ein Schrei, wie Ernesto ihn noch nie gehört hatte, jenseits jeder Menschlichkeit, ein Schrei, den er nie wieder würde vergessen können.

Und dann sah er aus den Augenwinkeln eine jähe Bewegung, fast wie ein Blitz, und im nächsten Moment war Liberty Bell über seinem Vater, wie ein Raubtier, das seine Beute anfällt. Ihr Gesicht war voller Verzweiflung und Entsetzen, aber aus ihren Augen sprühte ein Hass, der Ernesto fast von den Füßen riss.

Erneut kippte der Wagen polternd zu Boden und dann ging alles sehr schnell. Auf einmal hatte Dr. Merrill eines seiner wertvollen Platinskalpelle in der Hand. Er musste es die ganze Zeit in der Innentasche seiner Weste bei sich getragen haben und er hielt es, wie er seine Skalpelle während seiner Operationen immer hielt: in der Art, wie man chinesische Essstäbchen hält. Behutsam, aus dem Handgelenk heraus und locker zwischen den Fingern liegend. In der New York Times war er sogar einmal in dieser Pose abgebildet gewesen, als die Zeitung von einer großen Auszeichnung berichtete, die Dr. Merrill damals empfangen hatte.

Ernesto sah es und warf sich mit einem Aufschrei über Liberty Bell und fast im gleichen Moment spürte er den Luftzug auf seiner freigelegten Wange und das warme, herausströmende Blut.

Und immer noch schrie Liberty Bell, sie schrie und schrie und warf sich über den am Boden kauernden Arzt und schlug auf ihn ein.

Ernesto presste seinen Arm gegen sein Gesicht, das sich taub anfühlte. Sein Vater hatte ihm die Wange aufgetrennt. Ernesto spürte seinen Kieferknochen an seinem Hemdärmel wie ein taubes, wattiges Scheuern. Die Luft um ihn herum roch nach Blut, Ernesto wurde es schwindelig.

»Liberty Bell ... Oh Liberty Bell«, sagte er leise und beschwichtigend, aber er konnte sich kaum noch verständlich machen. Seine Stimme klang verschwommen und sein Mund gehorchte ihm nicht mehr. Er war nicht besser als seine Mutter. Verdammt, warum war es ihm nur nicht gelungen, Liberty Bell zu beschützen?

Aber brauchte sie das, Schutz?

Sie schrie noch immer, er hatte nicht gewusst, dass ein Mensch so schreien konnte.

Er versuchte, seinen Kopf zu heben, er musste wissen, was da vor sich ging, sein Vater, irgendwo am Boden, Liberty Bell über ihm, da war das Skalpell, Finger hielten es, lange Finger, aber keine Chirurgenfinger ... Finger, die gearbeitet hatten ... starke, feste sommerbraune Finger ...

Und dann plötzlich verstummten sie, die rasenden Schreie.

»Nein ...«, flüsterte Dr. Merrill in die plötzliche Stille hinein, in der Liberty Bells Stimme noch nachhallte. »Tu das nicht, mein schönes Kind. Ich werde dich von hier fortbringen. Weit fort ... In ein fernes Land, in die Natur. Wir werden wieder unseren eigenen Wald haben. Ich verspreche es dir.«

Stille. Blitzendes Metall am Hals seines Vaters.

»Liberty… Bell.«

Tonlos. Ernesto verstand die Bedeutung des Wortes jetzt erst. Tonlos hieß: kein einziges Geräusch. Und dazu Dunkelheit, schwärzer und immer schwärzer werdende Dunkelheit. Die Stille schmerzte in seinem Kopf, brannte wie ein Feuer. Voller Panik versuchte er, wach zu bleiben. Er *durfte* Liberty Bell jetzt nicht alleine lassen! Allein mit seinem – wahnsinnigen Vater! Mit *ihrem* wahnsinnigen Vater… Er krallte sich am Boden fest wie ein Ertrinkender, aber er fand keinen Halt mehr. Und irgendwann hatte er das Gefühl davonzuschweben, trotz Liberty Bell, die nun weinte. Er konnte nicht mehr bleiben. Aufseufzend und unendlich traurig und auf einer Welle aus Schmerz wehte er fort.

Epilog

So makellos schön wie früher wirst du jedenfalls nicht mehr, so viel steht fest«, sagte Dara, warf sich auf einen der Besucherstühle in Ernestos Krankenzimmer und betrachtete prüfend die genähte Schnittwunde im Gesicht seines Freundes. »Du wirst es nehmen müssen wie Bill Weasley in Harry Potter, den ein Werwolf angegriffen hat. Nur dass es in deinem Fall statt eines Werwolfs dein Vater war, was allerdings mindestens genauso gruselig ist …«

»He Dara, hör auf«, sagte Portia. »Das ist nicht witzig. Ern ist noch schwach, denk an das, was die Krankenschwester uns draußen gesagt hat. Er soll sich so wenig aufregen wie möglich …«

Liberty Bell saß auf der Kante von Ernestos Krankenbett und hielt stumm seine Hand. Sie war wieder so blass, wie sie es vor ein paar Wochen gewesen war, als sie selbst in diesem Krankenhaus Patientin gewesen war. Und wieder lagen unter ihren Augen dunkle Schatten.

Die Besucher kamen und gingen und gaben sich gegenseitig die Klinke in die Hand und am Abend war nur noch Liberty Bell übrig, die immer noch auf Ernestos Bettkante saß und seine Hand genauso fest umklammert hielt wie am Morgen und am Mittag.

»Es war nicht dein Vater, es war mein – Vater, der dich … so zugerichtet hat«, sagte sie irgendwann leise und musste weinen.

Ernesto streichelte ihre Fingerspitzen. »Oh Mann«, murmelte er einmal, zweimal, dreimal mit geschlossenen Augen.

Sie konnten nicht darüber sprechen, was an jenem Abend passiert war. Noch nicht.

Liberty Bell hatte es nicht getan. Sie hatte Dr. Stanley Merrill, ihren leiblichen Vater, nicht getötet, obwohl sie es in der Hand gehabt hätte. Es hätte sie nur eine Bewegung gekostet, sie hätte gewusst, wie man es machte, aber Tatsache war es nun einmal, dass sie ihn am Leben gelassen hatte.

Wie musste es für sie gewesen sein? All diese schrecklichen Worte, die sich in Ernestos Gehirn eingebrannt hatten, die er nie wieder vergessen würde. Wie hatte sie es ertragen? Wie hatte sie ertragen können, ihn *nicht* zu töten?

Viel später erfuhr Ernesto, dass sein Vater sie nicht Stunden in seiner Gewalt gehalten hatte, wie er eigentlich geglaubt hatte. In Wirklichkeit waren sie viel kürzer im Rampenhaus eingesperrt gewesen.

Es war letztendlich seinen Freunden zu verdanken gewesen, dass die Polizei die Kellertür aufgebrochen hatte und das vorgefunden hatte, was die Presse, allen voran Chanel 77, jetzt sensationslüstern »Blutiges Familiendrama auf dem West End Hill« nannte und schon seit Wochen in allen Facetten ausschlachtete: die regungslose Liberty Bell, die stumm dagesessen hatte, das Skalpell gegen den Hals von Dr. Merrill gepresst, auf dessen zerknitterter Anzughose sich ein dunkler nasser Fleck ausgebreitet hatte, der scharf roch. Die leblose Sondra Merrill, vollgepumpt mit Drogen und Gift. Sie war noch auf dem Weg ins Krankenhaus ins Koma gefallen, aus dem man sie bis heute nicht aufwecken konnte. Und Ernesto in einer Lache aus seinem eigenen Blut.

Eine Stunde vorher hatten Mose und Jadens Bruder Otis in Jadens auf dem Speicher verpackten Sachen in den Tiefen seiner alten, ausrangierten Radlertasche in einer Art doppeltem Boden endlich die Kopie einer unheimlichen Tagebuchaufzeichnung gefunden.

Ich hasse ihn! Ich hasse ihn! Ich hasse ihn!, hatte Mose mit zusammengekniffenen Augen mühsam das Gekrakel entziffert. *Er ist Arzt und Mrs Franklin sagt immer, Ärzte sint gute Menschen, weil sie einen Eit geschworen haben, stets gutes zu tun! Aber das ist gelogen! Er hat eine hüpsche Frau. Sie hat blonde Locken und siht aus wie aus einem Film! Warum komt er zu mir? Er tut mir weh! Er tut ein Ding in meine geheime Stele! Er komt imer mit seinem feinen Auto. Das stelt er im Gebüsch am Waltrand ab. Unt dann komt er bafus zu mir gelaufen. Er sagt komische Sachen. Er sagt zum beispil, er libt mich! Sein Auto hat einen Panterkopf vorne. Er heist Stanley Merrill. Aber er sagt, ich soll HER zu ihm sagen. Ich hasse ihn! Er hat mir schon ser oft ser weh getan… Aber ich weis was ich tun werde: ich sags Mrs Franklin. Sie wirt mir bestimt helfen! Sie ist gut!*

Ernesto konnte sich das Entsetzen und die Sprachlosigkeit nur ansatzweise vorstellen, die sie empfunden haben mussten.

Es war Salva gewesen, der sofort gehandelt hatte. Nachdem sie Ernesto weder auf dem Handy noch auf dem Festnetz erreicht hatten, hatte er Baz informiert. Ernesto staunte noch immer, dass die Polizei so schnell vor Ort gewesen war, aber mittlerweile fragte er sich, ob sie Dr. Merrill vielleicht schon früher verdächtigt hatten.

Er fühlte Liberty Bells Hand in seiner. Stumm kroch sie zu Ernesto unter die Krankenhausbettdecke und umarmte ihn. Und dann sang sie mit geschlossenen Augen *Tie a yellow ribbon round the ole oak tree* für ihn, wie es Annie Lyford während ihrer Kindheit im Wald für sie getan hatte, und die letzte Strophe sang Ernesto sehr leise, und hier und da über ein Wort stolpernd, mit, und vertrieb so seine verzweifelten Gedanken an das, was passiert war, während er Liberty Bell, deren Singen in Weinen übergegangen war, umarmte.

»Was ich nur nicht verstehe«, sagte Dara an dem Morgen, als Ernesto entlassen wurde. »Warum hat die gute alte Natasha das getan? Ich meine, das mit… Flavio. Und Chazza.«

Sie schwiegen und Ernesto wünschte sich, woanders zu sein, an einem Ort, an dem es keine Fragen mehr gab.

Die Polizei hatte ihm Auszüge aus Notizbüchern gezeigt, die in Dr. Merrills Tresor gefunden worden waren, offenbar war man der Ansicht, Ernesto könne dazu beitragen, den Sachverhalt um den Mordversuch an Chazza und den Mord an Flavio aufzuklären.

Aber er hatte es nicht gesehen!

Er hatte die ganzen Jahre mit ihnen in einem Haus gelebt und nichts gesehen! Nicht den Wahnsinn, der in Dr. Merrill tobte, noch das Leid seiner Mutter oder Natashas. Und das war es, was er sich ununterbrochen vorwarf.

Ich hatte Natasha genau gesagt, wie sie es machen sollte, hatte Stanley Merrill in seiner akribischen Schrift in eins der Notizbücher notiert. Ernesto hatte Mühe gehabt, sich überhaupt vorzustellen, dass sein Vater diese Details notiert hatte. Andererseits – was von dem, was Stanley Merrill getan hatte, würde je zu erklären sein?

Der alte Mr Fabiani hätte nicht zu leiden brauchen, hieß es da an einer Stelle. *Keine Sekunde. Er schlief. Ein Schnitt und er wäre einfach so hinübergeglitten in die dunkle Welt. Aber Nat machte Fehler. Sie zögerte. Sie zauderte. Sie mochte ihn zu gerne. Gefühlsduselei. Deshalb wachte er auf. Was er wohl dachte, als er Natasha mit dem Skalpell über sich sah? Jedenfalls kämpfte er. Er war ein alter Mann. Aber Natasha wusste, sie durfte nicht unverrichteter Dinge wiederkommen.*

Und an anderer Stelle hatte Dr. Merrill eine ähnliche Passage verfasst. *Bei Chazza machte die dumme Person wieder Fehler. Dabei hatte ich sie genau instruiert. Du lieber Himmel – sogar mein Sonnenmädchen war in der Lage, einen Menschen über die Kante des Santa-Clara-Steinbruchs zu stoßen. Warum nicht Natasha? Als sie es schließlich über sich brachte, stieß sie an der falschen Stelle zu. Dort, wo der Krüppel schließlich in die Knie ging und fiel, hat der Steinbruch kaum noch Fallhöhe.«*

»Verdammt«, stöhnte Dara und holte Ernesto damit in die Gegenwart zurück. »Es gab doch keinen Grund! Warum – machte – Nat – bei – diesem – ganzen – Irrsinn – mit? Was hatte Dr. Merrill gegen sie in der Hand? Kein Mensch wird schließlich freiwillig zum – Killer…«

Ernesto biss sich auf die Lippen und schwieg weiter. Seit dieser schrecklichen Nacht in der Gewalt seines Vaters hatte er fast ständig Kopfschmerzen. Immerzu versuchte er, zu verstehen, zu begreifen.

Nat… Ausgerechnet Nat, die sanft und fürsorglich und gut

war. Warum sie? Warum? Warum? Warum? An ihrer Hand hatte er laufen gelernt. Und alles andere, was ihn ausmachte …

»Und das mit Jaden muss sie doch auch gewusst haben, oder?«, beharrte Dara mit gerunzelter Stirn.

»Das begreift bisher noch keiner«, sagte Baz vorsichtig und nahm Ernesto seine Tasche ab, um sie hinten im Wagen zu verstauen. »Die Polizei konnte bis jetzt nur sicher ermitteln, dass Jaden wohl versucht hat, Dr. Merrill mit seinen Erkenntnissen zu konfrontieren.«

»Können wir dann jetzt?« Salvador warf Dara einen finsteren Blick zu. Sie befanden sich in einem nicht öffentlich zugänglichen Teil der Tiefgarage unter dem Krankenhaus, um, wenn es denn überhaupt möglich war, der Presse zu entgehen.

»Man wird ja wohl noch fragen dürfen«, murmelte Dara, seine Stimme klang düster.

Salva vertrieb unterdessen Dalí von der Rückbank, um Platz für Ernesto zu schaffen. »Liberty Bell, du kannst vorne bei Baz sitzen.« Er kletterte nach hinten in den kleinen Wagen und winkte Ernesto, sich neben ihn zu setzen. Dara war mit dem Fahrrad gekommen. Mit brütender Miene kurvte er dicht hinter dem startenden Auto her.

Sie gelangten unbehelligt von den Reportern nach draußen. Ernesto schaute stumm aus dem Fenster, während sie den Highway entlangfuhren. Sein eigener Wagen stand noch immer vor der Villa seiner Eltern auf dem West End Hill. Dorthin würde er nicht zurückkehren, nicht er und auch nicht seine Mutter, so viel war bereits geklärt. In dem Haus war er nie glücklich gewesen – und der letzte Tag und die letzte Nacht darin … Ernesto schloss die Augen. Nein, das Rampenhaus würde verkauft werden und sicherlich eine geradezu irrsinnige Menge

Bargeld abwerfen. Geld für Sondra, aber auch ihn und Liberty Bell, hatte Baz erklärt. Welch Tücke des Schicksals: Liberty Bell würde erben, weil nachgewiesen werden würde, dass Dr. Merrill ihr Vater war. Allerdings sperrte Liberty Bell sich mit Händen und Füßen gegen die geplante genetische Untersuchung, doch sie war Teil der polizeilichen Ermittlung und Baz sagte, sie käme wohl nicht drum herum. Auch Geld aus Dr. Merrills Besitz wollte Liberty Bell nicht annehmen.

»Wenigstens dazu kann mich keiner zwingen«, sagte sie mit fester Stimme zu Ernesto. »Ich will sein Geld nicht. Es würde mich nicht glücklich machen. Ich würde es hassen.«

Am Abend, als sie alle im Garten der Colemans Pizza aßen, wo Ernesto sich bis auf Weiteres ein Zimmer mit Salvador teilte, wandte er sich mit leiser Stimme an Baz.

»Wie geht es – Chazza?« Er musste sich räuspern, als er den Namen des Ewig Summenden aussprach.

Baz zögerte. »Er ist auf dem Wege der Besserung, würde ich sagen«, sagte er schließlich. »Zurzeit ist er in einer Rehabilitationsklinik in Portland. Er wollte herkommen, aber er ist noch nicht transportfähig. Er weiß bereits, was passiert ist, ich war bei ihm und habe es ihm selbst berichtet. Er will, dass du ihn bald besuchen kommst, Ern.«

Ern nickte nur vage. Bald, das war ein Wort, das in die Zukunft wies. Und Zukunft, das konnte er sich im Moment einfach nicht vorstellen.

Ernestos Mutter starb an einem untypisch nebeligen Oktobertag, der Himmel vor dem Klinikfenster war schiefergrau, Vögel wirbelten in ihm herum. Auch Oregon-Junkos, Ernestos Lieblingsvögel aus Kindertagen, waren darunter. Sie starb, ohne noch einmal aufgewacht zu sein. Ernesto saß an ihrem Bett und wünschte sich den Mut, ihre Hand zu halten. Aber er tat es nicht.

Sie hatte gewusst, was vor sich ging. Sie hatte gewusst, was ihr Mann da tat. Sie hatte Ruby Kyriacous Leiden in Kauf genommen ...

Warum hatte sie das getan? Warum war sie – kaputtgegangen? Was war geschehen?

Es musste einen Grund geben. Es musste einfach ...

Und als sie schließlich starb, nahm Ernesto doch ihre Hand in seine und hielt sie fest. Wenigstens für diesen Moment.

»Mom ...«, sagte er zum letzten Mal leise. »Mom ...«

Am Tag darauf fuhr er Chazza besuchen.

»Da bin ich, Chazza«, sagte Ernesto vorsichtig und schloss die Tür hinter sich und Liberty Bell.

Das Stück Wald, das von Chazzas Fenster aus zu sehen war, war herbstgelb und sah schön aus. Golden eben, wie ein Herbst sein sollte. Kein grauer Nebel heute. Kein graues Irrlicht. Ernesto hielt sich in der letzten Zeit immer erleichtert daran, wenn Dinge waren, wie sie sein sollten.

Chazza saß am Fenster und drehte sich um, als er Ernestos Stimme hörte. Ein leichtes Lächeln huschte über sein eingefallenes Gesicht.

»Komm«, sagte er und streckte die Arme aus. Seine blinden Augen sahen aus wie immer, aber der restliche Chazza Blume sah traurig aus, unendlich traurig. Traurig und unfallgebeugt. Um den Hals trug er einen fest verschraubten Stützapparat, der seiner lädierten Halswirbelsäule Halt geben sollte. Ernesto musste daran denken, was Natasha getan hatte ... Zweimal hatte sie brutal versucht, Chazzas Leben auszulöschen. Einmal beim Steinbruch und einmal im Krankenhaus, als sie sein Sauerstoffgerät manipuliert hatte. Nat…

Ernesto versuchte, den Gedanken an Nat wenigstens einmal weit von sich zu schieben.

»Nun geh schon zu ihm«, flüsterte Liberty Bell in diesem Moment und schob Ernesto leicht in Chazzas Richtung.

Als Chazza ihn schließlich umarmte, musste Ernesto weinen. Ungelenke Schluchzer drangen aus seiner Kehle. Zum ersten Mal, seit sein – seit Dr. Merrill Liberty Bell in seine Gewalt gebracht und verletzt hatte, zum ersten Mal, seit er herausgefunden hatte, wer hinter dem fürchterlichen Tod von Jaden und Flavio steckte, und zum ersten Mal, seit seine Mutter gestorben war, konnte er weinen.

»Mein armer Junge«, sagte Chazza wieder und wieder leise und streichelte behutsam seinen Rücken

»Warum hast du… es mir nie gesagt, Chazza?«, fragte er später, als er wieder sprechen konnte. »Du wusstest es immer, oder? Dass du mein – mein… Vater bist?«

Chazza seufzte. »Das ist eine lange Geschichte«, sagte er leise. »Erinnerst du dich daran, dass ich das schon einmal zu dir gesagt habe?«

Sie saßen zu dritt im Wintergarten der Klinik und dünne Regentropfen regneten gegen die vielen Glasscheiben, die sie umgaben.

»Ich lernte deine Mutter kennen, als sie zur Highschool ging. Sie war eine dürre, fahrige Schülerin, die oft nach ungewaschenen Sachen und Zigarettenqualm roch, und ich war Hilfslehrer für das Fach Musik. Ich war damals fünfundzwanzig und die Schüler nahmen mich nicht besonders ernst. Sie – trieben ihre

Späße mit mir, ließen mich vor verschlossenen Türen stehen, tauschten, um mich zu verwirren, ihre Namen untereinander, schlichen sich verstohlen aus meinen Stunden fort... Einmal schlossen sie mich im Waschraum ein und es dauerte Stunden, bis mich am späten Nachmittag der Hausmeister fand und befreite.«

Chazza summte. »Deine Mutter war anders, Ernesto. Sie verstand nicht viel von Musik, sie hatte kein sehr – schönes Zuhause. Ihren leiblichen Vater kannte sie nicht, ihr Stiefvater war nicht nett zu ihr. Es kam vor, dass er sie schlug oder in ihrem Zimmer einschloss. – So lernten wir uns kennen. Sie half mir im Schulalltag und ich führte sie dafür in die Welt der Musik.«

Wieder hielt Chazza einen Moment inne. Ernesto hing an seinen Lippen.

Warum wurde sie, wie sie wurde? Warum beachtete sie mich kaum? Warum ließ sie zu, was ER tat?, wollte er brüllen, aber er rührte sich nicht und kein Ton kam über seine Lippen.

Liberty Bell schob beruhigend ihre Hand in seine.

»Schön, dass ihr zwei euch habt«, sagte Chazza dazu und lächelte leicht, ganz so, als hätte er diese Geste gesehen. Vielleicht hatte er sie gehört. Oder gespürt. Ernesto hatte das Gefühl, bei Chazza sei eine Menge möglich.

Mit leiser Stimme sprach Chazza schließlich weiter. In der Hand hielt er eine kleine Zimbel, auf der er hin und wieder ein paar leise Töne spielte. »Unsere Freundschaft hielt. Und vertiefte sich. Irgendwann kam es, wie es kommen musste. Ich verliebte mich in Sondra. Ich mochte ihre staksige Art. Ihr Lachen. Sogar die Wut, in die sie manchmal geriet...«

Klimper, klimper, klimper...

»Sie mochte mich auch«, sagte Chazza dann und nickte vor sich hin. »Aber sie wehrte sich dagegen. Denn sie hatte sich geschworen, niemals mehr arm und abhängig zu sein. Sie wollte sorglos sein, unbekümmert ...«

Wieder machte Chazza eine Pause.

»Wir kommen dem Mist allmählich näher, was?«, sagte Ernesto in dieses Schweigen hinein und eine Spur Bitterkeit schwang in seiner Stimme.

Chazza lächelte verhalten.

Ernesto musste plötzlich daran denken, dass sie alle drei in der letzten Zeit dem Tod von der Schippe gesprungen waren. Ein unheimlicher Gedanke. Rasch schob er ihn zur Seite und sagte stattdessen beinahe grob: »Okay, lass mich raten: Sie lernte ... Stanley Merrill kennen und zog ihn dir vor. So war es doch, oder?«

»Ja, so war es«, sagte Chazza schlicht.

»Und dann?«, drängte Ernesto.

»Zuerst ging alles gut«, fuhr Chazza fort. »Sondra hatte nun alles, was sie wollte. Ein Haus, einen Ehemann, ein schickes Auto, Geld ... – Aber dann ...«

Chazzas Gesichtszüge wirkten plötzlich angespannt. »Dann veränderte sich etwas. Deine Mutter, Ern, veränderte sich. Sie wurde stiller, ernster, nachdenklicher.«

»Wieso?«

Chazza machte eine hilflose Geste mit einer Hand, während er mit der anderen immer noch die Zimbel hielt.

»Ich fragte sie ein paarmal, aber sie wich mir aus. Ein einziges Mal sagte sie, Stanley habe manchmal eine Art, die ihr unheimlich sei. Er mache ihr in diesen Momenten beinahe Angst ...«

Ernesto rührte sich nicht. »Baz sagt, Ruby Kyriacous Tagebuch zufolge, hat die Sache bald nach der Hochzeit – meiner Eltern, ich meine nach der Hochzeit von Sondra und Stanley, angefangen.«

Chazza nickte. »Wahrscheinlich war das so«, sagte er leise. »Einmal vertraute Sondra mir nämlich an, dass Stan sich von ihr fernhielte … Ihr wisst, was ich meine?«

»Sex«, murmelte Ernesto, ohne Liberty Bell anzusehen.

Chazza nickte. »Ja, er berührte sie kaum noch. Er war viel unterwegs, und wenn er da war, war er abweisend oder schloss sich ein.«

Ernesto spürte Liberty Bells Traurigkeit. Verdammt, für sie musste es noch viel schwerer sein als für ihn, sich die Geschichten von damals anzuhören.

»Sondra litt sehr und bat mich oft zu kommen«, fuhr Chazza fort. Ein Lächeln glitt über sein Gesicht. »So bist du entstanden«, sagte er und etwas wie verhaltene Freude schwang für einen Moment in seiner Stimme, während Liberty Bell Ernestos Hand fester drückte.

»Ob Stanley es wusste oder nicht, Sondra und ich sprachen nicht darüber«, sagte Chazza. »Sie … sie machte jedenfalls keine Anstalten, diese Ehe zu beenden.«

»Wegen … seiner Kohle«, murmelte Ernesto.

Chazza seufzte dazu. »Aber die Schwangerschaft – machte sie glücklich, Ernesto. Sie freute sich auf dich. Sehr sogar.« Er hielt einen Moment inne. »Aber dann …«

Wieder eine Pause.

»Was dann, Chazza?«

Ernestos Stimme klang dünn.

»… dann bekam sie anscheinend heraus, was Stanley tat, wenn er sich in seinen Jaguar setzte und – davonfuhr … Das, was ich dir jetzt erzähle, habe ich selbst erst in diesem Sommer erfahren. Du musst wissen, Ernesto, nachdem deine Mom – mir klarmachte, dass sie mich immer noch nicht wollte, obwohl sie – mein Kind erwartete, verließ ich Amerika und reiste eine Weile durch Europa. – Als ich wiederkam, war viel geschehen.«

»Was war geschehen, Chazza?«

Der Ewig Summende zögerte, aber dann gab er sich einen Ruck. »Was soll ich sagen? Sondra hatte Stanley sozusagen auf frischer Tat bei dem grausigen Spiel, das er da trieb, ertappt. Aber statt Hilfe zu holen, stellte sie ihn selbst zur Rede. Es gab einen heftigen Streit. Stanley schlug sie und Sondra sagte ihm, dass sie ihn verlassen würde. Dann kam der Tag, als Stan verunglückte. Ich weiß bis heute nicht, ob er wirklich abstürzte – oder ob jemand nachhalf... Sondra? Oder vielleicht das unglückliche – Mädchen? Jedenfalls überlebte Stanley. Und er hatte ja Zeit seines Lebens sehr viel Willenskraft. Ich konnte sie bei meinen Besuchen förmlich aus ihm herausströmen spüren. Er erholte sich rasch – nur seine Beine blieben gelähmt. Aber das hinderte ihn nicht daran, seinen Weg weiterzugehen. Sondra hatte ihn nicht in der Klinik besucht, also sorgte er dafür, schnell nach Hause zu kommen. Er engagierte eine Krankenschwester, die bis dahin in seiner Klinik gearbeitet hatte. Sie wurde sein – verlängerter Arm... oder besser, so etwas wie seine Sklavin.«

Ernesto runzelte die Stirn, aber Liberty Bell hatte verstanden.

»Natasha...?«, fragte sie leise.

Chazza nickte. »Ja, Natasha. Sie war eine... sehr verzweifelte, junge Frau damals. Sie hatte ein Baby, einen kleinen Sohn, der schwer herzkrank war, und sie war ganz alleine, hatte keinen Vater für dieses Kind.«

»Bartosz«, sagte Ernesto mechanisch.

Chazza nickte. »Richtig, Bartosz. Er war so krank, dass er kaum eine Chance hatte zu überleben. Eine Menge Operationen waren nötig, sein Leben zu retten, aber Natasha Zlotsky hatte kein Geld. Und auch keine Versicherung, die helfen konnte.«

Chazza hielt erneut inne und suchte nach Worten. »Natasha war damals völlig verzweifelt. Sie brachte dem Baby Tag für Tag Muttermilch in die Klinik, damit war sie sehr genau, und verbrachte außerdem jeden freien Augenblick an seinem Bettchen auf der Säuglingsstation. Aber vor allen Dingen brauchte sie Geld, wenn sie ihr Baby retten wollte…«

Ernesto nickte langsam. »Und – mein – Vater – gab – ihr – dieses Geld?«, fragte er leise und tastend.

Chazza nickte. »Allerdings verlangte er eine – Gegenleistung.«

»Welche?«

»Es ging um deine Mutter. Sie stand kurz vor deiner Geburt, aber danach wollte sie ihn verlassen. Sie bereitete alles vor, doch dann kam Stan ihr, mit Natasha Zlotskys Hilfe, zuvor.«

Chazzas Hände begannen zu zittern, er legte die kleine Zimbel behutsam zur Seite und fuhr sich ein paarmal über das schmale, vor Traurigkeit zerfurchte Gesicht.

»Sie gaben ihr wohl zuerst ein leichtes Beruhigungsmittel, Ernesto, um leichteres Spiel zu haben.« Das Reden fiel ihm schwer, das war deutlich zu sehen. »Später dann setzten sie eine echte, tiefe Narkose und Stanley operierte in seinem Haus.«

»Er… er operierte? Was soll das heißen?«, fragte Ernesto verwirrt.

»Dich«, flüsterte Liberty Bell sanft. »Er… er holte dich. – Oder?«

Chazza nickte langsam. »Ja, er machte einen Kaiserschnitt und holte das Baby, von dem er wohl doch annahm, es sei sein Kind, das er haben wollte.«

Ernesto spürte, wie seine Kehle eng wurde. Er bekam auf einmal nur schlecht Luft.

»Wie bitte?«, flüsterte er heiser.

Chazzas Gesicht war eine Maske. »Genau weiß ich die Vorgänge bis heute nicht – da Sondra sie ja auch nicht wusste und verstand … Er hatte sein Kind Natasha anvertraut. Sie stillte es, denn Stanley wollte das Beste für seinen Stammhalter. – Der kleine Bartosz bekam nun keine Muttermilch und auch keine Besuche mehr, aber dafür wurde er von den besten Herzspezialisten operiert und behandelt. Als es ihm besser ging, bezahlte Stan seinen Transport nach Polen zu Natashas Bruder und dessen Familie, während Natasha bei Stan und Sondra blieb und weiter das Baby ernährte und betreute. Nach und nach wurde sie deine Mutter, Ernesto. Alle Liebe, die sie Bartosz nun nicht mehr geben konnte, bekamst du. Aber sie tröstete sich damit, dass Bartosz dadurch überlebt hatte und sie in absehbarer Zeit wieder bei ihm wäre, aber …«

»Aber was?«, fragte Ernesto.

Natasha, dachte er wie gelähmt. Oh, Nat, liebe, liebe Nat …

»Bartosz brauchte Nachoperationen – und teure Medikamente. Stanley hatte das vorausgesehen und finanzierte alles – dafür musste Natasha bleiben und dafür sorgen, dass Sondra sich still verhielt, ihre Rolle als gut aussehende, devote Ehefrau spielte – und vor allen Dingen, niemals wieder damit drohen konnte, der Öffentlichkeit zu erzählen, welche sexuellen Vorlieben der allseits beliebte und hoch angesehene Dr. Merrill hatte. Niemand durfte je erfahren, was Dr. Merrill der kleinen

Ruby Kyriacou über Jahre hinweg angetan hatte und wie brutal er vorgegangen war.«

»Aber wieso schwieg sie, verdammt?«, brüllte Ernesto los wie ein Wahnsinniger. »Wieso zeigte sie – dieses Monster nicht an? WAS WAR LOS MIT IHR?«

»Ernesto, sie konnte nicht«, sagte Chazza leise. »Stanley hielt sie für Wochen nach deiner Geburt in einer Art Dämmerschlaf. In dieser Zeit verabreichte er ihr – und wenn er in seiner Klinik war – übernahm Natasha es für ihn – hohe Dosen Morphium.«

Eine Stille breitete sich aus, die Ernesto in den Ohren wehtat.

»Er... er tat – was?«, fragte er schließlich und wünschte sich in diesem Moment nichts so sehr wie ein neues Leben. Er tastete nach Liberty Bells Hand.

»Er machte sie – süchtig.« Chazza Blume nickte, seufzte tief und lehnte sich in seinem Klinikkorbsessel zurück. »Als ich aus Europa zurückkam, erkannte ich sie kaum wieder. Sie war abgemagert und ablehnend und kühl.«

»Warum hat sie – dir nichts gesagt, sich dir nicht anvertraut?«

Ernesto hatte das Gefühl, mit einer völlig fremden Stimme zu sprechen. Nichts war mehr, wie es mal gewesen war.

»Ich glaube, sie verstand selbst lange nicht, was geschehen war. Sie fand keinen Zugang zu dir. Sie stand vor deinem Bettchen und starrte dich an, als seiest du ein völlig fremdes Baby. Sie war... wie gebrochen. Versteht ihr, sie stand verloren in diesem kalten Haus – und das Einzige, was zählte, war, dass sie regelmäßig ihre Spritzen bekam. Erst viel später hat sie überhaupt verstanden, dass es nicht helfende Medikamente waren, die Stanley und Natasha ihr da abwechselnd verabreichten, sondern Morphin und Heroin und andere Gifte. – Und immer wohldosiert. Mit Bedacht. Dr. Merrill legte viel Wert darauf, dass seine - Frau äußerlich wohlerhalten blieb. Teure Friseure, Visagisten, Maniküre, Pediküre... Es mangelte Sondra in - dieser Hinsicht wenigstens an nichts...«

Chazzas Stimme verebbte. Lange war es still in der Winterveranda, in der sie zusammensaßen, und Ernesto überlegte, ob er sich besser fühlen würde, wenn er nie von diesen Dingen erfahren hätte.

»Und die Katzen?«, fragte er schließlich, aber er kannte die Antwort selbst. Die Katzen waren Stanley Merrills großzügige Ersatzgabe an seine Mutter, die ihr Baby »verloren« hatte. Mit den Katzen hatte er sie zusätzlich ruhiggestellt.

»Aber immer, wenn sie versuchte, sich doch noch zu wehren, zu befreien, auf ihre schwerfällige, kranke Art, dann...«, sagte er und sah, während er sprach, von Chazza zu Liberty Bell und dann hinaus in den nassen Herbsttag.

Chazza nickte. »Ja, dann tötete er eins der Tiere.« Ernesto schaute immer noch hinaus zu den nassen Bäumen.

»Warum du? - Warum solltest auch noch du - sterben?«

Chazzas blinde Augen zucken. »Nun, sie ist doch noch zu mir gekommen. Diesen Sommer. Sie war so verwirrt, wie ich sie noch nie erlebt hatte, und sie hatte wahnsinnige Angst vor dem Entzug. Aber sie hat es mir endlich erzählt. Sie hat mir - endlich - alles erzählt.«

»Und du hast versucht, mit ihm zu reden, nicht wahr?«, sagte Ernesto und spürte, dies war seine letzte Frage. Er verstand jetzt alles.

»Ja«, sagte Chazza leise.

»Bitte, sprich nicht weiter. Ich kann es nicht ertragen, Chazza.« Ernesto versuchte, sich vorzustellen, wie sein Vater - im Kopf war er das noch immer – Natasha gezwungen hatte, Chazza für immer zum Schweigen zu bringen. So wie Flavio. Und Jaden.

Stille breitete sich aus.

»Chazza, wir gehen jetzt«, sagte Ernesto schließlich leise. »Aber wir werden wiederkommen. Danke für alles, was du für meine Mom getan hast. Und für mich. Werde wieder ganz gesund. Deine Musik … sie ist für mich die einzig heile Kindheitserinnerung, die ich noch habe. Tausend Dank dafür.«

Chazza lächelte sein blindes Lächeln, aber er sah sehr müde dabei aus.

»Und was macht ihr?«, fragte er. »Du und Liberty Bell?«

Ernesto nahm Liberty Bells dünne Hand in seine.

»Tausend Sachen«, sagte er. »Da wäre Bartosz Zlotsky in Warschau, den ich kennenlernen will. Ich glaube, das schulde ich ihm. Und dann ist da Liberty Bells Wald. Und Kalifornien. Und Europa. Und eigentlich die ganze, verdammte Welt.«

Chazza Blume nickte zu diesen Worten und begann, leise zu summen.

»Pass auf dich auf, Ernesto«, murmelte er, als die beiden bereits an der Tür waren. »Obwohl – das Schlimmste hast du hinter dir. Jetzt kann es nur besser werden. Und schöner. Da bin ich mir sicher.«

Von den regennassen Bäumen klatschten schwere Tropfen, als Mrs Sengers, die Lehrerin mit dem ungewöhnlichen Vornamen Seraphine, vor dem Polizeigebäude in Old Town auftauchte. Sie ging sehr gerade und ihr Blick war ausdruckslos.

Die Polizeibeamtin am Empfang sah genervt aus und sprach sie seufzend an. »Wenn Sie von der Presse sind, dann warten Sie gefälligst die Konferenz ab.«

Mrs Sengers schüttelte den Kopf. »Ich bin nicht von der Presse«, sagte sie. »Ich bin hier, um bei Deputy Chief Bill Abbott eine Aussage im Mordfall Flavio Fabiani zu machen. Er hat mir einmal das Leben gerettet, und weil ich mich dafür entschieden habe, zu vergessen statt zu sprechen, musste er letztendlich sterben.«

»Name?«, fragte die Beamtin.

Mrs Sengers hob den Kopf. »Ruby. – Mein Name ist… Ruby Kyriacou«, sagte sie leise.

Personen

1. **Ernesto Merrill,** 17
2. **Liberty Bell,** 17
3. **Ruby Kyriacou,** verschwundenes Mädchen aus Old Town
4. **Mrs Sondra Merrill,** 47, Mutter von Ernesto
5. **Dr. Stanley Jonathan Merrill,** 52, Schönheitschirurg und Vater von Ernesto
6. **Chazza Blume,** 57, (eigentlich Charles Hammond) blinder Musiker
7. **Mrs Geraldine Blue,** alte Verwalterin von »Knock-Knock«
8. **Annie Lyford,** 52, Mutter von Liberty Bell
9. **Robert Lyford,** Sohn
10. **Flavio Fabiani,** 73, Vietnamveteran
11. **Cal Wyludda,** 19, Cousin von Jaden Franklin aus Kentucky
12. **Mr Clark,** Inhaber von *Clark & Sons*
13. **Dr. Rodriguez,** Arzt
14. **Liza Rodriguez,** 18, »Busenwunder« aus der Altgriechischklasse

15. **Ronan Horace**, 17, Freund von Ernesto u. Bankierssohn aus West End Hill
16. **Salva(dor) Coleman**, 17, Freund von Ernesto; wohnt mit Vater und Hund (Dalí) in Cedar's End
17. **Jaden Franklin**, 17, Freund von Ernesto
18. **Dara(yavahush) Ben-Achour**, 18, Freund von Ernesto
19. **Mose Meyerowitz**, 17, Freund von Ernesto
20. **»Baz« (Bart) Coleman** Salvadors Vater und Leiter des Sozialamts in Old Town
21. **Mr Horace**, Bankier von Old Town und Ronans Vater (minderwüchsig)
22. **Mrs Patricia Franklin** (Miss Peach), 55, Lehrerin und Jadens Mutter
23. **Mr Basil Franklin**, 65, Jadens Vater
24. **Otis Franklin**, 16, Bruder von Jaden Franklin
25. **Mrs Meyerowitz**, 37, Moses Mutter
26. **Phoebe Abbott**, 31, Schwester von Mrs Meyerowitz
27. **Bill Abbott**, Ehemann von Phoebe Abbott und *Deputy Chief* in Old Town
28. **Natasha Zlotsky**, Haushälterin im Hause Merrill
29. **Bartosz Zlotsky**, Sohn von Natasha in Warschau